Zum Buch:

Drei Frauen, zwei Länder, eine Familie: Als Eleonora 1969 nach Italien geht, ahnt sie nicht, dass sie damit das Schicksal ihrer Familie für immer prägen wird – ihre Liebe zu einem Süditaliener nimmt ihren Anfang in Turin. Die Liebenden kommen aus unterschiedlichen Welten: eine wohlhabende Familie, gute Schulen, ein Studium auf der einen Seite, die Armut des Mezzogiorno, das organisierte Verbrechen Siziliens und die unmenschlichen Arbeitsbedingungen zwischen den Fließbändern einer gigantischen Autofabrik auf der anderen. Doch es ist die ganz große Liebe. Italien wird nicht nur für Eleonora zum Schicksalsort. Auch die Geschicke ihrer Tochter werden für immer und untrennbar mit diesem Land verbunden sein …

Zur Autorin:

Aja Leuthner arbeitet als Redakteurin für die *Süddeutsche Zeitung*. Ihrem Studium der Politikwissenschaft, Soziologie und Italianistik entsprangen die Leidenschaft für politische Diskussionen und die Begeisterung für mediterranes Leben und romanische Kultur. Die Autorin lebt mit ihrer Familie bei München. 2023 erscheint mit *Felicità!* ihr zweiter Roman.

Aja Leuthner

Via Torino

Roman

HarperCollins

1. Auflage 2023
Ungekürzte Taschenbuchausgabe

Umschlaggestaltung: wilhelm typo grafisch
unter Verwendung von Shutterstock
Umschlagabbildung: David Ionut, Andrii Muzyka,
Kriengsuk Prasroetsung / Shutterstock
Gesetzt aus der Stempel Garamond
Von GGP Media GmbH, Pößneck
Druck und Bindung von CPI books GmbH, Leck
Printed in Germany
ISBN 978-3-365-00415-9
www.harpercollins.de

Klimaneutral
Druckprodukt
ClimatePartner.com/15109-2009-1001

MIX
Papier
FSC FSC® C083411

PROLOG

1972

Rosalia schwieg. Sie kam ohne einen Laut in diese Welt. Hinter der Tür mit der Nummer 111 war eine solche Stille, dass die Leitende Hebamme ihr Eilen abrupt unterbrach und einer Eingebung folgend stehen blieb, um zu lauschen. Nicht den rhythmischen Schreien der Frau im Kreißsaal nebenan, die sich mit der lautstarken Kraft ihres eigenen Organs durch den einzigartigen Schmerz hindurchstieß, der seit allen Zeiten den Geburtsvorgang begleitet, nicht dem protestierenden Krakeelen des Neugeborenen in 110, den sie gerade aus dem warmen Schoß seiner Mutter herausgezogen hatte, noch gezeichnet von Käseschmiere und Blut, und der Geburtsschwester in die Hände gegeben.

Nein, sie lauschte der Stille hinter der Tür mit der 111. Rasch überschlug sie im Kopf die Stunden, seit sie gesehen hatte, wie die werdende Mutter unter der Last ihres phänomenalen Bauches durch das große Eingangsportal geschlichen und am Fuße der Treppe hinauf zu den Entbindungssälen unter einer Wehe in sich zusammengesunken war.

Zwei Schwestern waren die steinernen Stufen hinuntergeeilt, hatten sie, rechts und links gestützt, mehr hinaufgeschleift als geführt. Eine rasche Untersuchung und Feststellung der Dinge, die nun unweigerlich passieren würden – die bürokratischen Formalitäten verschob man auf später –, es hatte so ausgesehen, als würde es schnell gehen. Die junge Frau, ein zartes Wesen mit feuerrotem Haar, war wieder ein wenig zu Kräften gekommen und hatte sich ohne Zögern hineingestürzt in das Geschehen. Was blieb ihr auch anderes übrig, hatte die Leitende Hebamme bei sich gedacht, die der Oberärztin in immer gleicher jahrelang gewachsener Routine assistierte, in deren Verlauf aus einem selbstbestimmten Menschen jedes Mal unweigerlich eine Gebärende wurde, deren Entscheidungshoheit für die folgenden Stunden in die Hände des Krankenhauspersonals überging. Wenn sie klug war und sich nicht wehrte. Und, ja, diese Frau mit den wilden roten Haaren war klug.

Und doch, das Kopfnicken, mit dem sie den Anordnungen des Personals Folge leistete, hatte nichts Schicksalsergebenes an sich, nichts Fügsames, wie es einer Frau in ihrer Lage entsprochen hätte. Einer Erstgebärenden, ohne jede Ahnung vom Kinderkriegen, man hätte meinen mögen, sie hätte voll Dankbarkeit sein sollen, dass man sich ihrer annahm, ein wenig demütig auch, ihr Kind entbinden zu dürfen in dieser Münchner Klinik von einem, ja, gewissen Renommee. Aber nein, vielmehr hatte es den Anschein, sie sei diejenige, die hier die Dinge in die Hand nahm, die bereits vor jeder Anweisung wusste, was kommen würde, die schon zur Umkleide unterwegs war, bevor die Hilfsschwester ihr den Weg gewiesen hatte, die mit einem gnädigen Kopfnicken das Verschieben des Entbindungsbettes in die richtige Position im Raum quittierte, so als hätte sie selbst es eben angeordnet. Nicht dass sie unhöflich gewesen wäre, sie war schließlich nicht dumm. Aber sie übernahm ganz selbstverständlich das Zepter, ohne sich dafür auch nur im Geringsten anstrengen zu müssen.

Zumindest bis die ersten Presswehen sie erreichten, doch das sollte noch ganze sieben Stunden dauern. Was sein Gutes hatte, für das Krankenhaus zumal, denn nun hatte man doch wenigstens den Namen der Gebärenden schwarz auf weiß in einer Aufnahmeerklärung stehen. Man wusste ja nie.

Als es dann endlich so weit war, befand sich Therese, die Leitende Hebamme, im Kreißsaal nebenan und verpasste mit leichtem Bedauern den Moment, in dem die Rothaarige endlich die Kommandobrücke verließ, um sich der Unerbittlichkeit der Natur, wenn auch sonst niemandem zu fügen. Einen kurzen Blick hatte Therese hinübergeworfen durch die offen stehende Tür in den Entbindungssaal mit der 112, als es dort ans Eingemachte ging. Der erhobene Daumen der betreuenden Ärztin entband sie aller weiteren Verantwortung, und sie konnte sich wieder dem Beben und Pressen auf dem Bett vor sich widmen, das kurz darauf in jenen Schrei mündete, der ganz selbstverständlich den aussichtslosen Protest des Neugeborenen gegen das Hineingeworfenwerden in die Kälte jenseits des mütterlichen Schoßes begleitete. Damit war ihre Arbeit fürs Erste getan, und sie verließ den Kreißsaal, um zwei Türen weiter nach dem Rechten zu sehen.

Und nun also diese ungewöhnliche Stille hinter der Tür mit den drei Einsen. Das Kind hatte richtig gelegen, das hatte sie mitbekommen, die Presswehen hatten ordnungsgemäß eingesetzt, die Mutter trotz all ihrer Selbstbeherrschung wie jede andere geschrien. Längst hätte nun das Kind an der Reihe sein müssen, seine Stimme erstmals zu erheben.

Eine lähmende Angst ließ ihre Hand auf der Klinke schwer werden, ebenso schwer wie die wenigen Schritte, die sie brauchte, um zum Bett der Rothaarigen zu gelangen.

Und dann erblickte sie es. Das schönste und seltsamste Kind, das sie je gesehen hatte. Und es schwieg. Lag im Arm seiner Mutter und sah ihr entgegen, aus blauen Augen, die so nachtdunkel waren, dass man hätte meinen können, sie seien schwarz. Versunken in tiefem Nachdenken, gänzlich ohne irgendeine Missstimmung und schon im Augenblick ihrer Geburt mit dem Wissen um das Wesen der Welt ausgestattet, so lag Rosalia da, umrahmt von den roten Haaren ihrer Mutter, die sich in der Hitze der Geburt aus dem flüchtig gebundenen Zopf gelöst hatten.

»Ist sie das?«, sagte Therese und fragte sich noch im selben Augenblick, ob sie den Verstand verloren habe. Wo war nur diese dumme Frage hergekommen? Nach 27 Jahren, drei Monaten und 15 Tagen als Hebamme, nach etwa 10000 Entbindungen, genau hatte sie nie nachgezählt, lag da dieses kleine Mädchen mit seinem Schweigen und dem unverwandten Blick und brachte sie völlig aus der Fassung. Sie zwang sich zu einem unverbindlichen Lächeln in Richtung der Mutter – die bereits wieder mit diesem Ausdruck selbstverständlicher Autorität in die Welt sah –, versicherte sich mit einem fragenden Heben des Kopfes in Richtung der beiden Schwestern, die dabei waren, den Kreißsaal nach überstandener Geburt wieder in seinen Urzustand zu versetzen, dass alles in Ordnung war, und wandte sich dann mit einem letzten schnellen Blick auf das Kind zum Gehen. Als die Tür hinter ihr ins Schloss gefallen war, stieß Rosalia ein kleines Grunzen aus und schloss die Augen, um sich von ihrem ersten tiefen Schlaf in dieser Welt davontragen zu lassen.

EINS

Eleonora, 1969

Als sie im Schatten Tommasos die Wohnung betrat, hatte sie erwartet, dort drei, vier Leute vorzufinden. In der winzigen Bude aber, die sich Tommasos Bruder Toni für die Dauer eines Turiner Auslandssemesters mit einem Studienfreund teilte, war jeder Zentimeter vergeben an herumsitzende, liegende, rauchende, trinkende und diskutierende junge Leute. Eleonora schien es, als würde sie eintauchen in eine Kakofonie aus Wortfetzen und Qualm, die sich wie ein Perpetuum mobile aus sich selbst heraus ständig neu erschuf und vernichtete. Tommaso löste sich förmlich auf im Rauch vor ihren Augen und verschwand im Nichts des halbdunklen Raums, während sie noch dabei war, sich zu orientieren. Sie stolperte über ein Paar Füße, deren Besitzer sich an die Wand gelehnt hatte und auf einem Boden niedergesunken war, von dem sie lieber nicht wissen wollte, wann er zuletzt einen Putzlappen gesehen hatte. Mit jedem Schritt merkte sie, wie die Sohlen ihrer Turnschuhe am billigen Laminat kleben blieben, das den Boden bedeckte. Der dichte Rauch biss in ihren Augen, bis sie tränten. Und doch nahm sie die Blicke wahr, die sie verfolgten, war sie sich der Gesichter bewusst, die sich ihr zuwandten. Ja, sie musste auffallen mit dem leuchtenden Rot ihrer Locken, selbst in der rauchgeschwängerten Düsternis dieser vier Wände, selbst wenn die Mehrzahl der vornehmlich jungen Männer, die sich hier versammelt hatten, offensichtlich tief in hitzige Debatten verstrickt war.

Eleonora war es gewohnt, angestarrt zu werden, und – Klassenkampf hin, Strategiesitzung her – das hier war eine Wohnung voller Männer. Klar, die Mädels sind wie immer beim Kaffeekochen, dachte Eleonora nicht ohne Groll, Revolution machten die Typen immer noch ganz gerne alleine. Sie straffte sich, schließlich kannte sie die Wirkung ihrer schlanken, biegsamen, zwanzigjährigen Erscheinung. Schnell fuhr sie sich einmal mit der Hand durch die Haare, wobei sie ein ganzes Bündel roter Lichtblitze verstreute, und wuchs um ein paar Zentimeter, genährt vom wohltuenden Elixier männlicher Aufmerksamkeit. Dann steuerte sie ihre eins sechzig in den ausgewaschenen Jeans, die sie vor einem halben Jahr wieder aus der Mülltonne gezogen hatte, durch die Menge. Zuvor hatte ihr Vater sie in einem Wutanfall genötigt, das Kleidungsstück auszuziehen, um es anschließend angewidert von den Versuchen seiner Tochter, sich mit jenem Pöbel gemein zu machen, der in diesen Wochen durch die Straßen zog, eigenhändig in den Abfall zu befördern. Sie hatte sich gewundert, dass er überhaupt wusste, wo der Ascheneimer stand.

Eleonora fand Tommaso in der Küche, zwei Flaschen italienisches Bier in der Hand und bereits so sehr in eine Diskussion vertieft, dass er vergessen hatte, eine der Flaschen zu ihr zu bringen. Mehr als den Rücken ihres italienischen Freundes konnte sie im Moment allerdings nicht sehen, weil ihr ein junger Bursche, gut und gerne 160 Pfund schwer, aber mit dem Gesicht eines Teenagers den Weg durch das Gedränge versperrte. Sein ehemals wohl weißes Hemd zierten schwarze Schlieren. Öl und Schweiß hatten seine Kleidung und Haut gezeichnet, der Haarschopf wirkte, als habe er Bekanntschaft mit einem ganzen Ölfass gemacht, und all diese Stoffe hatten sich zu einer wenig appetitlichen Duftmischung zusammengetan, die sogar den Geruch nach Rauch und kaltem Knoblauch überdeckte, der in der Enge der abgewohnten Küche hing. Die Ausdünstung des Jungen ließ sie schaudern, als er noch ein wenig näher an sie heranrückte und ihr sein herausforderndes Grinsen vor die Nase hielt. Ein Grinsen, das gerne anzüglich gewesen wäre, auf Eleonora aber doch eher hilflos wirkte. Viel jünger als sie konnte er nicht sein, und doch war es ihr ein Leichtes, ihn an der in Jahrhunderten akkumulierten Selbstverständlichkeit ihrer großbürgerlich-preußischen Herkunft abprallen zu lassen, die sie wie eine Aura umgab. Sie wäre nicht die Tochter ihrer Mutter gewesen – einer »geborenen von Ringsleben«, wie jene gerne in ihrem kristallklaren Gouvernantenton fallen ließ, als habe sie dafür eine Ehrennadel verdient –, wäre sie auch nur um einen Zentimeter zurückgewichen. Eleonoras energisch gestreckter Arm, die Handfläche mit gespreizten Fingern auf der jugendlichen Brust des Papagallo, ihr unverkennbar aristokratisches Kopfschütteln – und der erhitzte Vertreter der Arbeiterklasse räumte das Feld. Das Mitgefühl, das sie ihm in ihrem sozialistischen Engagement zu schulden glaubte, hielt sich in Grenzen, als so der Weg zu Tommaso endlich frei wurde. Eleonora konnte Tommasos Gesprächspartner aber erst erspähen, als sie ganz nahe herangekommen war. Winzig, wie er war, reichte er Tommaso kaum bis an die Brust. Kluge Augen blickten durch die Gläser einer dicken Nickelbrille, seine geringe Körpergröße kompensierte er mit großen Gesten und immenser Eloquenz.

Tommaso nutzte eine kurze Atempause im Monolog seines Gegenübers, um ihn Eleonora vorzustellen: »Davide«, erklärte er mit einer Handbewegung. »Davide, *l'altoparlante*«, fügte er hinzu und verzog in gespielter Verzweiflung das Gesicht.

Was Davide den klingenden Beinamen »Lautsprecher« eingetragen hatte, sollte Eleonora schon bald erfahren. Zunächst jedoch war ihre Aufmerksamkeit gefangen von tiefschwarzen Augen, die ihr durch die Brillengläser entgegenblitzten, als Davide ihr mit einem flüchtigen »*Ciao, come stai*« die Hand drückte. Eine Flüchtigkeit, die sehr deutlich machte, dass er sich nur ungern in dem Gedankengang, den er gerade zu vermitteln versuchte, stören ließ. Das knappe Lächeln der Entschuldigung, das er ihr zwischen zwei atemlosen Sätzen dann aber doch zukommen ließ, relativierte den Eindruck geschäftiger Arroganz und machte ihr den Mann auf Anhieb sympathisch. Ohne Zweifel gehörte er zur größeren Gruppe der Studenten, die sich in Tonis Wohnung zusammengefunden hatten und die sich von den wenigen anwesenden Arbeitern in fast allem unterschieden.

Natürlich in ihrer Kleidung. Die meisten von ihnen stammten augenscheinlich aus wohlhabenden Familien, trugen die Haare lang, die Hosen eng, Lederjacken über ihren Pullundern, die Schals, die sie in der ungeheizten Wohnung nicht abgenommen hatten, waren aus edler Wolle, manche sogar aus Kaschmir, wie Eleonora zu bemerken glaubte, während sich in die weißen Hemden der Arbeiter Löcher gefressen hatten, ihre schlecht sitzenden Hosen an den Knien ausgebeult waren, die billigen Schuhe verschmutzt. Es war nur eine Handvoll von ihnen, die in die Wohnung gekommen waren, und später erfuhr Eleonora, dass Davide sie überredet hatte, sich anzuhören, was er und seine Kommilitonen zu sagen hatten. Nun standen sie in einer Ecke zusammen und suchten mit Herausforderung im Blick, ihre Würde zu wahren, glänzend die gegelten Frisuren, die ihnen ein und derselbe neapolitanische Barbier noch zu Beginn des Jahrzehnts verpasst haben musste und die sie seither beibehalten hatten.

Einer von ihnen zückte immer wieder den Kamm und zog ihn von vorne nach hinten kraftvoll durch die dicken öligen Strähnen. Einen Sonntagsanzug hätte er tragen sollen. Ein gleißender Sonnentag, das Glänzen des Meeres, die Kathedrale der Maria Santissima Assunta vielleicht hätten als Kulisse seiner Erscheinung gerade so genügt, eine junge Signorina aus Cefalù an seinem Arm, oder vielleicht aus Castelbuono, von ebenso dunkler Schönheit wie er selbst. Auch darin unterschieden er und seine Gefährten sich von den Studenten. Hellhäutig waren die Söhne Turins im Vergleich zu ihnen, durchsichtig wie ein dünn gewalzter Pastateig. *Impastini* nannten die Sizilianer sie spöttisch, während sie selbst die Hemdsärmel hochkrempelten und braun gebrannte Arme entblößten. Selbst jetzt, im Frühling und ganz ohne dass sie je die Turiner Sonne gekostet hätten, auf die sie ohnehin keine Lust hatten, wenn sie abends müde die Fabrik verließen. Diese Sonne, die so seltsam kraftlos im blassen Himmel über der Stadt schwamm wie sie selbst durch den Beton ihrer Straßen. Ähnlich fehl am Platz fühlten sie sich, wie diese falsche Sonne, die nichts gemein hatte mit jener Kugel aus glühendem Gold, die das Land ihrer Väter, das Meer ihrer Mütter und das sizilianische Firmament in all ihrer großartigen Schönheit und ihrem feurigen Schrecken zugleich beherrschte. So wie die norditalienische Sonne im bleiernen Himmel über Turin suchten sie nach Halt, nach Orientierung im unterschiedslosen Dahinkriechen dieser Tage voller Benzingeruch, die sie verschlungen hatten, kaum dass sie am Bahnhof aus einem überfüllten Zug gefallen waren. Was waren sie hier? Würstchen, Wesen, die sich selbst verloren hatten. Die riesige Fabrik hatte sie mit noch riesigeren Versprechungen aus ihrer Heimat gelockt. Volk des Meeres, das als atmendes Ganzes, geformt aus austauschbaren Arbeitssklaven, in einem riesigen Netz gefangen und auf dem hässlichen Corso Giovanni Agnelli wieder ausgekippt worden war. Nach Luft schnappende Fische auf dem Asphalt direkt vor den Toren des Fiat-Werks Mirafiori. Zu Verschleißteilen einer seelenlosen Maschine waren sie geworden, Sollbruchstellen im Räderwerk der Fiat-Fabrik, deren Existenz nur bemerkt wurde, wenn sie nicht mehr funktionierten, wenn ihre Hände nicht schnell genug nach der immer gleichen Schraube, dem Maschinenarm, dem Bolzen, dem Stück Blech griffen, welches das Band unerbittlich heranschaffte, sodass der nächste Arbeiter im folgenden Produktionsabschnitt, ein paar Meter entfernt, nicht seinen eigenen Bolzen, seine Schraube in die vorgesehene Stelle setzen konnte.

So waren sie, seit sie ein Teil der Turiner Arbeitermasse geworden waren. Und jetzt fanden sie sich hier zwischen den Zöglingen wohlhabender Familien, die sich vorgenommen hatten, Revolution zu spielen.

Der junge Mann, der Eleonora vorhin schon aufgefallen war, sah sich immer wieder im Raum um, ließ die Studenten nicht aus den Augen. Wieder kam der Kamm zum Einsatz, ein Symbol des Aufbegehrens gegen die Hilflosigkeit, die sein Besitzer den Tag über am unbestechlichen Band der Fabrik und jetzt, am Abend, auch angesichts dieser Menschen verspüren musste, die versprochen hatten zu helfen.

Eleonora, die mit ihrem Bier in der Hand den Ausführungen Davides lauschte, beobachtete ihn weiter aus dem Augenwinkel. Wieder und wieder kämmte er sich. Gaetano hatte ihn seine Mutter genannt, wie sie bald erfahren sollte. Mit all der Hoffnung, die eine Mutter nur haben kann, wenn sie zum ersten Mal auf ihren Erstgeborenen blickt, hatte sie ihrem schönen Kind einen klangvollen Namen gegeben. Das hier aber, dieses rechtlose Dasein als austauschbarer Arbeitssklave, hatte sie sich bestimmt nicht für ihn ausgemalt. Und Eleonora sah zu, wie Gaetano seinen Kamm wieder in die Tasche der viel zu weiten Hose steckte und einen wütenden Blick auf die fein betuchten Muttersöhnchen warf, die sich so selbstverständlich in diesem Raum bewegten, in jedem Raum, den sie jemals betreten hatten und künftig betreten würden, so als gehöre ihnen die Welt, was sie ja auch tat. Er schien sich zu fragen, was genau er eigentlich hier wollte, was er mit diesen Buben gemein haben sollte, die am Abend die große Revolution predigten und in der Nacht dann doch nach Hause in ihre vollbeheizten Villen in Cavoretto oder im Borgo Po zurückkehrten, jenseits des Flusses, mit eigenen Toiletten und warmem Wasser, wohin er und seinesgleichen niemals auch nur einen Fuß setzen würden. Gerade schickte er sich an, den nächststehenden seiner Freunde beim Arm zu nehmen und ihn nach draußen zu ziehen, als Davide sich einen Hocker in den Durchgang zum Nebenzimmer zog, damit ihn die Gäste in beiden Räumen sehen konnten, und hinaufstieg.

Davide räusperte sich ein paarmal, bevor er zu sprechen begann, und dann startete er ganz leise und mit einem Zitat. Das sicher nicht jeder hörte, noch waren nicht alle Gespräche verstummt, nicht alle Gesichter hatten sich dem Redner zugewandt. Tommaso beugte sich zu Eleonora hinüber und stieß seine Flasche leicht gegen ihre. Sie nickte ihm zu und sah, wie Gaetano den Ärmel seines Kumpels losließ und unschlüssig stehen blieb. Ein paar der Studenten, die neben dem Eingang gesessen hatten, tauchten hinter Davide auf und sahen zu ihm hoch, einige gemurmelte Worte wurden noch hinter Eleonoras Rücken ausgetauscht, zu ihrer Überraschung vernahm sie auch eine weibliche Stimme, doch sie hatte keine Gelegenheit mehr, nach ihrem Ursprung zu forschen, denn Davide hob erneut an zu sprechen.

Seine Worte begannen nun, die beiden Räume zu füllen, aufbauend auf das Adorno-Zitat, das keinen hier zu überraschen schien, der es vernommen hatte, von den Arbeitern vielleicht abgesehen.

Auch Eleonora hatte ihre »Minima Moralia« monatelang mit sich herumgetragen und war ehrlich genug, sich einzugestehen, dass sie sich vergeblich bemüht hatte, jeden Satz zu entschlüsseln. Wie sie auch jetzt nicht alles von dem verstand, was Davide sagte, als er den versammelten Arbeitern Unterstützung zusicherte, seine und die all der Studenten im Raum, wie er ihnen zurief, aufzustehen und sich zu wehren gegen die Ausbeutung, in der sie gefangen waren. Das alles gespickt mit Vokabeln des internationalen Klassenkampfs und dargeboten in großer italienischer Emphase.

Mit dem »Unwesen der absoluten Produktion« hatte er eröffnet und mit der Ausbeutung der Besitzlosen weitergemacht, von Entfremdung, von unrechtmäßigem Besitz der Besitzenden und von Rechten der Arbeitnehmer, von der Unterschiedlichkeit der Klassen, die doch keine sein sollte, und vom Bemühen um Gerechtigkeit für alle gesprochen. Wenn Eleonora zwischendurch den Blick schweifen ließ, konnte sie sehen, dass Davides Worte gut ankamen, bei beiden Gruppen gleichermaßen. Geschickt, wie er das machte, wie er immer wieder die verdrechselten Formulierungen sozialistischer Theorie mit griffigen Beschreibungen der stupiden Arbeit bei Fiat und anderen Industriebetrieben mischte, wie er den Studenten und ihrem bislang doch eher theoretischen Wunsch nach Revolution das Ihre gab und dem Grüppchen der Arbeiter, das bereits auf praktische Revolte sann, das Seine. Dann wechselte er vom Allgemeinen zum Besonderen der Situation in Turin, wo es in den Hallen der Fabrik überall zu brodeln begonnen hatte.

»Sonst wärt ihr«, und er wandte sich jetzt direkt an die Arbeiter, »ja auch nicht hier!«

Gaetano hatte längst seinen Versuch aufgegeben, die anderen zum Gehen zu bewegen. Zumindest einer von ihnen, Pietro – auch seinen Namen sollte Eleonora bald erfahren –, nickte eifrig bei Davides Worten, die jetzt, soweit sie aus dem hochitalienischen Staccato des Vortrags heraushören konnte, die Produktionsbedingungen in den Hallen von Fiat zum Thema hatten. Und wenn sie bisher, trotz der Monate, die sie Vokabeln büffelnd und Grammatik paukend in Lernsälen zugebracht hatte, und trotz der langen Sommerabende und -nächte, in denen sie mit Tommaso zweisprachig parlierend durch die Kneipen der Tübinger Innenstadt gezogen war, schon Mühe gehabt hatte, dem Vortrag Davides zu folgen, verstand sie fast gar nichts mehr, als Pietro zu sprechen anfing.

Davide hatte den Arbeiter völlig überrumpelt, als er ihn plötzlich aus der Menge seiner Genossen herausgepickt hatte und ihn bat, aus der Fabrik zu erzählen.

Pietro, groß gewachsen, viel größer als seine Freunde und auch größer als jeder andere Sizilianer – das behauptete wenigstens sein Vater –, hielt den Kopf gesenkt. Dabei sei er eher klein gewesen, erzählte er später Eleonora, als sie sich besser kennengelernt hatten, so klein, dass alle ihn gehänselt hätten. Doch dann war er elf geworden und hatte angefangen, viel schneller zu wachsen als seine Altersgenossen, war bald schon größer als sein zwei Jahre älterer Bruder, überflügelte als Nächstes seine Mutter, dann seine große Schwester und war schließlich so groß, dass er auch auf seinen Vater hinabschauen konnte. Und dann hatte er begonnen, sich zu ducken. Das Bedürfnis, nicht aufzufallen, hatten ihm Generationen bäuerlicher Vorfahren vererbt, die wussten, dass es am gesündesten für sie war, zwischen den kargen Schollen ihrer mühseligen Existenz zu verschwinden, und es kontrastierte schmerzhaft und allgegenwärtig mit Pietros schier unaufhörlichem Wachstum. Je größer er wurde, desto weiter zog er seinen Kopf zwischen die Schultern.

Und so stand er auch jetzt neben dem Stuhl, von dem Davide wieder heruntergestiegen war, um ihm Platz zu machen, und glich einem geprügelten Hund. So wich er auch der ausgestreckten Hand des kleinen Redners aus, der ihn einlud, nun die erhöhte Position einzunehmen – unnötigerweise, denn Pietro brauchte gar kein Hilfsmittel, um genauso weit in die Höhe zu ragen wie vorher Davide auf seinem Schemel. Und dann fing Pietro an zu erzählen, die Stimme hoch und leise, was so gar nicht zu seiner Körpergröße passen wollte. Doch nicht nur deshalb hatten Eleonora und selbst einige der italienischen Studenten Mühe, ihn zu verstehen.

Sein sizilianisches »u« und das weiche »sch« verwischten jegliche Wortgrenzen, deren Identifizierung in der silbenreichen italienischen Rede sich Eleonora in langen Monaten ihres Studiums erarbeitet hatte. Sie sah sich einem Trümmerfeld aus sprachlichen Bruchstücken gegenüber, angesichts dessen sie das ganze Elend der Fabrikarbeiter, von dem Pietro erzählte, gerade so erahnen konnte. Ihr fragender Blick hinüber zu Tommaso brachte sie nicht viel weiter, weil er gebannt zu dem hoch aufgeschossenen jungen Sizilianer hinsah, um nichts von dessen Bericht zu verpassen. Als Pietros stockende Worte schließlich versiegten, herrschte zunächst tiefe Stille im Raum. Die Arbeiter um den schönen Gaetano nickten wissend und nahmen Pietro, der es kaum erwarten konnte, den Platz im Rampenlicht zu verlassen, wieder in ihre Mitte, immer noch auf einen gewissen Abstand zu den Studenten bedacht und als geschlossene Gruppe in jener Ecke der Wohnung vor einem Fenster versammelt, in die sie sich von Anfang an zurückgezogen hatten.

Dann hob ein Murmeln an im Raum unter den Studenten. Tommaso beugte sich zu Eleonora hinüber. »Ganz schön heftig, schon was anderes, das alles so direkt gesagt zu kriegen. Ich möchte wirklich nicht mit ihnen tauschen, wenn man sich das so anhört«, sagte er.

»Ich hab leider nicht alles verstanden«, gab sie zurück. »Aber er macht keinen besonders glücklichen Eindruck.«

Tommaso lachte kurz auf: »Nein, würdest du auch nicht an seiner Stelle. Sei froh, dass du nicht alles mitgekriegt hast. Ist nichts für ein Mädchen.«

»Was soll das denn heißen?« Eleonora trat so unvermittelt einen Schritt nach hinten, dass sie auf dem Fuß eines Studenten landete und sich rasch entschuldigen musste. Als sie sich immer noch aufgebracht wieder zu Tommaso wandte, sah sie sein Grinsen. Nach dem einen Jahr, das sie sich jetzt kannten, wusste er genau, wie er sie auf die Palme bringen konnte, und hielt ihr nun versöhnlich seine Bierflasche entgegen, um erneut mit ihr anzustoßen. Grummelnd ließ sie sich darauf ein und wollte gerade nach Einzelheiten von Pietros Erzählung fragen, als Davide wieder bei ihnen auftauchte. Er hatte als Erster den Raum zwischen beiden Parteien mit großen Schritten durchmessen – so groß, wie es bei seiner geringen Körpergröße eben möglich war – und Pietro mit einem Handschlag für seine Geschichte gedankt. Einige andere waren ihm gefolgt, hatten dem jungen Arbeiter auf die Schulter geklopft, ihm und den anderen ihre Solidarität zugesichert. Jetzt standen sie alle etwas verlegen herum und wussten nicht so recht, was sie mit den neuen Erkenntnissen anfangen sollten. Bis eine Stimme »*Moretti per tutti*, Moretti für alle«, durch den Raum rief, und jeder, der gerade keine volle Flasche in der Hand hielt, begann, sich in Richtung Küche zu bewegen. Im allgemeinen Schieben und Drängen löste sich auch die verlegene Anspannung, die Arbeiter wurden mitgerissen und fanden sich nolens volens in der Mitte der wohlgeborenen Gesellschaft wieder.

Nach ein, zwei weiteren Bieren und einer geteilten Packung Nazionali fanden Gaetano, Pietro und ihre Kameraden die Studenten offenbar längst nicht mehr so vornehm, und die Studenten bemerkten, dass es sich mit den *operai*, den Arbeitern, genauso saufen ließ, wenn nicht sogar besser als mit ihresgleichen. Eleonora geriet irgendwann an die Seite des jungen Arbeiters, der sie zu Beginn so ungeschickt anzugraben versucht hatte, erfuhr, dass er Enzo hieß und stieß, ein versöhnliches Lächeln im Gesicht, mit ihm an.

Mit schweren Köpfen und großen Plänen verließen sie und Tommaso weit nach Mitternacht die Wohnung. Davide und ein weiterer Freund aus der Studentenschaft begleiteten sie ein Stück in Richtung der Pension, in der sie fürs Erste untergekommen waren. In der Tasche hatte sie den Entwurf eines Flugblatts, den zu vervielfältigen sie und Tommaso versprochen hatten.

ZWEI

Rosalia, 1981

Christopher war der Rädelsführer. Ohne ihn wäre dieser letzte Schultag vor den Osterferien für Rosalia ein Freudentag gewesen, an dem sie ihrer Mutter bei den letzten Vorbereitungen helfen wollte für die große Fahrt in den Süden und sich darüber hinaus der Vorfreude hingeben, Vorfreude auf das Abenteuer Italien und natürlich auf das Meer, das sie so faszinierte.

Doch dann kam ihr Christopher in die Quere. Chris, wie er sich nennen ließ, war ein Jahr älter als Rosalia und seit Beginn des Jahres in ihrer Klasse. Er wohnte zwei Häuserblocks entfernt, und seit Rosa sich erinnern konnte, hatte sie ihn in dem mit Maschendraht abgezäunten Hof neben dem Wohnhaus spielen sehen, wenn sie an der Hand ihrer Mutter vorbeigegangen war. Der Kindergarten lag am Ende der Straße, die Grundschule ein bisschen weiter, und auch, um ins Bel Paese zu kommen, der Pizzeria von Ettore und Francesca, wo Rosalia viele ihrer Nachmittage verbrachte, musste sie an dem Haus vorbei, in dem Christopher lebte. Fast immer hatte er ein paar gleichaltrige Jungs um sich herum, die im selben Mietshaus wohnten, und sie waren ebenso mitgewachsen wie Christophers große Klappe, aus der nichts als Mist kam. Zumindest, wenn man seine Lehrerin Frau Wildemut fragte.

Die unterrichtete seit Beginn dieses Jahres auch Rosalia, und Christopher kannte ihre unerbittliche Strenge schon vom Vorjahr. Er absolvierte die dritte Klasse gerade zum zweiten Mal. Vielleicht war er ja wirklich dumm, wovon Rosalia überzeugt war, vielleicht wollte er nur einfach nicht so, wie seine Lehrerin es wollte, und kam deshalb auch in diesem Jahr in keinem Fach über eine Vier hinaus. Nur in einem waren die Lehrerin und der Junge einer Meinung: Sie hatten etwas gegen Rosalia. Und ließen es das Mädchen spüren.

»Ach, faules Mädchen näht wieder mit langem Fädchen«, war noch einer der netteren Sprüche, welche die dürre, turmhohe Lehrerin mit den grauen Löckchen für Rosalia parat hatte, wenn sie hinter ihr stand und mit Argusaugen beobachtete, wie die kleine Halbitalienerin anhand der Vorlage für eine zierliche Mädchentasche ein riesiges Stoffungetüm zusammenflickte, das mit viel gutem Willen als Altkleidersammelbeutel taugte. Nicht dass Rosalia dem Thema Handarbeiten irgendeine Bedeutung zugebilligt, gar die Länge des Rück- oder die Symmetrie des Kreuzstichs für wichtig gehalten hätte. Dass sie ihre Lehrerin das jedoch allzu deutlich spüren ließ, bestärkte die noch darin, das Mädchen auch in den anderen Fächern zu drangsalieren. Immer fand sie noch einen Punkt in den Prüfungen, den sie ihr abziehen konnte. Was allerdings weniger mit Rosas offensiver Ablehnung selbst genähter modischer Accessoires, sondern mehr mit ihrem südländischen Äußeren zusammenhing. Ihre Lehrerin Frau Wildemut mochte einfach keine Gastarbeiterkinder, wie sie bei jeder Gelegenheit betonte, und so entging ihr auch nicht die kleinste Unachtsamkeit, ein fehlendes Komma hier, eine angeblich nicht lesbare Zahl dort. Dafür übersah sie großzügig die spielerische Leichtigkeit, mit der Rosalia ihre schulischen Pflichten erledigte, und den bemerkenswerten Ehrgeiz, mit dem sie sich bis zu Frau Wildemuts Erscheinen in ihrem jungen Leben allem Schulstoff gewidmet hatte. Innerhalb weniger Wochen sackte Rosalias Durchschnitt von Eins auf Drei.

Im Sportunterricht hatte Frau Wildemut für die anderen Mädchen in der Klasse immer eine helfende Hand, nicht aber für Rosalia, auch nicht für Lucija, deren Eltern aus Jugoslawien stammten und die kaum Deutsch konnte. Und Ayaz' Namen merkte sie sich gar nicht erst, sagte einfach immer »Türke« zu ihm. Nach Beginn des dritten Schuljahrs dauerte es keine 14 Tage, bis Frau Wildemut befand, »Rosalia quatscht zu viel«, und sie wegsetzte von ihrer besten Freundin Katja in der ersten Reihe.

»Setz dich nach hinten, zum Türken«, befahl sie ihr, und Rosalia, zu deren hervorstechendsten Eigenschaften eine sicher nicht gehörte, nämlich ein loses Mundwerk, sah Frau Wildemut fest in die Augen mit allem Ekel, dessen sie fähig war, während sie sich erhob und betont langsam ihren Schulranzen packte. Allerdings änderte ihr demonstrativer Stolz nichts an Frau Wildemuts Order, und so zog sie vor den Augen der Klasse mit Sack und Pack in die letzte Reihe um. Christopher, an dem sie vorbeimusste, feixte und rief ihr ungestraft irgendwas von Kümmel und Knoblauch hinterher. Und dann musste Rosalia auch noch feststellen, dass ihr neuer Sitznachbar Ayaz nicht nur kaum Deutsch sprach, sondern es offensichtlich auch nicht sprechen wollte, jedenfalls nicht mit ihr.

Bis Weihnachten hatte er auf kein einziges ihrer Worte reagiert, und so ließ sie es schließlich auf sich beruhen. Wenn jemand schweigen konnte, dann sie. Und in den Pausen wartete Katja an der Klassenzimmertür auf sie, während Lucija sich fortan an Rosalias Rockzipfel hängen und ihr treu bleiben sollte, bis sie mit ihren Eltern zurück nach Jugoslawien ging.

Jahre später, Rosalia lernte gerade für ihr Abitur, erfuhr sie, dass Lucija bei der Schlacht um Dubrovnik gestorben war. Mit tiefer Trauer im Herzen dachte sie an die vielen Momente zurück, in denen Frau Wildemut dem zarten Mädchen mit den dünnen Zöpfen und dem schlechten Deutsch das Leben schwer gemacht hatte. In ihrer rückwärtsgewandten Borniertheit hatte sie viele Wege gefunden, Lucija, Rosalia und Ayaz zu drangsalieren. Pflichtaufgaben, wie Abfalleimer ausleeren, nach dem Unterricht den Klassenzimmerboden fegen oder die Stühle hochstellen, wurden gleichmäßig an alle Schüler in der Klasse verteilt. Und ein bisschen gleichmäßiger an die »Ausländer«, wie sie die drei Kinder mit tiefstem Widerwillen in der Stimme nannte. So blieb es nicht aus, dass Rosalia, Lucija und Ayaz oft später aus dem Unterricht kamen als der Rest der Klasse und, da sie alle in unterschiedlichen Richtungen wohnten und Ayaz sowieso nichts mit den Mädchen zu tun haben wollte, meist auch allein nach Hause gehen mussten.

Nicht, dass Rosalia sich sehr daran gestört hätte, auf dem Heimweg keine Klassenkameraden um sich zu haben. Sie liebte es, für sich zu sein. Bis Christopher ihr zum ersten Mal aufgelauert hatte. Natürlich war er nicht allein. Er saß auf einem dicken Zaunpfosten am Rand des Hofs neben dem Mietshaus, in dem er wohnte, und ließ die Beine über dem Gehweg baumeln, als Rosalia vorbeikam. Zwei seiner Freunde lehnten innen am Zaun und zogen blöde Grimassen.

»He, Knoblauchtante«, riefen sie, »Spaghettifresserin, blöde, Spaghettifresser seid ihr doch alle!«

Mehr fiel ihnen nicht ein, dafür verdoppelten sie ihre Lautstärke, als Rosalia die Straßenseite wechselte und so tat, als würde sie das Geschrei gar nichts angehen. Nur Rosas Schritte wurden ein bisschen länger, und als sie das Ende der Straße erreicht hatte und endlich abbiegen konnte, blieb sie hinter der Ecke stehen und schnappte nach Luft.

Auch in den Wochen danach lauerten Christopher und seine Freunde ihr immer wieder auf. Bis zu diesem Freitag vor den Osterferien jedoch war es bei den üblichen Beschimpfungen geblieben, und Rosalia hatte sich daran gewöhnt. Sie machte sich längst nicht mehr die Mühe, schneller zu gehen, manchmal wechselte sie nicht einmal mehr die Straßenseite. Warum Chris ausgerechnet an diesem Tag beschlossen hatte, seinen gehässigen Worten Taten folgen zu lassen, wusste er vermutlich selbst nicht. Etwas von einem »Denkzettel« hatte er geschrien, als er auf den Gehweg sprang, wenige Meter vor Rosalias Füßen. Dann rief er nach seinen Freunden, und plötzlich waren sie alle um sie herum. Sie lachten und feixten und fingen an, sie zu schubsen. Einer packte ihren Schulranzen und riss so lange an ihm, bis der eine Träger entzweiging, ein anderer angelte nach Rosas langem schwarzen Pferdeschwanz. Sie wirbelte herum, versuchte, sich zu befreien, geriet ins Straucheln und fiel auf die Knie. Dann war es Chris, der nach ihrem Schulranzen griff und mit einem Ruck dessen Seite aufriss, sodass die Schulbücher oben herausragten und ein loses

Blatt zu Boden segelte. Rosalia schlug ihm auf die Hand, konnte seine Überraschung nutzen, aufstehen und einen Schritt zurückweichen. Den Stein, der ihre Schläfe traf, hatte sie nicht kommen sehen, und sie ging vor Schmerz und Schock erneut zu Boden, konnte sich nicht mehr abfangen und landete bäuchlings auf dem Asphalt. Das Blut, das in ihre Augen tropfte, ließ sie nur noch verschwommen wahrnehmen, dass zwei der Jungen auf sie spuckten. Dann waren sie plötzlich verschwunden.

Niemand half ihr, als sie sich mühsam hochrappelte. Sie schaffte es bis zur nächsten Straßenecke, brachte sich dahinter, wie schon so oft, außer Sichtweite, hoffte, dass die Jungen nicht wiederauftauchen würden, und blieb am ganzen Leibe zitternd stehen. Und diesmal war es um ihre Selbstbeherrschung geschehen. Tränen schossen aus ihren Augen und vermischten sich mit dem Blut, das über ihre Wange lief. Sie versuchte, den Schulranzen so gut es ging zuzuhalten, und humpelte unter Schmerzen den restlichen Weg bis nach Hause, wo ihre Mutter, als sie sie sah, die Reisetasche, die sie gerade zum Auto hatte bringen wollen, fallen ließ und einen Laut des Entsetzens ausstieß. Rosalia weinte umso mehr, als Eleonora sie in den Arm nahm, um dann, als sich Rosalia ein wenig beruhigt hatte, vorsichtig mit der freien Hand die Haare am Schläfenrand auseinanderzustreichen, wo der Stein den Kopf getroffen hatte. Rosalia war nicht in der Lage zu erklären, was passiert war, der Schock war ihr tief in die Glieder gefahren, sie fühlte sich wie gelähmt. Auch ihr Tränenstrom versiegte auf dem Weg ins Krankenhaus – ihre Mutter hatte sie behutsam auf den Rücksitz des Käfers bugsiert und ins Rechts-der-Isar gefahren. Die Stiche, die ein junger Arzt durch die Haut an ihrer

Schläfe zog, spürte sie kaum. Ebenso wenig, wie sie seine Fragen wahrnahm, oder die Spritze, die sie in den Arm bekam. Erst eine duftende Pizza im Bel Paese, von Francesca extra mit ein paar dicken, schwarzen Oliven belegt, holte sie zurück in die Gegenwart und gab ihr das Gefühl, genug Kraft zu haben, um erzählen zu können, was passiert war. Worauf ihre Mutter erst blass, dann rot im Gesicht wurde und für eine Weile verschwand. »Ich hab was zu erledigen«, hörte Rosalia sie sagen, mehr nicht, bevor sie, mit einer Decke zugedeckt, erschöpft auf einer Eckbank einschlief. Der Schmerz und die Angst forderten ihren Tribut. Eine gute Stunde später kam Eleonora zurück, um sie abzuholen, einen Ausdruck tiefer Befriedigung im Gesicht. »Dieser kleine Feigling wird sich nicht mehr trauen, dich anzufassen«, hörte Rosalia ihre Mutter murmeln, doch sie war immer noch zu erledigt, um nachzufragen, was geschehen war. Und Eleonora verlor auch kein Wort mehr darüber. Die Fahrt in den Süden konnten sie an diesem Tag nicht mehr antreten, Rosalia solle sich möglichst schonen für ein, zwei Tage, hatte der Arzt im Krankenhaus gesagt. Nun, das war etwas, das Rosa gerade so verkraften konnte, doch die Schmerzen, die ihr die Jungen zugefügt hatten, und die Demütigung würde sie Christopher niemals verzeihen.

DREI

Eleonora, 1968

Fünf Finger. Die Kuppen gegeneinandergepresst, nach oben gereckt und dann in kleinen, aber mit unbedingter Überzeugung ausgeführten Schwüngen zur Untermalung des Gesagten benutzt. Diese Handbewegung war es, die Eleonora mitten im Lauf stoppen ließ. Gerade noch war sie in großen Sprüngen von der hintersten Reihe des Hörsaals hinuntergerannt, um möglichst schnell aus dem Mief der Jura-Vorlesung nach draußen in die Sonne zu kommen, als ihr diese Geste ins Auge fiel, die wahrscheinlich typischste aller italienischen Gesten. Eleonora bremste ab, zwei Bankreihen vom Dozenten-Pult entfernt, und tat dann so, als habe sie etwas Entscheidendes in ihrer Umhängetasche zu suchen, die sie auf die nächstgelegene Bank hievte, um darin herumzuwühlen. Dabei ließ sie den jungen Mann nicht einen Moment aus den Augen, der am Fuß des Hörsaals mit dem Dozenten diskutierte. Sie war zu weit entfernt, um genau zu verstehen, worum es ging, konnte aber deutsche Wortfetzen heraushören, die so gar nicht zur Gestik des Sprechers passen wollten. Einige Minuten ging das so. Untermalt von schwungvollen Bewegungen seiner Hände prasselte der Wortschwall des jungen Mannes auf den Dozenten ein, der ein nachsichtiges Lächeln aufgesetzt hatte und die flammende Begeisterung seines Gegenübers nicht bremsen zu wollen schien.

Eleonora hatte sich gerade entschlossen, das Feld zu räumen, so groß war ihre Tasche nun auch wieder nicht, da sah sie, wie die beiden am Pult sich die Hand reichten und der junge Italiener – ein Irrtum war ausgeschlossen – sich in Richtung Tür entfernte. Wie der Blitz war sie hinter ihm her. Ein echter Italiener hier in der Uni, den musste sie kennenlernen.

Außer den Münchner Gastarbeitern, den armen Kerlen mit den dicken Lederschürzen, die bei ihren Eltern draußen im noblen Münchner Vorort Harlaching die blechernen Mülleimer aufsammelten und in die grauen Müllwägen kippten, und Herrn Mario, dem Hausmeister ihres Internats, kannte sie kaum Italiener. Und selbst die Müllfahrer waren meist Türken. Auch wenn sie ebenso schöne Schnurrbärte trugen wie Herr Mario.

Der hieß eigentlich gar nicht Herr Mario, aber er hatte sich so vorgestellt, damals, als er kam, um sich um den Hausmeisterjob im Internat zu bewerben. Sein Name sei schwer auszusprechen, hatte er gesagt, und: »Sag einfach Herr Mario!«

Eleonora hatte zufällig im Schulhof gesessen und ihre Hausaufgaben in der Junisonne erledigt, als er in seinem ferrariroten Overall durch die Eingangspforte in der Schulmauer trat und sich suchend umsah. Neben dem Overall war es der schwarze Moustache, welcher der gerade Elfjährigen besonders an ihm aufgefallen war – und nach allem, was sie in ihrem ersten Jahr im Internat am See mitbekommen hatte, bezweifelte sie sehr, dass Direktor Scheuermann einen Ausländer im Rennanzug als Nachfolger für seinen in Rente gegangenen Zuchtmeister, den dicken Dimpfl – »Herrn Dimpfl, bitte« – haben wollen würde.

Eleonora hatte ein kleines Grinsen hinter dem Vorhang ihrer roten Haare verstecken müssen, als der Schulleiter zwei Wochen zuvor sämtliche Klassen zum Abschied des Dicken hatte antreten lassen. Eigentlich hätte der ungeliebte Hausmeister erst zum nächsten Herbst die Schule in Richtung Ruhestand verlassen sollen, wo er sich dann, nach eigenen Worten, nicht mehr mit den »verzogenen Schratzen neureicher Vorstädter« würde herumärgern müssen. Da werde es nur noch seine Märklin 800 geben, seine große und, wenn man den Gerüchten Glauben schenken durfte, auch einzige Liebe, seit seine Frau ihm davongelaufen war, weil sie es leid war, ihm in den Schulferien ständig das Essen in den Keller des gemeinsamen Hauses hinunterbringen zu müssen – auch das sagten die Gerüchte –, ihm und seiner Eisenbahn.

»Spurbreite null, nix anders, verstehst«, dozierte Dimpfl gerne in breitestem Oberbayerisch. An guten Tagen konnte er richtig ins Erzählen kommen, meist dann, wenn Direktor Scheuermann eine Schülerin auf seine Anzeige hin für irgendein Vergehen mit Hausarrest oder Hofkehren belegt hatte und er das dann nicht selbst tun musste. Dann hatte Herr Dimpfl einen guten Tag. Dann nahm er die Trillerpfeife aus dem Mund, die während der Woche sicherlich hundertmal durch die Schule schrillte, weil er wieder irgendeine Schülerin bei einer Grenzübertretung erwischt hatte, und erzählte jedem, der es hören oder auch nicht hören wollte, in schwärmerischem Tonfall von seiner Märklin 800, dem zugehörigen Tender und den ausgetüftelten Weichensystemen, die seine drei Bahnhöfe miteinander verbanden. »Alle aus den Dreißigern«, geerbt, ja. »Vo' mei'm Vatter, der hat no' g'wusst, wo's langgeht, da brauch' ich des ganze neimodische Zeigs ned.«

Vom Vater waren auch die Bauern und die Landarbeiter. Und auch die 88 Spielzeugsoldaten, die der dicke Dimpfl in seinen Hügeln postiert hatte, auf dass sie seine Eisenbahnzüge bewachten, welche auf ständig wachsendem Gleisnetz immer im Kreis herumfuhren, »Spurbreite 0, nix anders, ois andere is' a Schmarrn, und die Soldaten, immer auf Zack, habt's es g'heart? Die ham an Karabiner immer im Anschlag, habt's es g'heart? Auf Zack! Net so wie ihr, Waschlappen, windelweiche, Zotzen auf'm Kopf. Bin i froh, wenn's vorbei is, wenn i do draußen bin.«

Eleonora fand seine Erzählungen genauso unerträglich wie sein ganzes Blockwartgehabe, die Ausführungen zu seinem heimischen Keller aber ausgesprochen inspirierend. Sie begann darüber nachzudenken, welche Möglichkeiten der Internatskeller bot, der direkt unter der Hausmeisterwohnung lag, in der Dimpfl während der Schulwochen wohnte. Und als Dimpfl schließlich zu seinem Abschied an den aufmarschierten Schülerinnen vorbeiwatschelte, auf seinen kurzen Beinen, die unvermeidliche Trillerpfeife aus alter Gewohnheit noch immer im Mundwinkel hängend, konnte sie mit Fug und Recht behaupten, einen ordentlichen Beitrag zu seinem frühzeitigen Rückzug geleistet zu haben.

Sechs Wochen nachdem sie in die fünfte Klasse gekommen war und die obere Hälfte eines Stockbetts in einem Seitenflügel des imposanten Gebäudes bezogen hatte, noch immer zutiefst getroffen von der Herzlosigkeit ihrer Eltern, die sie ungefragt im Internat angemeldet hatten, begann der ungeliebte Hausmeister, schlecht zu schlafen. Viel Zeit hatte Eleonora nicht gebraucht, um ihren Plan zu entwickeln. Ende Oktober hatte er sie erwischt, wie sie über die Schulmauer geklettert war, um den Hund des Nachbarn zu kraulen. Noch in derselben Stunde hatte Herr Dimpfl sie beim Direktor denunziert, mit den zu erwartenden Folgen: Das Buchenlaub, herabgefallen von den altehrwürdigen Bäumen, die den Pausenhof umstanden, türmte sich unangenehm hoch in diesem Oktober. Es würde längst dunkel sein, bis sie es fortgeschafft haben würde, das war ihr klar, als sie mit dem breiten Rechen aus der Schultür in den Hof hinaustrat. Weil aber Herr Dimpfl ständig wegen irgendwelcher Kleinigkeiten zum Schulleiter lief, nahm Eleonora an, dass ihm ebenso bewusst wie egal war, dass die gesamte Schülerschaft ihn gern zum Teufel geschickt hätte, und so sein erster Verdacht nicht unbedingt auf sie fallen würde, als eines Nachts in der Wand hinter seinem Bett ein leises, aber penetrantes Rascheln einsetzte. Sie und ihre Klassenkameradinnen stellten sich jedes Mal mit großem Vergnügen vor, wie sich das Geräusch in seine Träume mischte und in grausamer Regelmäßigkeit seinen Schlaf störte, wenn sie unten im Keller saßen. Versteckt hinter einem Holzregal lugte dort das untere Ende einer Perlonschnur aus der Wand, die, wenn sie leicht daran zogen, ein Stockwerk darüber ein zusammengeknülltes Papier in raschelnde Bewegung versetzte, das sie durch ein stillgelegtes Heizungsrohr in einen Hohlraum in der Wand hinter seinem Bett bugsiert hatten. Nacht für Nacht fanden sich einige der nervenstärkeren Mädchen aus Eleonoras Klasse im Keller des Internats ein und zersetzten so die Nachtruhe des Hausmeisters.

Weil das Rascheln nicht aufhörte, selbst dann nicht, als bis Ende März ein Dutzend Mäuse in Dimpfls Fallen ihr Leben ausgehaucht hatten – Kollateralschäden, wie Eleonora trocken und ohne mit der Wimper zu zucken ihrer Freundin Hilde erklärte –, warf er im April das Handtuch, vier Monate vor dem regulären Ende seiner dreißigjährigen Dienstzeit, und polterte – beobachtet von einem halben Dutzend Fünftklässlerinnen, unter ihnen Eleonora, die ihn abgepasst hatten – wieder einmal ins Büro des Direktors. Diesmal, um seine vorzeitige Kündigung einzureichen.

Dunkle Ringe untermalten seine wasserblauen Augen, als er zum Abschied an den aufgereihten Schülerinnen vorbeischlich. Auf Höhe der 5. Klasse schien er einen Augenblick zu zögern. Vielleicht suchte er in der Menge der Mädchen einen Rotschopf, vielleicht bildete sich Eleonora das aber auch nur ein. Doch dann machte er eine Handbewegung, die aussah, als werfe er ein gebrauchtes Taschentuch von sich, straffte die Schultern, und das Letzte, was die Mädchen von ihm sahen, war sein dicker Rücken im grün-rot karierten Pullunder, den Dimpfl immer zu Festlichkeiten angezogen hatte. Vorne wie hinten spannte er gleichermaßen, und das Bild, wie dieser Pullunder durch die Pforte verschwand, ging ins kollektive Gedächtnis jener Mädchenjahrgänge ein, die Eleonoras erstes Jahr im Internat am See begleitet hatten.

Ebenjene Pforte, durch die zwei Wochen später Eleonora hatte Herrn Mario kommen sehen. Und sie fand es höchst überraschend, dass er nicht etwa mit hängendem Schnurrbart, sondern einem kleinen Tänzeln aus dem Büro des Direktors zurückkam. Einem Tänzeln, das zu ihm gehörte wie der rote Overall und seine Angewohnheit, beim Kehren des Hofs italienische Lieder zu singen, und das Eleonora selbst an schwarzen Tagen zum Lachen brachte. Er tänzelte auch an einem Nachmittag im Mai 1967, als sie ihm voller Freude über den ganzen Schulhof hinweg zurief, dass sie ihr Abitur bestanden hatte – und das auch noch weitaus besser, als sie zwischenzeitlich erwartet hatte. Zumindest in Englisch war sie wirklich nicht ganz auf der Höhe gewesen. Der Prüfung war am Abend zuvor eine kleine Feier vorausgegangen, in deren Verlauf eine Gitarre, ein silbernes Armband und ein Satz Unterwäsche die Besitzerin gewechselt hatten.

Aus Herrn Marios Tänzeln wurde zwei Wochen später ein handfester Tanz, den er mit Eleonora nach der offiziellen Abiturfeier aufs Parkett legte. Die meisten Eltern und Lehrer waren längst gegangen, die offizielle Feier vorüber, als sie und ihre Schulfreundinnen zu ihrer letzten Schulparty in der Aula aufdrehten und mit eingeschmuggelten Campari-Soda bis in die frühen Morgenstunden hinein ihr bestandenes Examen feierten.

Irgendwann im Lauf ihrer Schuljahre, die nun vorüber waren, hatte sie Herrn Mario von den Papiermäusen in der Wand hinter dem Bett des dicken Dimpfl erzählt – die seltsamerweise plötzlich und unerwartet verschieden waren, als der Exhausmeister der Schule den Rücken gekehrt hatte. Sie hatten auch keine Nachkommen hinterlassen. Als Herr Mario von der Geschichte erfuhr – von Eleonora mit Händen und Füßen sowie mit den ersten Brocken Italienisch, die sie von ihm gelernt hatte, in Szene gesetzt –, hatte er gegrinst wie Guareschis Peppone, der gerade Don Camillos Hühner gestohlen hat, und Eleonora ins Herz geschlossen. Es war klar, dass der kleine Italiener im knallroten Einteiler nie an seinen Job gekommen wäre, hätten nicht Eleonora und ihre Freundinnen den dicken Blockwart vor der Zeit vergrault und wäre somit Schulleiter Scheuermann nicht plötzlich ohne Hausmeister gewesen.

Und Herr Mario war geblieben, auch nach der Übergangszeit, er hatte den Direktor offenbar von seinen Qualitäten überzeugen können. Und nicht nur ihn, auch die Schar der Schülerinnen. Schließlich sah man in der Folgezeit nie mehr eine von ihnen den Hof kehren. Was Eleonora anging, befiel Herrn Mario regelmäßig sogar eine Art chronischer Blindheit, wenn es darum ging, sie bei einer ihrer Verfehlungen zu ertappen, bis sie mit dem Abi in der Tasche und der geschenkten Gitarre in der Hand die Schule verließ.

Weder fiel ihm auf, wenn sie wieder einmal von Staub und Kletten bedeckt über die Mauer gerutscht kam, hinter welcher der Nachbarshund sich gerade über die Kotelettknochen hermachte, die sie beim Essen hatte verschwinden lassen, noch schlug er Alarm, als sie an einem Sonntagabend im Herbst erst nach Einbruch der Dunkelheit aus dem Dorf-Bus stieg. Sie hatte es nicht fertiggebracht, vor der letzten Zeile des Abspanns das kleine Lichtspielhaus am gegenüberliegenden Seeufer zu verlassen und sich der sonntäglichen Ausflugsgruppe wieder anzuschließen, welche, im Gegensatz zu ihr, rechtzeitig den Rückweg zur Schule angetreten hatte. Mit den Verfilmungen jener Guareschi-Bücher, aus denen Herr Mario entsprungen zu sein schien und die das Kino hin und wieder zeigte, war Eleonoras Vorliebe für Italien noch gewachsen, die ihren Ursprung in einem Bildband über italienische Traumstrände hatte. Als Acht- oder Neunjährige hatte sie ihn beim Stöbern im Bücherschrank ihrer Mutter entdeckt. Wie er dorthin gekommen war, konnte ihre Mutter Friederike ihr selbst nicht erklären, und der einzige Besuch in Italien, den Eleonora mit ihren Eltern je unternahm, führte sie noch nicht einmal in die Nähe irgendeines Strandes.

Ohnehin war es keine Urlaubsreise gewesen, der sie ihren ersten und bis dahin einzigen Aufenthalt in Italien verdankte, vielmehr ein geschäftliches Treffen, das ihren Vater Otto zu einem Besuch in Mailand zwang, Eleonora und ihrer Schwester aber zu einem unerwarteten Abenteuer verhalf. Sie und Rosemarie hatten vor der Tür gelauscht an jenem Abend, als Otto seiner Frau von der Einladung nach Mailand berichtete, und den Abscheu in der Stimme des Vaters gespürt. Schon dass er das Abendessen um Punkt 19 Uhr verpasst hatte, wegen des Anrufs aus Italien, wäre für ihn Grund genug für schlechte Laune gewesen. Und so hatte er erst einmal Eleonoras kleinen Bruder Peter rundgemacht, der um kurz nach 20 Uhr seine Zähne noch nicht geputzt hatte. Und nun auch noch diese Einladung seines Mailänder Geschäftspartners. »Unsteter Mensch das«, schimpfte Otto Eisenfeld, »habe den ganzen Nachmittag auf seinen Anruf gewartet, und dann das, genau zur Abendessenszeit!«

Aber weil der »unstete Mensch« aus Gründen, die er selbst nicht zu verantworten hatte und die bis in die 30er-Jahre zurückreichten, zu den wichtigsten Geschäftspartnern der Firma Eisenfeld gehörte – »gutes Geld, aber schlechte Sitten«, dozierte Eleonoras Vater –, war ihm nichts anderes übrig geblieben, als in seinem Büro nicht nur auf den späten Telefonanruf zu warten, sondern auch die Einladung des Signore Preziosi anzunehmen, der seinen Münchner Geschäftsfreund mitsamt Familie in sein Mailänder Domizil gebeten hatte. Unbedingt solle er doch seine liebe Frau mitbringen, und seine Kinder, den Buben und die hübschen Töchter, die er allerdings noch nie gesehen hatte. »Ah, 13 und 15 sind die jungen Signorine, *fantastico*!«, sie würden einen Ausflug ins schöne Italien doch sicher genießen, die Stadtwohnung mitten im Zentrum von Mailand biete ausreichend Platz – »und vermutlich Ungeziefer in jeder Ecke«, haderte Otto Eisenfeld.

Doch was blieb ihm anderes übrig, Ertrag ging über Empfindelei. Und so stieg Eleonora mit den Eltern und der Schwester ein paar Tage später ins Auto, der arme Peter war zur Tante gebracht worden – »was hat er schon von so einer Reise, ist viel zu gefährlich da unten für den Buben«. Über ihrer freudigen Aufregung vergaß Eleonora fast, sich heimlich über die feinen Schweinslederhandschuhe zu mokieren, die ihr Vater immer überstreifte, bevor seine Hände nach dem Steuer der kleinen Heckflosse griffen, des dunkelroten Mercedes, der der ganze Stolz seiner großbürgerlichen Natur war. Sie ließ sich in den Rücksitz fallen, und während draußen die sich stetig verändernde Landschaft auf ihrem Weg in die Hauptstadt der Lombardei vorbeizog, dachte sie über den Streit vom Vorabend nach. Wäre es nach ihrem Vater gegangen, hätten sie Mailand gleich am nächsten Tag in der Früh wieder verlassen. So jedenfalls hatte er es offenbar geplant, dabei aber die Rechnung ohne seine Frau gemacht – und Eleonora war ihrer Mutter zutiefst dankbar für ihr überraschendes Aufbegehren. »Ich bin doch nicht zu Fuß durch halb Europa gelaufen, um nicht für alle Ewigkeit bei den Russen und ihrem kommunistischen Stumpfsinn zu versauern, um dann nach Mailand zu kommen und nicht einmal die Scala zu sehen!«, hatte Friederike mit erhobener Stimme erwidert, als Otto sie aufgefordert hatte, für eine Nacht zu packen. Und Eleonora und Rosemarie, die am Tisch gesessen und der Auseinandersetzung gebannt gelauscht hatten, waren nach dem Essen so schnell wie möglich in ihre Zimmer verschwunden, um zu packen. Kurz darauf war Friederike mit äußerst zufriedenem Gesicht immer wieder an ihren offen stehenden Türen vorbeigesaust, mal ein in raschelnde Seide gehülltes türkisfarbenes Etuikleid, mal einen zweiten Anzug für Otto über dem Arm. Und die Mädchen hatten sie leise im Elternschlafzimmer vor sich hin summen gehört. Bis die Schwestern ihre Kostüme für die Oper einpacken sollten, war im oberen Stockwerk die Stimmung aufgeräumt gewesen und wäre es wohl auch geblieben, hätte nicht Rosemarie dagegen aufbegehrt, den gleichen Rock und die gleiche Bluse wie ihre kleine Schwester tragen zu müssen. Da half es auch nichts, dass der Rock ausreichend kurz war, schließlich durfte inzwischen sogar im britischen Königshaus Knie gezeigt werden. Aber die Blusen waren hochgeschlossen und mit Rüschen besetzt, »das geht gar nicht, Mama!«, hatte Eleonora ihre Schwester brüllen gehört und war in Rosemaries Zimmer hinübergelaufen, wo Schwester und Mutter inzwischen in einen ordentlichen Streit geraten waren. Dann war ihr Vater aufgetaucht und hatte ihrer Schwester seinen Solange-deine-Füße-unter-meinem-Tisch-stehen-Blick zugeworfen. Rosemarie hatte stillschweigend Rock und Bluse in ihre Tasche gestopft und seitdem nichts mehr gesagt. Sie schmollte noch, als sie die Mailänder Stadtgrenze passierten.

Recht viel Gelegenheit, sich in aller Öffentlichkeit des Partnerlooks mit ihrer Schwester zu schämen, bekam Eleonoras Schwester allerdings nicht. Beim Abendessen mit Familie Preziosi – dem ältesten Sohn versuchte die brünette

Rosemarie vergeblich, schöne Augen zu machen – behielten beide ihre Reisekluft an. Und zur Oper in der Scala am nächsten Abend kamen sie zu spät – ihr Gastgeber hatte mit dem geschätzten Signore Otto unbedingt noch einen Grappa trinken wollen. Sie konnten sich gerade noch zu ihren Plätzen schleichen, bevor sich der Vorhang öffnete, was bei ihrem Vater normalerweise zu einem Tobsuchtsanfall geführt hätte. War er doch sonst einer von denen, die lieber eine halbe Stunde zu früh als auch nur eine Minute zu spät kamen. Aber die Opernkarten waren schließlich ein Geschenk von Signore Preziosi. Weder Oper noch Regisseur hatte ihr Vater sich also selbst aussuchen können, und so schimpfte er auf dem ganzen Weg zum Konzert, den sie in einem Wagen mit Chauffeur zurücklegten, vor sich hin.

»Zum Glück versteht ihn der Chauffeur nicht«, flüsterte Eleonora ihrer Schwester ins Ohr.

»Alles Zeitverschwendung, Italien, Oper«, giftete ihr Vater. Warf einen wütenden Blick auf seine Frau. »Und dann noch dieser Strehler«, moserte er.

»Was ist mit ihm?«, wollte Friederike in bemüht sanftem Tonfall wissen.

»Der ist Sozialist, weiß man ja, wahrscheinlich noch Schlimmeres!«

Friederikes Einwand, dass der berühmte Regisseur Giorgio Strehler das Mailänder Piccolo Teatro leitete und mit der Scala in diesen Tagen so gar nichts zu tun habe, tat er als bedeutungslos ab.

»Diese Kommunisten, Anarchisten, Sozialisten, die sind doch alle gleich. Da können wir auch noch kommen, wenn das Stück schon vorbei ist, das merkt so einer sowieso nicht! Disziplinloses Pack.«

Am nächsten Tag brach Eleonora mit ihrem unwilligen Vater und dem Rest der Familie nach einem sehr kurzen Bummel durch die Mailänder Modegeschäfte auch schon wieder auf, hatte Otto doch kurzfristig noch einen Abstecher eingeplant, den er nicht mit seiner Familie abzustimmen gewillt war. Er steuerte den Wagen von der Wohnung der Familie Preziosi aus nach Süden und schlug den Weg in Richtung Modena und Bologna ein.

Erst nachdem Eleonora und ihre Schwester ihn mit Fragen gelöchert hatten, verriet er ihnen, dass er nach Florenz wolle. Aber nicht etwa des Doms wegen mit seiner Brunelleschi-Kuppel, den ihre Mutter gar zu gern besichtigt hätte. Sie hatte eine Vorliebe für Kirchen jeder Art – was Eleonora verstehen konnte –, war dort aber gerne auch, wenn Gottesdienste gefeiert wurden, wovon Eleonora wiederum weniger hielt. Ihr Vater jedoch hatte nicht vor, ins Innere der toskanischen Hauptstadt zu fahren, Brunelleschi hin oder her.

»Seid ihr närrisch? Ich lass mir doch nicht das Auto klauen«, lautete sein Kommentar auf den ersten begeisterten Aufschrei von Frau und Töchtern. In Mailand hatte Signore Preziosi ihm einen Parkplatz im riesigen Innenhof des luxuriösen Wohnhauses reserviert, in dem er mit seiner Familie residierte. Sonst wäre ihr Vater wahrscheinlich gar nicht erst hingefahren, so wie Eleonora ihn kannte.

Aber nein, natürlich war es nicht die florentinische Kultur, für die er den Aufenthalt im gefährlichen südeuropäischen Ausland ausdehnen wollte, sondern ein sehr persönliches Anliegen. Er wollte das Grab seines Bruders Alfons besuchen. Jahrelang hatte Eleonoras Vater nicht gewusst, wo er lag, ob überhaupt irgendjemand seine sterblichen Überreste beerdigt hatte. Bis er eines Tages einen Brief bekam mit italienischem Stempel. Ein Foto war beigelegt, das ein grob zusammengezimmertes Holzkreuz zeigte, verwittert und von Mohn und wildem Hafer fast vollständig bedeckt. Wer auch immer es aufgestellt hatte, musste gewusst haben, wen er da unter die Erde brachte. Er hatte mit einem Messer den Namen ins Holz geschnitzt, nur den Namen und eine Zahl, Alfons Eisenfeld, 1944. Mehr stand da nicht.

Hoch im Apennin, ein paar Hundert Meter von einem kleinen Weiler ein Stück vor Florenz, sollte das Kreuz zu finden sein.

Also kein Meer in der Nähe, stellte Eleonora resigniert fest. Doch in diesem Augenblick hütete sie sich, den Mund aufzumachen. Sie war dabei gewesen, als ihr Vater mit dem Briefmesser die Falzung des Umschlags entlangfuhr, den sie an einem Dezembertag aus dem Briefkasten geholt und ihm gebracht hatte, als er aus der Firma gekommen war. Sie hatte gesehen, wie seine Hand zitterte, das schwere Metallmesser mit den erhabenen Verzierungen darin fiel ihm zweimal fast zu Boden, noch bevor er den Inhalt überhaupt gesehen hatte. Als er das Foto mit dem Holzkreuz endlich in der Hand hielt, schickte er sie aus dem Zimmer. Und bevor sie die Tür hinter sich schloss, sah sie noch, wie er sich schwer auf den Esstisch stützte, bevor er auf einen Stuhl niedersank.

Vier Jahre jünger und im Gegensatz zu Otto mit zwei gesunden Beinen gesegnet, war Alfons gleich im September 1939 begeistert mit der Heeresgruppe Nord in Richtung Warschau marschiert. Ein Schulterdurchschuss brachte ihn zunächst einmal zurück nach Berlin, was ihn vermutlich davor bewahrt hatte, schon im von Hitler befohlenen »fanatischen Widerstand« in der Winterschlacht bei Moskau das Zeitliche zu segnen. Den Winter 41/42 verbrachte Alfons daheim bei den Eltern und seinem Bruder Otto, dem Rittmeister und Firmenerben, der sich bei einem Reitunfall im Frühjahr '39 so kompliziert das Bein gebrochen hatte, dass ein Einsatz an der Front für ihn ausgeschlossen war und er fortan im Windschatten seines Vaters an einem Stock durch die wirtschaftsmächtigen Salons der reichsdeutschen Hauptstadt humpeln musste.

Marga Eisenfeld, Eleonoras Großmutter, die weder sie noch Rosemarie je kennengelernt hatten, packte Alfons über Weihnachten in Watte und pflegte ihn so gründlich und kompromisslos, dass er nach einem Jahr angeblich immer noch unter Schmerzen litt, die derart übel waren, dass sie eine Rückkehr an die Ostfront unmöglich machten. Was für ein Glück, dass Eleonoras Großvater Fritz Eisenfeld und der Arzt, der die Untauglichkeit seines jüngeren Sohnes bestätigte, nicht nur dieselbe braune Uniform trugen, sondern auch als Kinder schon im selben Klassenzimmer gesessen hatten.

Als dann im Juli '43 die Italiener beschlossen, Mussolini, den *Duce*, abzusetzen, waren sie als Land und Nation bei Großvater Fritz völlig unten durch. Mehr Hochverrat, als den obersten Führer des Landes aus dem Amt zu jagen, war in seinen Augen unmöglich. »Wenn das jeder täte …« Was die Sache für ihn noch schlimmer machte, war die damit verbundene Schwächung der reichsdeutschen Südfront und die Tatsache, dass angesichts der Entwicklungen auch der Eisenfeld'sche Hausarzt Alfons' Dienstunfähigkeit nicht weiter glaubwürdig bescheinigen konnte. Margas Nesthäkchen, inzwischen 23-jährig, hatte sich mit kleineren

Aufträgen für die Firma des Vaters über die Zeit gerettet und so den Anschein einer gewissen Wichtigkeit gewahrt. Doch nun musste er zusammen mit der neu aufgestellten 10. Armee in einen Zug nach Süditalien steigen. In Salerno geriet er mitten hinein in die deutschen Rückzugsgefechte, die ihn seiner Heimat und den Eltern noch einmal 600 Kilometer näher brachten, bis er in der Nähe des Futa-Passes von einer Handgranate zerrissen wurde.

Aus dem Brief eines Kameraden hatten Otto und seine Eltern von Alfons' letzten Minuten erfahren und von dem schrecklichen Knall, der das Lager der deutschen Soldaten hochfahren ließ und der genau von jener Stelle kam, an der sie Alfons gerade noch gesehen hatten. Die Granate war seine eigene gewesen.

An einem Donnerstag war es, als jener Brief durch den Briefschlitz des Eisenfeld'schen Hauses in Berlin-Grunewald gefallen war, just in einem der wenigen Momente, in denen Marga nicht am Fenster gestanden und auf die Heimkehr ihres Sohnes gewartet hatte, wie jeden Tag, seit sein Vater mit ihm zum Bahnhof gefahren war. Am nächsten Tag führte Eleonoras Vater seine völlig verstörte Mutter zum Firmenautomobil, das er und sein Vater gemeinsam beladen hatten, während Marga, die Hände im Schoß, auf ihrem Bett gesessen hatte und nicht in der Lage gewesen war, selbstständig ihre Reisekleidung anzulegen. Otto setzte sich ans Steuer, sein Vater Fritz nahm neben ihm auf dem Beifahrersitz Platz, ohne seine traumatisierte Frau auf dem Rücksitz eines Blickes zu würdigen, als wäre sie allein durch die Tatsache, Alfons geboren zu haben, schuld an seinem Schmerz. Dann folgten die Eisenfelds ihrem längst auf neutrale Züricher Bankkonten transferierten Vermögen in die Schweiz.

Dass Jahre später noch einmal ein Brief aus Italien kam, in dem diesmal von Alfons Eisenfelds Grab die Rede war, sollte dessen Vater nicht mehr erfahren. Ein Herzinfarkt setzte dem Leben von Eleonoras Großvater schon an Weihnachten 1944 in einem Züricher Hotelzimmer ein Ende, genau drei Jahre, nachdem er seine Frau unter dem Christbaum angeherrscht hatte, den jüngeren Sohn nicht allzu sehr zu verhätscheln.

Achtzehn Jahre danach verließen Eleonora und ihre Familie die große Straße nördlich von Florenz. In unendlichen Kurven schlängelte sich der Weg zwischen Eichen und Kastanien hindurch immer weiter in den Apennin hinein. Eleonora klebte am Fenster der Heckflosse, sog die Namen der wenigen Orte in sich ein, die sie durchquerten, Covigliano, Pagliana, sie spürte ihrem Klang nach, versuchte, sich alle zu merken. Als ihr Vater plötzlich den Motor drosselte und auf einen Feldweg steuerte, um zu parken, holte sie das recht brutal in die Wirklichkeit zurück.

»Nach dem Ortsschild noch 200 Meter, dann rechts in einen Feldweg abbiegen«, hatte es in der Beschreibung geheißen, die ihrem Vater von der Deutschen Kriegsgräberfürsorge geschickt worden war und die ihn zum Grab seines Bruders führen sollte. Es war die letzte Gelegenheit, das Originalgrab zu sehen. Demnächst würden Alfons' Überreste umgebettet werden, auf einen großen Soldatenfriedhof.

Und dann standen sie vor dem Grab, Eleonoras Vater ganz vorne nahm den Hut ab, den er immer trug. Ihre Mutter stand ein paar Schritt hinter ihm. Wie so oft, wenn sie in Gedanken war, hatte sie sich nach einer Handvoll Erde gebückt und ließ sie jetzt zwischen den Fingern zu

Boden rieseln. Die Schwestern hielten Abstand. Und dann, Eleonora konnte es kaum glauben, sah sie ihren Vater, den hinkenden Rittmeister a.D., vor dem Kreuz salutieren, das da mehr in der Erde hing, als dass es stolz in die Höhe ragte, und blickte sich entsetzt in alle Richtungen um aus Angst, es könne ihn jemand gesehen haben. Sie musste sich auf die Zehenspitzen stellen, um ihrer Schwester ins Ohr zu flüstern: »Hast du das gesehen? Das kann er doch nicht machen!«

Sie war empört, vor allem, als Rosemarie beschwichtigend den Finger auf die Lippen legte und ebenfalls im Flüsterton zurückgab: »Nun lass ihn doch, du musst das verstehen.«

»Nein! Muss ich nicht. Dieses ganze militärische Gehabe ...« Eleonoras Stimme hob sich unwillkürlich und wurde von dem knallenden Geräusch unterbrochen, das ihres Vaters Hacken machten, die er jetzt zusammenschlug, als er ein weiteres Mal zum Abschied von der trostlosen Ruhestätte die durchgestreckten Finger an die Stirn führte. Dann näherte er sich seinen Töchtern, bebend die Unterlippe. Aber nicht vor Trauer, zu trauern war noch nie seine Stärke gewesen, sondern vor Zorn. »Verdammt sollen sie sein! Verdammt! Sie haben ihn umgebracht!«

Eleonoras Mutter war kaum in der Lage, ihm zu folgen, als er so forschen Schrittes auf die Mädchen zusteuerte, und Eleonora konnte an ihrem Gesicht ablesen, dass sie ebenso peinlich berührt war wie sie selbst. Und doch traute sie sich nicht, mäßigend auf ihren Mann einzuwirken. Eleonora, ohnehin abgestoßen von jeglichem soldatischen Habitus, fühlte sich erst recht herausgefordert durch die offenkundige Schwäche ihrer Mutter und baute sich vor ihrem Vater auf.

»Wer soll ihn umgebracht haben?«

»Ach«, ihr Vater machte eine wegwerfende Handbewegung, »du hast doch keine Ahnung!« Er schob sie zur Seite und marschierte zackig an ihr vorbei in Richtung Auto, doch Eleonora – sie hätte selbst nicht genau sagen können, was sie eigentlich ritt – schüttelte Rosemaries Hand ab, die noch versuchte, sie zu bremsen, und lief ihm und ihrer Mutter nach. Die Eltern hatten den Mercedes erreicht, und ihr Vater schloss gerade die Autotür auf, als sie ihn stellte und noch einmal fragte: »Also, wer hat ihn umgebracht?«

»Was willst du eigentlich?« Er ließ den Schlüssel im Türschloss stecken, wandte sich ihr zu und knurrte gefährlich: »Was genau willst du mir sagen?«

Dass es peinlich ist, wie du die Hacken zusammenschlägst, das hatte sie sagen wollen, stattdessen aber – schließlich wusste sie von ihrer Mutter, was mit Alfons und der Handgranate passiert war – zischte sie, ohne die Wucht zu ermessen, die mit ihrer Aussage verbunden war: »Umgebracht hat er sich doch selbst!«

Es war eine gewaltige Ohrfeige, die sie traf, die Einzige, die ihr Vater ihr jemals verabreichte, aber er entschuldigte sich nicht dafür. Der Abdruck, den seine Hand auf ihrer Wange hinterlassen hatte, schmerzte noch eine Weile, doch das war weitaus weniger schlimm als die Verletzung ihrer Seele. Sie setzte sich fest in Eleonora und wurde Nahrung für den Trotz, den sie ohnehin in sich trug und mit dem sie gegen die Weltsicht ihres Vaters und die aus ihrer Sicht so spießige Lebensweise ihrer Eltern rebellierte. Und ein für alle Mal blieb dieser Trotz verbunden mit jener Fahrt durch die spätsommerliche Toskana, die sie nicht riechen durfte, weil die Fenster des großen Mercedes fest geschlossen waren, in der sie keine Gelegenheit bekam, zu verweilen, um dem melodischen Perlen der Sprache zu lauschen, die sie so sehr zu hören und zu verstehen begehrte. So gern wäre sie der Neugier gefolgt, die sie beim Anblick der hölzernen Schilder über den kleinen Läden empfand, auf denen *alimentari* geschrieben stand, oder *panificio;* so gern wäre sie einfach ausgestiegen in einem jener Orte, die Covigliano, Pagliana oder Firenzuola hießen und deren klangvolle Silben sich in ihren Ohren so verheißungsvoll anhörten – und sie freute sich diebisch, weil Otto sich auf dem Weg zurück zur Autobahn ein paarmal verfuhr.

Das Echo jener Melodien, die sich irgendwo in ihr verfangen hatten, hörte sie noch in den Jahren danach, wenn sie wieder einmal im dunklen Kino saß, die Sitzreihen halb leer am späten Nachmittag, und sich köstlich amüsierte über den aufmüpfigen Pfarrer Don Camillo und den kommunistischen Bürgermeister Peppone, die sich auf die eine oder andere Weise wechselseitig in die Parade fuhren und sich doch, wenn es darauf ankam, auf ganz spezielle Weise die Freundschaft hielten. Und sie meinte den Staub des Kirchhofs von Brescello auf der Zunge und die schlitzohrige Leichtigkeit Guareschis noch im Gemüt zu spüren, wenn sie aus dem Bus sprang und sich verstohlen aufs Schulgelände schlich.

Herr Mario war an diesen Sonntagen in der Regel der Einzige, der dort zugange war, um den Dreck zu beseitigen, den einige Hundert Schülerinnen hinterließen, um Berge von Ahornlaub zusammenzurechen oder tiefen, frisch gefallenen Schnee zur Seite zu schippen. Er wusste genau, wie er Eleonora durch den Hintereingang in die Küche schmuggeln konnte, von wo sie ungesehen in ihr Zimmer gelangte.

Nur ein einziges Mal ging das Manöver schief, ausgerechnet als Eleonora wieder einmal ihre Freundin Hilde überredet hatte, sie in die spätere Vorstellung zu begleiten, anstatt schon nachmittags das Kino – und den Filmvorführer Josef – aufzusuchen. Die Zeit war knapp bemessen, doch sie würden gerade noch rechtzeitig zum Abendessen in der Schule sein, hatte Eleonora ausgerechnet. »Wir müssen eben laufen, dann kriegen wir den Bus um halb acht, und wir haben ja Herrn Mario«, hatte sie ihrer Freundin versprochen – einen Verweis konnte sich Hilde nicht leisten, zwei standen bereits in ihrer Akte.

Nun trug Hilde durchaus eine Mitschuld daran, dass Josef die »Hochzeit auf Italienisch« nicht rechtzeitig gestartet hatte und der Film entsprechend spät zu Ende war. Und während Eleonora auf der Heimfahrt im 20-Uhr-Bus – eine halbe Stunde zu spät für die Schulvorschriften – noch völlig beseelt war von ihrer Entscheidung, wenn überhaupt, dann keinen anderen Mann als Marcello Mastroianni zu heiraten, schwelgte Hilde in der Erinnerung an die sehr realen Umarmungen von Josef. Sie waren kaum aus dem Bus gestiegen, als sie ausgerechnet Schulleiter Scheuermann höchstpersönlich in die Arme liefen.

Der schrieb einen sehr unfreundlichen Brief an Eleonoras Eltern und bestellte Hildes Mutter zum Problemgespräch in die Schule, drohte mit einem Hinweis auf Hildes wenig erbaulichen Notenstand bei der nächsten Verfehlung endgültig mit sofortigem Rausschmiss – was Herr Mario, als ihm Eleonora davon erzählte, mit einigen durchaus gehaltvollen italienischen Redewendungen quittierte und ebenjener Geste, die Eleonora im zweiten Semester ihres Jurastudiums dazu brachte, die Witterung von Tommaso aufzunehmen.

»*Sono Tommaso.* Ich bin Tommaso. Tommaso Mohr.« Nicht mehr, nicht weniger sagte der junge Mann, dem sie nachgelaufen war, draußen vor dem Portal der Hauptpforte. Im gleichen Tonfall, mit dem er auch »du hast sie wohl nicht mehr alle« hätte sagen können, während er Eleonora half, sich die Jacke abzuklopfen.

Sie hatte ihn zuvor just auf der kleinen Freitreppe eingeholt und mit der unverblümten Frage »Du, halt mal, bist du Italiener?« am Ärmel festgehalten. Überrascht und mit spürbarem Ärger war er herumgewirbelt, von einer Stufe gerutscht und ins Straucheln geraten. Dann war er gemeinsam mit Eleonora, die bei dem Versuch, ihn zu stützen, ebenfalls das Gleichgewicht verloren hatte, auf das Kopfsteinpflaster am Fuße der Treppe gestürzt. Dort hatten sie dann alle beide ein paar Augenblicke lang gesessen und ihre Gliedmaßen sortiert. Eleonora war die Erste, die sich gesammelt und aufgerappelt hatte, ihrem Gegenüber die Hand hinstreckend und stammelnd: »Oh wei, entschuldige bitte! Ich wollte doch nur wissen …«

Weiter war sie nicht gekommen, weil ihre dargebotene Hand ergriffen wurde und der Ruck, mit dem sich der junge Mann daran hochgezogen hatte, sie erneut ins Wanken gebracht hatte. Mit zurückgewonnenem Gleichgewicht hatte sie ihr schönstes Lächeln angeknipst, und weil ihre Neugier weitaus schwerer wog als ihr Schreck über den Sturz oder gar ihr schlechtes Gewissen, hatte sie in ihrem besten, frisch erworbenen Universitätsitalienisch verkündet: »*Mi chiamo* Eleonora. Ich heiße Eleonora.«

»Aha«, hatte der andere erwidert, »aber sonst geht's dir noch gut, oder?«

Er schien wenig beeindruckt von ihrer Erscheinung, hatte

sich aber dann doch vorgestellt, obwohl er ganz offenbar noch überlegte, ob er höflich sein oder sie auf der Stelle wegen tätlichen Angriffs verklagen sollte. Die dicke Schönfelder-Sammlung trug er ja schon unter dem Arm. Doch Eleonora hatte keine Lust, sich verunsichern zu lassen. Nach einem flüchtigen Blick an sich herunter, bei dem sie das aufgeschlagene Knie unter dem kurzen Rock zwar bemerkte, aber ignorierte, erklärte sie: »Ja, danke, eigentlich schon.«

»Gut, das freut mich.« Tommaso Mohrs latente Empörung war dabei, in Belustigung umzuschlagen angesichts von Eleonoras Unbekümmertheit, die sich jetzt mit beiden Händen die dunkelrote Mähne nach hinten strich und ganz offensichtlich auf irgendeine Erklärung seinerseits wartete.

»Und?«, fragte sie nun. »Bist du jetzt Italiener, oder bist du keiner?«

»Du, jedenfalls, bist eindeutig Deutsche«, feixte er. »*Mi chiamo* Eleonora«, echote er und zog dabei das »o« von *chiamo* in bewusst übertriebener Betonung in die Höhe.

Einen kurzen Moment lang erwog Eleonora nun doch, ob sie die Stichelei als Abfuhr verstehen sollte. Doch wieder siegte ihre Neugier – und das durchaus gewinnende Lächeln Tommasos. Für den Moment nahm sie sein Frotzeln hin als gerechtfertigte Strafe für ihren Überfall, den auch er, wie sie sehen konnte, nicht ganz unbeschadet überstanden hatte. In seiner Jeans klaffte in Höhe des Knies ein hässliches Loch, und die gut erzogene Tochter in ihr drängte sie, sich zu entschuldigen. Doch da gab es auch noch eine andere Seite in ihr, die sie gar nicht so sehr mochte, der sie aber gern den Vortritt ließ, wenn es ihr zum Vorteil gereichte. Und die sprach mit der Stimme ihres Vaters: *Niemals zurückweichen, wenn du etwas wirklich willst.* Also schaltete sie auf Angriff: »Vielleicht bringst du mir ja bei, wie es richtig heißt, und erklärst mir bei der Gelegenheit, wieso du so großartig bist und beide Sprachen sprichst, als wärst du damit aufgewachsen.« In diesem Augenblick wäre ihr Vater, wie sie ein wenig überrascht registrierte, stolz auf sie gewesen.

Tommaso lachte und gab alle Gegenwehr auf. »Vielleicht ja, weil es so ist«, sagte er und schob in einem Satz eine Nettigkeit und eine Beleidigung hinterher: »Einen Cappuccino am Neckar, *tempesta rossa*?«

Mochte auch ihre Aussprache noch so mäßig sein, hatte Eleonora doch schon genug Italienisch gelernt, um zu verstehen, dass er sie gerade »rotes Unwetter« genannt hatte, in Anspielung auf ihren stürmischen Kontaktversuch und ihre roten Haare. Sie konnte nicht verhindern, dass ihre Gesichtsfarbe einen zu ihren Locken passenden Ton annahm, bückte sich nach ihrer Tasche, die nach dem Sturz noch auf dem Asphalt lag, und überspielte damit den flüchtigen Moment der Unsicherheit. Dann hatte sie sich wieder unter Kontrolle, und bis sie mit Tommaso das kleine Café am Flussufer erreicht hatte, das er als sein Stammlokal bezeichnete, war jede Verlegenheit verflogen. Am liebsten hätte sie sich bei ihm eingehakt.

Eine kleine, etwas mollige Kellnerin winkte sie an einen ungedeckten Tisch, der nahe dem Wasser und unter einer mächtigen, hellgrün belaubten Weide stand. Sie zwinkerte Tommaso zu und wies mit einem unverhohlen skeptischen Kopfnicken auf seine Begleitung. Dann verschwand sie, um einen Lappen für den Tisch zu holen, auf dem Tropfen des morgendlichen Regens Spuren im gelben Blütenstaub hinterlassen hatten.

»Kennst du sie? Oder flirtest du automatisch mit jeder Kellnerin?«, wollte Eleonora wissen.

Tommasos Lachen war herzlich, tief und ehrlich, ohne jede Aufschneiderei, und Eleonora beschloss noch im selben Moment, dass sie ihn zu ihrem besten Freund haben wollte – nicht mehr und nicht weniger. Marcello Mastroianni würde er wohl keine Konkurrenz machen, das spürte sie, auch wenn ihr seine Neckereien gefielen.

»Nein«, erwiderte Tommaso, immer noch lächelnd, »ich flirte gar nicht gern«, was eine so offensichtliche Lüge war, dass er selbst darüber lachen musste.

Dann kam die Kellnerin und nahm ihre Bestellung auf. Eleonora schien es, als würde sie beim Gehen absichtlich nah an Tommasos Rücken vorbeistreichen, aber das konnte auch ein Irrtum gewesen sein.

VIER

Rosalia, 1984

Ein Lächeln erschien auf ihrem Gesicht, als sie den letzten Satz aufs Papier geschrieben hatte. Das musste ein gutes Omen sein. »*Peter is playing football with his friends.*«

Sie nahm sich sogar die Zeit, das Wort *football* noch einmal nachzufahren, so schön fand sie es. Dann raffte sie die drei Blätter mit den gelösten Aufgaben der Englisch-Schulaufgabe zusammen, sprang auf und trug sie im Laufschritt nach vorne, um sie dem Klassenlehrer aufs Pult zu werfen. Dass der Windstoß, den sie dabei verursachte, die Blätter auf der Rückseite des Pults gleich wieder von der Tischplatte hinunter und Herrn Rossberger auf den Schoß wehte, übersah sie großzügig, so schnell war sie aus der Tür.

Es war ihr in diesem Augenblick reichlich egal, was der Lehrer von ihr denken mochte, sie war sich jedoch recht sicher, dass er ihr den stürmischen Abgang nicht übel nehmen würde. An ihren Leistungen war nichts auszusetzen, sie hatte zu alter Stärke zurückgefunden, seit sie nicht mehr unter der Fuchtel ihrer verhassten Grundschullehrerin stand. Besser noch, Herr Rossberger schätzte sie – nicht nur wegen ihrer guten Noten, sondern auch, weil sie normalerweise eher durch ihre durchdachten Beiträge auffiel als durch impulsive Gefühlsäußerungen. Ein bisschen wundern würde er sich dennoch, doch im Moment gab es Wichtigeres für sie.

Mit großen Sprüngen jagte sie die Treppe zur Aula des Gymnasiums hinunter und durch den Haupteingang zu ihrem Fahrrad. Heute war der große Tag, heute, *endlich*. Der Fußballverein lag nicht genau auf ihrem Heimweg, dafür musste sie einen kleinen Umweg nehmen, aber sie konnte es nicht lassen. Wenigstens einen klitzekleinen Blick musste sie auf den Platz werfen, auf dem sie später würde vorspielen dürfen. Und vielleicht, vielleicht ja … Nein, energisch schüttelte Rosalia den Kopf und trat fester in die Pedale. Wieso vielleicht? Wieso sollte es nicht klappen? Nur weil sie ein Mädchen war? Was sie sich vornahm, hatte sie noch immer geschafft! Schließlich war sie nicht schlechter im Kicken als all die dummen Jungs aus ihrer Klasse, die wie Hühner dem Ball hinterherliefen. Im Gegenteil, sie war besser.

Heute in der großen Pause war es wieder einmal so weit gewesen, sie hätte einen Spurt hinlegen wollen und sich den Ball schnappen. Quer über den Platz hätte sie rufen mögen: »Gib ab, du Depp!«, als sie gesehen hatte, wie dieser Blödmann Peter wieder mal im Alleingang unterwegs war und den Ball dem einzigen Abwehrspieler in die Beine dribbelte, der zwischen ihm und dem Tor der gegnerischen Mannschaft stand. Dabei hätte er nur querlegen müssen, Tommy, ihr Sitznachbar, stand völlig frei vor dem rechten Pfosten, und der Keeper der anderen in der falschen Ecke. Er hätte nur den Fuß hinhalten brauchen. Sogar ihre Oma hätte das geschafft, wenn Peter ein bisschen cleverer gewesen wäre und abgespielt hätte. Rosalia hätte ihn schlagen wollen – aber das tat sie natürlich nicht.

Genauso wenig, wie sie gebrüllt hatte. Niemand hätte ihr zugehört. Weil sie ein Mädchen war. Und weil keiner in der Schule je gesehen hatte, wie sie spielte.

Nur Umberto, der hatte es gesehen, und alles, was sie jetzt konnte, hatte sie von ihm gelernt.

Er und sein kleiner Bruder Raffa hatten schon miteinander gekickt, da konnte der Jüngere kaum laufen. Irgendwo auf einem Abrissplatz in Grosseto, nicht dort, wo gut gepflegte Palmen schönen Villen hinter hohen Zäunen Schatten spendeten, sondern hinter einem halb kaputten Drahtzaun, wo die Mülltonnen in Reihen auf der Straße standen, die Häuser verschossen gelb waren oder braun wie Pappkarton und die viereckigen Balkone wie angeklebt aussahen. Dort fanden sie sich zusammen mit den Jungs aus der Nachbarschaft und traten sich gegenseitig in den Staub. Und wenn sie nach Hause kamen, gab es regelmäßig Prügel, weil ihre Mama das Betonpulver und die Reste von Teer aus Hosen und Hemden nicht mehr herausbekam und weil Raffa, der Kleine, ständig aufgeschlagene Knie und einmal sogar eine Platzwunde am Kopf nach Hause brachte. Was aber nur daran lag, dass er kaum laufen konnte am Anfang seiner Hinterhofkarriere. Die anderen merkten schon bald, dass er mehr draufhatte als sie alle zusammen, dass er sich flinker in die Kurven legte, dass der Ball an seinem Fuß klebte und sie ihn auf dem Weg zum Tor nur stoppen konnten, wenn sie ihn von den Beinen holten. Wieder und immer wieder. Bis eines Tages ein Mann vor dem Zaun stand, den sie nicht kannten, und ihnen beim Training zusah. Und am nächsten

Tag wiederkam und einen zweiten Mann mitgebracht hatte in einem rot-weißen Trainingsanzug. Und der wollte nach dem Spiel nur mit einem sprechen, mit dem jungen Raffa, und dann mit Umberto, er war ja der Ältere, und schließlich mit den Eltern.

Und fortan mussten Umberto und die Jungs aus der Nachbarschaft meistens ohne Raffa trainieren. Der bekam ordentliche Fußballschuhe, später dann eine eigene Rückennummer in Grossetos Nachwuchsmannschaft – und als Rosalia zum ersten Mal von Umberto einen Ball im Wirtsgarten des Bel Paese in der Münchner Au zugespielt bekam, kickte Raffa längst bei der legendären Fiorentina in der Toskana.

Rosalia kannte die Geschichte natürlich, sie wusste von Raffa und von Umbertos Eifersucht auf den kleinen Bruder. Sie wusste auch, dass Umberto sich deshalb schämte, zumal Raffa versucht hatte, seinen großen Bruder mitzunehmen, als er selbst zu einem höherklassigen Verein gewechselt war. Den Namen hatte sie sich nicht merken können. Doch Umberto war nicht viel mehr als ein leidlicher Kicker, da halfen all die Tricks nichts, die Raffa vom Trainingsgelände mitbrachte und die er seinen Bruder lehrte, solange Umberto noch in Grosseto war. Buchstäblich bis zum Umfallen hatte Umberto versucht, all das umzusetzen, was der Jüngere ihm beizubringen versucht hatte, und sich daran die Zähne ausgebissen. Theoretisch hätte er ein Kevin Keegan sein können, da war er sich sicher, und jetzt versuchte er, all sein Wissen Rosalia zu vermitteln, wann immer ihm das Servieren im Bel Paese seines Onkels Ettore Zeit ließ. Diesem Mädchen, das mit dem Ball zu tanzen schien und das ihn dabei so sehr an seinen kleinen Bruder erinnerte.

»Rosà«, rief er oft, wenn die letzten Mittagsgäste das Lokal verlassen hatten und er das Geschirrtuch, mit dem er eben die Kaffeemaschine poliert hatte, zusammenfaltete und über die Spüle hängte, *»vuoi giocare?«*

»Ob ich spielen will? Logo!« Umberto musste nie zweimal fragen. Rosalia schob jedes Mal die Hefte mit den Hausaufgaben von sich, die sie an der Bar der Pizzeria erledigte, wenn ihr Vater in der Tagschicht arbeitete und ihre Mutter Eleonora erst spät aus der Gärtnerei nach Hause kam. Und selbst wenn Zia Francesca, wie Rosalia die Wirtin nannte – natürlich war sie gar nicht ihre Tante –, lamentierend aus der Küche gelaufen kam, die Hände rang, weil aus dem schönen Mädchen noch ein Junge werden würde, wenn das so weitergehe mit dem Fußball, *»Madonna mia«* und *»ragazze e calcio, impossibile*, Mädchen und Fußball, unmöglich« rief, ließ sich Rosalia nicht abhalten.

Sie wusste genau, dass Francesca ihre Mutter, die in der ersten Zeit nach ihrer Rückkehr aus Turin im Bel Paese als Kellnerin gejobbt hatte, regelmäßig beiseitenahm, um in ihr eine Verbündete gegen den Teufel Fußball zu suchen. In ihrer kleinen Wohnung gab es nur wenig, das Rosalia nicht mitbekam, und so hatte sie auch gehört, wie ihre Eltern darüber gesprochen hatten.

Natürlich war ihr das egal – nicht, dass sie Francescas Autorität infrage gestellt oder ihre Ratschläge als Einmischung empfunden hätte. Sie liebte die rundliche Wirtin, die keine eigenen Kinder, dafür aber ein Foto von ihr und ihrer Mutter auf einem Regalbrett über der Bar stehen hatte, von ganzem Herzen. Von Fußball aber hatte Francesca definitiv keine Ahnung, konnte sie doch noch nicht mal Rossoneri und Nerazzurri auseinanderhalten. Rosalia nutzte jede Gelegenheit, den wachsamen Augen der Wirtin zu entkommen. Im Wirtsgarten hinter dem Haus, in dem nachmittags keine Gäste saßen, schoben sie und Umberto die hinterste Reihe Stühle und Tische zusammen, um ein winziges Fußballfeld zu schaffen. Dort lernte sie von Umberto, den Ball in der Luft zu halten, ihn immer wieder hochzukicken, mit den Fußspitzen, dem Spann, den Knien, zehnmal, fünfzigmal, hundertmal. Er stellte sich zwischen die zwei Kastanienbäume am hinteren Zaun und forderte sie auf, ihn auszutricksen, schenkte ihr eine kleine Tafel und eine Kreide, mit deren Hilfe er ihr das Wesen des Catenaccio erklärte. Was Rosalia gar nicht so sehr interessierte. Sie war der Meinung, dass Fußball durch Tore gewonnen werde und die Verteidiger nur eine Nebenrolle spielten. Und sie ließ sich erst erweichen, die krakeligen Kreidezeichnungen Umbertos näher zu betrachten, als *ihre* Italiener nach dem Sieg über Brasilien und dem gewonnenen Halbfinale bei der Weltmeisterschaft 1982 das Endspiel gegen Deutschland klargemacht hatten. Da rückte sie eine Handbreit ab von ihrer Überzeugung. »Ah, Catenaccio, kann schon sein«, murmelte sie, achtete aber darauf, dass Umberto sie nicht verstehen konnte.

Und doch war es ein Stürmer, Italiens Paolo Rossi, dem ihre Verehrung galt, und sie konnte eine halbe Nacht lang nicht schlafen, als ihr Tommy versprochen hatte, sein Rossi-Sammelbildchen gegen gleich drei Deutsche zu tauschen: Rummenigge, Breitner und Schumacher wollte er dafür haben. Letzteren hatte sie noch nicht einmal doppelt gehabt in dem kleinen Kästchen, in das sie die Ausbeute aus den Fünferpäckchen schob, von denen ihr Vater ihr abends ein oder zwei mitbrachte, wann immer er dazu kam sie beim Kiosk in der Nähe der Motorenwerke zu besorgen, wo er arbeitete. Sie hatte den Torwart der deutschen Nationalmannschaft schon längst einkleben wollen in ihr grünes Panini-Album, und es war ihr klar, dass Tommy hinter ihrem Rücken feixte und glaubte, sie über den Tisch gezogen zu haben. Am Tag nach dem Finale dann, als Rossi mit seinem 1:0 den Sieg gegen Rummenigge & Co. eingeleitet hatte, hatte Tommy das Bild des italienischen Torschützen zurückhaben wollen. Doch da pappte es schon fest in ihrem Album.

Als Rosalia an diesem Mittag, zwei Jahre nach der Fußball-WM, den Eingang zum Ostfriedhof erreichte, den sie durchqueren musste, um auf kürzestem Weg zum Trainingsplatz zu gelangen, setzte Regen ein. Er hatte sie völlig durchweicht, als sie beim Platz ankam. Auf der roten Erde begann die Nässe gerade, Pfützen zu bilden. Gähnend leer lag er vor ihr, und sie wendete etwas enttäuscht ihr Rad und ließ es den Nockherberg hinunterrollen zum Bel Paese. Francesca würde sicher schon warten, mit einer Margherita, besorgtem Gesicht und ihrer üblichen Predigt, und sie, Rosalia, würde sich eine gute Ausrede ausdenken müssen, die ganz und gar nichts mit Fußball zu tun hatte, wenn sie am Nachmittag noch einmal hierherkommen wollte.

Und dann, eine Heftseite mit Dezimalzahlen und einen halben Deutschaufsatz später, war es so weit. Natürlich wusste Umberto von ihrem Plan. Schließlich war er es, der die ganze Sache eingefädelt und den Jugendtrainer des Vereins überredet hatte, sich die kleine Rosalia wenigstens einmal anzuschauen. Der Trainer, Michi, war ein guter Freund von Michele, der wiederum ein entfernter Cousin von Umbertos bestem Kumpel Andrea, und Andrea war Mitglied der »Squadra Domenica«, der »Sonntagsmannschaft«, einer Münchner Freizeitmannschaft aus Kellnern und italienischen Gastarbeitern. Wenn das Bel Paese Ruhetag hatte, nutzte Umberto die Zeit, um als Linksaußen mitzuspielen, und hatte sogar Rosalias Vater überreden können, hin und wieder vorbeizuschauen. »Habe wieder den Torhüter machen müssen«, erzählte der nach diesen Spielen meistens mit verlegenem Lächeln, und wenn seine Mannschaft gewann, sagte er: »Zum Glück hat keiner den Ball auf mich geschossen.«

Rosalia hatte ein deutlich innigeres Verhältnis zum Fußball als ihr Vater, und als es an diesem Nachmittag Zeit wurde aufzubrechen, lockte Umberto Zia Francesca unter einem Vorwand in die Küche. Rosalia stahl sich davon. Mit aller Macht trat sie in die Pedale, sobald sie außer Sichtweite der Zia war. Der Regen hatte inzwischen aufgehört, und sie konnte die Rufe der Spieler auf dem Fußballplatz schon von Ferne hören, als sie ein wenig außer Atem ihr Rad hinter dem kleinen Vereinsheim abstellte. Sie solle einfach aufs Spielfeld gehen und nach Michi fragen, hatte ihr Umberto eingeschärft, Michi wisse Bescheid. Rosalia versuchte, ihr klopfendes Herz zu beruhigen, als sie auf einen Jungen in etwa ihrem Alter traf, der gerade den Dreck von seinen Fußballschuhen klopfte und ihr auf ihre Nachfrage mit Neugier im Gesicht, aber nicht unfreundlich den Weg zum Trainer wies.

Von diesem Moment an geriet der Nachmittag ins Taumeln, und Rosalia mit ihm, haltlos zwischen Herzklopfen und Konzentration, Euphorie und Enttäuschung, und als sie am Abend im Bett lag und versuchte, ihre Gefühle zu ordnen, stiegen ihr immer wieder Tränen der Wut in die Augen. Den unfertigen Deutschaufsatz hatte sie vor Zorn beim Heimkommen in die Ecke gepfeffert, die Musterschülerin in ihr musste mal einen Tag lang aussetzen.

Michi hatte sie tatsächlich erwartet, hatte schon am Rand des Trainingsplatzes gestanden und ihr mit einem aufmunternden Klopfen auf die Schulter einen Ball gereicht. Leider übersah sie den leicht angespannten Ausdruck in seinem Gesicht, kannte den Mann ja auch nur vom Hörensagen und war in ihrer Aufregung vor allem darauf bedacht, ihr Können zu zeigen. Der Trainer ließ sie ein paarmal mit dem Ball hin- und herlaufen, hatte einige Hütchen vom vorhergehenden Training stehen gelassen und sah ihr zu, wie sie ohne Mühe aus dem Zickzacklauf heraus aufs Tor schoss. Dass ein paar Jungs, die vom Duschen zurückgekommen waren und sich am Zaun versammelt hatten, ihr blöde Kommentare zuriefen, ließ sie ungerührt, nichts anderes hatte sie erwartet. Das Feixen und Foppen drang kaum durch den Wall aus Konzentration, den sie um sich herum aufgebaut hatte. Und sie würde sie ganz zum Schweigen bringen, sie würden Ruhe geben, wenn sie sahen, was sie konnte. Die vier Sprints, zu denen sie von Michi aufgefordert worden war, brachte sie mit Selbstverständlichkeit und, ihrem Gefühl nach, auch mit ordentlicher Geschwindigkeit hinter sich, und schließlich durfte sie noch ein paarmal aufs Tor schießen. Dass Michi sie dann zu sich rief, ohne sich wenigstens einmal angeschaut zu haben, was sie mit einem Gegenspieler anstellen würde, machte sie schon ein wenig stutzig. Und dass er sie dann zuerst für ihre Vorstellung lobte, ihr im Folgenden aber eröffnete, dass er leider keine

Mannschaft habe, in die er sie aufnehmen könne, traf sie ins Mark und ließ das Gegacker der Buben hinter dem Zaun zu einem unerträglichen Kreischen in ihren Ohren werden; zu Lärm, der die entschuldigenden Worte des jungen Trainers verschluckte – ein Riesentalent, ohne Frage, aber eben ein Mädchen, und ja, sie wisse doch, es liege nicht an ihm, aber der Verein, der Cheftrainer, sie alle hätten etwas dagegen, dass sie bei den Jungs spiele. Und dann gebe es einfach zu wenige wie sie und deshalb auch keine Mädchenmannschaft, das höre man doch schon am Namen, keine »Frauschaft«, da wollte er wohl lustig sein. Er redete und redete und redete. Und während er sich rechtfertigte, dachte Rosalia kurz an den FC Bayern, der sehr wohl schon eine Frauenmannschaft hatte, verwarf den Impuls, das zu erwähnen, jedoch sofort, als Michi auch noch Anstalten machte, sie in den Arm zu nehmen, zum Trost, wie eine Göre, die sich das Knie aufgeschlagen hat. Sie wich zurück. Vielleicht hatte er erwartet, dass sie weinen würde. Doch Rosalia sah ihn nur an, dankte ihm mit einem eisigen Lächeln, nahm die Hand, die er nun hinhielt, mit festem Griff, drehte sich um und ging zu ihrem Fahrrad. Dort zog sie erst einmal den Haargummi von ihrem Zopf, aus dem sich beim Laufen einige Strähnen gelöst hatten, schüttelte die schwarzen Locken einmal über den Kopf und wieder zurück und flocht die dicken Strähnen erneut zusammen, als wäre nichts geschehen. Um nichts in der Welt hätte sie sich die Blöße gegeben, ihre Enttäuschung zu zeigen. Nur dass sie nicht auf ihr Fahrrad stieg, sondern es vom Trainingsgelände wegschob, hätte einem Beobachter verraten können, dass sie in diesem Moment alle Kraft verlassen hatte.

Als sie gegen Mitternacht, allein in ihrem Bett, genug geweint, geflucht und getobt hatte – ihre Eltern waren eben erst aus dem Ristorante gekommen, und sie hatte getan, als würde sie schlafen, bis die beiden ebenfalls ins Bett gegangen waren –, fing sie an, über den einen wohlwollenden Beobachter nachzudenken, den es tatsächlich gegeben hatte. Sie war gerade um ein paar Ecken herum gewesen und der Trainingsplatz nicht mehr zu sehen, als sie plötzlich eine Stimme von der Seite her vernahm. Es war der Junge, den sie eine Stunde zuvor, gefühlt in einer anderen Zeitdimension, nach dem Trainer gefragt hatte. Rosalia war sich nicht sicher, ob er bei den anderen Spielern hinter dem Zaun gewesen war.

Jetzt sprang er neben ihr vom Fahrrad und überrollte jeden Abwehrversuch, den sie noch hätte unternehmen wollen, mit einem schnellen Konter: »Du bist richtig gut! Wir haben noch eine andere Mannschaft, keine Vereinsmannschaft, aber wir trainieren regelmäßig. Willst du nicht mit uns spielen?«

Kein »Es tut mir leid« oder »Mei, du bist halt ein Mädchen, das musst du verstehen«.

Rosalia, angeschlagen wie sie war, war so überrumpelt, dass sie nur nicken konnte und den Zettel nahm, den der Junge ihr zusteckte.

»Ich bin Simon. Das ist meine Telefonnummer. Ruf mich an!«

Dann drehte er sich um und verschwand ohne ein weiteres Wort.

Mittlerweile war es kurz nach eins geworden, der nächste Schultag würde anstrengend werden nach der kurzen Nacht, und wenn sie nicht bald schlief, würde sie hören, wie bei ihren Eltern drüben im Schlafzimmer der Wecker ging, damit ihr Vater rechtzeitig zu seiner Schicht aus den Federn kam. Da knipste Rosalia die Taschenlampe an, die sie immer unter der Bettdecke hatte, kramte den Zettel hervor und las die Telefonnummer, die darauf stand. Eine andere Mannschaft? Was genau sollte das sein? Aber sie hatte nichts zu verlieren, oder? Konnte vielleicht nicht schaden, diesen Simon in den nächsten Tagen einmal anzurufen.

FÜNF

Eleonora, 1969

»Gerechtigkeit!« war Tommasos Antwort gewesen. »Es ging um Gerechtigkeit«, wiederholte er, als er und Eleonora beim zweiten Cappuccino angekommen waren. »Was alles erlaubt ist, um sie durchzusetzen, das wollte ich wissen«, erklärte er.

An jenem Frühlingstag 1968, als Eleonora Tommaso die Treppe vor der Tübinger Universität hinuntergeworfen hatte, kannte sie ihn noch nicht. Sonst hätte sie die Frage gar nicht erst gestellt, was er denn so aufgeregt mit dem Jura-Dozenten im Hörsaal zu verhandeln hatte. Seither war fast ein Jahr vergangen, und es hatte kaum einen Tag gegeben, an dem sie sich nicht gesehen oder wenigstens telefoniert hätten. Und fast immer ging es um dieses eine Thema, in den verschiedensten Facetten.

Von der institutionalisierten Zweiklassengesellschaft Südafrikas bis zu jener in den amerikanischen Köpfen, von Martin Luther King bis Nelson Mandela, von Fidel Castro zu Hõ Chí Minh, von den deutschen Notstandsgesetzen bis zu den französischen Studentenunruhen diskutierten sie sich durch die Weltpolitik. Egal, ob sie sich vor dem Hörsaal trafen oder abends in einer Bar. Sie waren so unzertrennlich geworden, dass Eleonoras Freundin Hilde kaum glauben wollte, dass da nicht noch mehr war als pure Freundschaft, wenn sie mit ihr telefonierte.

»Kumpels, nichts anderes«, wiederholte Eleonora ein ums andere Mal, um ihre Freundin zu beruhigen, die vor Neugierde am liebsten nach Tübingen gekommen wäre.

»Blaue Augen, sagst du? Dunkelblonde Locken? Genau mein Typ«, seufzte Hilde durch die Leitung und fummelte noch ein paar Zehnerl ins Münztelefon, um Zeit für weitere Einzelheiten zu haben.

Hilde war ständig auf der Suche nach neuen Abenteuern. Sobald Eleonora in München war, schleppte sie die Freundin auf die Leopoldstraße, zerrte sie erst zum Eisessen ins Café Venezia und später dann zum Tanzen ins Big Apple, wo sie nachts jeden Pfennig wieder ausgab, den sie mit ihrem Studentenjob als Zeitungsausträgerin frühmorgens verdiente. So lange, bis sie eine Affäre mit einem der Barkeeper begann, der sie fortan durch die Hintertür in ihren Lieblingsclub schleuste und ihr die Drinks spendierte.

Nicht, dass Eleonora etwas gegen einen Freund gehabt hätte, er musste ja nicht gleich der künftige Ehemann sein, so wie bei Rosemarie. Aber Tommaso war es jedenfalls nicht. Vielleicht war ihr erster gemeinsamer Tag einfach nicht der richtige gewesen, um sich zu verlieben, und sie hatten die Gelegenheit verpasst. Sie waren Freunde, nicht mehr und nicht weniger. Und schließlich hatten sie Wichtigeres zu tun.

»Gerechtigkeit«, hatte sie damals im Café nachdenklich wiederholt und festgestellt, dass sie Tommasos Vorstellungen teilte. Das Streben nach Gerechtigkeit war auch ihr Antrieb gewesen, als sie sich mit Hilde aufgemacht hatte, nur ein paar Wochen zuvor, um vor der Bildzeitung zu demonstrieren, Gerechtigkeit für Ohnesorg und Dutschke, der eine tot, der andere schwer verletzt, nicht mehr und nicht weniger wollte Eleonora erkämpfen.

Mit nichts als einer Handvoll Steine und ihrem Groll gegen die Obrigkeit war sie losgezogen am Gründonnerstagabend, bereit, die Steine nach jedem Polizisten zu werfen, der ihr in die Quere kam. Mit den anderen hatte sie um die Wette geschrien – »Heute Dutschke, morgen wir« – und dabei an ihre Eltern gedacht, die nicht wussten, wo sie war.

Sie war über die Osterfeiertage von Tübingen nach Hause, nach München gefahren, eigentlich um mit ihrer Familie zu feiern, nicht um Steine zu werfen. Eigentlich.

Rosemarie und Peter hatten sich gefreut, als sie ihr die Tür geöffnet hatten. Ihre Mutter Friederike war aus der Küche gekommen und hatte sich die Teighände an der Schürze abgewischt. Für den Osterzopf brauchte Eleonoras Mutter keine Haushälterin, den hatte sie immer schon selbst gebacken, so wie ihre Mutter vor ihr. Wenn auch jene, Hedwig von Ringsleben, ihrerseits noch Herrin über ein ostpreußisches Großanwesen, das Kneten des Hefeteigs ihrer alten Köchin Agathe überlassen hatte, die damals schon die älteste Frau im ganzen Gäu war und die spätere Flucht ihrer Herrschaft ins Deutsche Reich kurz vor Kriegsende nicht mehr erlebt hatte. Friederikes Kuchen hatte jedenfalls durchs ganze Haus geduftet, als Eleonora heimgekommen war. Der Duft war ein Versprechen gewesen auf ein paar behütete Tage im Schoß ihrer Familie. Trotz allem, was sie ihren Eltern vorwarf, die konservative Borniertheit ihres Vaters vor allem, genoss sie es doch, hin und wieder heimzukehren ins Nest. Sie genoss die Fürsorge ihrer Mutter, die ihre tiefe Liebe zu ihren Kindern hinter jener preußischen Contenance versteckte, mit der sie sich auch in ihre Rolle als Ehefrau eines Geschäftsmanns mit alter Familientradition fügte. In unbeobachteten Momenten glaubte Eleonora bei ihrer Mutter ein stilles Aufbegehren wahrzunehmen gegen die starren gesellschaftlichen Regeln der ersten Nachkriegsjahrzehnte und jene ihres Standes. Viel zu still allerdings in Eleonoras Augen, die es vorzog, ihre Meinung so laut kundzutun, dass niemand sie überhören konnte. Rosemarie, ihre Schwester, schon in Mädchentagen die Stillere und Angepasstere von beiden, hatte für Eleonora zwar Verständnis, hätte sich ihr aber niemals angeschlossen. So war die einzige ganz private Revolution, die Rosemarie wagte, die Wahl eines nicht ganz standesgemäßen und deutlich älteren Verlobten. Doch zumindest verdiente ihr Jürgen als Kaminkehrermeister richtig gutes Geld, und das war neben der Herkunft und einem anständigen Benehmen durchaus etwas, womit man sich das Wohlgefallen Otto Eisenfelds verdienen konnte. Rosemarie plante bereits ihre Hochzeit und wollte in wenigen Monaten aus- und mit ihrem Zukünftigen zusammenziehen, was Eleonora mit ihren »Hippieansichten«, wie ihre Mutter es nannte, seltsam anachronistisch fand. Und doch liebte sie ihre große Schwester von ganzem Herzen, und die Aussicht, an diesem Gründonnerstag mal wieder einen Nachmittag mit ihr zu verbringen, hatte sie noch glücklicher gemacht als jene, ihrem Vater erst zum Abendessen begegnen zu müssen.

Der Nachmittag hatte kaum zum Austausch aller Neuigkeiten gereicht. Es war früher Abend geworden. Dann hatte das Telefon geklingelt, Hilde war in der Leitung gewesen,

Hilde, ihre beste Freundin, die schon mit ihr im Keller des Internats gesessen und geholfen hatte, den dicken Hausmeister Dimpfl zu vertreiben. Hilde, die sich heimlich mit ihr ins Kino geschlichen und dafür beinahe einen Schulverweis bekommen hatte. Hilde, die nach ihrem Techtelmechtel mit Filmvorführer Josef eine Affäre mit einem Referendar begonnen hatte und nur deshalb das Abitur machen und jetzt in München studieren konnte, weil es Eleonora gab. Ohne die Notlüge, mit der sie ihre Freundin gedeckt hatte, wäre die verbotene Affäre auf- und Hilde kurz vor dem Abi von der Schule geflogen. Für die Gitarre, die Eleonora mit in ihre Tübinger Studentenbude genommen hatte, hatten Hilde und ein paar ihrer Schulkameradinnen zusammengelegt und sie ihr zum Dank geschenkt.

»Du, wir treffen uns später vorm Schwarzen Riesen, beim Hertie-Hochhaus, ich hab gehört, es geht dann zur Bildzeitung. Bist du dabei?«, hatte Hilde geflüstert am anderen Ende der Leitung.

Und schon war Eleonora losgerannt, um die Straßenbahn zu kriegen. Und es war es so still in der Vorstadt und so laut, als sie die letzten Meter gelaufen war, die Leopoldstraße entlang, immer auf die Stimmen zu, die sie schon von Ferne hören konnte, die Steine in der Tasche fest umklammert, nur für den Fall. Sie hatte Bilder aus Berlin gesehen und aus Nantes, wo die Studenten vor der Uni protestiert hatten und die Polizei aufgefahren war. Vielleicht würde sie die Wurfgeschosse brauchen, wer wusste das schon?

Und dann war die Menge der Protestierenden um sie, schloss sie ein, schob sie hierhin und dorthin, kurz hatte sie freie Sicht, sah Hilde winken, versuchte, zu ihr zu gelangen durch die Masse, kämpfte sich in Richtung ihrer Freundin, umarmte sie, verlor sie wieder, später, als sie vor dem Haus angekommen waren, in dem die Bildzeitung ihre Redaktion hatte, später, als sich Aufregung breitmachte und der Sturm losbrach, der sie mitriss, hinein ins Gebäude. Und sie verlor die Steine, weil sie die Hände frei haben musste für die Akten dieser verbrecherischen Schreiberlinge, die so viel Schuld auf sich geladen hatten und die sie verteidigten, die alte Ordnung alter Männer, die immer noch nicht lassen konnten von den Fehlern, die sie schon gemacht hatten, als sie selbst so jung waren wie all die jungen Menschen, die jetzt überall auf den Straße kämpften und nach Gerechtigkeit und Frieden, nach Ehrlichkeit verlangten und einem wirklichen Neuanfang, den es nach dem schrecklichen Krieg nie gegeben hatte.

Und Eleonora dachte an Benno Ohnesorg, der jetzt auf einem Friedhof lag, irgendwo in Hannover, und an Rudi Dutschke, der gerade in einer Berliner Klinik um sein Leben kämpfte, und ihre Wut wurde immer größer. Da lagen Exemplare der Bildzeitung, in denen die Studenten beschimpft wurden, eine Schreibmaschine, ein Bogen Papier, noch eingespannt. Nein, aus dieser Maschine würden keine falschen Zeilen mehr kommen, »heute Dutschke, morgen wir«, sie riss die Maschine vom Schreibtisch mit aller Kraft, die sie aufbringen konnte, und lauschte für eine Sekunde dem Klirren nach, als das schwere Gerät durch die Scheibe brach, und dann war es auch schon vorbei. Eine Frau, verhüllt mit einem Schal über Mund und Nase, packte sie am Arm und zerrte sie mit sich, nach draußen, in Sicherheit vor der Polizei.

Zu Fuß zur Straßenbahn, ein langer Weg, den sie tief in Gedanken versunken hinter sich brachte, bis sie eine

Stimme hinter sich hörte. Hilde, war es Hilde? Hilde hatte sie eingeholt, Eleonora war zusammengezuckt, als sie die schnellen Schritte ihrer Freundin vernommen hatte. In der Ferne schrillten die Sirenen der Einsatzwagen, und die Freundinnen bemühten sich, nicht zu laufen.

»Warst du drin?« Hilde war atemlos.

Eleonora sah sie an und verstand erst gar nicht, was die Freundin meinte. Dann grinste sie, ein breites, gehässiges Grinsen, mit dem sie Hilde um den Hals fiel. »Die Maschine, du, die Schreibmaschine, die hättest du sehen sollen, wie die durchs Fenster geflogen ist!«

Eleonoras Freude allerdings hielt nicht lange an, konnte nicht lange anhalten. Die Nachrichten von der Bildzeitungsdemo hatten ihr Zuhause im gediegenen Harlaching schon erreicht, als sie nach Hause kam, und ihr Vater konnte zwei und zwei zusammenzählen, nachdem er heimgekommen war und seine Tochter nicht vorgefunden hatte. Das restliche Wochenende über hüllte er sich in tiefes Schweigen, sobald Eleonora im Raum war, und sie war heilfroh, als sie am Ostermontag wieder in den Zug nach Tübingen steigen konnte. Und auf der Zugfahrt dachte sie immer wieder zurück an jenen Moment, in dem die Schreibmaschine durch das Fenster der Bildzeitungsredaktion geflogen war.

Doch jetzt, als sie an dem winzigen Küchentisch in einer Turiner Wohnung saß, die die Bezeichnung kaum verdiente, und in den Nieselregen hinausstarrte, der auf die Via San Marino herniederging, plagten sie ernste Zweifel, ob sie sich nicht doch ein bisschen zu viel vorgenommen hatte. In ihrem überschäumenden Idealismus hatte sie sich in dieses Abenteuer gestürzt, hatte alles stehen und liegen lassen und war mit Tommaso nach Turin gekommen. Vernünftig war das vermutlich nicht.

Drüben in den Fiat-Fabriken, einen Katzensprung von dem Häuserblock entfernt, in dem sie und Tommaso untergekommen waren – und der nicht weniger trist war als all die anderen ringsherum –, litten die Arbeiter jeden Tag mehr unter dem Druck, der in den gigantischen Hallen herrschte. Von Davide hatte sie erfahren, dass vor einigen Tagen erneut Arbeiter entlassen worden waren. Sie hatten sich geweigert weiterzumachen, weil die Bandgeschwindigkeit in ihrem Bereich schon wieder erhöht worden war. Vom Cinquecento, den die Italiener *»topolino«*, Mäuschen, nannten, waren die Menschen in diesem Jahr so begeistert, dass Fiat die Nachfrage kaum befriedigen konnte, also mussten immer mehr und noch mehr seiner Art über die Bänder laufen.

»Ist schließlich keine Wohlfahrtseinrichtung, die die Agnellis betreiben«, hatte Davide am Abend zuvor mit einer unüberhörbaren Prise Sarkasmus gekeift. »Und wer muss dafür sorgen, dass das Geld hereinkommt? Sicher nicht die noblen Herren selbst«, hatte er gesagt und sich ein paar Notizen für seine nächste Rede gemacht.

»So nette Autos«, brummte Eleonora vor sich hin, »und dann so 'ne Kacke.«

Vor sich auf dem Tisch, zwischen den schmutzigen Resten des Frühstücksgeschirrs, hatte sie den Entwurf für ein Flugblatt liegen, das sie in den nächsten Tagen vor dem Mirafiori-Werksgelände, dem größten Komplex der Fiat-Werke, verteilen wollten. Immer mehr Arbeiter kamen inzwischen zu den Treffen der Studenten.

Davide hatte unaufhörlich dafür getrommelt. »Aber wir müssen mehr sein«, wiederholte er gebetsmühlenartig im kleinen Kreis oder auch vor größeren Versammlungen. Neulich hatte sie ihn in der Uni erlebt, wo er spontan einen Seminarraum geentert und zu den Studenten gesprochen hatte, die gerade dabei waren, ihre Unterlagen zusammenzuräumen. Über die Freiheit der Gesellschaft und die in der Universität sprach er, über Selbstbestimmtheit und Kapitalismus, die Notwendigkeit, sich zusammenzuschließen. Während er redete, drängten Weitere zur Tür herein. Es hatte sich herumgesprochen, dass es gut war, ihm zuzuhören, selbst die wohlgeborenen Söhnchen kamen, die von der anderen Seite des Po, lehnten sich lässig an die Wände neben der Tür, die Daumen in die Taschen gehakt. Die Stimmung war aufgeheizt, die Ahnung von Aufstand und Rebellion war wie ein Funke, der durch die Gänge und Straßen flog und zu einem Feuer werden konnte, das Davide und andere, die dachten wie er, entfachen wollten. »Wir müssen mehr sein, wenn wir etwas erreichen wollen! Wir müssen kämpfen, wenn wir frei sein wollen! Wir müssen uns organisieren, wenn wir Gerechtigkeit wollen«, rief Davide mitten hinein in die Menge. Eleonora bewunderte den kleinen Studenten mit der Nickelbrille für sein Talent, Rhetorik und Dramatik in seinen Ansprachen geschickt miteinander zu verknüpfen. Die eisernen Tore der Fabrik waren schleunigst geschlossen worden, als er neulich einmal begonnen hatte, dort zu sprechen. Von den Arbeitern, die gerade ihre Schicht beendet hatten und in kleinen Gruppen hinausgelassen wurden, hatten sich nur wenige getraut stehen zu bleiben, sodass Eleonora, Tommaso und noch ein paar andere Studenten die meisten Flugblätter wieder mit nach Hause nehmen mussten, mit denen sie die Arbeiter auf den Kampf einschwören wollten.

Beim Ordnen der Papierstapel stieg ihr jetzt ein unangenehmer Geruch in die Nase. Sie hob einen der vielen Zettel hoch, die auf dem Tisch verstreut lagen, fand einen vollen Aschenbecher darunter und schenkte ihm ein Stirnrunzeln, bevor sie ihn mit spitzen Fingern zum Abfall hinübertrug. Er war so voll, dass einige der Zigarettenkippen danebenfielen und auf dem Boden landeten.

»*Merda santa*, heilige Scheiße!«, fluchte sie laut und beschimpfte ihre vier Mitbewohner anschließend auch noch auf Italienisch als *maiali*, Schweine, auch wenn sie wusste, dass niemand zu Hause war. Aber etwas Übung konnte ja nicht schaden. Keiner von ihnen, Tommaso eingeschlossen, spülte je sein Geschirr, solange nicht die letzte saubere Tasse benutzt und mit braunen Kaffeerändern verziert ganz oben auf dem Stapel dreckiger Teller thronte, der neben dem Spülbecken seine Balance zu halten versuchte.

Sie fluchte noch einmal und machte sich daran, die Kippen zusammenzuklauben. Wie wollten diese Typen die Welt retten, wenn sie nicht mal in der Lage waren, ihren eigenen Haushalt in Ordnung zu halten? Eleonora verfluchte sich noch im selben Augenblick für den Gedanken, der so sehr nach ihrer Mutter klang, dass sie sich dafür am liebsten geohrfeigt hätte. Mit einem trotzigen Knurren ließ sie die gerade aufgesammelten Zigarettenreste fallen und versuchte zu ignorieren, dass sie sich nun gleichmäßig über die aus dem Eimer ragenden Verpackungen, Essensreste und den Boden verteilten.

»Keinen Pfennig schicken wir dir«, hatte ihre Mutter ins Telefon gekeift, als Eleonora am Vormittag mit ihr telefoniert hatte, und: »Auf der Stelle setzt du dich in den nächsten Zug und kommst wieder nach Hause! Und was ist überhaupt mit deinem Studium? Willst du das jetzt einfach sausen lassen? Was sind denn das für Flausen in deinem Kopf? Himmelherrgott, Mädchen, was soll bloß aus dir werden? Und diese Leute da, mit denen du jetzt rumhängst, alles Hippies oder wie die jetzt heißen, Drogen und Schlimmeres, alle ungewaschen, und was die sonst noch treiben miteinander, das will ich mir gar nicht vorstellen …« Keine zwei Sekunden brauchte sie, um einmal tief Luft zu holen, zu wenig, als dass Eleonora hätte einhaken können, dann ging es weiter: »Meine Tochter, abgestürzt, wohnt mit lauter Männern zusammen, wie kannst du nur? Mit solchem Abschaum, wie kannst du mir das antun? Hat das alles nicht gereicht in den letzten Jahren? Hast du uns nicht genug angetan mit deinem Demonstrieren? Dein armer Vater, und was meinst du, was Frau Hannemann dazu sagt, dass du jetzt in Italien Revolution spielst?«

Das war der Augenblick, in dem Eleonora die Hand mit dem Hörer weit von sich streckte. Wenn Frau Hannemann ins Spiel kam, war ihre Schmerzgrenze erreicht.

Frau Hannemann wohnte neben Familie Eisenfeld, zusammen mit ihrem Mann Egon und ihren fünf Töchtern, in einem hochherrschaftlichen Haus. Für ihre Mutter war sie eine Institution. Mit ihren Sonntagsempfängen, den Festtagsdirndln, mit denen sie so gerne ihren üppigen Busen in Form brachte, nur um ihn anschließend mit einem Hermès-Tuch züchtig zu verdecken, verkörperte sie für Friederike all das, was sie selbst mit ihrem Haus, den Bediensteten und dem Wohlgefühl ihrer großbürgerlichen Jugend zwischen den Rosenstöcken und Pappelalleen Ostpreußens zurückgelassen hatte. Hannemanns waren, wenn überhaupt möglich, noch konservativer als ihre Eltern. Darum die vielen Töchter. Nicht nur, weil Charlotte Hannemann der Ansicht war, dass es eine Schande sei, Gott ins Handwerk zu pfuschen und das Kinderkriegen aus reiner Selbstsucht zu beenden, sondern auch, weil der Name Hannemann auf jeden Fall einen männlichen Erben brauchte. Also versuchte Herr Hannemann es wieder und wieder, wurde mit jedem Mal, wenn die Hebamme erneut eine frisch geborene Tochter aus dem Kreißsaal brachte und dem Vater vor die Nase hielt, etwas unzufriedener und nahm sich fest vor, dass es beim nächsten Mal klappen musste. Inzwischen war die jüngste der Schwestern 16 Jahre alt geworden, und die Hannemanns hatten die Produktion eingestellt.

»Zum Glück nicht noch eine von den Schnepfen«, hatte Eleonora einmal bei einer Sonntagseinladung ihrer ungeliebten Nachbarn zu Rosemarie gesagt, die mit der drittältesten Tochter befreundet war und ihrer damals elfjährigen Schwester als Retourkutsche ein Glas Saft über den Rock geschüttet hatte. Wofür ihr Vater sie beide ohne Umwege nach Hause und aufs Zimmer geschickt und eine wie die andere zwei Tage lang mit Schweigen gestraft hatte. Zur Freude Eleonoras, die ohnehin zunehmend weniger Wert auf Kommunikation mit ihrem Vater legte. Rosemarie allerdings brachte er damit richtig aus der Fassung, und sie verfluchte das Temperament, das selbst mit ihr, der Vorzeigetochter, gelegentlich durchging. Eleonora schaute später am Tag jenes Nachbarschaftsbesuchs durchs geschlossene Fenster aus ihrem Zimmer im ersten Stock ihrem Vater zu, der wieder einmal zu der Bank zwischen den Birken hinausging, die im hinteren Teil des Gartens standen. Vermutlich beschwerte er sich bei dem Holzkreuz, das er für seinen toten erstgeborenen Sohn dort aufgestellt hatte, erneut über die Unbotmäßigkeit seiner beiden ältesten Kinder, die – der Himmel wusste, wieso er dermaßen gestraft wurde – nur Mädchen geworden waren. Sein kleiner Sohn, Alfons, benannt nach seinem Onkel, war zwei Jahre nach Eleonora zur Welt gekommen, und Otto hatte vor Glück über den Buben ein Abendessen gegeben, zu dem ein paar Geschäftspartner und ihre Ehefrauen und natürlich Hannemanns eingeladen waren – die damals erst drei Töchter hatten und mit süßsauren Gesichtern den Lobreden Ottos auf seinen noch haarlosen Stammhalter lauschten. Zwei Monate später lag der Junge, dessen Köpfchen inzwischen mit zartem rostrotem Flaum bedeckt war, eines Morgens tot im Bett, und auch wenn Eleonoras Mutter acht Jahre später noch einmal einen Buben auf die Welt brachte, Peter, der diesmal überlebte und gedieh, konnte das Ottos Schmerz über den Verlust des männlichen Erstgeborenen nie kompensieren. Vielleicht war sein täglicher Gang zu jener Stelle tatsächlich nur Ausdruck seiner Trauer, Eleonora aber wollte in jedem einzelnen Schritt ihres Vaters in Richtung des Kreuzes den Vorwurf an seine überlebenden Kinder erkennen. Und dieser Vorwurf war umso deutlicher in Momenten wie diesen, in denen er sich über die Verfehlungen seiner Töchter aufregen musste. Mit einem genervten Schnauben ließ sie den Vorhang fallen und gab dem vollen Papierkorb, den ihre Mutter als Mahnmal mitten in ihr Zimmer gestellt hatte, einen Fußtritt.

So wie sie jetzt in zunehmender Wut auf ihre Eltern, die so gar kein Verständnis für ihren Wunsch aufbringen konnten, ihr Leben anders zu leben, als sie selbst es taten, dem übervollen, mit Streifen von La Repubblica und La Stampa beklebten Müllkübel einen Stoß versetzte, der seinen unappetitlichen Inhalt zu den Zigarettenkippen auf den Boden katapultierte.

In dem Augenblick hörte sie, wie die Wohnungstür geöffnet wurde und sich die Stimmen von Tommaso und zwei ihrer Mitbewohner näherten, Filippo und Nino, zwei Brüdern, die sich neben einem der winzigen Zimmer auch alles andere zu teilen schienen, ihre Freundinnen eingeschlossen. Sie hießen alle Gabriella, Mariella oder Ariella, trugen Haarreifen in ihren langen glatt frisierten Haaren und kurze Röcke, und Eleonora hatte es noch nicht geschafft, eine der jungen Frauen, die allabendlich die Bude bevölkerten, genau einem ihrer Mitbewohner zuzuordnen. Zumal die »Iellas«, wie Eleonora und Tommaso sie spöttisch nannten, wenn sie beide allein waren, auch keine Neigung zeigten, sie in ihren Kreis aufzunehmen und in der Deutschen, die plötzlich ein Zimmer der WG bewohnte, offenbar eine Konkurrenz sahen. Das dritte Zimmer teilte sich Tommaso mit Davide.

Die drei kamen gerade von der Uni, an der Filippo und Nino studierten. Sie brachten diesmal keine Mädchen, dafür aber wichtige Neuigkeiten mit.

»Heute geht's ab bei Mirafiori. Die Karrenfahrer wollen in den Ausstand gehen, ich hab's von Gaetano. Davide will sprechen. Wir gehen genau zum Schichtwechsel vor die Tore.« Tommaso, der gerade zur Küche hereingekommen war, übersah geflissentlich den auf dem Boden verstreuten Müll und ging zu Eleonora an den Tisch. »Hörst du? Heute geben wir es ihnen richtig, diesen Ausbeutern, diesen Motorfaschisten.« Und er zog sie hoch von ihrem Stuhl, wirbelte sie einmal herum und gab ihr einen Kuss auf die Stirn.

»Jetzt geht's los, jetzt geht's los«, sang er aus voller Kehle, bis Filippo den Kopf in die Küche streckte und mit einem angewiderten Blick auf den Boden fragte: »Madonna, was ist denn hier passiert?«

»Hhm, da ist wohl irgendwer gegen den Mülleimer gelaufen«, erklärte Eleonora mit einem feinen Lächeln. Und zu Tommaso gewandt sagte sie: »Keine Ahnung, was das mit dem Müll auf sich hat. Ich geh mich jetzt mal fertig machen.«

Als sie beim Hinausgehen einen Blick über die Schulter warf, sah sie zufrieden, wie die beiden jungen Männer sich bückten und mit Lauten des Ekels den verstreuten Abfall vom Boden aufsammelten.

»Vielleicht hat ja die Welt doch noch eine Chance«, murmelte sie, bevor sie in ihr Zimmer ging und die Tür hinter sich zuzog, um das Nachthemd, das sie noch trug, gegen Jeans und Hemd zu tauschen.

Sie machten sich zu Fuß auf den Weg zur Fabrik, die Kapuzen ihrer Jacken über die Köpfe gezogen. Es regnete immer noch, und so eilten sie im Laufschritt die Via Saliceto hinunter. Sie hätten sich Filippos Moped ausleihen können, aber wer wusste schon, was passieren würde, schließlich hatten sie Berichte von Unis und Demonstrationen gesehen, von prügelnden Polizisten. Auch dass Steine flogen, war schon vorgekommen, da wollten sie das Moped lieber nicht dabeihaben. Um sich selbst machten sie sich keine Sorgen. Oder nur ein bisschen.

»Denen werden wir's schon zeigen«, sagte Tommaso immer wieder und ballte die Faust in der Tasche. Ein bisschen auch, um sich selbst Mut zu machen, vermutete Eleonora.

In den letzten Tagen konnte man es spüren: Die Stimmung änderte sich. Gestern hatte es eine Schlägerei gegeben, hatte Davide erzählt, der sich im Café bei der Fabrik mit Gaetano und Pietro getroffen hatte und einem weiteren *operaio*, einem Arbeiter, dessen Name ihr nichts gesagt hatte. Direkt vor der Tür waren ein paar Arbeiter mit einer anderen Gruppe in Streit geraten, »Nord gegen Süd, glaube ich«, hatte Davide erzählt. Als er dazukam, war die Sache schon vorüber, und die Streithähne zogen von dannen.

Zwei Blocks von der WG entfernt gab es eine kleine Bar, in der Eleonora und Tommaso jetzt einen Espresso nahmen.

»Weißt du noch, letztes Jahr in Bonn, beim großen Marsch?«, fragte er. Sie lehnten an der Theke und sahen dem Kellner zu, wie er die heiße braune Flüssigkeit in zwei winzige Tassen rinnen ließ. An die Gewohnheit der Italiener, bei jeder Gelegenheit so einen kleinen, starken Kaffee zu trinken, hatte sich Eleonora schneller gewöhnt, als es ihr lieb war. Schon innerhalb der wenigen Wochen, in denen sie nun in Turin war, war sie süchtig geworden nach dem schwarzen Gebräu und dachte mit Schaudern an die dünne Brühe zurück, die ihre Mutter sonntags aus ihrer goldverzierten Rosenthal-Kanne in die Tassen des guten Porzellanservices schenkte. Zum Glück kostete so ein Espresso so gut wie nichts, Eleonora war ohnehin schon knapp bei Kasse.

»Klar kann ich mich erinnern«, sagte sie, ganz versunken in den Anblick des dickwandigen kleinen Kaffeebehälters, den der Barista jetzt vor ihr auf den Tresen stellte.

»Es war alles friedlich, obwohl wir so viele waren. Ich bin gespannt, ob es hier anders ist. Mit den Arbeitern, meine ich«, sagte Tommaso.

»Meinst du, es wird heftig?«, fragte sie.

»Schwer zu sagen. Aber du hast sie gesehen. Und gehört bei meinem Bruder in der Wohnung. Pietro, du weißt, was er erzählt hat. Es geht für sie um mehr, es ist unmittelbarer. Für sie geht's nicht so sehr um 'ne Idee, für sie geht es um die Existenz. Wenn sie nicht funktionieren, fliegen sie raus. Und wenn sie rausfliegen, sind sie am Ende. Und wenn sie auf die Barrikaden gehen, kann es sein, dass sie fliegen und auch am Ende sind.«

Eleonora erinnerte sich gut an jenen Abend bei Tommasos Bruder Toni. Es war das erste Mal gewesen, dass sie Davide begegnet war und auch jener Gruppe von Arbeitern, die ihr inzwischen so vertraut geworden waren, Gaetano, der lange Pietro, Valentino, den sie *il silente* nannten, weil er so schweigsam war und sich so leise bewegte, dass man ihn erst wahrnahm, wenn er direkt neben einem auftauchte, und noch ein paar mehr. Toni, der mit Davide studierte, hatte sich schon Monate zuvor von dessen stürmischem Veränderungswillen anstecken lassen, und es war nicht der erste Abend gewesen, an dem in seiner Bude die Revolution verhandelt worden war. Aber der erste, zu dem Davide auch diejenigen mitgebracht hatte, deren direkte Existenz daran hing.

Eleonora angelte nach der Zigarette, die Tommaso sich angezündet hatte, und erntete einen überraschten Blick von ihrem Freund. »Du rauchst doch gar nicht«, stellte er fest und reichte ihr seine *MS*. Er hatte die Marke erst vor Kurzem für sich entdeckt und die letzte Schachtel Nazionali Filippo geschenkt.

»Tu ich auch nicht, aber vielleicht entgeht mir ja doch was«, sagte Eleonora mit einem vorsichtigen Lächeln, das sich gleich darauf in einem heftigen Hustenanfall auflöste, als sie einen Zug genommen hatte. Immer noch hustend reichte sie den Glimmstengel Tommaso zurück und brachte, bevor ein weiterer Hustenanfall sie schüttelte, gerade noch heraus: »Und wenn wir nichts erreichen, dann gehen wir einfach wieder nach Hause. Ist es das, was du meinst?«

»So ähnlich, ja.« Tommaso nickte und setzte seine Tasse an die Lippen.

»Na ja«, sagte Eleonora und räusperte sich, um ihre Stimme wieder in den Griff zu bekommen, »so ganz stimmt das nicht.«

»Wieso nicht?«

»Also für mich stimmt's jedenfalls nicht. Ich kann nicht einfach wieder nach Hause. Nicht nach alldem hier. Ich würde wahnsinnig werden, wenn ich mir nur vorstelle, ich müsste wieder ständig im spießigen Wohnzimmer bei meinen Eltern sitzen. Außerdem wollen sie mich gar nicht mehr haben. Meine Mutter war sehr deutlich vorhin am Telefon.«

»*No, no, non lo credo.*« Bisher hatten sie deutsch gesprochen, weil Tommaso wusste, wie anstrengend es für sie war, immer in der fremden Sprache zu kommunizieren. Jetzt aber wechselte er in seine Muttersprache und wiederholte noch einmal, was er gesagt hatte. »Ich glaube das nicht. Deine Mutter ist eine Mutter. Und eine Mutter tut alles für ihr Kind.«

Eleonora bezweifelte, dass er recht hatte, zumindest war sie sich bei ihrer eigenen Mutter nicht so sicher. Aber sie sagte nichts, denn sie wusste genau, woran er dachte. Konnte die Szene vor sich sehen, so genau hatte er sie ihr beschrieben – obwohl er selbst noch gar nicht geboren war, als sie sich ereignet hatte. Das Bild seiner Großmutter, die sich opferte für ihr Kind, hatte sich ihr eingeprägt, als wäre sie Zeugin des Verbrechens gewesen, das deutsche Soldaten an jenem Tag an Tommasos Familie verübt hatten. Und sie hatte sich geschämt, als sie ihm wieder ins Gesicht gesehen hatte.

»Und du kannst hier leben?«, hatte sie ihn gefragt, »du hast kein Problem mit den Deutschen?«

»Wie sollte ich«, hatte er geantwortet, »mein Vater ist Deutscher. Und ich bin beides. Und keins von beidem, werde es wohl auch nie sein. Wie kann ich mich da auf eine Seite stellen?«

»Aber du tust es ja doch«, erwiderte Eleonora, »du stellst dich immer auf eine Seite.«

»Aber nicht auf die des einen Landes oder des anderen. Oder des einen Volkes oder des anderen. Sondern auf die Seite derer, die nicht allein für sich kämpfen können. So wie meine Mutter es getan hat im Widerstand.«

Ein ganz normales italienisches Mädchen war Tommasos Mutter gewesen, Luisa, zu Hause in einem kleinen Dorf in den Bergen in der Nähe von Bologna, als sie Tommasos Vater im Spätherbst 1944 zum ersten Mal begegnet war. Ein ganz normales Mädchen, bis sie hatte mit ansehen müssen, wie ihre eigene Mutter erschossen wurde. Wie ihre Mutter zur falschen Zeit am falschen Ort gewesen war, wie sie direkt vor die Gewehrmündung eines deutschen Soldaten lief, um ihn und seine Kompanie fernzuhalten von ihrem Kind und ihrem Heim. Wie der einfach abgedrückt hatte.

In der Nähe des Dorfs hatten italienische Aufständische eine kleine Militärpatrouille der Deutschen überfallen und ihnen die Vorräte geraubt. Es war niemand dabei getötet worden, doch der Vorfall reichte aus, um eine Vergeltungsaktion zu provozieren. Um ein Exempel zu statuieren, zog der Trupp in den nächstgelegenen Weiler, wo das Haus von Luisa und ihrer Mutter stand. Fünf, sechs Soldaten waren über die Straße gekommen, vier andere sollten ausschwärmen, die wenigen Häuser von den Seiten her angreifen. Luisas Mutter Maria, Tommasos Großmutter, war die Erste, die sich ihnen an diesem frühen Morgen entgegenstellte. Der Schuss sprengte die Stille des einsamen Ortes und ließ Luisa, die gerade dabei war, die zwei Hühner zu füttern, die im winzigen Garten unter einem einsamen Zwetschgenbaum im Boden scharrten, in die Höhe fahren. Das war der Augenblick, in dem Tommasos Vater sie sah. Der Augenblick, in dem er seine langen Beine über den hinteren Zaun des Grundstücks schwang. Der Augenblick, in dem er die Gestalt des jungen Mädchens erblickte, das gerade zur Waise geworden war. Und seine Kameraden hatten es dazu gemacht, sein Vorgesetzter, in seiner deutschen Uniform, war derjenige gewesen, der geschossen hatte. Und er fühlte sich, als hätte er selbst es getan.

Das Dorf war klein, so klein, dass Luisa von ihrem Platz unter dem Baum den Offizier sehen konnte, der noch die Pistole hielt, die Straße, auf der ihre erschossene Mutter lag. Auch Tommasos Vater hatte die Szene im Blick. Karl hieß er, 18 Jahre war er, und der letzte von drei Söhnen, die seine Eltern in diesen Krieg hatten ziehen sehen, der längst verloren war. Auch der nächste Schuss traf eine Frau, die stolze Ilaria, die immer geglaubt hatte, ihre Familie sei besser als die aller anderen im Dorf. Sie hatte sich vor ihren kleinen Sohn gestellt, als die Deutschen kamen, die eben noch ihre Verbündeten gewesen waren, und fiel direkt neben Tommasos Großmutter in den Staub.

Und genau in dem Moment, in dem Luisa schreien wollte, sich aus ihrer Erstarrung lösen und durch den Garten über die Straße laufen, zu den toten Körpern auf der Erde, da wurde sie von hinten gepackt, und eine Hand legte sich auf ihren Mund. Mit aller Kraft, die er aufbieten konnte, schleifte Karl das zappelnde Mädchen zum hinteren Zaun, zog sie an die Stelle hinter einem Strauch, an der er selbst in den Garten geklettert war, und drehte sie zu sich herum, ohne die Hand von ihrem Mund zu nehmen. Dass er ihr klarmachen konnte, dass sie über den Zaun steigen und nichts anderes tun solle, als davonzulaufen, so schnell sie konnte, gehört zu den seltenen Wundern, die in jedem Krieg geschehen, zwischen dem unendlichen Leid, welches der Wesenskern eines jeden Kriegs ist und von dem er das Tausendfache schafft.

Tommasos Eltern jedenfalls war es nicht bestimmt, an diesem Tag in diesem Krieg ihr Leben zu lassen. Luisa schlug sich, nachdem sie über den Zaun geklettert war, zu ebenjener Partisanengruppe durch, die für den Diebstahl der Lebensmittel verantwortlich war und zu der auch ihr Bruder gehörte, und tauchte mit ihnen unter.

Tommasos Vater Karl hatte unterdessen mehr Glück als Verstand: Keiner seiner Kameraden hatte gesehen, wie er dem Mädchen zur Flucht verholfen hatte. Aber sein Abscheu über den sinnlosen Mord an Luisas Mutter und der stolzen Ilaria ging eine Koalition ein mit seinem Heimweh und dem spontanen Gefühl, das er beim Anblick des italienischen Mädchens empfunden hatte. Das alles brachte seine ohnehin brüchige Loyalität zu der Nation, die ihn ins Feld geschickt hatte, ins Wanken.

Der dichte Nebel, der eines frühen Morgens die Hänge des Apennins heraufgeklettert war, lieferte ihm die Deckung, in der er seine Truppe verließ.

»Und dann? Wie hat er sie wiedergefunden?«, hatte Eleonora wissen wollen, als Tommaso ihr die Geschichte erzählt hatte.

»Gar nicht«, antwortete er. »Sie hat ihn gefunden. Halb tot vor Hunger und mit einer Ladung Schrot im Bein, die ihm ein Bauer verpasst hatte, um dessen Hof er herumgeschlichen war. Und er wäre wohl schnell ganz tot gewesen, hätte sie ihn nicht wiedererkannt und dafür gesorgt, dass jemand sein Bein behandelt hat. So hat er sich bei den Partisanen versteckt und konnte sich erst nach Kriegsende nach Heidelberg zu meinen Großeltern durchschlagen.«

»Und dann? War sie da schon schwanger?«

»Nein«, Tommaso war empört, »für wie alt hältst du mich denn? Nein, sie hatten sich verabredet. Für den 29. November, in aller Früh. Genau für jenen Tag, an dem ihre Mutter gestorben war. Als sie sich zum ersten Mal gesehen hatten.«

»Welchen 29. November?«

»Na, den 29. November eben. In Venedig. Vor der Kirche Santa Maria della Salute. Maria, so wie meine *nonna*, darum haben sie sich genau diese Kirche ausgesucht.«

»Das hab ich mir schon gedacht. Aber für welches Jahr denn nun? Sie konnten doch gar nicht wissen, ob und wann dein Vater überhaupt wieder nach Italien kommen konnte nach dem Krieg.«

»Genau. Also haben sie sich für jedes Jahr verabredet. Jedes Jahr, 29. November. In aller Früh. Irgendwann würden sie beide es schaffen, dort zu sein, das hatten sie sich versprochen.«

»Und wie lange hat es gedauert?«

»Bis 1947. Gar nicht so lange. Mein Vater hat so eine Begabung dafür, dass ihm Menschen vertrauen, ganz schnell. Und so hat er einen Amerikaner kennengelernt, der in Deutschland stationiert war. Der musste nach Italien in irgendeiner Sache«, er hielt kurz inne, um zu überlegen, »nein, ich weiß nicht genau, warum. Ist auch egal. Jedenfalls hat der ihn im Beiwagen von seinem Motorrad mitgenommen. Wie sie es geschafft haben, über die Grenzen zu kommen, weiß ich wirklich nicht. Ganz legal wahrscheinlich nicht. War ja damals noch nicht so einfach, sicher nicht für einen Deutschen. Aber er musste ja zu meiner Mutter. Und die hatte schon zwei Jahre auf ihn gewartet. Sie ist nach Mestre gezogen zu meiner Tante, als alles vorbei war. Sie hatte sonst niemanden mehr, auch ihr Bruder hat den Krieg nicht überlebt. Zweimal stand sie allein vor der Kirche. Beim dritten Mal saß mein Vater auf den Stufen, als sie auf die Landzunge hinauskam, die Sonne ging gerade erst auf. Er hatte die ganze Nacht dort gesessen, um sie nur ja nicht zu verpassen. Neun Monate später kam ich dann auf die Welt.«

Ein schüchterner Sonnenstrahl fiel jetzt durch die staubigen Scheiben der Bar. Der Regen hatte aufgehört, und die Wolken hatten sich verzogen. Als sie aus der Tür traten, glänzte die Welt, und das Licht verlieh sogar den hässlichen Massenunterkünften des Viertels nördlich der Fabrik einen freundlicheren Anstrich. Die Luft war durchtränkt von Feuchtigkeit und roch nach gewaschenem Beton.

Doch der friedliche Eindruck sollte täuschen. Als sie um die nordöstliche Ecke des Fabrikgeländes bogen, hörten sie schon das Brummen von Stimmen. Aberhunderter

Stimmen, es klang, als näherten sie sich einem gigantischen Bienenstock. Im Herankommen erkannten sie, dass sich bereits viele Arbeiter und Studenten vor der Fabrik versammelt hatten und in kleineren und größeren Grüppchen zusammenstanden. Vor jedem der Tore hatten sie sich positioniert, erregt diskutierend die einen, ratlos von einem auf den anderen Fuß tretend die anderen. Eleonora und Tommaso drängten sich zwischen den Leibern hindurch, auf der Suche nach bekannten Gesichtern. Auf der Nebenspur des Corsos, vor einem der eisernen Tore, hatte sich eine Traube aus etwa 150 Menschen gebildet und lauschte einem Redner, der auf ein Autodach geklettert war, um besser gesehen und gehört zu werden.

»Davide ist dort«, rief Tommaso zu ihr hinüber. Er musste laut werden, damit sie ihn verstehen konnte, so groß war der Lärm der Menschen um sie herum.

»*Operai*«, brüllte Davide oben auf dem Dach des Wagens, einem Fiat natürlich. »Arbeiter, was sind eure Forderungen? Was wollt ihr? Darüber müsst ihr euch klar sein, wenn ihr streiken wollt!«

Ein paar der Umstehenden reckten die Fäuste. »Mehr Geld wollen wir«, riefen einige Männer, die in Eleonoras Nähe standen. Ein tiefer Bass unmittelbar neben ihr dröhnte: »Raus wollen wir, uns reicht's jetzt!«, während ein sehr kleiner, aber sehr dicker Arbeiter ein paar Meter weiter vorne wild gestikulierend brüllte: »Es reicht nicht mal zum Essen«, wofür er von einigen anderen zustimmendes Nicken erntete. Davide hörte sich das wütende Geschrei eine Weile an, dann hob er beide Hände, um die Arbeiter zu beschwichtigen.

»Schreibt es auf, schreibt alles auf und überlegt euch gut,

was ihr fordert! Und wer es in eurem Namen tun soll. Ihr könnt nicht alle hingehen und schreien. Ihr müsst euch organisieren! Ihr müsst einen wählen, der für euch spricht! Einer von euch muss das tun. Aber wir können euch dabei helfen!«

Unruhe erfasste die Gruppe, die zunehmend größer wurde. Aus der Fabrik strömten mehr und mehr Arbeiter heran, das Gedränge wurde immer dichter, und Eleonora und Tommaso versuchten, an den Rand der Versammlung zu kommen, um den Überblick zu behalten. Sie schoben sich in Richtung der Umzäunung, welche die Fabrik umgab. Eleonora kletterte auf den unteren, massiven Teil der grauen Betonmauer und konnte durch die steinernen Streben der oberen Hälfte jetzt sehen, dass noch mehr Arbeiter zwischen den hohen Gebäuden der Fabrik hervorkamen und zu den Diskutierenden auf der Straße drängten. Als würden sie auf unsichtbaren, unermüdlichen Fließbändern hinaustransportiert, die ihre Last jenseits der Tore loswurden, sodass sie dort mit der wachsenden Menge verschmelzen konnte. Auch immer mehr Studenten kamen, wie auf ein geheimes Signal hin, zu Dutzenden über die Trambahnschienen und überquerten den Corso, wobei manch einer den spätnachmittäglichen Verkehr missachtete und mit wütendem Hupen bedacht wurde. Alle zusammen bildeten sie eine brodelnde Masse aus Unzufriedenheit, Ungeduld und Nervosität, durchdrungen von Schwaden Zigarettenrauchs und schlechter Körpergerüche. Streitschriften wurden weitergereicht, kleinere und größere Gruppen entstanden, die erregt aufeinander einredeten, Wortführer fanden sich, die alle anderen in der Lautstärke ihrer Ausführungen überboten, einige enterten Autodächer so wie Davide und lasen passagenweise aus längeren Pamphleten vor, welche die Runde machten. Einzelne schubsten und drängelten durch die Menge und provozierten regelmäßig gereizte Reaktionen von den Umstehenden; Gewaltbereitschaft lag in der Luft und noch etwas, die Empfindung einer unkontrollierbaren Kraft, die darum kämpfte, losgelassen zu werden, dem Brodeln eines mächtigen Vulkans nicht unähnlich, dessen häufiger werdende Eruptionen das zerstörerische Potenzial eines gewaltigen Ausbruchs erahnen lassen. Eleonora war ganz froh darüber, ihren erhöhten Standplatz auf dem Mauersims zu haben, zu heftig schien ihr das Wogen und Beben der Masse zu ihren Füßen.

Sie war nicht überrascht, als sie sah, wie jetzt Werkspolizisten aus den Eingängen der Hallen herauskamen, im Laufschritt, und immer in Sechsertrupps in Richtung der Tore liefen. Eine der Gruppen hatte schon das metallene Gitter erreicht, das den Zugang verschloss, der Eleonora am nächsten war, vielleicht zehn Meter von ihr entfernt. Die Männer postierten sich dort, mit dem Gesicht zur Menge der *operai*, die immer noch in Scharen zu den Ausgängen strömten. Plötzlich griffen sich zwei von ihnen scheinbar willkürlich einen jungen Mann aus der Masse heraus, der gerade durchs Tor nach draußen wollte. Er versuchte zunächst, sich loszureißen, hatte aber gegen die beiden schrankgroßen Sicherheitsleute keine Chance. Eleonora sah, wie er auf sie einredete, immer noch im eisernen Klammergriff. Er bekam offenbar keine Antwort, sondern musste zusehen, wie seine Kollegen zu Hunderten das Fabrikgelände verließen. Dann, zufällig, hob er die Augen, und sein Blick traf Eleonoras.

Und einen Moment lang drohte sie aus dem Gleichgewicht zu geraten und klammerte sich fester an die Mauerstäbe. All der Lärm um sie herum wandelte sich in ein leises Rauschen, das nur sie hören konnte und vielleicht der junge Mann dort unten, und das sich anfühlte wie das ferne Plätschern eines Bachs, das an einem Sommertag etwas Kühlung verspricht.

Im gleichen Moment tauchten Gaetano und der lange Pietro auf, klatschten Tommaso ab, und Eleonora sprang von der Mauer herunter, um die beiden mit einer Umarmung zu begrüßen. Sie hatten sich in den vergangenen Wochen häufig gesehen. Längst war zwischen den Studenten und den Arbeitern eine gewisse Vertrautheit gewachsen. In ihrem Kampf gegen die verschiedenen Facetten des Systems hatten sie eine gemeinsame Sprache gefunden. Doch Eleonora trieb die Neugier erneut auf die Mauer, um zu schauen, wie es dem jungen Arbeiter hinter dem Gittertor erging. Sie konnte sehen, wie die Werkschutzleute gerade dabei waren, ihn wieder zurück in die Fabrik zu führen. Gaetano, der ebenfalls nach oben geklettert war, folgte Eleonoras Blick.

»Ah, sieh dir das an!« Er stupste Pietro, der auch ohne Hilfsmittel über die untere Brüstung sehen konnte, gegen die Schulter: »So eine Sauerei!«

»Was ist mit ihm? Was hat er getan?«, wollte Eleonora wissen.

»Ich weiß es nicht, aber ich kenne ihn. Er ist Sizilianer wie wir«, erzählte Gaetano, »er war mit uns beim Medizintest, aber sie haben ihn an ein anderes Band geschickt, irgendwo bei den Fünfhundertern, glaub ich.«

»Da gab's gestern Stunk«, warf Pietro leise ein, in seinem üblichen Flüsterton, der angesichts des Lärms, der um sie herum herrschte, fehl am Platze war und kaum zu verstehen.

»*E? Cos'è successo?*«, brüllte Gaetano seinem Kumpel dafür umso lauter ins Gesicht. »Was ist passiert?«, wiederholte er.

»Ich weiß nichts Genaues.« Pietro zuckte mit den Schultern, und Eleonora ließ sich von Gaetano noch einmal wiederholen, was der Lange gesagt hatte.

Alle drei sahen sie noch, wie der junge Sizilianer durch eine der seitlichen Türen gestoßen wurde und in der Fabrik verschwand.

Die übrigen vier Werkschutzleute hatten sich inzwischen vor dem Tor platziert, wo auch schon andere Werkschutzgruppen dabei waren, sich immer wieder unter kleinere Grüppchen zu mischen und sie zu sprengen versuchten, indem sie einzelne Arbeiter von den anderen wegdrängten. Dass jetzt wieder leichter Regen eingesetzt hatte, spielte ihnen in die Hände. Manche schlugen ihren Kragen hoch, andere hielten sich die Flugblätter über den Kopf, die sich langsam in der Nässe auflösten. Das Grüppchen um Davide zerstreute sich ebenso wie die meisten anderen. Die Studenten liefen zu Fuß den Corso hinunter oder suchten ihre Autos, die Arbeiter, die älteren von ihnen, die aus dem Norden stammten und schon länger in der Fabrik arbeiteten, schnappten sich ihre Fahrräder, manch einer stieg auch auf eine Lambretta oder eine Vespa.

Auch Gaetano und Pietro hatten sich verabschiedet, nicht ohne sich mit Davide, der vom Autodach heruntergeklettert war, zum nächsten Treffen verabredet zu haben. Unter den wachsamen Augen der Werkspolizei, die trotz des mittlerweile konstant strömenden Regens die Stellung hielt, nahmen Eleonora und Tommaso den kleinen Davide in ihre Mitte und machten sich auf den Weg zurück zur Wohnung.

Die ganze Strecke über grübelte Eleonora darüber nach, was wohl jetzt im Innern der Fabrik mit dem jungen Mann geschah, dessen Blick sie immer noch spürte, als wäre sie einer Flamme zu nahe gekommen. Sie sollte schon bald Gelegenheit bekommen, es zu erfahren.

In der Fabrik streikten in diesem Monat immer wieder in verschiedenen Bereichen die Arbeiter, spontan, ohne Absprache. Mal waren es die Karrenfahrer, mal Gruppen an einzelnen Fließbändern, die sich dem immer schneller werdenden Produktionsrhythmus entziehen wollten. Das hatten die Studenten von Gaetano erfahren. Eine Dynamik, die sie nutzen wollten.

»Wenn aber nur die Hälfte mitmacht, werden sie es nicht schaffen«, erklärte Davide eines Abends in der WG, »es müssen alle sein. Es müssen alle dabei sein.«

Und dann war da noch die Sache mit den Gewerkschaften, die eigentlich auf der Seite der Arbeiter stehen sollten. Doch die Leute aus dem Süden hatten den Eindruck, dass sie eher die Unternehmer unterstützten, weil sie jeden spontanen Streik zu unterdrücken versuchten. Wenn es nach den Gewerkschaften ging, musste jeder *sciopero*, jeder Streik, angemeldet werden, durfte eine bestimmte Dauer nicht überschreiten. »Wartet bis zum Herbst«, hatten die Gewerkschafter ihnen eingetrichtert, »da legen wir los.« Doch die Arbeiter hatten keine Lust mehr zu warten. Gaetano war nur einer von vielen, die lieber gestern als heute auf die Straße gegangen wären.

»Ist doch klar, warum sie das wollen, damit die Bosse sich drauf einstellen können, dann können sie Springer an unsere Bänder stellen und haben keine Einbußen«, maulte er.

Die Studenten hatten ihn und seine Freunde Pietro und Valentino in die WG eingeladen, Filippo hatte zwei Riesentöpfe Nudeln gekocht, genau nach Anweisung seiner Mama.

»›Ihr dürft nicht streiken, wenn ihr nicht in der Gewerkschaft seid!‹, das haben sie uns gesagt in der Fabrik, gleich als wir angefangen haben«, berichtete Gaetano.

Viele der Turiner Arbeiter waren Mitglied in den großen Arbeitnehmerorganisationen, der CGIL, Confederazione Generale Italiana del Lavoro, oder auch der CISL, dem christlich orientierten Gewerkschaftsbund, die beide, wenn man Davide glauben wollte, noch schlimmer waren als die Kommunisten, die in seinen Augen auf dem besten Wege waren, eine Partei der Bürgerlichen zu werden, die sich eingerichtet hatte im politischen System. Für die kleinen Leute aus dem Süden, die Fischersöhne und Bauern aus Neapel oder gar Sizilien waren die Gewerkschaften in etwa so vertrauenswürdig wie der Ätna, wenn er begann, dicke Rauchwolken in die Luft zu paffen. Sich organisieren zu lassen, war ihnen suspekt – zumal dann, wenn die Strukturen der Organisation keine altvertrauten waren. War es nicht das, was sie gerade so störte, wenn sie am Fließband standen, um acht oder mehr Stunden immer die gleichen vier oder fünf Handgriffe zu tun? Wenn sie immer dieselben Bolzen an immer dieselbe Stelle im Motorblock schossen, identische Stücke von Blech aus der Presse zogen? Sich unter halb fertige Karosserien bückten, um diese oder jene Schraube festzuziehen, immer im selben Tempo, immer im gleichen Trott, mit unverändertem Lärm in den Ohren.

»Da werden wir doch auch organisiert«, hatte Gaetano gesagt, an jenem Abend in der WG, »das ist es doch gerade, was uns auf die Eier geht.«

Eleonora und die Iellas – diesmal waren es alle drei – hatten Knoblauch und Tomaten geschnitten für Filippos Pasta, Tommaso hatte danebengestanden und ihnen so lange gut gemeinte Ratschläge gegeben, bis ihm Eleonora ihr Messer in die Hand gedrückt und ihn angefaucht hatte: »Dann mach es doch selbst!« Dann war sie durch die Wolke aus Knoblauch und Wasserdampf verschwunden, die sich in der Küche ausgebreitet hatte, und erst zurückgekehrt, als die Nudeln fertig waren. Am Ende standen überall leer gegessene Teller herum, alle waren satt, und nachdem einige Flaschen ausgetrunken waren und ein Joint die Runde gemacht hatte, auch glücklich. Nur um den langen Pietro in der Senkrechten zu halten, hatte die Energie von zweieinhalb Tellern *pasta al pomodoro* nicht gereicht. Er schlief in der Diele, wo sein Kopf auf Höhe der Küche, die Füße im Eingang zu Eleonoras Zimmer lagen. Valentino, *il silente,* stemmte sich plötzlich vom Stuhl hoch, auf dem er seit einer Stunde gedöst und Davide, Tommaso und Eleonora im Halbschlaf zugehört hatte. Sie hatten darüber diskutiert, ob es sinnvoller war, zuerst eine Reduzierung der Bandgeschwindigkeit oder eine Erhöhung der Löhne zu fordern.

Da platzte Valentino heraus: »Is' mir egal. Ich will alles. Aber jetzt bin ich müde. Jetzt will ich nur noch schlafen.«

Dann ging er, ohne ein weiteres Wort zu sagen. Gaetano rüttelte Pietro aus dem Schlaf und folgte Valentino feixend.

Kurz darauf fand ein größeres Treffen statt, bei dem eine konzertierte Aktion der Arbeiter und Studenten besprochen werden sollte. Eleonora hatte ausgerechnet an diesem Tag unter Kopfschmerzen gelitten und gar keine Lust gehabt, Tommaso und Davide zu begleiten. Eigentlich wäre ihr ein ruhiger Abend – einer der seltenen – ganz recht gewesen.

Doch dann hatte sie sich überreden lassen, mit in die Bar zu kommen gleich bei der Fabrik ums Eck. Vor der Bar, unter hohen Bäumen, standen schon eine ganze Menge Menschen herum, als sie ankamen. Fast alle hatten eine Flasche in der Hand, die Hemdsärmel hochgekrempelt, weil der Frühlingsabend mit weicher Luft und wohliger Wärme Werbung in eigener Sache machte. Dialekte schwirrten durcheinander, Studenten aus Turin oder der Toskana mit klarem Hochitalienisch, dazwischen Neapolitanisch, wie es viele der Arbeiter sprachen und für Eleonora in seinem nuscheligen Slang vom Sizilianischen kaum zu unterscheiden. Filippo und Nino waren da und hatten Mariella und Gabriella mitgebracht – vielleicht war es auch Ariella –, jedenfalls fand Eleonora es in diesem Augenblick ganz angenehm, dass noch weitere Frauen da waren.

Ein bisschen mehr weiblicher Anteil in der Männergesellschaft aus Arbeitern und Studenten war ihr ganz recht, wenn sie sich auch recht sicher war, dass keine der Iellas sich tatsächlich für die Nöte der Arbeiterklasse interessierte, zumindest hatten sie sich aus all den abendlichen Diskussionen bisher herausgehalten und waren auch auf keiner der bisherigen Protestaktionen gewesen. Sie grüßte hinüber, erntete nicht mehr als ein gnädiges Nicken und erwog im Stillen, den beiden das Schneiden der Knoblauchknollen für die nächste Spaghettisoße allein zu überlassen. Tommaso klatschte seinen Bruder Toni ab, der sofort loslief, um den Neuankömmlingen ein Bier zu holen.

Dann löste sich Gaetano aus einer Gruppe von Arbeitern, die gleich neben dem Eingang standen und sich unterhielten, um Eleonora, Davide und Tommaso zu begrüßen. Seine dicken Haare fielen ihm in die Stirn, als er sich zu ihr hinunterbeugte, um ihr einen Kuss auf die Wange zu geben, und er strich sie mit den Fingern wieder nach hinten. Eleonora schmunzelte. Offenbar hatte der eitle Kerl seinen Kamm vergessen – er war auf seine Art trotzdem unwiderstehlich, und sie gab ihm einen Stoß mit dem Ellenbogen, als er ihr auf freundschaftlich-vertraute Weise den Arm um die Schultern legte und zu seinen Freunden hinüberrief: »Eh, Brüder, schaut mal, meine wunderschöne neue Verlobte!«

Er zog seinen Arm allerdings ganz schnell zurück, als sich aus der Gruppe ein hübsches Mädchen mit schulterlangen brünetten Haaren löste und zu ihnen herüberkam.

»*Sono Camilla.* Ich bin Camilla«, stellte sie sich Eleonora vor, seit wenigen Tagen erst die Frau an Gaetanos Seite, wie er sich zu erklären beeilte. Trotz der unbedachten Provokation ihres neuen Freundes war sie von einer solch selbstverständlichen Herzlichkeit, dass Eleonora sie auf Anhieb mochte.

Alle waren sie da an diesem Abend. Sie erspähte Pietro in der Gruppe neben der Tür und Valentino, auch Enzo, den etwas schwergewichtigen Jungen, der sich seit ihrer ersten Begegnung in Tonis Wohnung nicht mehr in ihre Nähe gewagt hatte. Sie konnte sehen, dass er rot anlief, als sie ihm freundschaftlich zunickte.

Drei weitere Männer hatten sich jetzt zu der Gruppe gesellt, die Eleonora nicht kannte. Sie wollte sich eben abwenden und Toni das Bier aus der Hand nehmen, das er ihr reichte, als ihr Blick an einem von ihnen hängen blieb im selben Moment, in dem auch er den Kopf wandte, um mit seinem Nebenmann anzustoßen. Er hielt inne und sah unverwandt zu ihr hinüber.

Und da war es wieder, dieses Rauschen, das Eleonora erfüllte. Es war mehr als das Blut, das rascher durch ihre Adern zu pulsieren begann, mehr als der Herzschlag, den sie plötzlich in ihren Ohren spürte. Es war, als streife sie ein Versprechen, flüchtig noch, nicht greifbar, aber von nie gekannter Süße. Sie öffnete die Hand wie in Trance und umschloss die Bierflasche, die Toni ihr hinhielt, und sah dann, wie der junge Sizilianer aus der Fabrik, denn kein anderer war es, Schulter an Schulter mit den Kollegen stehend seine Flasche hob, vielleicht zehn Schritte von ihr entfernt, und ihr lächelnd zuprostete.

Sie tat dasselbe und hätte sich gerne so gelassen dabei gefühlt, wie es aussehen sollte, doch das gelang ihr nicht. Und als Tommaso sie jetzt von der Seite her ansprach, um seinerseits mit ihr anzustoßen, zuckte sie zusammen, als wäre sie bei etwas Ungehörigem ertappt worden.

Unterdessen war es voll geworden auf der Straße und auch in der Bar, also beschlossen sie, einen der Tische in die Mitte des Gehsteigs zu rücken. Die anderen bildeten einen Kreis darum, der auf die zum Glück kaum befahrene Straße reichte, und Eleonora versuchte, den jungen Mann im Auge zu behalten. Er war nicht besonders groß, wenn auch sicherlich größer als sie selbst, und es war weniger sein Aussehen, das sie in seinen Bann zog. Mit seinen schwarzen Locken und den dunklen Augen unterschied er sich auf den ersten Blick nicht allzu sehr von vielen anderen Süditalienern. Es war vielmehr die Mischung aus Coolness, Neugier und gespannter Vorsicht, die sich in seiner Körperhaltung ausdrückte, der Schalk, den sie in dem Lächeln zu erkennen glaubte, das er ihr zugeworfen hatte, und die Wärme, die sie meinte, in seinem Blick zu lesen. Sie war so in den Bann gezogen, dass sie Tommaso erst gar nicht bemerkte, der längst wieder neben ihr stand und ihr etwas erzählen wollte.

»Na, die klassische Schönheit ist das aber nicht.« Tommaso stieß sie schließlich in die Seite, um ihre Aufmerksamkeit zu bekommen.

»Was? Was meinst du?« Eleonora hatte zu kämpfen, um sich auf den Freund zu konzentrieren.

»*Ma, che penso?* Was ich meine? Ich meine den Typen da drüben, den du die ganze Zeit anstarrst.«

»Ich starre doch gar nicht.« Eleonora drehte sich demonstrativ so, dass sie nicht mehr in die Richtung des Sizilianers schauen konnte, doch Tommaso lachte, legte ihr die Hände auf die Schultern und drehte sie wieder zurück.

»Mir machst du doch nichts vor, *sorellina*, Schwesterchen, das weißt du. Er interessiert dich.«

»Tut er nicht«, murmelte Eleonora. Sie hatte noch nie gerne etwas zugegeben, konnte aber nicht umhin, schon wieder hinüberzuschauen, und stellte mit Enttäuschung fest, dass das Objekt ihrer Begierde verschwunden war. In diesem Moment aber drängte sich Davide durch die versammelte Menge, an der Seite eines Mannes um die 30, den sie noch nie gesehen hatte, der aber offenbar den Studenten ein Begriff war, denn es ging ein Raunen durch die Runde, als er sich auf den Tisch schwang und zu sprechen begann.

»Er kommt aus Triest, glaube ich, großer Kämpfer für unsere Sache«, flüsterte Tommaso Eleonora zu, während sie wieder einmal alles gab, der geschliffenen Rede zu folgen, in der es sehr dezidiert um die Organisation von Fiat und ihrer Produktionsstätten wie Mirafiori, um Produktionslinien und um die Möglichkeiten ging, die Arbeiter an allen Bändern miteinander zu vernetzen. »*Lotta continua*«, war das Stichwort, »der Kampf geht weiter«.

»Ihr dürft nicht nachlassen! Und vor allem müsst ihr zusammenhalten«, forderte der Redner seine Zuhörer auf. »Jeder Arbeiter soll den gleichen Lohn bekommen, darauf müsst ihr bestehen! Der Grundlohn muss gleich sein für alle, sonst kämpft ihr gegeneinander und nicht miteinander. Und das müssen auch die Gewerkschaften einsehen. Wenn jeder für sich kämpft, wenn ihr euch abspeisen lasst mit einer Lira hier, ein paar Lire da, wird es euch nie besser gehen.«

Eleonora und Tommaso hatten einen Platz ganz am Rand der Gesellschaft gefunden, die sich um den Tisch drängte, und Eleonora war so konzentriert auf die Sätze des Redners, dass sie vorübergehend vergessen hatte, nach dem jungen Sizilianer Ausschau zu halten. Doch dann spürte sie eine flüchtige Berührung an ihrer Seite, und als sie den Kopf wandte, erschrak sie beinahe, denn er stand direkt neben ihr. Sein Profil, ein paar Bartstoppeln, eine gerade, fast ein bisschen spitze Nase, dunkle Brauen und ein kräftiges Kinn im Kegel der Laterne, die mit zunehmender Dämmerung über dem Eingang der Bar eingeschaltet worden war. Da war es plötzlich wieder, dieses Rauschen in ihren Ohren, ihrem Blutkreislauf, ihrem Herzen, und nun war es wie ein Ton, der angeschlagen wurde und nachklang, der sanft vibrierte, wie die obere Saite ihrer Gitarre, wenn sie mit dem Daumen darüberstrich. Mehr als einen kurzen Blick wagte sie nicht, er schien ebenfalls den Worten des Redners mit konzentrierter Aufmerksamkeit zu lauschen, die in ihrer Eindringlichkeit die Masse der *operai* und *studenti* zum Schweigen gebracht hatten, für Eleonora in ihrem aufgewühlten Zustand aber ebenso gut von der mathematischen Berechnung des Weltalls hätten handeln können statt vom Klassenkampf und dem Aufstand der Entrechteten. Die klangvollen Silben verwoben sich mit dem Stakkato ihres Herzschlags zu einem Netz, das sich gleichermaßen um ihren Körper und ihren Geist legte und sie in vollkommene Handlungsunfähigkeit zwang. Doch sie wollte sich gar nicht daraus befreien. Sie genoss es. Genoss es, die Gegenwart dieses Menschen neben sich zu spüren, von dem sie nichts wusste, außer dass sein Blick, seine Haltung, seine ganze Erscheinung jede Faser ihres Seins gleichzeitig in Erregung zu versetzen vermochten. Sie genoss das sichere Wissen darum, dass jede Bewegung, sei es seine oder ihre, zu einer Berührung führen konnte, deren Gewalt sie hinwegreißen würde wie das Hochwasser der Isar die zarten Triebe am Ufer.

So verharrten sie beide, bis der Redner die letzten Worte gesprochen hatte.

Und während sich die Menge langsam zu zerstreuen begann, wagte er es als Erster, einen kurzen Blick auf das Mädchen zu werfen, das neben ihm stand, als müsse das so sein. Und Eleonora, die unter dem Wasserfall ihrer roten Locken um ihre gewohnte Fassung kämpfte, wünschte sich nichts sehnlicher, als zu wissen, was sie jetzt tun sollte.

Zu ihrem Glück hatte Tommaso die ganze Zeit über wenige Schritte hinter ihr gestanden, erahnte ihre Nöte und griff ein. Und Eleonora schwor sich in ihrer Dankbarkeit, ihn zum Taufpaten aller Kinder zu machen, die sie jemals haben würde – falls sie jemals welche haben würde.

Tommaso war von hinten an sie und den Sizilianer herangetreten und hatte Eleonora auf die Schulter getippt, sodass sie sich aus ihrer Erstarrung lösen musste. Dann streckte er dem jungen Mann, der sich ebenfalls umwandte, die Hand entgegen und stellte sich dem etwas Kleineren vor, als wäre es das Selbstverständlichste auf der Welt: »*Sono Tommaso, come stai?* Ich bin Tommaso, wie geht's? Du bist ein Freund von Gaetano und Pietro, stimmt's?«

Und in dem Moment, in dem Eleonora hörte, wie der Sizilianer mit seiner unaufdringlichen, leicht rauchigen Stimme sagte, »*ciao, sono Valerio*«, machte sie gedanklich einen dicken roten Strich durch den Namen Mastroianni, der seit den Jahren, in denen sie noch romantischen Jungmädchenschwärmereien nachgehangen hatte, einen exklusiven Platz in ihrem Herzen gehabt hatte.

»Na ja, Freunde vielleicht nicht«, fügte der Sizilianer dann an Tommaso gewandt hinzu. »Eher Bekannte. Wir sind am selben Tag in die Fabrik gekommen.« Dann wandte er sich von Tommaso zu Eleonora und hielt auch ihr die Hand hin. Sie ergriff sie zögernd und verwünschte sich aufs Heftigste für die Unsicherheit, die Besitz von ihr ergriffen hatte, eine Unsicherheit, die ihr völlig fremd war und ihrer Stimme ein unangenehmes Zittern verlieh, als sie sagte: »*Ciao Valerio, sono Eleonora.*«

So als wäre es nichts. Doch es war alles. Und eine Welle packte und verschlang sie.

SECHS

Rosalia, 2012

Als hätte der Oktober das Lachen gefressen. Rosalia hatte sie so satt, diese sauertöpfischen Berliner Gesichter, die gleich mit dem ersten Herbststurm grau geworden waren. Grau die Gesichter, grau die Seelen, so schien es ihr, wenn sie am Abend nach ihrer Arbeit im Institut noch ein paar Einkäufe erledigte. War es noch ein paar Wochen zuvor ein Genuss gewesen, mit dem Fahrrad an der Spree entlangzufahren oder durch den Tiergarten zu laufen, machte die ganze Stadt nun den Eindruck, als hätte sie pünktlich zum ersten Tag des Monats vergessen, ihr Make-up aufzutragen. Die Jogger hatten lange Hosen angezogen und rannten mit zusammengebissenen Zähnen gegen die aufziehende Kälte an, die Autofahrer auf dem Ku'damm gaben noch mehr Gas als sonst, wenn sie sahen, dass jemand die Straße überqueren wollte. Entlang der Zuckerbäckerfassaden an der Karl-Marx-Allee fegte ein schneidender Ostwind bis zum Alexanderplatz, der direkt aus den Tiefen der russischen Tundra zu kommen und frühzeitig vom kontinentalen Winter zu künden schien.

Im Wohnzimmer der möblierten Wohnung, die sie sich genommen hatte – eine Wohnung, die sie mit ihren eigenen

Möbeln hätte einrichten können, hatte sie nie erwogen, weil sie sich in der Hauptstadt gar nicht erst wohlfühlen *wollte* –, standen schon seit Tagen Rosalias gepackte Koffer und eine Kiste mit CDs und Filmen herum.

»Nu kuck dir das an! Wie hältste das eigentlich aus mit dem ganzen Kuddelmuddel hier?«, hatte Jens sie gefragt, der am Abend zuvor »zum Schnacken« vorbeigekommen war und beim Anblick des unübersehbaren Aufbruchschaos den Kopf geschüttelt hatte. »Magst wohl gar nich' mehr hierbleiben?«

Auf dem Weg zu dem gelblichen Sofa, dessen Farbe Rosalia schon an ihrem ersten Tag in Berlin nicht hatte leiden können, war er über die Kiste gestolpert und hatte sich eine Beule am Schienbein geholt, die über Nacht rot und blau geworden war.

Vorhin in der Institutskantine, beim gemeinsamen Mittagessen, hatte er es ihr im Beisein der Kollegen vorgeführt. Rosalia hatte nur einen kühlen Blick auf das inzwischen in allen Farben schillernde Bein geworfen und »Schnaps« gebrummt.

»Sehr witzig!« Jens hatte seine Jeans wieder nach unten gekrempelt und sich mit entschieden beleidigter Körperhaltung von ihr abgewandt. »Lass nur raushängen, dass ich dir egal bin«, hatte er gemault und war abgerauscht.

Rosalia sah ihm verblüfft und mit gerunzelter Stirn nach und erwog kurz, Jens Jens sein zu lassen. Schließlich hatte sie zu arbeiten, und ihre Pause war ohnehin schon länger geraten, als sie vorgehabt hatte. Doch dann fiel ihr ein, dass der treusorgende Kollege, mit dem sie seit fast zweieinhalb Jahren jeden Morgen zur Arbeit gefahren war, schon in wenigen Tagen zu ihrer Vergangenheit gehören würde. Und wenn sie gerecht war, musste sie zugeben, dass er es nicht verdient hatte, so behandelt zu werden. Schließlich hatte er all die Monate hindurch zu ihr gehalten, obwohl sie jeglichen Annäherungsversuchen seinerseits getrotzt hatte. Er hatte sie verteidigt gegen jene im Team, denen die Münchner Kollegin zu stolz, zu clever oder einfach zu schön gewesen war, und alle Anfeindungen, die nun auch ihn trafen, tapfer ertragen.

Rosalia konnte auch jetzt, als sie den letzten Löffel ihrer Nachspeise in den Mund steckte, wieder das Getuschel in ihrem Rücken hören und brauchte sich gar nicht erst umzudrehen, um sich auch so zusammenreimen zu können, wer da die Köpfe zusammensteckte und wieder einmal über sie lästerte.

Sei's drum, dachte sie, *dumme Ziegen*. Weniger als drei Tage noch, dann würde sie Berlin verlassen, diesmal endgültig, und nach Hause fahren, nach München, wo die Menschen längst nicht so sauertöpfisch waren. *Ein bisserl grantig vielleicht*, dachte sie, doch das war sie ja gewohnt. Ein selten heftiges Heimweh überkam sie beim Gedanken an ihre Geburtsstadt. Sie stand auf, räumte ihren Teller in den Servierwagen und folgte Jens nach draußen. In einem der Laborräume fand sie ihn, wo er bereits konzentriert über einen Tisch gebeugt saß und nicht einmal hochsah, als sie hereinkam. Gut, dann würde ihr Gespräch eben warten müssen.

Sie war noch keine Woche hier gewesen, die Koffer voll mit Laborkitteln, vielen Jeans und ein paar wenigen Kostümen für Präsentationen und Besprechungen mit den Offiziellen des Instituts und mit einer glänzenden Caffetiera, einem

Geschenk ihres Vaters. Eine Menge Bücher und ein paar persönliche Dinge warteten noch darauf, ausgepackt zu werden, da hatte Jens sie schon auf ein Bier eingeladen. Und ganz gegen ihre sonstige Vorsicht hatte sie spontan zugesagt. Weil sie ihn mochte und instinktiv wusste, dass sie ihm trauen konnte. Was sie nicht ahnte, war, dass er sein Herz schon an sie verloren hatte, da war sie kaum aus der Jacke geschlüpft im Institutssekretariat und gerade noch dabei, sich zu orientieren. Er hatte sie noch nicht einmal richtig von vorne gesehen, einen Blick nur erhascht auf ihr Profil mit der durchaus markanten Nase und den vollen Lippen. Die glänzende Masse ihrer schwarzen Locken lag schwer auf ihren Schultern und betonte den straff aufgerichteten Rücken und die selbstbewusste Haltung einer Sportlerin, die sie größer wirken ließ, als sie eigentlich war. Stolz lag in ihrer Haltung und eine gewisse Autorität.

Jens, der an der offenen Tür vorbeigegangen war, blieb augenblicklich stehen und konnte sich nicht sattsehen an ihr – was ihm zur Gewohnheit werden sollte über die ganze Zeit hinweg, in der er mit Rosalia zusammenarbeitete. Zunächst fand sie es befremdlich, zumal sie ihm schon am Tag nach ihrem ersten gemeinsamen Bier klargemacht hatte, dass ihr nichts ferner lag, als eine Liebesbeziehung zu einem Kollegen zu beginnen – schon gar nicht, wenn er so lang und dünn und latent rötlich-blond war wie Jens, der im Sommer Tennissocken in seinen Sandalen trug. Letzteres sagte sie ihm natürlich nicht, doch die Tennissocken wären in ihren Augen selbst für einen Jaime Lannister Ausschlusskriterium genug gewesen. Und das sollte wirklich etwas heißen, weil sie die Figur und ihren Darsteller seit der ersten Staffel »Game of Thrones« vergötterte, heimlich natürlich. Niemals hätte Rosalia zugegeben, dass sie wie ein Teenie einen Schauspieler anhimmelte, nicht einmal vor ihrer Tochter, mit der zusammen sie die nach ihrer Meinung beste Serie aller Zeiten in ihren Urlaubswochen im Sommer angeschaut hatte. Dass es Sommer war, hatten sie ignoriert und sich gemeinsam auf das Sofa in ihrer Wohnung in München-Harlaching gekuschelt und sich so viele Episoden wie möglich reingezogen. Und während Milenas sechzehnjähriges Herz für den edlen Jon Schnee schlug, versuchte Rosalia angestrengt, nicht darüber nachzudenken, dass Jaime nicht nur optisch eine gewisse Ähnlichkeit mit Milenas Vater hatte, sondern auch, was seine moralisch doch eher zweifelhaften Charaktereigenschaften anging. Dann musste sie zurück nach Berlin und konnte die letzten Folgen mangels Pay-TV-Zugang nicht mehr sehen.

Jens – abgesehen von seinen optischen Schwächen der perfekte Schwiegersohn, also in keinerlei Hinsicht Rosalias Typ – war drauf und dran, das Ende der ersten Staffel zu spoilern, als das Gespräch bei einem Mittagessen in der Kantine auf die Serie kam. Sicherlich hätte er nichts lieber getan, als sie zum gemeinsamen Fernsehschauen zu sich nach Hause einzuladen. Doch Rosa baute vor und behauptete, ohne rot zu werden: »Fantasy mag ich nicht.«

Klar, dass sich die übrigen Mitglieder des Forschungsprojekts bei ebendiesem Essen mehrheitlich als verschworene Fans der Serie geoutet hatten, die sich sogar zu jeder neuen Folge bei einem von ihnen trafen, wenn es zeitlich möglich war. Doch da war der Satz schon heraus, und Rosalia verfluchte jenen für sie so seltenen Moment, in dem sie erst geredet und dann gedacht hatte. Ein, zwei halbwegs ungezwungene Abende mit den Kollegen, mit Jens und einem Bier als Katalysator hätten das Eis vielleicht brechen können, das sie und ihre Berliner Kollegen vom ersten Tag an trennte und sie abends meist in die Isolation ihrer möblierten Plattenbauwohnung in der Holzmarktstraße zwang. Zurückzurudern aber wäre ihr niemals in den Sinn gekommen, und so verließ sie, wenn das Gespräch wieder einmal auf Starks, Lannisters und Weiße Wanderer kam, regelmäßig ein wenig ärgerlich und gegen ihre eigenen Interessen den Raum und kehrte zurück an ihren Arbeitsplatz.

Drei Stunden später tippte ihr Jens auf die Schulter, als sie gerade ihren Laborkittel ausgezogen und in den Schrank gehängt hatte. Er war einem erneuten Versöhnungsversuch von ihrer Seite wieder einmal zuvorgekommen. Rosalia schalt sich lautlos, als sie sich umwandte, schenkte ihm ihr »Es war doch gar nicht so gemeint«-Lächeln und legte ihm die Hand entschuldigend auf den Arm, was er als Erlaubnis verstand, sie ein wenig unbeholfen an sich zu ziehen.

»Eine Auflage aus Schnaps, das wollte ich sagen, du sollst dir eine Schnapsauflage für deinen blauen Fleck machen«, erklärte sie, während sie sich bemühte, aus Jens' Umarmung elegant wieder freizukommen, ohne ihn dabei gleich wieder zu verletzen.

»Ich wende den Schnaps immer nur innerlich an, Rosa«, erwiderte er, als er sie etwas widerstrebend losließ.

Rosalia lachte. »Ich sonst auch. Aber das ist ein altes Hausmittel von meiner Großmutter.«

»Sag bloß«, erwiderte Jens, der bereits seine gewohnte Freundlichkeit, aber noch nicht ganz seine Haltung zurückgewonnen hatte, »die preußische, schätze ich«.

»Natürlich.« Rosalia zwinkerte ihm zu. »Die italienische

hätte wahrscheinlich ein paar Tropfen Olivenöl draufgeträufelt. Wenn du meinen Vater fragst, hilft das gegen alles.« *Sogar gegen Liebeskummer*, schoss es ihr durch den Kopf.

Auch das hatte ihr Vater zu ihr gesagt, damals, als der Anruf aus Florenz gekommen war und sie das dicke Münchner Telefonbuch, Buchstaben A-K, gepackt und gegen ihre blaue Lieblingsvase gepfeffert hatte. Sie hatte ihre Eltern gerade zur Haustür hereingelassen, als das Telefon im Schlafzimmer geläutet hatte und Rosalia hinübergelaufen war. Der Wutausbruch ihrer Tochter ließ ihre Eltern zu ihr eilen und sie am offenen Fenster finden, wo sie nach Luft schnappte. Die Schwangerschaft bekam ihr nicht besonders, und seit ihrer Rückkehr aus Italien drei Tage zuvor hatte sie sich in ihren eigenen vier Wänden verschanzt – zu ihrem Glück hatte sie noch Semesterferien – und sich nicht zu Hause sehen lassen.

»Was soll ich euch sagen, vorbei ist es!«, hatte sie ihre Mutter angeschnauzt, als sie todmüde nach der Fahrt durch die Nacht mit dem geliehenen Auto bei ihnen angekommen war und aussah, als hätte sie den ganzen Weg von Florenz bis in die Münchner Au geheult. Was mehr oder weniger den Tatsachen entsprach. Die Heulkrämpfe waren nur von Übelkeitsschüben unterbrochen worden, die sie zwangen, immer wieder eine jener winzigen Notfallbuchten an der italienischen A1 anzufahren, die jedem deutschen Autobahnplaner Albträume verursachen mussten. Eigentlich hätte sie am Ende jener Nacht nichts lieber getan, als sich von Eleonora in ihr altes Kinderbett bringen zu lassen, mit einem Ingwertee und einer Wärmflasche, um dann ihrem Vater Valerio, der sich so wie früher an ihr Bett gesetzt hätte, zu erzählen, was vorgefallen war in der herrschaftlichen Villa des Signore Bianchi. Doch sie brachte es nicht über sich, schwieg auch auf der Fahrt in ihre Wohnung, wo er sie mit besorgter Miene absetzte. Wie hätte sie von alldem sprechen können, was für sie selbst so schmerzhaft war, dass es ihr den Brustkorb zusammenschnürte? Wie hätte sie von ihrem Fehler erzählen sollen, der nie wiedergutzumachen war? Wie in Worte fassen, dass es damit nicht genug war, sondern dass Giorgios und Sergios Vater nicht nur sie gedemütigt hatte, sondern auch ihre Eltern, indem er ihr klarmachte, dass sein Sohn etwas Besseres verdient habe als das Balg zweier ideologisch fehlgeleiteter Hasardeure. Dass er ihre Eltern als linkes Pack bezeichnet hatte. Schmutzige Terroristen hatte er sie genannt, subversive Elemente, die sich gemein gemacht hätten mit Umstürzlern und Bombenlegern. Rosalia bereute jedes einzelne Wort, das sie zu Giorgio gesagt hatte über ihre Eltern und die Geschichte ihrer ersten Monate in Turin. Und was sie nicht erzählt hatte, musste sein Vater, der ehrenwerte Signore Bianchi, über seine guten Beziehungen zu Politik, Polizei, Presse und wer weiß zu wem sonst noch herausgefunden haben. Und natürlich hatte er schließlich die Mafia-Karte gespielt.

»Billig war das«, schimpfte Rosalia damals, drei Tage nach ihrer Rückkehr aus Florenz ihrem Spiegelbild entgegen, immer noch hadernd mit dem Geschehen, »so billig.« Nur, weil ihr Vater Sizilianer war. »Der Bianchi-Arsch hat doch selber Dreck am Stecken.« Hatte nicht Sergio noch dumme Witze über die Mafia gemacht, als sie miteinander unterwegs gewesen waren in Florenz und er ihr das noble Haus seines Vaters gezeigt hatte? Als sie die Villa verließ, zum zweiten und letzten Mal, und sie ihn zum letzten Mal gesehen hatte, war ihm nicht mehr nach Spaßen zumute gewesen. Ach *Sergio* …

Als sie zurückgekommen war, hatte sie nur noch schlafen wollen, hatte schlecht geträumt, sich gequält und gescholten, drei Tage lang. Dann hatte sie beschlossen, dass es genug damit sei, ihre Wunden zu lecken. *Selbst schuld, blöde Kuh*, hatte sie gedacht, voller Trotz. Sie war unter die Dusche gegangen, hatte sich die Trauer und die Verletzungen abgewaschen und ihre Eltern angerufen, um ihnen mitzuteilen, dass sie sich darauf einstellen sollten, Großeltern zu werden, hatte sie eingeladen, gleich bei ihr vorbeizukommen.

Als dann ihr Telefon geklingelt und das Display eine Nummer mit italienischer Vorwahl angezeigt hatte, war der Zorn wieder hochgekommen, mit dem sie Florenz verlassen hatte, und sie hatte nicht abgehoben und die Vase zerschmissen. Nie wieder wollte sie etwas mit diesem Land und seinen Söhnen zu tun haben – abgesehen von ihrem Vater natürlich, für ihn würde sie eine Ausnahme machen.

Ihre Eltern redeten ihr zu, die Sache noch nicht aufzugeben, ohne zu wissen, was genau passiert war. Doch sie hatten sie nicht überzeugen können. Dann kehrte Eleonora die Scherben der zerbrochenen Vase zusammen, und Valerio empfahl ihr das Hausmittel seiner Mutter – Grappa und einen Löffel Olivenöl. Angesichts der Umstände solle sie den Schnaps lieber weglassen, hatte er hinzugefügt. Sie hatte beide umarmt, zur Tür gebracht und sich dann im Bad einen Schwall eiskaltes Wasser ins Gesicht geschüttet, um die trüben Gedanken zu verscheuchen.

Siebzehn Jahre war das jetzt her, und sie hatte jede Menge Olivenöl zu sich genommen seitdem, gegen den Liebeskummer und überhaupt. Genützt hatte es nur wenig. Im

Ristorante Bel Paese hatte ihr Zia Francesca neben dem Olivenöl, das sie immer auf den Pizzateig gab, auch jede Menge Grappa eingeflößt, später, als das Kind dann auf der Welt war und Rosalia irgendwann zu reden bereit. Francesca, die Einzige, die die ganze Wahrheit kannte und der sie sich zu öffnen wagte, ohne irgendwelche Rücksichten nehmen zu müssen, hatte auf sie eingeredet.

Jeder Mensch mache Fehler, hatte sie gesagt. »Jeder. *Anche tu.* Auch du. *È tutto normale, caspisci?* Das ist ganz normal, verstehst du?« Rosalia hatte genickt. »*Ma è importante correggere gli errori, è importante ammettere gli errori.* Es ist wichtig, die Fehler wiedergutzumachen, es ist wichtig, sie zuzugeben.«

Rosalia nickte wieder. Sie gab ja alles zu, vor sich selbst jedenfalls, schlimmer noch, sie quälte sich mit Selbstvorwürfen, weil sie so dumm gewesen war. Und manchmal war sie kurz davor, doch nach Florenz zu fahren, um tatsächlich zu versuchen, alles wiedergutzumachen. Doch dann sah sie ihre Tochter an, das einzig Gute, das ihr schlimmer Fehler hervorgebracht hatte, und wusste nicht, wie.

Mit ein paar Karatetritten war die Sache jedenfalls nicht auszuräumen, so wie die Geschichte mit Christopher. Die Erinnerung zauberte nach all den Jahren immer noch ein schadenfrohes Lächeln auf ihr Gesicht.

Sie hatte ihn aufgemischt, als sie ihn fast zehn Jahre nach dem Angriff, den er und seine Freunde auf sie verübt hatten, eines Abends wieder traf. Diesmal war er allein unterwegs gewesen, keine Freunde an seiner Seite, die ein kleines Mädchen hätten an den Zöpfen ziehen und festhalten können. Längst war aus dem spinnenbeinigen Gör, das Rosalia als

Neunjährige gewesen war, eine sportliche junge Frau geworden und Christopher nicht der einzige Grund gewesen, warum sie das Fußballtraining mit Simon und seiner Jungenmannschaft zugunsten einer Karateausbildung aufgegeben hatte. Sie wollte lernen, sich zu verteidigen. Dass sich das Verhältnis zwischen ihr und den Mitspielern zu verändern begonnen hatte, war ein weiterer.

An jenem Montagabend im Herbst, als Christopher ihr gegenüberstand, war die Sonne seit Stunden hinter den Sendlinger Mietshäusern verschwunden, es lag Nässe in der Nacht. Rosalia hatte mit allem gerechnet, nur nicht damit, hier ihrem alten Widersacher zu begegnen. Sie war ihm seit ihrem Wechsel zum Gymnasium kaum mehr über den Weg gelaufen, hatte aber doch aufgeatmet, damals, als sie erfuhr, dass seine Familie weggezogen war. Doch Rosalia hatte noch eine Rechnung offen mit Christopher, die sie begleichen musste.

Sie wollte gerade zur U-Bahn hinunter an der Westendstraße, als er aus dem Bus stieg, der an ebenjener Kreuzung hielt. Zwei Frauen, die dieselbe Haltestation als Ziel gehabt hatten, bogen ab in die Gegenrichtung und verschwanden in der Dunkelheit des Novemberabends. Doch er wandte sich genau in ihre Richtung. Rosalia wusste auf Anhieb, wen sie vor sich hatte, doch sie spürte nicht die geringste Angst, im Gegenteil. Der Moment der Abrechnung war da. Schnell sah sie sich um, ob noch jemand in der Nähe war – nicht etwa, weil sie Hilfe gesucht hätte. Nein, es war ihr lieber, keine Zeugen bei dem zu haben, was gleich passieren würde. »Im Karate gibt es keinen ersten Angriff«, so steht es im Shótó Nijú Kun, den Zwanzig Paragrafen des Karate. Und daran würde sie sich halten, der Form nach zumindest.

Sie kannte sie alle, die Regeln. Sie konnte sie herbeten wie das Vaterunser. Natürlich, den braunen Gürtel im 3. Kyu bekommt man nicht umsonst. Aber hieß es im Regelwerk nicht auch »Karate beginnt mit Respekt und endet mit Respekt«? Und hatten Christopher und seine nichtsnutzigen Freunde ihr jemals Respekt erwiesen? Hatten sie es damals getan, als sie sie zu Boden geworfen, sie geschubst, ihren Schulranzen zerrissen hatten? *Wo war da euer Respekt?*, dachte sie. »Sobald man vor die Tür tritt, findet man eine Vielzahl von Feinden vor.« Auch das einer der Lehrsätze, die ihr in Fleisch und Blut übergegangen waren, Christopher und seine Bande hatten das Ihre dazugetan.

Rosalia hatte nie vergessen, wie sie damals auf der Straße gelegen hatte, die Jungs um sie herum, wie sie lachten, auf sie runtersahen und auf sie spuckten. Sie war niemand, der gut vergessen konnte. Und Christopher war in ihrer Wahrnehmung noch lange Zeit eine ständige Gefahr geblieben, auch wenn er sie nach der schlimmen Attacke vor den Osterferien 1981 nicht mehr behelligt hatte. Dafür hatte wohl ihre Mutter gesorgt. Was sie damals zu ihm gesagt hatte, wusste Rosalia nicht, Eleonora hatte sich darüber ausgeschwiegen, aber sie musste sehr deutlich geworden sein, sonst hätte er sich wohl kaum davon abhalten lassen, sie weiter zu bedrohen.

Jetzt hatte Christopher sie gesehen und kam breitbeinig auf sie zu. Die zierliche Frau mit dem langen schwarzen Pferdeschwanz musste ihm in seinem verqueren rassistischen Weltbild als perfektes Opfer erscheinen, als sie dort abrupt stehen geblieben war, zwei Schritte vom U-Bahn-Abgang entfernt, sobald sie ihn gesehen hatte.

»Du hast es dir wohl immer noch nicht abgewöhnt,

Mädchen erschrecken zu wollen?«, sagte sie, ohne einen Hauch von Unsicherheit und so leise, dass er noch näher an sie herantreten musste, um im regennassen Lärm der vorbeifahrenden Autos verstehen zu können, was sie sagte. Und erst jetzt, noch eine Armlänge entfernt, erkannte er Rosalia, und sie sah mit Befriedigung die Unsicherheit, die sich für einen kleinen Moment auf seinen Zügen abzeichnete, bevor er sich hinter einem Schwall aggressiver Worte verschanzen konnte. Sie nützten ihm nichts, weder »die schwarzhaarige Itakerschlampe«, noch sein hämisches Lachen oder die doofe Frage, ob sie sich »noch ein paar von ihm einfangen« wolle.

Das Fragezeichen dahinter war noch nicht gesetzt, da brummte ihm schon der Schädel, wohin ihm Rosalia, noch warm und in Stimmung vom gerade beendeten Training, einen Hieb verpasst hatte. Dass er sich nicht an die schmerzende Schläfe fasste, wo ihre Handkante gelandet war, sprach dafür, dass auch er gelernt hatte einzustecken, und Rosalia beeilte sich, ihm einen Tritt in die Körpermitte zu versetzen, der ihn in die Knie gehen ließ. »Die Kunst des Geistes kommt vor der Kunst der Technik«, spulte Rosalia in Gedanken herunter und trat einen Schritt zurück, um den fluchenden und keuchenden Mann auf dem nassen Asphalt neben der U-Bahn-Station in aller Ruhe betrachten zu können.

»Und?«, fragte sie dann, augenscheinlich immer noch in völliger Gelassenheit, »hast du genug? Oder willst du dir noch ein paar *von mir* einfangen?«

Bittersüßer Honig troff aus ihrer Stimme. Als Christopher sich hochrappelte und ansetzte, sich trotz seiner sichtlichen Schmerzen auf sie zu stürzen, schnellte sie mit einer schlangengleichen Bewegung auf ihn zu, wich seinem

Angriff im letzten Moment aus, sodass er längelang in die Nässe stürzte und mit dem Kinn heftig auf dem Asphalt aufprallte.

Doch noch wollte Rosalias Gegner, der sie um mindestens eineinhalb Köpfe überragte, nicht aufgeben. Wieder kam er auf die Füße, nass, blutend und voller Wut.

»Du verdammte Schlampe!«, brüllte er, hatte aber offenbar aus seinen vorherigen Versuchen gelernt und blieb stehen, wo er war, mühte sich herauszufinden, was seine unberechenbare Kontrahentin als Nächstes tun würde. Rosalia hatte sich wieder zurückgezogen und wartete ihrerseits ab. Sie wusste, dass sie mehr Geduld haben würde als er, und wandte für Sekundenbruchteile den Blick von ihm, um die Straße nach Passanten zu scannen. Es regnete immer stärker, kein Fußgänger war bei solchem Wetter zu sehen, keiner würde herbeieilen und Christopher zu Hilfe kommen. Sie rührte sich nicht. Strähnen ihrer Haare hatten sich aus dem Zopf gelöst und klebten an ihrem Gesicht. Die Nässe drang durch ihre Kleidung bis auf die Haut, doch sie blieb unbeweglich, stand da im kegeligen Licht der Straßenbeleuchtung und sah hinüber zu ihrem Gegner, wartete auf den Moment, in dem er auf sie losgehen würde. Und er verriet ihn ihr, bevor es so weit war, er konnte nicht an sich halten, maß die drei, vier Meter, die zwischen ihnen im Lichtkegel einer Straßenlaterne lagen, mit prüfendem Blick, bevor er losschnellte und sprang. Ins Leere. Ein Zipfel ihrer Jacke war das Einzige, was er zu fassen kriegte, als sie sich wegdrehte, aber der Tritt in die Nierengegend, den er abbekam, verursachte ihm solche Schmerzen, dass er sie nicht festhalten konnte.

Und jetzt endlich gab er sich geschlagen. Rosa wusste, wann sie gewonnen hatte, und trabte leichtfüßig zu ihrer

Sporttasche, die sie ein paar Schritte von der U-Bahn-Rolltreppe entfernt hatte fallen lassen. Am Abgang drehte sie sich noch einmal um. Christopher stand schwer atmend im Regen und hielt sich das Kreuz.

»Respekt«, rief sie mit kräftiger Stimme zu ihm hinüber, »mit Respekt beginnt und endet alles!«

Dann verschwand sie und ließ den Besiegten zurück, ohne eine Miene zu verziehen.

»Wir sollten das mit der innerlichen Anwendung heute Abend noch einmal ausprobieren.«

Rosalia war so in Gedanken versunken, dass sie Jens völlig vergessen hatte. Er stand immer noch vor ihr, unter dem ungemütlichen Laborlicht, und sah so aus, als würde er sie gleich wieder in den Arm nehmen wollen. Eilig stimmte sie zu und verabredete sich für acht Uhr desselben Abends mit ihm.

Drei Tage später bog sie wieder einmal auf die Autobahn Richtung München ein, zum letzten Mal. Ihr alter Kombi wirbelte im Wettstreit mit dem ungemütlichen Oktoberwind gelbe Blätter vom Asphalt der Fahrbahn. Es lag Nebel über Berlin, und sie feierte den Abschied in der zwielichtigen Stimmung mit einem spontanen Juchzer. Ihre Vorfreude auf ihre idyllisch zwischen hohen Bäumen am Hochufer der Isar gelegene Wohnung und das Wiedersehen mit ihrer Tochter schlug Purzelbäume. Den Kombi hatte sie vollgepackt mit allem, was sie vor zweieinhalb Jahren aus München mitgebracht hatte. Selten hatte sie sich so sehr nach ihrem Zuhause zurückgesehnt. Mit jedem Kilometer, der sie näher an die Heimat brachte, stieg ihre Stimmung.

Von allen beruflichen Aufträgen, die sie über die Jahre

weg von München, ihrer Tochter und ihren Eltern geführt hatte, war ihr noch keiner so lang vorgekommen. Sie hatte viele ihrer Berliner Stunden damit verbracht, darüber nachzudenken, warum das dieses Mal so war. Ob es an der Stadt lag, die sie mit ihrer großpreußischen Riesenhaftigkeit erschlug und deren ständiges Bedürfnis, sich selbst zu feiern, sie ebenso langweilte, wie sie der schnoddrige Dialekt aufregte oder einfach an ihr selbst und ihrer Sehnsucht danach, endlich aus dem Nirgendwo aufzutauchen und irgendwo endgültig anzukommen.

Jens war hartnäckig gewesen bei ihrem letzten gemeinsamen Bier – und den Schnäpsen. Immer wieder hatte er sie nach ihrer Tochter gefragt – und deren Vater –, während er unter Zischen und Brutzeln einen Kartoffelpuffer nach dem anderen briet und auf zwei Tellern anrichtete, auf denen schon saurer Rollmops bereitlag, über den er ordentlich Zwiebelringe streute. Rosalia war über ihren Schatten gesprungen und hatte Jens' Lieblingsessen zunächst vorsichtig probiert, die in ihren Augen recht schräge Kombination aus verschiedenen Geschmäckern dann aber doch für genießbar befunden.

Erstmals war sie seiner Einladung zu einem Abendessen in seine Wohnung gefolgt, weil sie wusste, dass es ihr letzter gemeinsamer Abend sein würde, und sie sich sicher war, dass er den Moment so kurz vor ihrem Abschied nicht ausnutzen würde. So ganz schien Jens die Hoffnung, ihr im letzten Augenblick doch noch näherzukommen, zwar nicht aufgegeben zu haben, er hütete sich aber, sie zu bedrängen. Was seine Neugier im Hinblick auf Milenas Vater anging, musste er sich allerdings bis zum Schluss mit Andeutungen begnügen.

Was hätte sie ihm schon sagen sollen? Wie ihm erklären, warum sie seit Milenas Geburt keine Beziehung mehr gehabt hatte, die über eine gelegentliche Nacht oder ein paar wenige Wochen hinausgegangen war. Nicht, dass es ihr an Bewerbern gemangelt hätte.

Nachdem die Kartoffelpuffer und der Rollmops verzehrt, ein paar Flaschen Bier geleert und alles gesagt war, was gesagt werden konnte, musste Jens sie ziehen lassen.

Und dann war der nächste Nachmittag gekommen, und obwohl Rosalia Jens' spezielle Hoffnungen im Hinblick auf ihre Beziehung nicht teilte, war der Abschied im Institut auch für sie hart gewesen. Sie biss sich auf die Lippen, als sie daran zurückdachte. Über seine rotblonden Haare hatte Jens das hellblaue Baseball-Cap mit Berlin-Logo gestülpt, das sie ihm am Vorabend als Geschenk überreicht hatte, nachdem sie ihm zum Abschied an seiner Wohnungstür ein Küsschen auf die Wange gegeben hatte. Er hatte es bei einem gemeinsamen Einkaufsbummel einige Wochen zuvor in einem Souvenirshop »Unter den Linden« entdeckt, aber nicht kaufen können, weil Rosalia es aus irgendwelchen Gründen eilig gehabt hatte, weiterzukommen, und ihm keine Zeit dazu gelassen hatte. Neulich war sie dann noch einmal hingefahren und hatte das Cap besorgt.

In ein paar Wochen würde auch Jens Berlin verlassen und wieder zurück nach Hamburg ziehen, wo er herkam, und dort eine Stelle an der Uni antreten. Sicher würde ihm der Ortswechsel helfen, seine unglückliche Liebe zu vergessen. Doch wie er da vor dem Institut gestanden und ihr nachgewunken hatte, wirkte es auf sie, als sei der lange Schlacks um gut zehn Zentimeter geschrumpft, weshalb Rosalia sich schnell abgewandt hatte und zur Bahn gelaufen war.

An diesem Abend wollte sie sich nicht von ihm zu ihrer Wohnung fahren lassen. *Abschiede werden nicht schöner, wenn sie länger dauern.* Sie musste an den oft gehörten Spruch ihrer Großmutter denken – und an die preußische Konsequenz, mit der Friederike die eigenen Leitsprüche befolgte. Selbst ihren Tod vor vier Jahren hatte sie kurz und entschieden zelebriert. Ein Schlag, ein Seufzer, dann fiel sie auf den Boden ihrer Terrasse und war tot.

So jedenfalls hatte Rosas Vater das Geschehen geschildert, der als Einziger dabei gewesen war. Ausgerechnet er. Rosas Großvater war schon 1980 an einem Herzinfarkt gestorben, hatte ihrer Großmutter den Erlös aus dem Verkauf seiner Firma, ihrer Tante Rosemarie seine geliebte Oldtimersammlung, ihrem Onkel Peter ein erkleckliches Aktienpaket und ihrer Mutter trotz all ihrer Differenzen eine ansehnliche Summe auf einem Konto bei der Deutschen Bank hinterlassen. Rosemarie hatte es prompt ausgenutzt, dass sie nun die Wünsche ihres Vaters folgenlos ignorieren konnte, und flugs die drei Oldtimer zu Geld gemacht. Rosalias Großmutter, 52-jährig und erstmals wirklich Herrin über ihr eigenes Leben, mistete ihren Kleiderschrank aus und kaufte sich eine Blue-Jeans.

Vielleicht hatte ihre Großmutter an dem regnerischen Samstag, an dem sie starb, fast dreißig Jahre nach dem Tod ihres Mannes, irgendwie geahnt, dass es ihr letzter Tag sein würde, als sie ihren ungeliebten Schwiegersohn für einen Augenblick hereingebeten hatte, um ihm einen alten Schaukelstuhl zu übergeben, den sie gern loshaben und ihrer Tochter Eleonora überlassen wollte. Warum sie ihn dann aus heiterem Himmel zu einem Kaffee eingeladen hatte, wussten sich weder Rosalia noch ihre Mutter zu erklären. Valerio hatte später erzählt, sie habe ihn nach seiner Heimat gefragt, um dann von der ihrigen, von Ostpreußen, zu erzählen, die sie so gern noch einmal gesehen hätte. Dann war sie in den Garten gegangen und hatte eine Handvoll Erde geholt, die sie ihm mit den Worten »das ist Heimat« noch in die Hand drücken konnte, bevor sie zusammenbrach und starb. Der Rettungsdienst konnte ihr nicht mehr helfen. Eine Viertelstunde später kam Eleonora mit Milena angefahren, Rosalia eine halbe Stunde später.

Ein Glück, dass ich damals gerade in München war, dachte Rosalia, während sie versuchte, ihr Handy so neben der Kupplung zu positionieren, dass sie es beim Fahren sehen konnte, ohne den Blick von der Autobahn abwenden zu müssen. Sie würde mindestens in den folgenden drei Jahren in München arbeiten, vielleicht ließe sich der Zeitraum auch verlängern. Schließlich wurden ihre Eltern nicht jünger. Wenn ihnen etwas zustoßen würde, wäre sie wenigstens schnell an Ort und Stelle.

Als sie damals zum Haus ihrer Großmutter geeilt war, hatte Eleonora neben dem Doppelbett gesessen, das seit 30 Jahren nicht mehr als Doppelbett gedient hatte, eine Hand ihrer Mutter in ihrer. Eleonora saß nur da und hielt Wache, hatte aber keine Tränen, während Milena, vierzehnjährig und gerade dabei, sich von ihren kindlichen Pausbacken zu verabschieden, auf dem Kanapee im Esszimmer an der Schulter ihres Großvaters lehnte. Friederike fand ihre letzte Ruhestätte auf dem Münchner Ostfriedhof, neben ihrem Mann, aber fern von ihrer ostpreußischen Heimat.

Rosalia war inzwischen auf Höhe von Nürnberg angekommen. An einer Tankstelle hielt sie an, kaufte sich eine Flasche Wasser und eine Tafel Schokolade. Ihre Gedanken kreisten um ihre Tochter, als sie sich wieder ans Steuer setzte und das Silberpapier aufriss. Sie freute sich auf das Wiedersehen, doch sie wusste auch, dass sie einem klärenden Gespräch mit ihr nicht auf Dauer würde ausweichen können. Milenas Fragen würden drängender werden. Schon einmal hatte sie versucht, ihren Vater aufzuspüren. Und sie würde immer wieder nach ihm fragen. Rosa lenkte den Wagen zurück auf die Autobahn und schob sich einen Riegel Schokolade in den Mund. Nach all den Jahren, in denen Milena sich mit ausweichenden Antworten begnügen musste, hatte sie sich zwei Jahre zuvor zu einer Kurzschlusshandlung hinreißen lassen und die ganze Familie in Angst und Schrecken versetzt. Rosalia lief noch immer ein Schauer über den Rücken, wenn sie daran zurückdachte. Sie tastete wieder nach der Schokolade. Wenn sie ganz ehrlich war, musste sie zugeben, dass sie Milenas Verlangen nach der Wahrheit verstehen konnte – auch wenn sie selbst sich nichts sehnlicher wünschte, als keinen Gedanken mehr daran verschwenden zu müssen, was vor Milenas Geburt passiert war.

»Mist, verdammter«, fluchte sie, als sie auf dem Beifahrersitz einige Zeit später nur noch leeres Papier fand. Doch da war sie schon an der Abzweigung Richtung Regensburg vorbei und gab den Gedanken auf, noch mal anzuhalten und mehr Schokolade zu kaufen. Es war gegen acht Uhr und längst dunkel, Milena würde sicher schon auf sie warten.

Eine Stunde später war sie endlich zu Hause angekommen und konnte ihre Tochter in den Arm schließen, die zu Rosas Bedauern noch Vokabeln für eine Englischprüfung lernen musste und sich nach dem gemeinsamen Abendessen in ihr Zimmer zurückzog. Bevor Rosa im Schlafzimmer ihre Sachen auspackte und ihren Toilettenbeutel ins Bad brachte, kniete sie sich auf den Boden, zog die mittlere der großen Bettschubladen heraus und holte hinter zwei dicken Kissen eine Schuhschachtel hervor. Als sie den Deckel anhob, fand sie zu ihrer großen Erleichterung Fotos und Briefe scheinbar genau so vor, wie sie sie hineingelegt hatte. Einen Augenblick lang war sie versucht, hineinzugreifen, doch dann griff sie rasch nach dem Deckel, verschloss, was von diesem Teil ihres Lebens hätte erzählen können, wieder unter der Pappe und schauderte bei dem Gedanken daran, wie leicht auch ihre Tochter an die Sachen herankommen hätte können. Sicherheitshalber beschloss sie, ihre Erinnerungsstücke in einem anderen Versteck unterzubringen.

SIEBEN

Eleonora, 1969

Was genau in der Fabrik geschehen war, nachdem die Werkspolizisten Valerio zurück in die Produktionshalle geschafft hatten, erfuhr Eleonora nicht von ihm selbst. Obwohl sie nicht lange gezögert hatte, ihn danach zu fragen an jenem Abend in der Bar, an dem sie sich kennengelernt hatten. Doch er hatte abgewunken. Offenbar wollte er nicht darüber reden, und Eleonora nahm sich vor, bei Gelegenheit einen der anderen Arbeiter zu fragen, die inzwischen vielleicht mehr darüber sagen konnten.

Sie hatten noch eine Weile beisammengestanden vor der Bar bei der Fabrik, nachdem der Redner aus Triest vom Tisch gestiegen war und der größte Teil seiner Zuhörerschaft sich zerstreut hatte. Eleonora und Tommaso, Gaetano und seine neue Freundin, der stille Valentino, Tommasos Bruder Toni. Auch Davide blieb bei ihnen – und Valerio, der sich an den langen Pietro hielt und sich, wie Eleonora zu ihrer Überraschung erfuhr, seit einer Weile ein Zimmer mit ihm teilte.

»Sein Onkel«, murmelte Pietro und nickte mit dem Kopf in Richtung des viel Kleineren, »hat ihn rausgeworfen.«

Noch am Abend ihrer ersten Begegnung erfuhr Eleonora, die begierig jede Information über den Sizilianer aufsaugte, dass jener Onkel Giovanni seinem Neffen den Stuhl vor die Tür der Wohnung im Viertel Nichelino gestellt hatte, die er mit seiner Familie bewohnte. Weil er sich keinen Ärger mit der Fabrik einhandeln wollte. Er selbst arbeitete erst seit Kurzem für Fiat in Turin, nachdem er zusammen mit seiner schwangeren Frau und dem ersten Kind Sizilien und seine ärmliche Existenz als Kleinbauer verlassen hatte. Er war von einem schlecht bezahlten Job zum nächsten gezogen, bevor er sich bei Fiat hatte anwerben lassen. Seine Familie wohnte selbst zur Untermiete in der Wohnung eines Kollegen, und es war mehr als ein Zufall gewesen, dass Valerio ihm begegnet war, nachdem er die erste Turiner Nacht auf einer Parkbank in der Nähe der Fabrik verbracht hatte, wo er sich um einen Job bewerben wollte. Völlig abgezehrt, wie er war nach seiner langen Flucht aus Sizilien, hatte Giovanni ihn mit in die Wohnung genommen und seiner Frau Aurora aufgetragen, dem Sohn seiner verstorbenen Schwester erst einmal einen ordentlichen Teller Pasta hinzustellen. Gleich am nächsten Morgen hatte er ihn zur medizinischen Untersuchung in die Fabrik geschickt. Dort wurde Valerio für gesund befunden – »die nehmen da ja jeden«, urteilte Davide, »auch wenn sie nur ein Bein haben oder die Pest« –, dann wurde er an eines der kilometerlangen Bänder gestellt, die ohne Unterbrechung Motorblöcke, Teile von Karosserien, Autotüren, Gangschaltungen und Auspuffanlagen durch die gigantischen Fabrikhallen bewegten, an denen alle paar Meter geschraubt, gehämmert, geklebt oder montiert wurde. Nach wenigen Stunden hatte Valerio die paar Handgriffe drauf, die er zu verrichten hatte, und wurde vom Individuum Valerio Vaducci, als das er seine Heimat verlassen hatte, zu einer Nummer im unüberblickbaren Räderwerk der Fabrik. Mit einem Spind, einer Stempelkarte, einem blechernen Kochgeschirr und einer halben Stunde Pause in jeder Schicht, in der er in die Kantine rennen, das Essen in sich hineinschaufeln und zurückhetzen musste, um sich wieder an seiner Position am Band einzureihen, so wie all die anderen Fiat-Arbeiter im Werk, Hunderte, Tausende, es auch taten.

Wenn er zurück in die Wohnung kam, fiel er erschöpft auf sein provisorisches Lager in einer Ecke des Zimmers, das er sich mit Onkel Giovannis drei kleinen Söhnen teilte. Der Onkel selbst schlief mit seiner Frau und seinem jüngsten Kind, einem süßen Mädchen namens Matilda, in der Küche.

»Sie wäre mir lieber gewesen als die drei Rabauken«, erzählte Valerio mit einem nachsichtigen, wenn auch etwas gequälten Lächeln. »Jedes Mal, wenn ich von der Nachtschicht kam, waren alle drei wach und wollten auf mir reiten. Als wäre ich ihr Esel«, setzte er zu Eleonora gewandt hinzu und sprach extra langsam und deutlich. Er mühte sich auffallend, in ihrer Gegenwart und der der anderen Studenten hochitalienisch zu sprechen, auch wenn sein sizilianisches Genuschel immer wieder durchkam. Doch sie nickte und nahm einen Schluck aus ihrer Flasche, um zu verbergen, wie intensiv sie dabei war, die Gefühle zu erforschen, die dieser völlig mittellose Süditaliener in ihr auslöste.

»Ich kann mir vorstellen, dass das nicht ganz einfach war«, sagte sie dann.

Valerio schüttelte sachte den Kopf. »Nein, aber sonst hätte ich am Bahnhof schlafen müssen. Im Wartesaal von Fiat. Mit ein paar Hundert anderen. Da kannst du ganz sicher sein, dass du nicht am nächsten Morgen zweihundert Lire in der Tasche hast, wo's vorher nur einhundert waren.«

»Die Firma lässt ihre Leute da schlafen wie Vieh«, mischte sich Davide in ihre Unterhaltung ein. »Sie holen die armen Teufel aus dem Süden, versprechen ihnen das Blaue vom Himmel herunter, und dann stecken sie sie in den Wartesaal am Bahnhof. Und lassen sie dadrin, bis sie schwarz werden, wenn sie kein Glück haben und selbst 'ne Wohnung finden. Und wie sollen sie auch? Die Miete kann sich keiner leisten, der gerade hier ankommt und für 'n Hungerlohn schuftet.«

»Warst du mal drin im Wartesaal?«, wollte Tommaso, der dabeistand, von Davide wissen.

»Kommste gar nicht rein ohne Fabrikausweis von Fiat, die wollen nicht, dass jemand sieht, wie's da aussieht. Muss aber ein Drecksloch sein, hat mir *il silente* erzählt. Der war ein paar Nächte da.«

»Echt 'ne Sauerei, dass dein Onkel dich rausgesetzt hat«, sagte Tommaso an Valerio gewandt.

Der hob die Schultern. »Es war eh zu eng auf Dauer. Und *zio* Giò mag wohl Hõ Chí Minh nicht besonders.«

»Wieso denn Hõ Chí Minh?«, wollte Eleonora wissen.

»Mir ist ein Flugblatt aus der Jacke gefallen, da stand sein Name drauf. Einer von euch hat's mir gegeben, von euch Studenten.«

»Und was dann?«, fragte sie.

»Der *zio,* der Onkel, war eh schon sauer wegen der Sache in der Fabrik. Er macht da den Buckel krumm, muss ja irgendwie die Kinder durchbringen, ich versteh das schon. Aber als er dann den Zettel gesehen hat, da war's aus. Gebrüllt hat er wie 'n Ochse, die Kleine hat geheult. Dabei weiß ich noch nicht mal, wer der Chinese genau ist.«

»Vietnamese«, murmelte Davide. »Kommunist und Revolutionär.«

»Ah«, machte Valerio etwas kurz. »Danke.«

»Wenn's dich interessiert, geb ich dir ein Buch über ihn«, fügte Davide noch hinzu. Eleonora rechnete ihm hoch an, dass er bei all seinem theoretischen Wissen und seiner geschliffenen Rhetorik nicht den Klugscheißer herauskehrte.

Valerio hob wieder die Schultern. »Gern. Jetzt bin ich ja schon rausgeflogen. Dann will ich auch wissen, warum.«

»Und? Hast du keine Familie mehr in Sizilien?« Eleonora konnte ihre Neugier kaum bremsen, und es war offensichtlich, dass Valerio, der sich jetzt wieder zu ihr drehte, die Antwort schwerfiel.

Er hatte den Kopf gesenkt. »Nein, da ist niemand mehr«, sagte er nach einem kleinen Zögern und sah Eleonora nachdenklich an.

Was sie noch neugieriger machte. Doch sie kam nicht dazu, weiter zu fragen, da die Gruppe bereits im Begriff war, sich aufzulösen. Valerio und Pietro wandten sich in Richtung Fabrik, sie mussten an der langen Mirafiori-Front vorbei, um zu Pietros Wohnung zu gelangen, Gaetano und Camilla waren schon vor einer Weile verschwunden, eng umschlungen und ganz unverblümt auf der Suche nach ein wenig ungestörter Zweisamkeit. Die Studenten verabschiedeten sich in Richtung Innenstadt.

»Wir geben euch Bescheid, wann das nächste Treffen stattfindet«, rief Davide schon im Gehen zu den Arbeitern hinüber. Eleonora zögerte noch einen Moment, sah, wie Valerio sich umwandte und zum Gruß seine Hand hob. Sie nickte ihm zu, nein, noch wagte sie es nicht, einen Schritt weiterzugehen. Eine Woche später schon sollte sie aber eine unerwartete Gelegenheit bekommen, den geheimnisvollen Sizilianer näher kennenzulernen. Ganz so, wie sie es sich vorgestellt hatte, verlief die Begegnung allerdings nicht.

Das schöne Wetter hielt an. Eleonora hatte sich nachmittags in die Tram gesetzt und war auf die andere Seite des Po hinübergefahren, um zwischen den Herrschaftshäusern in den Hügeln von Cavoretto spazieren zu gehen. Sie hatte das Gefühl, ein wenig klare Luft nötig zu haben, bevor sie wieder in die düsteren Arbeiterviertel rund um die Fabrik zurückkehrte. Am Vormittag war sie in der Uni gewesen, um zumindest eine Vorlesung anzuhören, pro forma, allerdings auch, um den Anwandlungen von schlechtem Gewissen etwas entgegenzusetzen, die sie hin und wieder befielen. Die Anmeldefrist für die Semesterkurse hatte sie verpasst. Eigentlich hatte sie im Mai zurück in Tübingen sein und zusammen mit Tommaso das Jurastudium fortsetzen wollen, das sie bisher mit wenig Begeisterung betrieben hatte. Doch jetzt kam es für sie gar nicht infrage, so schnell wieder nach Deutschland zu fahren, zu ihren Eltern gar, um so weiterzumachen wie bisher.

Sie hatte das Gefühl, hier in Turin längst noch nicht fertig zu sein. Und dabei ging es nicht nur um die Revolution, obwohl sie sich das Gegenteil einzureden versuchte.

Dass es ihr schon vor ihrem Aufenthalt in Turin deutlich wichtiger gewesen war, an Italienisch-Sprachkursen teilzunehmen, statt in BGB-Vorlesungen zu sitzen, hatte sie ihren Eltern natürlich auch nicht erzählt. Ihr Vater mochte nicht allzu angetan von den »sozialromantischen Vorstellungen« seiner rebellischen Tochter sein und sie für eine unverbesserliche Träumerin halten, aber er war zugleich absolut überzeugt davon, dass sie seine Autorität in existenziellen Dingen letztlich nicht infrage stellen, sondern brav und ausschließlich in den Seminaren sitzen würde, die er ihr verordnet hatte.

»Kind, mach Jura, da bist du was, da kannst du was, da giltst du was!«, hatte er ihr immer wieder eingehämmert.

Widerspruch zwecklos. Immerhin konnte Eleonora bisher in allen geforderten Kursen ein »Bestanden« vorweisen, und so fiel es dem Vater gar nicht auf, dass sie die revolutionären Irrwege, auf die sie in ihrer Schülerzeit geraten war, auch als Studentin nie verlassen hatte.

Als künftige Juristin glänzte sie jedenfalls nicht gerade in ihrem Tun. Alles hätte sie lieber studiert als ausgerechnet Rechtswissenschaften. Bei den Zusammenkünften des Tübinger SDS fühlte sie sich weitaus wohler als in Vorlesungen über Eigentumsrecht, diskutierte lieber über revolutionäre Massenbasis und systemsprengende Strukturreformen als über Gewohnheitsrecht und die Paragrafen des BGB, sie las den *Rebell* der Revolutionären Jugend statt die *Juristische Schulung*, die ihr Vater für sie abonniert hatte.

In Frankreich tobten seit Monaten Studentenproteste, und sie verfolgte jeden Bericht über »Dany le Rouge« mit großer Begeisterung. Beatrice, eine französische Kommilitonin, versorgte sie mit Geschichten von ihrem Bruder, der die Besetzung der Sorbonne mitgemacht hatte und der auch dabei war, als die französischen Studenten begonnen hatten, sich mit den Arbeitern zu solidarisieren; und Beatrice hatte Eleonora längst den Mund wässrig gemacht mit ihren Berichten. Natürlich hatte Eleonora sich in die Theorie gestürzt, sie hatte Marcuse gelesen, Horkheimer und Habermas. Sie liebte es, nächtelang mit Tommaso und anderen

Kommilitonen in irgendeiner Bude zusammenzusitzen und über das Dilemma des Subjekts und seine Chancen in der kapitalorientierten Gesellschaft zu diskutieren. Als dann Tommaso im Januar mit seinem Vorschlag um die Ecke gekommen war, nach Turin zu fahren, um die Streiks bei Fiat zu unterstützen, rannte er offene Türen bei ihr ein.

»In Erinnerung an Onkel Salvatore«, hatte er Eleonora ins Ohr geflüstert, als sie zusammen in einer Vorlesung saßen, ganz hinten, wo sie in aller Ruhe quatschen konnten.

»Lass uns runterfahren nach Turin, lass uns mal wirklich was tun und nicht nur darüber reden. Toni besorgt uns ein Bett irgendwo oder 'ne Couch, das ist gar kein Problem, sagt er.« Eleonora, die eben noch ein Gähnen unterdrückt hatte angesichts der Gesetzestexte, die als Kopien nach hinten gereicht worden waren, war sofort Feuer und Flamme. Sie sah Tommaso schon durch die Straßen Turins laufen im Kampf für eine bessere Welt, und sie dachte keinen Augenblick darüber nach, ob sie mitfahren wollte oder nicht. Auch wenn sie sich angesichts des etwas pathetischen Tons, den Tommaso an den Tag legte, ein Schmunzeln nicht verkneifen konnte. Doch natürlich wusste sie, woran er dachte – sein Onkel Salvatore war Fiat-Arbeiter gewesen und hatte sich in den letzten Kriegsjahren dem Widerstand angeschlossen.

Als Teil einer Partisanengruppe tauchte er im Herbst '43 in den Tälern des Apennins unter, um mit gezielten Attacken auf deutsche Soldaten den ehemaligen Verbündeten das Leben schwer zu machen.

»Er hat dem Duce den Mittelfinger gezeigt.« Originalton Tommaso. Die Sache mit Mussolini und dem Mittelfinger von Salvatore war eine von Tommasos Lieblingsgeschichten und eine der ersten, die er Eleonora erzählt hatte. Zu den Fakten gehörte, dass Mussolini, der von den Arbeitern des neu gegründeten Werks Mirafiori so heftig angefeindet worden war, dass er die Einweihungsveranstaltung 1939 vorzeitig verließ, den Fiat-Neubau in Turin zunächst abgelehnt hatte.

»Zu nahe an der Grenze, hat er gedacht, da ist schnell mal einer mit ’nem Flugzeug rüber von der Schweiz oder aus Frankreich, sind ja nur ein paar Dutzend Kilometer, wenn’s mal ’nen Krieg gibt. Wie er nur da draufgekommen ist …«, erklärte Tommaso Eleonora und schüttelte gewichtig den Kopf.

»Und wie kam das mit dem Mittelfinger?«, fragte sie interessiert.

»Die Arbeiter waren sauer, schon als er ankam. Es war ja nicht nur die Grenze, warum er Mirafiori nicht wollte. Sondern weil er Angst vor dem roten Gesocks hatte bei so vielen Arbeitern auf einem Haufen.«

»Ganz so unrecht hat er da ja wohl nicht gehabt.«

»Nö, die Arbeiter waren dann später auch die ersten im Widerstand gegen die Faschisten und die Nazis.«

»Und dein Onkel an vorderster Front«, spöttelte Eleonora.

Tommaso lachte ein wenig. »Na ja, das weiß ich nicht wirklich. Mama hat es so erzählt. Aber ob Mussolini den Mittelfinger tatsächlich gesehen hat … wer weiß. Aber Salvatore ist nur wenige Jahre später zur Resistenza. Und die haben den großen Duce dann ja auch erwischt und erschossen. Verdient!« *Als hätte er selbst den Abzug der Pistole gedrückt*, hatte Eleonora beim Blick auf den Freund gedacht, der alles dafür gegeben hätte, dem legendären Onkel einmal begegnet zu sein. Salvatore aber starb in den letzten

Tagen des Kriegs am Wundfieber, den Folgen einer Schussverletzung. Seine Schwester Luisa und sein Trupp italienischer Widerstandskämpfer beerdigten ihn auf einer Anhöhe. Und jedes Mal, wenn Eleonora auf ihrer Gitarre die Begleitung zum Partisanenlied »Bella Ciao« zupfte – Tommaso hatte es ihr beigebracht –, erhob er voller Inbrunst seine Stimme und trug das Objekt seiner Verehrung immer wieder von Neuem zu Grabe.

»Also, was ist nun? Kommst du mit?«, hatte Tommaso am Ende jener Jura-Vorlesung im Januar gefragt, an dessen Thema sich Eleonora kaum erinnern konnte. Sie hatte sich wieder einmal die Mitschrift von ihrem Freund geben lassen müssen, der, im Gegensatz zu ihr, in der Juristerei keine Pflicht-, sondern eine Lebensaufgabe sah, jedes Wort mitbekam, das vorne am Dozentenpult gesprochen wurde, und in seinem späteren Leben ein renommierter Strafverteidiger werden sollte. Allerdings erst nach seiner Karriere als Revoluzzer, die jetzt unverzüglich beginnen musste, wie er meinte.

Also hatte sich Eleonora, der jedes Mittel recht gewesen wäre, weg von der Uni mit ihrer juristischen Fakultät und ihrem Beigeschmack nach Staatsmacht und Bourgeoisie und stattdessen ins Land ihrer Träume zu kommen, kurz darauf vor den Fabriktoren von Mirafiori wiedergefunden. Mit ihren massiven Mauern, den schweren Metalltoren, welche die Besitzenden nach Belieben öffnen und schließen konnten, um die Arbeiterklasse entweder ein- oder auszusperren, immer aber zu dirigieren, war sie in ihren Augen das Symbol kapitalistischer Ausbeutung schlechthin. An dieser Stelle sollte ihr Vater, ohne dass er es ahnte, endgültig den Kampf um die geistige Herrschaft über seine Tochter verlieren.

Als sie am späten Abend, nachdem sie vom Spaziergang zurückgekommen war, Fäuste gegen die Tür der WG hämmern hörte, hatte sie schon auf ihrer Matratze in der Kammer neben der Küche gelegen. Sie streifte sich in aller Eile einen Pulli über den Kopf, als sie mehrere Stimmen an der Eingangstür der Wohnung hörte, die sich in aufgeregter Tonlage zu einem beunruhigenden Crescendo steigerten und sie veranlassten, im Laufschritt aus ihrem Zimmer heraus- und den Gang hinunterzueilen. Was sie sah, ließ ihren Atem stocken. Den langen Pietro sah sie und den stillen Valentino, zwischen ihnen aber hing mehr, als dass er stehen konnte: Valerio. Seine erschlafften Arme auf ihren Schultern, hatten Pietro und Valentino ihn von beiden Seiten um die Hüften gepackt und schleiften ihn über die Schwelle. Tommaso, Nino und Filippo waren schon vor ihr zur Tür geeilt. Filippo, der immer ein wenig aufgeregt war, fuchtelte Valentino nervös vor dem Gesicht herum und sprang sinnlos von einem Fuß auf den anderen, bis Tommaso ihn entschlossen zur Seite schob. »Bringt ihn hier rein, hier in mein Zimmer«, wies er die jungen Männer an und öffnete seine Tür, damit sie den vor Schmerz Stöhnenden durch den Rahmen bugsieren konnten, ohne ihm noch mehr wehzutun.

Eleonora, die zunächst wie erstarrt dagestanden hatte und das Geschehen erst einmal zu begreifen versuchte, fand ihre Geistesgegenwart wieder, packte den unsteten Filippo am Arm und wies ihn an, in der Küche ein paar Handtücher und warmes Wasser zu holen. Dann folgte sie den Männern in Tommasos Zimmer. Der hatte die Stehlampe neben seinem Bett auf Valerios Gesicht gerichtet. Der junge Sizilianer bot einen wahrhaft erbärmlichen Anblick. Das linke Auge war völlig zugeschwollen, das Blut, das über seine

Wange gelaufen war, schien von einer Platzwunde über der Schläfe zu stammen und war auf den Wangen und in den Bartstoppeln verkrustet. Weitaus schlimmer aber waren ganz offensichtlich die Schmerzen in seinem Brustkorb, er schien kaum Luft zu bekommen, und als Nino ihm jetzt das mit Blut bespritzte Hemd aufknöpfte, zeigte sich, dass sein Rippenbogen heftig gerötet war. Er stöhnte, als Nino im Bewusstsein seiner Wichtigkeit als einzig anwesender Medizinkundiger – er studierte im zweiten Jahr Zahnmedizin – seinen Oberkörper abtastete.

»Gebrochen ist wohl nichts«, so viel immerhin glaubte Nino sagen zu können.

Womit er tatsächlich recht behalten sollte. Für den Augenblick aber waren die Studenten einigermaßen ratlos, zumal von dem Verletzten kaum mehr als ein regelmäßiges rasselndes Stöhnen zu hören war.

»Was ist passiert?« Eleonora hatte sich neben das Bett gekniet und begonnen, Valerio das Blut aus dem Gesicht zu wischen. Unterdessen schickte sie Filippo, der immer noch an ihrer Seite auf und nieder hüpfte, mit dem Auftrag in die Küche, ein weiteres Handtuch mit möglichst kaltem Wasser zu tränken, um es auf das geschwollene Auge zu legen.

In dem Augenblick hörten sie, wie die Wohnungstür aufgerissen wurde. Dann stürmte Davide herein, noch in der Jacke, die Nickelbrille etwas schief auf der Nase, das Gesicht erhitzt. Er warf einen Blick auf das Häufchen Elend in Tommasos Bett.

»Wie geht's ihm?«, wollte er von Nino wissen, der seine vorhin getroffene Diagnose noch einmal wiederholte. Davide nickte. »Gott sei Dank! Das waren Schläger aus der Fabrik, die haben ihn aufgemischt!«

»Was soll das heißen?«, fragte Tommaso, der dem nervösen Filippo das kalte Handtuch abnahm und es zu Eleonora hinunterreichte.

Davide schnaufte einmal tief durch. »Wir waren auf dem Weg zur Fabrik, wollten die Nachtschichtler erwischen und ihnen erzählen, dass die von der Frühschicht an drei Bändern gestreikt hatten. So war es abgesprochen, wir wollten sichergehen, dass sie es erfahren. Da sehen wir gerade Valerio und noch einen vom 500er-Band aus dem Tor kommen und um die Ecke in den Corso Settembrini einbiegen. Und während wir noch näher kommen sehen wir vier Typen aus demselben Fabriktor rauskommen. Dann sind die hinter den beiden her.«

»Habt ihr gewusst, was die vorhatten?«, fragte Tommaso.

»Wir haben's geahnt, die hatten so 'ne Art Schlagstock dabei. Aber bevor wir dort waren, hatten sie Valerio und den anderen schon eingeholt und angefangen, auf sie einzuprügeln. Der andere hat die Beine in die Hand genommen und ist abgehauen, aber Valerio haben sie voll erwischt. Er lag am Boden, als wir dazukamen, und hat Fußtritte ohne Ende kassiert.«

»Und dann?«, fragte Nino dazwischen.

»Wir waren zu acht, ein paar Jungs von der Architektur-Fakultät dabei, da haben sie die Fliege gemacht. Wollten wohl nicht erkannt werden.«

Eleonora hatte das Gesicht des Verletzten inzwischen halbwegs gereinigt und bekam zur Belohnung ein kleines und sehr schiefes Lächeln geschenkt, zu größeren Regungen war Valerio nicht fähig. Er hatte offensichtlich immer noch Schwierigkeiten, Luft zu bekommen.

»Er soll das Hemd ausziehen. Tommaso, vielleicht hast

du irgendwas, was ihm passt«, sagte sie, während sie sich erhob, um die blutigen Handtücher in die Küche zu bringen. Im Gehen bedeutete sie Davide, sie zu begleiten, und sah bei ihrem kurzen Blick zurück über die Schulter, wie Tommaso und Pietro Valerio aus dem Hemd halfen und Nino sich daranmachte, noch einmal seine Rippen abzutasten.

»Davide, jetzt sag mal, warum ist das passiert? Da muss es doch eine Vorgeschichte geben?«, raunte sie Davide zu.

Der kleine Student folgte ihr in die Küche und begann dort erst einmal, umständlich seine Brille zu putzen, es schien, als hätte das Geschehen sogar dem *altoparlante* die Sprache verschlagen. Erst nachdem Eleonora ihn noch einmal ungeduldig aufgefordert hatte zu erzählen, erfuhr sie von Valerios Auseinandersetzung mit dem Bandaufseher, die eine Woche vor ihrer ersten Begegnung stattgefunden hatte.

»Da ging es wohl um einen Kollegen, einen älteren Mann, der neben ihm gearbeitet hat, ich hab es auch nur über Dritte gehört«, erzählte Davide. »Der Alte hatte einen Schwächeanfall oder so was, hat sich für einen Augenblick hingesetzt. Valerio hat das gesehen und versucht, ihm zu helfen. Da kam schon der Aufseher und hat sie beide angeschrien, sie sollten keine Pausen machen, süditalienisches Bauernpack und all sowas. Kennen wir ja alles.«

Eleonora befürchtete, dass er im nächsten Augenblick auf einen Küchenstuhl klettern und eines seiner flammenden Plädoyers gegen die Ausbeutung des Südens, der Arbeiterschaft und vermutlich auch der Hausfrau und des Hofhundes halten würde, wenn sie die Regung nicht im Keim erstickte. Schließlich interessierte sie sich bei aller Begeisterung für den Klassenkampf im Moment nur für Valerio.

Also drückte sie Davide die ausgewaschenen Handtücher zum Auswringen in die Hand und forderte ihn mit einer Geste auf, weiterzuerzählen.

»Der Aufseher hat wohl immer weiter auf den alten Mann eingeschrien. Da ist Valerio auf ihn los und hat ihn am Kragen gepackt, damit er den Mann endlich in Ruhe lässt.«

»Und dann?«

»Dann muss er ihn so geschubst haben, dass er gegen den nächsten Wagen geprallt ist, der mit dem Förderband daherkam. Er ist zu Boden gegangen. Valerio hat ihn sitzen lassen, dafür aber den alten Mann zur Krankenstation gebracht.«

»Und das haben sie ihm so übel genommen, dass sie ihn an dem Abend, als wir an der Fabrik waren, nicht rauslassen wollten?«, hakte Eleonora ein, deren stille Bewunderung für den Sizilianer die nächste Stufe erklomm.

»Genau. Sie haben ihn ins Büro geschleift, zu irgend so 'nem Obermufti, und der hat ihm die Hölle heißgemacht, von wegen, er soll sich um seinen eigenen Scheiß kümmern, sonst passiert was.«

»Hat er aber nicht.«

»*No*. Hat er offensichtlich nicht. Ich weiß nichts Genaues, aber er war wohl mittendrin, als sie gestern wieder spontan gestreikt haben an seinem Band. Da geht's ja echt rund jetzt, jeden Tag streikt irgendwo eine Abteilung. Die Aufseher drehen durch, weil keiner mehr macht, was sie sagen. Aber die Bänder lassen sie immer schneller laufen, diese Säcke. Und dann haben Valerio und zwanzig oder dreißig andere spontan die Arbeit niedergelegt. Tja, und was dabei herausgekommen ist, siehst du ja. Die Bosse wollen ein Zeichen setzen und haben sich ihn ausgeguckt, weil er schon mal aufgefallen ist. Die haben langsam Panik, dass ihnen die Felle davonschwimmen.«

»Meinst du, sie gehen so weit? Prügel gegen die eigenen Mitarbeiter?«

»Wer soll es denn sonst gewesen sein?«, fragte Tommaso, der gerade in die Küche gekommen war und die letzten Worte gehört hatte. »Es sei denn, dein Freund hier hat noch ein paar andere Dinge am Laufen, von denen wir nichts wissen.«

Eleonora machte sich groß und versuchte, sich vor Davide nichts anmerken zu lassen, als sie sagte: »Er ist nicht mein Freund.«

Doch Davide hatte sich ohnehin abgewandt und grübelte über irgendetwas nach, sodass er für zwischenmenschliche Belange gerade keine Antennen hatte. Eleonora warf Tommaso dennoch einen vernichtenden Blick zu und legte die von Davide ausgewrungenen Handtücher über den Rand des Spülbeckens.

»Er schläft jetzt übrigens«, sagte Tommaso, »Nino hat ihm eine Schmerztablette gegeben. Pietro und *il silente* sind heimgegangen. Sie entschuldigen ihn morgen bei der Arbeit.«

»Pah, entschuldigen ist gut. Die wissen doch ganz genau, warum er nicht kommt.« Eleonora fuhr sich voller Wut mit der Hand durch die Haare, und es sah aus, als würde sie feuerrote Funken versprühen. »Am Ende machen sie ihm Ärger, weil er sich nicht ans Band zurückschleppt mit gebrochenen Rippen«, wetterte sie.

Tommaso warf ihr einen halb belustigten, halb beunruhigten Blick zu. »Ist ja schlimmer bei dir, als ich gedacht hab.«

»Was?«

»Du weißt schon«, sagte er und machte eine flüchtige Handbewegung in Richtung seines Zimmers.

»Jedenfalls brauch ich heut Nacht ein Bett, meins ist ja besetzt«, erklärte er dann.

»Das heißt?«

»Ich hatte gedacht, bei dir auf dem kleinen Sofa ist Platz, sonst bleibt mir ja nur der Küchenboden.«

Jetzt sah Davide doch für einen Augenblick prüfend herüber und hob fragend eine Augenbraue.

»Wenn du Platz in deinem Bett hast, dann leg ich mich auch gerne zu dir«, fuhr ihn Tommaso an.

Doch der Kleinere hob abwehrend die Hände. »Lass es lieber. Ich zapple und schnarche.«

»Das weiß ich schon. Muss mir ständig die Ohren zuhalten. Ich kann froh sein, wenn ich mal für ein paar Nächte zu Leo ziehen kann«, versetzte Tommaso und funkelte Davide drohend an. Der versuchte, ein unschuldiges Gesicht aufzusetzen.

»*Non ho detto niente*«, rief er. »Ich habe nichts gesagt.«

»Ist auch besser so«, brummte Tommaso. »Wusste gar nicht, dass ausgerechnet du ein Spießer bist.«

»Ich?«, giftete Davide. »Das nimmst du zurück!«

Tommaso lachte leise und lehnte sich mit Spott im Blick gegen die Spüle, in Erwartung eines tätlichen Angriffs.

Doch Eleonora ging ärgerlich dazwischen. »Meint ihr wirklich, dass das der richtige Augenblick ist, Hahnenkämpfe auszutragen?«, fragte sie. »Drüben liegt einer, den sie halb totgeschlagen haben. Darüber sollten wir reden. Was wir jetzt tun sollen.«

»*Cosa dovremmo fare?*«, sagte Davide, »was sollen wir

tun? Du wirst ihnen nichts nachweisen können. Und wenn, dann bringt es auch nichts. Die schmeißen ihn einfach raus. Die sitzen immer am längeren Hebel.«

»Wir schlucken das also einfach und unternehmen gar nichts?« Eleonora sah ihn ungläubig an.

»Doch.« Jetzt machte Davide sich groß, so groß es eben ging. »Wir tun was. Wir helfen den Arbeitern dabei, ihr Recht einzufordern. Wir unterstützen sie und sorgen dafür, dass noch mehr gestreikt wird. Bis sie irgendwann alle mitmachen, nicht nur die, die in Mirafiori arbeiten, dann sind es hunderttausend oder mehr, dann können die Chefs gar nicht mehr zurück, wenn alle streiken. Dann müssen sie zuhören.«

»Und das, was sie Valerio angetan haben«, es fühlte sich eigenartig gut an für Eleonora, seinen Namen auszusprechen, und sie spürte der Empfindung für einen Sekundenbruchteil nach, »das lassen wir einfach auf sich beruhen?«

Tommaso schaltete sich ein. »Leo, Davide hat recht, wir können nichts tun. Valerio kann froh sein, wenn sie ihn nicht rauswerfen. *Non c'è niente da fare!* Es gibt nichts, was wir tun können.« Er legte ihr die Hand auf den Arm. »Lass es gut sein. Jetzt müssen wir erst mal schauen, dass er wieder auf die Beine kommt.«

Wie immer, wenn sie nicht überzeugt war, aber die Dinge auch gerade nicht ändern konnte, hob Eleonora die rechte, dunkelrote Augenbraue, dann entzog sie Tommaso den Arm und rauschte in übertrieben aufrechter Haltung in Richtung Tür. »Dann schaue ich jetzt noch mal nach ihm«, murmelte sie betont gleichgültig und ignorierte ihren Freund und sein unverhohlen anzügliches Grinsen.

Als sie am nächsten Morgen aufwachte, waren ihre Gedanken schneller im Nachbarzimmer, als sie die Augen aufschlagen konnte. Leise rappelte sie sich hoch, schlich auf Zehenspitzen um die Beine des noch schlafenden Tommaso herum, die über das viel zu kurze Sofa hinausragten, griff nach einer auf einem Stuhl liegenden Strickjacke und verließ das Zimmer. Vor der Tür nebenan zögerte sie kurz, sollte sie einfach hineingehen? Klopfen? Sie entschloss sich, darauf zu verzichten, vielleicht schlief Valerio ja noch. Oder Davide.

Tatsächlich wünschte sie sich gleich darauf beinahe, das Zimmer nicht betreten zu haben, so erschüttert war sie vom Anblick seines Gesichts. Die Wange unter dem linken Auge hatte sich dunkelviolett verfärbt und war so angeschwollen, dass Wangenknochen und Augenlid eine einzige Masse zu sein schienen. Quasimodo wäre neben ihm nicht weiter aufgefallen. Dass Valerio nun versuchte, sich aufzurichten, und der Schmerz in seinem Brustkorb sich in seinen verzerrten Zügen widerspiegelte, machte den Eindruck keineswegs besser. Als er Eleonora bemerkte und ihr erschrockenes Gesicht, hielt er in der Bewegung inne und keuchte: »*Dio*, Gott, hast du den Teufel gesehen?«

Sie brauchte nur einen Moment, um sich zu fangen, dann gewann ihr Pragmatismus die Oberhand über den Schrecken – und die Verlegenheit. »Na ja«, sagte sie, »vielleicht solltest du mal in einen Spiegel schauen. Ich weiß ja nicht, wie du dir den Teufel vorstellst.«

Valerio musste trotz seiner Schmerzen lachen, bereute das aber sofort und fasste sich an die Rippen.

»Ich glaube, du solltest möglichst still liegen«, sagte sie schnell. »Nino hat gesagt, die Rippen sind wohl nicht gebrochen, aber heftig geprellt.«

Valerio ließ sich wieder in die Kissen sinken und flüsterte heiser: »Woher weiß er das? Ist er Arzt? Ich glaube eher, in mir ist ungefähr alles gebrochen.«

»Zahnarzt«, sagte sie, »aber erst so in vier bis sieben Jahren.«

Eleonora sah, dass er wieder zu lachen versuchte, aber nur ein klägliches Ächzen zustande brachte, bei welchem sein in einem dicken Verband steckender Brustkorb unrhythmisch zuckte. Dann schloss er die Augen. Ein paar lange Sekunden war nur Stille im Raum, und Eleonora rang den Wunsch nieder, ihm einfach einen zarten Kuss auf das unverletzte Auge zu geben. Stattdessen nahm sie das längst nicht mehr kalte Handtuch, das auf den Boden gefallen war, ging in die Küche, hielt es unter den Wasserhahn und brachte es zusammen mit einem Glas *aqua frizzante* und einer Schmerztablette zurück in Tommasos Zimmer. Das Handtuch legte sie sehr sorgfältig auf die geschwollene Seite von Valerios Gesicht und erntete aus dem unverletzten Auge einen Blick, in dem sie noch etwas anderes als Dankbarkeit zu lesen meinte. »Ich hab dir hier eine Tablette hingelegt, falls du … also, gegen die Schmerzen.«

»*Grazie*«, flüsterte Valerio.

»Pietro hat dich in der Fabrik entschuldigt.«

»Ah«, antwortete er und machte mit der einen Hand eine Bewegung, die nicht mehr Gleichgültigkeit hätte ausdrücken können. »Das ist nett«, sagte er dann, wie um den Eindruck wieder wettzumachen, aber Eleonora spürte, dass da etwas war, was ihn beschäftigte. Weniger etwas, das er ihr mitteilen wollte. Eher war es unterdrückte Wut, die sie wahrnahm, auf die Schläger vielleicht, die ihn in seine jetzige Lage gebracht hatten. Sie sah ihn an, und weil sie selbst nicht so recht wusste, was sie noch sagen sollte, bückte sie sich und rückte das Handtuch noch einmal auf seinem Auge zurecht.

»Dann lass ich dich jetzt noch ein bisschen schlafen«, flüsterte sie, als sie sich wieder aufrichtete In dem Moment griff Valerio nach ihrer Hand und drückte sie einmal fest, bevor er sie an seine Lippen führte – die wenigstens waren unversehrt – und einen Kuss auf die Oberseite ihrer Finger hauchte.

Einen Moment lang fühlte Eleonora sich schwindelig, sie bewegte sich nicht und verharrte in dem unerwarteten Augenblick der Nähe. Doch dann ließ er sie los, sie stand auf und verließ, immer noch Valerios Lippen auf ihren Fingern spürend, das Zimmer.

Valerio schaffte es am Nachmittag erstmals, für einen kurzen Gang ins Bad Tommasos Bett zu verlassen, legte sich dann aber sofort wieder hin.

Am nächsten Morgen tauchte er unvermittelt in der Küche auf, in der Eleonora und Tommaso gerade Zeitung lesend und Kaffee trinkend zusammensaßen. Die anderen drei waren schon zur Uni aufgebrochen, nahmen ihren Espresso und ein Dolce irgendwo in einer Bar. Inzwischen war der Bluterguss ein wenig nach unten gerutscht, sodass Valerios halbes Gesicht blau, dafür aber die Schwellung am Auge zurückgegangen war. So weit wenigstens, dass Eleonora der unverkennbar irritierte Gesichtsausdruck angesichts der scheinbar intimen Vertraulichkeit, mit der sie und Tommaso zusammen am Tisch saßen, nicht verborgen blieb.

Sie schob dem Sizilianer einen Stuhl hin, auf dem er sich dankbar niederließ, allerdings nur so lange, wie er brauchte, um einen mit Milch aufgegossenen Espresso zu trinken.

Dann schleppte er sich zurück ins Bett, nicht ohne vorher einen Seitenblick in Eleonoras Kammer geworfen zu haben, wo unübersehbar ein zweites Bettzeug, das von Tommaso, auf der Couch lag.

Später am Tag sollte er sich bei Tommaso dafür bedanken, dass der ihm sein Bett überlassen hatte. So bald wie möglich würde er es wieder freigeben, erklärte er, und sich in irgendeiner Weise revanchieren, und überhaupt, was die ganze WG für ihn getan hätte, sei ja kaum aufzuwiegen. Er wisse gar nicht, wie er das alles wiedergutmachen solle, aber ihm werde schon etwas einfallen, wenn er wieder auf den Beinen und bei der Arbeit sei, wenn er überhaupt noch eine Arbeit habe. So viel hatte Tommaso den Sizilianer noch nie reden hören, und an diesem Punkt versank Valerio wieder in tiefes Schweigen. Dann setzte er erneut an, um sich noch ein paarmal zu bedanken, was Tommaso schließlich beendete, indem er aufstand und mit den Worten »Alles gut, Bruder« deutlich machte, dass es okay war.

Es dauerte noch ganze vier Tage, bis die Schmerzen in Valerios Rippen so weit abgeklungen waren, dass er wieder halbwegs frei atmen und sich bewegen konnte. Inzwischen war fast eine Woche vergangen, seit ihn seine beiden Kameraden über die Türschwelle der WG geschleppt hatten, und alle Bewohner hatten sich gleichermaßen aufopfernd um ihn gekümmert, einschließlich der Iellas, die gleich am zweiten Tag vorbeigekommen waren und ihre Hilfe angeboten hatten. *Komisch*, dachte Eleonora, *bei mir waren sie nie so nett*. Vor allem Ariella wich kaum einen Augenblick von der Seite des zunehmend ansehnlicher werdenden Sizilianers, dem das blaue Mal unter dem Auge, auf das der Bluterguss nach und nach zusammengeschrumpft war, ein etwas verwegenes Aussehen verlieh. Dass er Ariellas Fürsorge nicht zurückwies und offensichtlich zu genießen schien, ließ Eleonora in jenen Nächten kaum zur Ruhe kommen, zumal er sich ihr gegenüber seltsam zurückhaltend zeigte. Nachdem er ihre Hand genommen und sie geküsst hatte, hatte er keine weiteren Anstalten gemacht, die Distanz zwischen ihnen zu überwinden.

Eleonora konnte sich nicht erklären, was passiert war, fand aber nicht die Gelegenheit, mit ihm zu reden, weil immer irgendjemand – meistens Ariella – in der Nähe war. Ariella war ausgerechnet die hübscheste der drei Iellas, und Eleonora tobte innerlich, wenn sie ihr liebliches Lächeln ständig in der Nähe Valerios sehen musste. So war sie schließlich beinahe froh, als es dem Sizilianer wieder gut genug ging, um das Krankenlager und seine Pflegestation zu verlassen, nicht gut genug allerdings, um ans Band zurückzukehren, wie Nino im Brustton seiner neuen Wichtigkeit erklärt hatte.

»Vermutlich wird der Betriebsarzt das aber ganz anders sehen«, unkte Davide, der sich mit der gesamten Mannschaft zum Abschied Valerios an der Wohnungstür eingefunden hatte. »Gehst du gleich morgen hin?«, fragte er.

»Muss wohl«, antwortete Valerio, »sonst krieg ich am Ende gar kein Geld mehr für den Monat.«

»Hat gesagt, er soll seinen Arsch zu ihm schwingen, der Doc.« Pietro nuschelte noch mehr als sonst, wenn er unangenehme Dinge zu sagen hatte. Und die Botschaft vom Betriebsarzt, die er auszurichten hatte, war eine unmissverständliche Drohung gewesen.

»So hässlich der Job ist, ich hab im Moment keinen anderen«, erklärte Valerio, dem es immer noch nicht leichtfiel, lange zu stehen. Er nahm die Hand nicht von der schmerzenden Rippe, als er sich jetzt reihum von allen verabschiedete. Am längsten, so schien es zumindest Eleonora, die sich entgegen ihrer Art im Hintergrund hielt, dauerte die halbe Umarmung, die er Ariella angedeihen ließ. Natürlich hatten die Iellas es sich nicht nehmen lassen, zur Verabschiedung vorbeizukommen.

Wenn sie jetzt auch noch anbietet, ihn nach Hause zu begleiten, bring ich sie um, dachte Eleonora, verwarf den Gedanken allerdings gleich wieder, weil Valerio sich umdrehte und ihren Blick suchte. Sie merkte genau, wie Tommaso unauffällig versuchte, die anderen von der Tür wegzukriegen, damit sie einen Augenblick mit Valerio allein sein konnte. Und dann stand sie ihm plötzlich gegenüber – und dieser Augenblick machte sie sprachlos. Keinen Ton brachte sie heraus.

Auch Valerio sagte nichts, nur eine Ader an seinem Hals zuckte. Dann griff er mit der freien Hand nach der ihren. Wie beim ersten Mal führte er sie an den Mund, kaum eine Berührung seiner Lippen, doch der Ausdruck in seinem Gesicht war nicht Verheißung, sondern Bedauern.

Im Hintergrund auf der Treppe hörte Eleonora, wie Pietro sich räusperte, und dann sagte Valerio die zwei Worte in seinem Dialekt, die sie untröstlich und in höchstem Maße verwirrt zurückließen: »*Mi dispiaci*, es tut mir leid.«

Danach wandte er sich um und schlurfte, so rasch er eben konnte, zur Treppe. Und war verschwunden.

Hatte Eleonora schon in den vergangenen Nächten schlecht geschlafen, ließ sie dieser seltsame Abschied überhaupt nicht mehr zur Ruhe kommen.

Zwei Tage nachdem Valerio gegangen war, kam Davide am späten Abend mit neuen Nachrichten aus der Fabrik und der Stadt: »Die Streiks weiten sich aus. Das 125er-Band ist heute gar nicht gelaufen, die ganze zweite Schicht hat gestreikt. Und das Rathaus in Nichelino ist immer noch besetzt. In der Stadt brummt es richtig, irgendwann gibt es hier 'ne richtige Explosion, ihr werdet sehen!« Triumph in seiner Stimme. »Bald geht gar nichts mehr, dann haben wir einen riesigen Streik. Wir zeigen's den Kapitalistenschweinen!«

Eleonora, die sofort in die Küche gestürmt war, als sie Davide gehört hatte, hing an seinen Lippen und wartete sehnsüchtig darauf, dass er den einen Namen nennen würde, der nach all den schlaflosen Nächten das Einzige war, worum ihre Gedanken kreisten.

Doch Davide redete und redete, und der Name, nach dem sie sich sehnte, fiel nicht. Schließlich war es Tommaso, der mit Nino am Küchentisch saß und seine Freundin beobachtet hatte, der sie von ihrem Leid erlöste. »Und Valerio, Daví? Hast du nichts von ihm gehört?«

»Ach ja, nicht viel. Er arbeitet wohl wieder. Sie haben ihn erstaunlicherweise nicht rausgeworfen«, sagte er. »Vielleicht hat es ihnen gereicht, ihm eine Abreibung zu verpassen.«

»Aber er kann sich doch kaum rühren. Wie soll er da irgendwelche schweren Arbeiten machen?«, wandte Nino ein.

»Ha«, machte Davide, »wenn er es nicht schafft, haben sie den Grund, ihn rauszuwerfen, und wenn er es schafft mit seinen Schmerzen, dann sehen alle seine Kumpel ringsum, wie es einem geht, der nicht funktioniert. Ein Exempel statuieren nennt man das.«

»Du bist also immer noch überzeugt, dass es die Schläger aus der Fabrik waren?«, wollte Tommaso wissen.

»Ganz sicher. Das passt einfach zu gut ins Bild!«

»In deins auf alle Fälle«, brummte Tommaso.

»Ach, und du glaubst das nicht! Wieso nicht?«, schoss Davide zurück.

»Vielleicht will ich's einfach nicht glauben! Vielleicht hab ich Angst davor, wo das hinführt. Hier sind es noch Prügel, und auf der anderen Seite, was ist es da? Schüsse? Bomben? So wie in Verona? Oder in Palermo vor der Polizeistation? Ich weiß nicht, ob ich da weiterdenken will.« Tommaso war aufgestanden und tigerte aufgebracht durch den Raum.

»Und was wäre, wenn? Wenn es Schüsse sein müssten? Oder Bomben? Um wirklich etwas zu bewegen? Vielleicht sind ein paar Flugblätter ja nicht genug!«

»Wir haben doch schon so viel mehr erreicht, als Flugblätter zu verteilen.«

»Was haben wir denn schon erreicht? Was? Die paar halben Lire, die sie neulich angeboten haben? Ein paar hier, ein paar da. Das ist doch nichts! Da geht es doch nur darum, die Arbeiter zu spalten, wenn sie den einen was geben, den anderen aber nicht. Damit die einen schon mal den Mund halten. Da geht's nicht darum, sie wirklich besser zu behandeln. Von den paar Kröten kann sich keiner 'ne Wohnung leisten, ja noch nicht mal für ein Abendessen reicht das!« Davide wurde von Satz zu Satz lauter. »Wir haben gar nichts erreicht, Tommaso! Und ohne Gewalt, das sag ich dir, ohne Gewalt wird das auch so bleiben. Nichts wird sich ändern! Nichts. *Niente!*«

Tommaso wollte gerade etwas erwidern, als Eleonora aufsprang und das Wort ergriff. »Wenn ihr zwei so weitermacht, geht ihr euch noch gegenseitig an die Gurgel. Was soll das werden? Dauernd hackt ihr aufeinander rum. Wem, zur Hölle, soll das helfen?«

»Aber«, setzte Tommaso an, »es geht doch um …«

»Stopp«, fauchte Eleonora. »Es reicht. Keiner von euch wird je eine Pistole in die Hand nehmen. Und keiner von euch wird je eine Bombe bauen. Also lasst diese bescheuerten Debatten sein!« Sie war so wütend, dass sie den Zweifel in Davides Blick nicht bemerkte. Für den Moment hatte sie den Streit beendet, Davide verließ mit einem kleinen Lächeln in ihre Richtung und einem Kopfnicken für Tommaso die Küche. Nino, der die ganze Zeit dabeigesessen hatte, ohne etwas zu sagen, folgte ihm. Tommaso jedoch blieb zurück und schaute seiner Freundin zu, wie sie sich heftig atmend ein Glas nahm, es mit Wasser vollschenkte und in einem Zug leer trank.

»Vielleicht solltest du es mit Grappa versuchen anstatt mit Wasser«, bemerkte er dann süffisant.

Eleonora wischte die Bemerkung zur Seite wie ein paar übrig gebliebene Brösel vom Tisch und fuhr Tommaso an: »Was hat er dir gesagt? Was ist los?«

»Du redest jetzt nicht von Davide, nehme ich an?« Tommaso war vorsichtig, er wusste die Anzeichen für einen hemmungslosen Wutausbruch in Eleonoras Verhalten zu deuten. Dennoch konnte er es nicht lassen, sie wenigstens ein kleines bisschen zu foppen.

»Oh Mann, lass es! Du weißt genau, von wem ich rede.« Eleonora hob das Glas und hielt es so seltsam lange vor ihr Gesicht, dass Tommaso genauer hinsah – und bemerkte, was sie zu verbergen gesucht hatte. Es glitzerte verdächtig in ihrem Augenwinkel. Sie versuchte, die Träne noch wegzuwischen, doch es war schon zu spät.

Und Tommaso hatte ein viel zu weiches Herz, als dass er sie weiter hätte aufziehen können. Stattdessen stand er auf, ging zu ihr hinüber und nahm sie in den Arm. »Hey, hey,

Mädchen, so kenn ich dich ja gar nicht. Soll ich den Mistkerl verprügeln? Ich weiß genau, wo's ihm wehtut.«

Leises Schluchzen kam von seiner Schulter und ein noch leiseres »Ja«. Dann nichts mehr, und so standen sie eine ganze Weile, bis Eleonora ihre Fassung wiedergefunden hatte. Dann murmelte sie: »Ich weiß nicht, was plötzlich los ist. Zuerst dachte ich, da ist was zwischen uns, und dann …« Sie ließ den Satz unvollendet.

»Hat er dich kaum mehr angeschaut«, führte Tommaso den Gedanken fort.

»Siehst du, du hast es auch gemerkt. Also ist es wahr.«

»Stopp, stopp, Eleonora, nicht so voreilig. So stimmt das nicht. Ich glaube, er hat sich einfach nicht mehr getraut, dich anzuschauen.«

»Wieso das denn?« Eleonora trat einen Schritt zurück und sah Tommaso aufmerksam an.

»Ich glaube, also ich weiß es nicht, aber ich könnte mir vorstellen, dass er da was missverstanden hat«, deutete Tommaso an.

»Das versteh ich jetzt nicht.«

»Ich hab's auch nicht gleich kapiert, sonst hätte ich mit ihm geredet«, erwiderte Tommaso.

»Was denn kapiert?« Eleonora wurde ungeduldig.

»Na, dass er glaubt, wir wären zusammen – weil ich in deinem Zimmer geschlafen habe.«

»Aber das ist doch absurd! Du musstest doch irgendwohin, immerhin hat er dein Bett belegt.« Sie schwankte zwischen Empörung und Erleichterung. »Und es war doch klar, dass du auf der Couch schläfst.«

»Ihm war das vielleicht nicht klar«, gab Tommaso zurück. »Und außerdem ist er Sizilianer.«

»Was heißt das nun wieder?«

»Na ja, bis runter nach Sizilien ist die Sache mit der sexuellen Befreiung wohl noch nicht gedrungen. Für Valerio war es sicher schon seltsam genug, dass du hier allein unter Männern wohnst.«

»Uhh«, machte Eleonora, »sag bloß! Ich glaub, ich hör meinen Vater!«

Tommaso verzog das Gesicht und sah aus, als hätte er in eine Zitrone gebissen. »Na ja, ich mein ja nur. Aber du musst schon wissen, was dich erwartet, wenn du dich mit ihm einlässt.«

»Von wegen ›einlassen‹. Noch hab ich mich auf gar nichts eingelassen. Und wenn das so ist, wie du sagst, wenn er wirklich so konservativ ist, dann weiß ich auch nicht, ob es da irgendwelche Einlassungen geben wird.«

Tommaso sah sie aufmerksam an. »Aber du bist doch wild entschlossen, das steht fest.«

»Na ja«, sie lächelte zum ersten Mal, seit Valerio die Wohnung verlassen hatte, und sagte dann schlicht: »Ja.«

»Ja dann …«, Tommaso machte Anstalten, die Küche zu verlassen, »dann hat der Ärmste wohl keine Wahl mehr. Gnade ihm Gott.« Und er zog ganz schnell die Tür hinter sich zu, um der halb leeren Wasserflasche zu entgehen, die Eleonora ihm nachgeworfen hatte.

Wieder war eine Versammlung der Studenten und aller Arbeiter der Produktionsstätten Mirafiori Nord und Süd angesetzt worden. Es war Ende Juni, und die Sommerhitze lag fett und schwer in den Häusern und Fabriken, aber es war auch ein Brodeln zu spüren, das von den Fiat-Werken ausging und von den Zehntausenden Arbeitern, die seit

Wochen im Streit lagen mit den Oberen und deren Wut in Turin zu spüren war wie ein beschleunigter Pulsschlag. Schon in der Woche zuvor hatte es ein großes Treffen im Neubau der Universität gegeben, bei dem sich Studenten und Arbeiter gegenseitig bestärkt hatten in ihrem gemeinsamen Kampf für mehr Gerechtigkeit und Selbstbestimmung.

Ein paar Tage vor der Versammlung bekam Eleonora Besuch von Hilde, die Nachrichten von zu Hause mitgebracht hatte: von Eleonoras Eltern die Ansage, dass sie gefälligst heimkommen solle. Von ihrer Schwester die Nachricht, dass sie schwanger war – was Rosemarie Eleonora auch am Telefon hätte sagen können, aber sie war vermutlich davon ausgegangen, bald eine Gelegenheit zu bekommen, ihrer Schwester die frohe Botschaft persönlich zu überbringen. Und von der Uni die Mitteilung, dass Eleonora mangels Rückmeldung exmatrikuliert war. Sie schluckte bei jeder der drei Nachrichten, vor allem das mit der Schwangerschaft traf sie, und sie nahm sich vor, bald mit ihrer Schwester zu telefonieren.

Hilde genoss die Stadt und Eleonora die Gesellschaft ihrer vertrauten Freundin und die Gelegenheit, einmal durch die Kneipen und Läden von Turin zu ziehen, ohne dabei über die Forderungen der Arbeiterschaft und die Sinnlosigkeiten der italienischen Politik zu diskutieren. Von Valerio, wie sie gehofft hatte, lenkte der Besuch sie allerdings kaum ab, weil Hilde natürlich jede Kleinigkeit über den Sizilianer wissen wollte. Ein bisschen verliebt in Tommaso, ein wenig überrascht von den äußeren Umständen – der Männer-WG, in der ihre Freundin untergekommen war – und ein bisschen enttäuscht, Valerio nicht kennengelernt zu haben, fuhr Hilde drei Tage später wieder nach Hause.

Als Eleonora mit ihr am Bahnhof stand, wo sie gemeinsam auf den Zug in Richtung Deutschland warteten, stellte Hilde ihrer Freundin genau die Frage, vor der Eleonora sich gefürchtet hatte: »Wann kommst du wieder heim?«

Die Frage, auf die sie selbst keine Antwort wusste. »Hilde, ich weiß es nicht. Ich kann das im Moment nicht entscheiden«, sagte sie.

»Wann kannst du es denn? Morgen?«

Eleonora war klar, dass Hilde sich Gedanken um sie machte, gut, vermutlich hatten ihre Eltern sie auch beauftragt, genau diese Frage zu stellen. Aber aus Hildes Gesicht sprach die ehrliche Sorge um ihre Freundin. Eleonora hätte selbst nicht sagen können, was an der Frage sie plötzlich so wütend machte.

»Was weiß denn ich«, gab sie zurück, und es klang so patzig, dass Hilde zusammenzuckte. In diesem Moment fuhr der Zug ein, und die Freundin wandte sich von ihr ab.

Die Waggons kamen zum Stehen, und Hilde griff nach einer der Türklinken.

»Hilde!«, rief Eleonora, die ein paar Schritte zurückgeblieben war; die Sicht auf den sich entfernenden Rücken der Freundin und das Gefühl, ihr unrecht getan zu haben, ließen sie zurückrudern. »Hilde, warte!« Sie lief ihr nach, erwischte sie an der Tür und hielt sie am Arm fest. »Hilde, Liebe, ich hab's nicht so gemeint! Ich weiß wirklich gerade nicht, wie es weitergehen soll. Ich hab ein bisschen den Faden verloren, verstehst du?«

Hilde war nicht umsonst ihre beste Freundin. Sie drehte sich schnell um, und die beiden fielen sich um den Hals.

»Ist schon gut«, flüsterte sie Eleonora hastig ins Ohr.

»Ich bin immer für dich da, das weißt du! Also, wenn du jemand zum Reden brauchst, melde dich!«

Der Schaffner pfiff, Hilde sprang in den Zug und war verschwunden.

Für Samstagnachmittag, halb fünf, war die Versammlung anberaumt, im Neubau der Uni am Corso San Maurizio. Davide lief schon den ganzen Tag im Flur der Wohnung auf und ab und probte seine Rede. Es würden Dutzende sprechen an diesem Tag, aber er wollte es am besten machen, er wollte die Massen bewegen. Es war fast so weit, es war spürbar, ganz Turin spürte es, die Ruhe vor dem Sturm. »Arbeiter, jetzt gilt es. Jetzt ist es an euch, zu kämpfen. Jetzt dürft ihr nicht mehr nachgeben!« Er reckte die Faust in die Höhe.

»Daví, du machst mich wahnsinnig«, schnauzte Tommaso aus ihrem gemeinsamen Zimmer heraus, in das er nach Valerios Auszug seine Sachen zurückgebracht hatte. Die Luft war zuvor schon zunehmend dicker geworden zwischen ihnen beiden, vereint in einem Zimmer aber gerieten sie immer öfter aneinander. »Du machst alle verrückt hier mit deinem Rumgerenne!« Tommaso wurde lauter.

»Stimmt nicht«, giftete Davide zurück, »die anderen ziehen sich 'nen Joint rein, die sind entspannt, solltest du auch tun!«

Eleonora hörte, wie Tommaso die Zimmertür zuknallte, und zuckte zusammen. Sie war mindestens so nervös wie Davide, allerdings weniger aus revolutionärer Begeisterung. Vielmehr war sie sich sicher, später in der Uni Valerio wiederzutreffen, und diese Aussicht brachte sie gehörig durcheinander. Seit jenem Moment vor der Wohnungstür, als er sich verabschiedet hatte, hatte sie ihn nicht mehr gesehen. Ein Strategieessen in einer Bar hatte es noch gegeben, das sie gemeinsam mit Davide und Tommaso besucht hatte, zu dem er aber nicht erschienen war. Sicher hatte er immer noch Schmerzen und zog sich nach der Schicht lieber in seine Unterkunft zurück, um sich hinzulegen. Sicher lag es daran. Heute aber würde er kommen, das wusste sie von Pietro.

»Geht ihm wieder ganz gut«, hatte der lange Sizilianer genuschelt, den sie ein paar Tage zuvor vor dem Werk getroffen hatten, als sie mit einer ganzen Gruppe von Studenten Flugblätter verteilt hatte. »Hat gestern Abend sizilianische Pasta gekocht für uns beide, Valé, mit Sardinen und Fenchel. Nur ohne Sardinen. War'n zu teuer.«

»*Ma, sei sicuro che verrà*? Bist du sicher, dass er kommt?« Eleonora ließ nicht locker.

Pietro war schon im Gehen und rief über die Schulter zurück: »*Sì, certo*! Ja, sicher.«

Daran musste sie denken, die ganze Zeit über, in der sie sich fertig machte, um mit den anderen zur Universität aufzubrechen, »*sì, certo*«. Er würde da sein. Kaum einen Gedanken verschwendete sie an das, was sie sonst noch dort erwarten würde.

Und dann waren sie unterwegs. Gut zwanzig Minuten dauerte der Fußmarsch, auf dem ihnen immer mehr Arbeiter und Studenten begegneten, die alle das gleiche Ziel zu haben schienen. Vor den Treppenstufen angekommen, die ins Gebäude hineinführten, überspülte sie förmlich eine Woge aus Körpern und zog sie mit sich. Die Gänge des Baus boten zwar viel Platz, doch das Gedränge aus schwitzenden und aufgeregten Menschen war so groß, dass Eleonora

Tommaso und die anderen im Nu aus den Augen verlor. Sie ließ sich widerstandslos – eine andere Option hatte sie nicht – in einen der großen Säle hineinschieben.

Der Lärm war beispiellos, vergeblich bemühte sie sich, einen erhöhten Platz zu finden, von dem aus sie sich orientieren konnte, und so blieb ihr nichts anderes übrig, als zu bleiben, wo sie war. Das Geschiebe und Gedränge beruhigte sich etwas, als die ersten Redner auftraten, immer wieder andere Fiat-Arbeiter und auch einige Studenten verschafften sich Gehör. Offenbar hatte irgendwer ein Megafon organisiert, sodass die Worte wie übergroße Pingpongbälle über den Köpfen der Masse hin und her geworfen wurden. Von Aussperrungen sprachen sie, die Agnelli angedroht hatte und die man sich nicht gefallen lassen wolle, von Kündigungen, mit denen einzelne Arbeiter bedroht worden waren.

»Das dürfen wir nicht zulassen, heute sind es ein paar, morgen sind es ein paar Tausend. Für jeden, der gekündigt wird, gehen wir auf die Straße, gehen wir nicht mehr zurück ans Band. Und für jeden, der krank wird und keine einzige Lira dafür kriegt, für den gehen wir auch nicht mehr ans Band. Was können wir dafür, wenn wir krank werden? Agnelli streicht sich bestimmt nicht selbst das Gehalt, wenn er sich mal für ein paar Tage ins Bett legen muss.«

Ein anderer fing zu reden an, sprach von den Forderungen der Arbeiter nach einem anständigen Grundlohn und der gleichen Lohnklasse für alle: »Wir wollen nicht hier ein bisschen und da ein bisschen, so wie die Gewerkschaften uns das vorschlagen. Wir wollen nicht nur dann mehr bekommen, wenn wir uns abarbeiten, wenn wir nicht 100, sondern 150 Cinquecento übers Band jagen. Wir wollen alle mehr Geld, wir sind alle gleich viel wert!«, schrie er und erntete ein infernalisches Kampfgebrüll als Antwort.

Rund um Eleonora herum wurden Fäuste gereckt, es wurde gepfiffen und geschrien, als wäre es das Letzte, was alle, die in die Uni gekommen waren, in ihrem Leben tun würden. *Sie müssen alle schon taub sein von dem Lärm in der Fabrik*, dachte Eleonora und war versucht, sich die Ohren zuzuhalten.

Dann drang eine bekannte Stimme an ihr Ohr. »Genossen! Arbeiter und Studenten, jetzt liegt es an euch!«

Sie erkannte Davide und spitzte die Ohren.

»*Tocca a voi!*«, rief er noch einmal, »jetzt seid ihr dran! Es geht um jeden von euch! Und es geht um alle! Es geht um dieses ganze System, das euch unterdrückt, das euch jede Luft zum Atmen nimmt! Haltet zusammen! Lasst uns zusammenhalten, Studenten und Arbeiter! Dann werden wir etwas erreichen. Dann wird der Unternehmer uns zuhören müssen! Und dann wird der Staat uns zuhören müssen. Er muss hören, wie schlecht es euch geht! In der Fabrik und draußen. Dass eure Wohnungen immer teuer werden und euer Brot. Selbst die Zigaretten sollen schon wieder mehr kosten ab nächster Woche!« Wütendes Johlen. »Und sie müssen erfahren, dass ihr krank werdet, so wie ihr leben müsst, auch wenn es ihnen egal ist. Es darf ihnen nicht egal sein, sie müssen erkennen, dass sie euch brauchen!« Davide war immer lauter geworden, jetzt holte er kurz Luft, ließ dem zustimmenden Raunen Platz, das den Raum erfüllte. Dann redete er weiter. »Ohne euch verlässt kein einziger Fiat die Fabrik. Ohne euch kann Agnelli zumachen. Das müsst ihr ihnen zeigen! Das ist ja kein Leben, das ihr führt. Das müssen sie hören, die da oben, die sich unsere Regierungsvertreter nennen!« Davide steigerte sich langsam von mezzoforte zu forte. »Jetzt ist es so weit, jetzt habt ihr schon so viel geschafft. Seit Wochen streikt ihr, legt die Bänder lahm, sorgen viele von euch dafür, dass kein Fiat mehr die Fabrik in fertigem Zustand verlässt, dass kein Fiat mehr so aussieht, wie Agnelli sich das vorstellt mit hübschen Türen oder glänzenden Beschlägen. Er hat euch schon gehört – sonst würde er nicht immer wieder welche von euch entlassen. Sonst würdet ihr nicht bedroht von bezahlten Schlägern«, fortissimo, »von Faschisten.« Wütendes Geschrei erhob sich und füllte die Kunstpause, die Davide nun einlegte. »Ja, von Faschisten! Jetzt schreiben die Zeitungen über euch. Jetzt müsst ihr zusammenhalten, ihr alle. Gegen die Unternehmer! Gegen die Kapitalisten! Und gegen Rom, wenn es denn sein muss!«

Eleonora musste trotz des schrecklichen Lärms, der jetzt um sie herum erneut einsetzte, trotz der Gerüche, die all diesen menschlichen Körpern entströmten, von denen viele es mit der Hygiene nicht allzu genau nahmen, und trotz des Gefühls, demnächst vielleicht totgetrampelt zu werden, lächeln. Davide machte seine Sache gut, er verstand es wirklich, die Massen zu bewegen.

»Genossen«, hörte sie ihn noch einmal rufen, »Arbeiter und Studenten. Am Donnerstag, beim großen Streik, da sehen wir uns auf der Straße! Da machen wir ernst. Da treffen wir uns alle. Dann werden die Herren da oben sehen, wie viele wir sind, Arbeiter und Studenten. Da werden wir ihnen zeigen, wer die Macht hat. Die«, und er machte noch einmal eine Atempause, dann reckte er die Faust zum Zeichen des Kampfes in die Höhe und rief: »Oder wir!«

Eleonora hatte Davide kaum sehen können, aber dass jetzt sämtliche Fäuste um sie herum ebenfalls nach oben schnellten, das sah sie. Es dauerte eine ganze Weile, bevor sich die Aufregung wieder so weit gelegt hatte, dass der nächste Redner zu sprechen beginnen konnte. Eleonora hatte genug gehört. Sie verspürte ein existenzielles Bedürfnis nach Sauerstoff, den sie hier drin nicht kriegen würde, und das gab ihr genug Kraft, sich durch die drängelnden Leiber hindurchzuboxen.

Endlich im Freien vor dem Gebäude angekommen, pumpte sie erst einmal Luft in ihre Lungen und sah sich dann nach ihren Freunden um. Auch hier draußen standen Gruppen diskutierender Genossen, doch weder Tommaso noch die anderen aus der WG waren darunter. Sicher waren sie alle noch drinnen und beglückwünschten Davide zu seiner Rede. Aussichtslos, sie wiederzufinden, wenn sich erst einmal sämtliche Menschen im Innern der Uni in Bewegung setzen und zu den Ausgängen strömen würden. Auch Valerio war nirgends zu sehen, was sie maßlos enttäuschte. So beschloss sie, ein Stückchen Richtung Wohnung zu laufen. Auf dem Weg lagen ein paar Bars und Eisdielen, wenn sie in einer von ihnen einen Platz draußen fand, konnte sie ihre Freunde vielleicht auf dem Heimweg abpassen. Sie schlug den Weg in Richtung Molle Antonelliana ein, schlenderte die Straße hinunter, bis sie zu einer Eisdiele kam, wo sie sich in die lange Warteschlange einreihte. Und dann erspähte sie Valerio, im selben Moment wie er sie.

Er kam aus der gleichen Richtung wie sie selbst; war er ihr etwa gefolgt? Sie sah ihm entgegen, bis er sie erreicht hatte und sie mit einem »*ciao*« begrüßte, das gar nicht erst vorgeben wollte, gelassen zu sein. Es klang ein wenig befangen, aber keineswegs so, als sei er unglücklich darüber, sie zu treffen, oder peinlich berührt, ganz im Gegenteil. Eleonoras Herz schlug schneller. Wie sollte sie ihm jetzt begegnen nach dem etwas seltsamen Abschied in der WG? Irgendwie musste sie es schaffen, die Situation zu entkrampfen.

»Ich will ein Eis essen«, sagte sie also und hätte sich gern dafür in der nächsten Sekunde auf die Zunge gebissen, das konnte er ja wirklich selber sehen. Und, klar, Valerio lächelte milde, lachte er sie etwa aus?

»Ja, das hab ich mir schon gedacht«, stellte er fest, »ich auch. Die sollen besonders gutes Eis haben hier.«

»Hm«, machte sie, mehr fiel ihr nicht ein. Da wurden sie von der wartenden Menge ein Stückchen nach vorne geschoben, sein Arm berührte ihren, und sie war nahe dran zu vergessen, welches Eis ihre Lieblingssorte war. »Was magst du denn gern?«, fragte sie und deutete in Richtung der Auslage. Sie hoffte, dass er das Glucksen in ihrer Stimme nicht hören würde. Valerio stand nur da, nicht dem Eisangebot, sondern ihr zugewandt, und sah ihr in die Augen. Erst als sie ihn anstieß und ihre Frage wiederholte, flüsterte er heiser: »*Verde*.« Sonst nichts. »Grün.« Konnte es sein, dass er gar nicht von einer Eissorte sprach? Mit der nächsten Verschiebung der Menge fand sie sich direkt an der Eisauslage wieder, Valerio gleich hinter ihr. Eleonora, völlig verwirrt, wandte sich an den Verkäufer, der schon längst ungeduldig mit dem Eisportionierer herumfuchtelte, und fragte ihn Hilfe suchend: »Haben Sie grünes Eis?«

»*Madonna! Che vuoi*? Was willst du? Grünes Eis? Wir haben kein grünes Eis, *che vuoi*? Wir haben weißes Eis, gelbes, rotes«, er schien reichlich genervt, »wie haben *nocciola, vaniglia, mocca*, wir haben auch *stracciatella, cioccolato*, aber wir haben kein grünes Eis, *no gelato verde. Allora, che cosa volete?* Also, was wollt ihr? Ihr haltet mir hier den ganzen Laden auf. *Gelato verde, Madonna!*«

Eleonora sah den Verkäufer an, dann Valerio, dann wieder den Verkäufer, dann hörte sie endlich das lauter werdende Murren in der Schlange hinter sich und bestellte einfach je zwei Kugeln Schokolade.

Der Verkäufer, dankbar, dass endlich eine Entscheidung gefallen war, klatschte zwei große Kugeln in die Eistüten und reichte sie ihr mit einem süßlich-sauren Gesichtsausdruck. »*Finalmente!* Endlich!«

Sie nahm die Waffeln entgegen, ignorierte bewusst, dass Valerio sich endlich wieder bewegte und einigermaßen hektisch angefangen hatte, in seinen Hosentaschen nach Geld zu kramen, legte ein 100-Lire-Stück auf den Tresen und vergaß, auf das Wechselgeld zu warten.

Als sie sich hintereinander aus der Menge geschoben hatten und es ihr einfiel, war es zu spät, noch einmal umzudrehen, die Reihen hinter ihr hatten sich bereits geschlossen.

Dann standen sie da. Eleonora und Valerio. Sie reichte ihm eine der Eiswaffeln, und er brachte noch nicht einmal ein »Danke« heraus vor Verlegenheit, nickte nur und lächelte. Mitten auf dem Gehsteig blieben sie stehen, beide in höchstem Maße konzentriert auf ihr Schokoladeneis. Ein älterer Herr, der mit seiner Frau im Schlepptau vorbeiwollte, stieß Eleonora so brüsk zur Seite, dass sie beinahe mit der Nase in Valerios Schokokugel gelandet wäre. An anderer Stelle hätte der Mann vielleicht die Erfahrung gemacht, dass der Sizilianer äußerst ungehalten reagieren konnte. Doch in diesem Augenblick war er viel zu überrascht, nutzte aber die Gelegenheit, Eleonora aufzufangen, indem er mit der freien Hand ihre Hüfte umfasste und sie festhielt. Ein bisschen länger, als es nötig gewesen wäre.

»*Signorina!*«, presste er ein wenig heiser hervor. Mehr fiel ihm offenbar nicht ein in der Hitze ihrer plötzlichen Nähe. Außerdem war da ja noch das Eis in seiner Hand, das er möglichst weit weg von ihren wilden Haaren zu halten versuchte. Dann war der Augenblick vorbei, und er ließ sie wieder los.

Im selben Moment fanden beide ihre Sprache wieder: »Wir sollten …« Sie brachen gleichzeitig wieder ab, beide lachend, Valerio fing sich als Erster. »Vielleicht sollten wir ein wenig zur Seite gehen«, sagte er leise, und als sie nickte, fasste er behutsam ihren Arm und steuerte sie zu einer Stelle am Straßenrand, wo zwischen Dutzenden von jungen Leuten, Familien mit Kindern und Pärchen noch eine Lücke auf der Bordsteinkante frei war. Dort setzten sie sich eng nebeneinander – die Lücke war nicht groß – und genossen den Rest ihrer Eiskugeln und die Tatsache, einander nahe zu sein. Bis die Eiswaffeln leer und in ihrer kleinen Blase aus Zweisamkeit mit überlautem Knuspern bis aufs letzte Eckchen verputzt waren, herrschte Stille zwischen ihnen. Dann aber nahte der Moment, in dem einer von ihnen den Anfang machen musste. Erneut war es Valerio: »Eigentlich hätte *ich* das Eis bezahlen sollen.«

»Warum?« Eleonora sah ihn von der Seite her an, und ihr Blick verfing sich in dem Gewirr dunkler Bartstoppeln, die sich in regelmäßigem Wuchs von seinem energischen Kinn bis hinauf zu den Wangenknochen zogen.

»Weil ich«, er wandte ihr das Gesicht zu und war plötzlich unglaublich nahe, »na ja, weil, bei uns ist das so, dass der Mann zahlt und nicht die Frau.« Er betrachtete eine ihrer unbändigen Locken, die sich über ihrem rechten Auge kringelte und bei jedem Wimpernschlag in vibrierende Bewegung versetzt wurde. Kurz hob er die Hand, als wolle er sie wegschieben, doch er tat es nicht.

»Also bei uns ist das nicht so«, murmelte sie. »Also nicht unbedingt. Aber wenn du willst«, setzte sie hinzu, »dann kannst du das nächste Mal zahlen.«

Eleonora strich sich die Locke selbst aus der Stirn und bedauerte, dass er die Gelegenheit verpasst hatte, sie noch einmal zu berühren. Dafür senkte er jetzt einen langen Blick auf ihren Mund, als er fragte – offenbar hatte er ihr gut zugehört: »Also wird es ein nächstes Mal geben?« Er lächelte sie an. Und sie hätte alles darum gegeben, das Lächeln festhalten, einpacken und mitnehmen zu können. Doch mehr als der Wunsch blieb ihr nicht, weil in diesem Moment eine Stimme von hinten Valerios Namen rief. Der lange Pietro tauchte hinter ihm auf, flankiert von Gaetano und Valentino. Ein Stück dahinter hatten sich die Studenten aus der WG versammelt, Tommaso war auch dabei. Valerio reichte Eleonora zum Aufstehen die Hand. Immerhin. Sie nahm sie und ließ es zu, dass er, den Schwung ausnutzend, mit dem sie in die Höhe schnellte, sie noch einmal an sich heranzog. Dann war der Moment vorbei, und sie schlenderten zu den anderen hinüber, wo die Diskussionen über die beendete Versammlung in vollem Gange waren. Es war ein seltsames Gefühl für Eleonora, dass er an ihrer Seite blieb, aber ein seltsam schönes, und sie wurde nur ein ganz klein bisschen rot, als Tommaso sich zu ihnen gesellte und ihr unauffällig zuzwinkerte, bevor er den Sizilianer mit einem Handschlag begrüßte und ihn nach seinem Befinden fragte. Noch bevor Valerio antworten konnte, stieß auch Davide zu ihnen, und Eleonora stellte amüsiert fest, dass er immer noch ganz ergriffen war von seinem eigenen revolutionären Schwung. »Und, wer von euch ist jetzt alles dabei am Donnerstag?«, fragte er mit großer Geste in die Runde. Die meisten nickten zustimmend – bis auf Valerio, dem sich Davide nun zuwandte. »Was ist mir dir? Du hättest doch am meisten Grund, dabei zu sein. Oder tun deine Rippen nicht mehr weh?«

Valerio verzog das Gesicht zu einem schiefen Grinsen und legte die Hand an den Oberbauch, »davon kannst du ausgehen«, sagte er und erwiderte Eleonoras Blick, die ihn von der Seite her ansah. Aber natürlich würde er mitkämpfen am Donnerstag, fügte er dann an Davide gewandt hinzu, doch er sei längst nicht so zuversichtlich. »Bis Donnerstag können sie sich in der Fabrik noch einiges ausdenken, was sie uns antun könnten. Sie könnten uns alle aussperren«, warnte er.

»Das machen sie nicht, damit legen sie ihre eigene Produktion lahm«, erwiderte Davide.

»Aber sie könnten Hunderte auf die Straße setzen und sich nicht dazu bewegen lassen, sie wiedereinzustellen, so wie sie es bisher gemacht haben. Und was machen wir dann? Die Gewerkschaften werden uns nicht helfen, das hast du selbst gesagt.«

Davide nickte nachdenklich. »Schon wahr, denen ist unser Streik ein Dorn im Auge.«

»Und was ist«, mischte sich jetzt überraschend der stille Valentino ein, »was ist, wenn sie auf uns schießen, wie unten in Battipaglia?«

Eleonora stimmte ihm im Stillen zu. Es konnte jeden von ihnen treffen. Ein Schuss, und es konnte vorbei sein. Davide schüttelte heftig den Kopf.

»Davon können wir uns aber nicht abhalten lassen, jetzt sind wir schon so weit. Und wenn wir am Ende mehr als zwanzig, dreißig Lire erkämpft haben, dann seid ihr froh, dass ihr dabei gewesen seid! Dann seid ihr froh, dass ihr hier seid – und nicht mehr in Sizilien oder Neapel, sondern dann habt ihr eine echte Chance!«

Bevor Davide sich wieder in Rage reden konnte, schritt Tommaso ein. »Ich glaube, das haben jetzt alle kapiert, meinst du nicht?«, fragte er.

Davide schüttelte in offensichtlichem Zweifel den Kopf, verabschiedete sich dann aber zügig und zog weiter. »Wir sehen uns am Donnerstag«, rief er zum Abschied. Dem hatte keiner etwas hinzuzufügen. Während die Studenten beschlossen, noch auf ein Bier zu gehen, zogen die Arbeiter von dannen. Bis auf Valerio. Er sagte ein paar Worte zu Pietro, der stehen blieb, um auf ihn zu warten, dann kam er rasch zu Eleonora herüber und flüsterte ihr zu: »*Verde. I tuoi occhi, come il mare in tempesta.* Deine Augen sind so grün wie das Meer bei Sturm. Das habe ich gemeint.« Sie spürte, wie ihre Wangen zu brennen anfingen. Da ergriff er kurz ihre Hand. »Du hast gesagt, es gibt ein nächstes Mal.«

Sie neigte den Kopf, lächelte: »Ganz bestimmt.« Valerio ließ ihre Hand wieder los, nickte Tommaso zu, der das Nicken erwiderte, und gesellte sich zu Valentino. An der Seite seines hoch aufgeschossenen Kumpels ging er davon.

ACHT

Milena, 2009

Milena hatte es sich im Schatten des alten Olivenbaums bequem gemacht. Die knorpeligen Zweige ließen gerade so viele Sonnenstrahlen hindurch, dass sie der frischen Kühle Paroli bieten konnten, welche die schmalen Blätter des dicht verzweigten Baums spendeten. Dann und wann spürte das Mädchen einen wohligen Schauer auf der Haut, wenn der seit dem späten Mittag wehende leichte Wind den dunkelgrünen Schirm, den der Baum über ihr aufspannte, an der einen oder anderen Stelle auseinanderzog. Von ihrem Platz aus, einem blau-weiß gestreiften Liegestuhl, hatte Milena den perfekten Blick zu ihrer Großmutter hinüber, die, wie immer der herniederprügelnden Hitze trotzend, tat, was sie sich vorgenommen hatte. An diesem Samstag mitten im August, einen Tag vor Ferragosto, bedeutete das, die ausladenden Rosenstöcke zu schneiden, die sich zu beiden Seiten der Haustür an die weiß gekalkte Wand schmiegten und hoch bis zum Sims des Giebelfensters hinaufkletterten. Hinter diesem Giebelfenster lag Milenas Zimmer. Eigentlich war es ja Rosalias Zimmer. So jedenfalls nannte ihr Großvater es noch immer, auch wenn seine Tochter den Raum seit mehr als einem

Jahrzehnt nicht mehr betreten hatte. Und immer huschte dabei ein kaum merklicher Schleier über seine dunklen Augen, wie eines jener Schattengespenster, vor denen sich Milena als Kind gefürchtet hatte. »Rosalias Zimmer.« Milenas Großvater sprach den Namen seiner Tochter nie anders aus als mit jener verliebten Betonung auf dem »i«, die er einzig und allein für sie reserviert hatte, seit Rosalia in seinen Armen selig eingeschlafen war, damals, ein paar Stunden nach ihrer Geburt. Das lag mittlerweile bald vier Jahrzehnte zurück.

Vor 28 Jahren hatten die Großeltern das Haus in Italien gekauft, und Milena konnte sich nur anhand von Fotos ausmalen, wie es hier ausgesehen hatte, als ihre Großmutter und ihr Großvater mit ihrer Mutter zum ersten Mal hergekommen waren. Im Fußboden des Zimmers hatte ein riesiges Loch geklafft, und Rosalia hatte Milena oft genug davon erzählt, wie sie durch die Öffnung hinunter in den früheren Kuhstall hatte sehen können, der damals schon seit Jahren leer stand und nur mehr Eidechsen, Spinnen, Mäusen und Skorpionen Unterschlupf bot. Worauf Rosalia sofort hinuntergelaufen war, um in dem ehemaligen Stall auf die Jagd nach dem vielfüßigen Kleingetier zu gehen. Die Vorliebe ihrer Mutter für tierische Lebewesen hatte Milena zwar durchaus geerbt, aber sie beschränkte sich in ihrer unmittelbaren Zuneigung auf klassische Haustiere, solche, die man streicheln konnte.

Das Loch im Boden war jetzt, beinahe ein halbes Leben später, längst verschlossen, der Holzboden von unten verstärkt. Die vielen Ritzen in Balken und Wänden, in denen im Verlauf der Jahrzehnte Generationen von Spinnen und Tausendfüßlern herangewachsen und wieder vergangen waren, zugespachtelt und überstrichen. Über dem gusseisernen Bett in einer Ecke des Raums hingen zu allen Jahreszeiten luftige Mückennetze, unter denen erst Rosalia und später Milena geschlafen hatten. Vom Fenster des Zimmers aus konnte man bei gutem Wetter in der Ferne hinter Eichen, Gesträuch, einem Stückchen Maremma und den Pinien am Horizont die blaue Atmosphäre des Mittelmeers erahnen – aber nur, wenn man wusste, wo man es suchen musste.

»Als Zimmer mit Meerblick kannst du es jedenfalls nicht vermieten«, spottete Milenas Großmutter immer, wenn ihr Mann wieder mal zu Hause in München von dem kleinen Häuschen am Meer schwärmte, das er und Eleonora in vielen Jahren des Schaffens und Tuns zu ihrem gemacht hatten. Was er regelmäßig mit einem Schulterzucken quittierte. Milena wusste genau, dass ihr Großvater das »Haus am Meer«, wie er es augenzwinkernd und in bewusster Flunkerei nannte – es lag nun mal einfach ein gutes Dutzend Kilometer von der Küste entfernt –, ohnehin nie einem Fremden überlassen würde. War es doch so viel mehr für ihn als ein Ferienhaus im Süden, für ihn war es ein Stück Heimat, und der Gedanke an Rosalias Zimmer rührte an einem wunden Punkt ganz tief in seinem Herzen. Niemandem außer seiner Enkelin würde er je erlauben, im Zimmer seiner Tochter zu schlafen. »Rosalias Zimmer«, so hatte er es gestern beim Abendessen wieder genannt, als Milena sich gerade ein mächtiges Stück Weißbrot mit Mortadella in den Mund geschoben hatte. So als hätte er die Hoffnung darauf nicht aufgegeben, dass seine Tochter eines Tages hier auftauchen würde, so wie früher, als sie noch kein gebrochenes Verhältnis zum Heimatland ihres Vaters hatte und ganz selbstverständlich ihre Sachen hinaufbringen würde, um sich anschließend in der großen Bauernstube mit dem offenen Kamin an den Holztisch zu setzen. Um dort vielleicht an dem dampfenden Teller mit frischer Pasta zu schnuppern, den Eleonora bereitgestellt hätte, und nach Parmigiano zu fragen. Milenas Mutter liebte Parmesan, den kräftigen, gut abgelagerten aus Parma oder Reggio, den ihr Vater ihr schon mit gerade mal eineinhalb Jahren zum Entsetzen seiner Frau in mundgerechte Stückchen geschnitten und auf die winzige Zunge gelegt hatte. Ihre Vorliebe für den italienischen Hartkäse hatte Rosalia sich nie abgewöhnt, die einzige italienische Liebe, die sie nicht verleugnete, wie Milena immer wieder überrascht feststellen musste. Vielleicht versäumte ihre Großmutter es deshalb nie, ein paar frisch geschnittene Stückchen davon auf den Tisch zu stellen, wenn sie ihre legendären *gnocchetti aglio e pomodoro* zauberte. Jene kleinen Gnocchi mit Knoblauch und Tomaten, von denen Milena nie genug bekommen konnte.

»Au. Verdammte Mistwurze!«

Milena fuhr aus dem Halbschlaf hoch, in den sie die Wärme, das Dämmerlicht und das gleichförmige Konzert der Grillen sanft geleitet hatten, und sah gerade noch, wie ihre Großmutter die Rosenschere mit Schwung auf den Boden pfefferte. Zwischen den sommertrockenen Grashalmen wirbelte eine kleine Staubwolke empor.

»*Nonna*«, rief Milena und rappelte sich auf, »alles okay?«

Eleonora reckte einen Daumen nach oben. Milena war sich nicht ganz sicher, ob sie das tat zum Zeichen, dass alles in Ordnung war oder weil sie sich in ebendiesen Daumen einen Dorn gejagt hatte. Da sich Eleonora aber bückte und sich mit ungebrochenem Eifer wieder ihren Rosen widmete, konnte es so schlimm wohl nicht gewesen sein, und Milena versank wieder in dem Liegestuhl und beobachtete sie weiter.

Ihrer *nonna* bei der Gartenarbeit zuzusehen, war der Enkelin noch lieber, als ihr beim Schneiden, Jäten der Beete oder Ernten der saftigen Pfirsiche zur Hand zu gehen, die ihr Großvater rund um das Haus gepflanzt hatte. Nicht, dass sie sich vor der Arbeit gedrückt hätte, doch die stille Versunkenheit, mit der sich Eleonora ihrer Aufgabe widmete, faszinierte ihre Enkelin immer wieder. Ihr Blick hakte sich fest an dem schmalen Rücken und den Schulterknochen, deren Bewegungen sich abzeichneten unter dem engen Wickelkleid aus gemustertem Tuch, wenn Eleonora hier einen verdorrten Ast herauszog, dort eine verwelkte Blüte abschnitt. Die 60 Jahre, die sie jetzt auf der Welt war, hatten ihren Körper nicht gebeugt. Aber sie hatten ihn hager werden lassen, weich und ein bisschen faltig die Haut an den Oberarmen. Mager und abgearbeitet waren auch ihre einst weißen Hände, deren Oberseite die vielen Jahre, die sie als Gärtnerin im Freien verbracht hatte, zu einem rötlichen Braun gegerbt hatten. Wenn sie damit die Struktur des Strauches in der Luft nachzeichnete, als wollte sie sie malen, wenn sie immer wieder einen Schritt zurücktrat, wie ein Künstler, der seiner Figur Zeit geben will, ihre Form zu finden, konnte Milena sich nicht daran sattsehen. Der Anblick war für sie der Inbegriff von Geborgenheit. Wäre sie eine Katze gewesen, hätte sie geschnurrt.

Und doch ließ die Frage sie nie in Ruhe, wie diese so gelassen und zufrieden wirkende kleine Frau, die ihre längst mit weißen Strähnen durchsetzten Locken heute mit einer Unmenge von Klammern hochgesteckt hatte, damit sie ihr nicht ins Gesicht fielen, einst mit wildem Haar und wütenden Parolen durch die Straßen gelaufen sein konnte. Neulich, als sie am Abend in der Stube zusammengesessen hatten, bei einem Gläschen Grappa für ihre Großeltern und einem gewässerten Weißwein für Milena – ihre Mutter würde ja nichts davon erfahren –, hatte sie wieder einmal davon erzählt. Von den Fäusten und den Schreien, von den Fabriktoren, an denen die Arbeiter gerüttelt hatten, den Plakaten und dem wilden Sturm der Massen, die sich über die Straßen Turins wälzten. Auch von den Händen ihres Großvaters, die sie gepackt hatten, um sie in Sicherheit zu bringen, und von der wilden Jagd fort aus den Straßen und Gassen, fort von den Carabinieri und den Polizeitransportern, in die hinein viele ihrer Genossen gezerrt wurden. Und sie hatte von der Flucht aus der Stadt berichtet. Doch wie immer, wenn Eleonora erzählte, von jenem Jahr des großen Ausstands und der Zeit danach, beschlich Milena das Gefühl, dass ihre *nonna* manches verschwieg, dass sie manches Erlebte weggesperrt hatte in einer Schublade ihrer Erinnerung. Sie schloss es aus der Art, wie Eleonora manchmal innehielt und sich ihr Blick verfinsterte, und aus der Schwere, mit welcher ihr Mann ihr dann die Hand auf den Arm legte. Und sie schloss es aus der Stille, die plötzlich den Raum erfüllte, wenn beide Großeltern wie auf Kommando im selben Augenblick das Glas an den Mund führten und sich mit ihrem Grappa denselben bitteren Geschmack von der Zunge zu spülen schienen. Milena spürte, dass es da Dinge gab, über die nicht gesprochen wurde, doch sie hatte sich nie getraut, danach zu fragen. Eine ganz ähnliche und doch noch weitaus tiefere Stille war es, die ein weiteres Geschehen der Vergangenheit umgab und der Milena immer wieder begegnete. Und sie war nicht gewillt, das noch länger hinzunehmen.

NEUN

Eleonora, 1969

Die Uniformierten waren überall. Sogar in den Nebenstraßen trafen die Freunde auf die Autos der Carabinieri und der Staatspolizei, die halb auf den Bürgersteigen parkten, halb auf den Straßen, auf beiden Seiten der Fahrbahn, sodass andere Autos kaum mehr durchkamen. Zu dritt oder zu viert saßen die Beamten im Wageninnern und warteten.

»Nicht gerade vertrauenerweckend, die vielen Bullen«, brummte Tommaso, der mit Eleonora am Schluss der Gruppe ging.

Davide stürmte voran, voller Begeisterung, hatte sich ein rotes Tuch um den Hals gewickelt und trug ein zusammengerolltes schwarzes Transparent unterm Arm, auf das er in großen weißen Buchstaben *»Potere Operaio«*, Arbeitermacht, gepinselt hatte.

Eleonora konnte förmlich hören, was ihr Vater bei dem Anblick sagen würde: »Arbeitermacht, ausgerechnet der Herr Student!« Und ätzender Sarkasmus würde aus seiner Stimme triefen wie Fett aus der gebratenen Gans mit Rotkohl und Kartoffeln »Berliner Art«, auf der er jedes Jahr an Weihnachten bestand. »Das Geld nimmt er schon von seinen Eltern, aber dann gegen das System demonstrieren. Undank ist der Welt Lohn!«

Eleonora schüttelte wütend den Kopf und versuchte, den Gedanken an ihren Vater wieder loszuwerden. Nino und Filippo trugen lange Stangen, an deren Enden Davides Transparent befestigt werden sollte. Sie hatten zwei der Iellas untergehakt, die endlich einmal nicht in Miniröcken unterwegs waren – eine gute Entscheidung, wie Eleonora fand, die sich ebenfalls für eine Jeans entschieden hatte. Dass die Demonstration ein Spaziergang werden würde, glaubte keiner von ihnen. Aber das, was sie an der Mauer um das Mirafiori-Werk erwartete, damit hatten sie nicht gerechnet.

Tor 2, hatte es geheißen, solle der Treffpunkt sein für alle, die mitmarschieren wollten, nachmittags um vier. Schon seit den frühen Morgenstunden hatte es Zusammenstöße gegeben zwischen der Polizei und den Arbeitern, die zu jedem Schichtwechsel gekommen waren, um die Kollegen zu informieren, die – was eigentlich kaum denkbar war – vielleicht noch nichts wussten von dem großen Streik. Doch es waren nur wenige Arbeiter, die sich nicht darum scherten, dass schon Hunderte, Tausende von ihnen auf dem Corso Tazzoli und vor den anderen Toren standen, bereit, loszulaufen und den Streik in die Stadt hineinzutragen. Nur wenige waren es, die dennoch durch die Tore gingen und im Innern des Fabrikgebäudes verschwanden, geschützt von den Carabinieri, die jeden auf die Seite drängten, der so aussah, als würde er einen seiner Kollegen aufhalten wollen. Immer wieder war es zu Rempeleien gekommen, hatten die Carabinieri, die ebenfalls zu Hunderten aufgeboten waren, versucht, die Menge auseinanderzutreiben.

Selbst Davide bremste seinen Lauf, als sie aus der Via Eleonora d'Arborea auf den Corso hinauskamen und sich mitten in einem aufziehenden Wirbelsturm wiederfanden. Zunächst kämpften sie sich durch mehrere Reihen von Demonstranten, die sich gegenüber von Tor 2 aufgebaut hatten, rote Fahnen schwenkten und immer wieder wütend zu den Polizisten hinüberriefen und sie provozierten. Eleonora und ihre Freunde versuchten, zur Ecke der Fabrikmauer zu kommen, wo der Corso Tazzoli auf den Corso d'Agnelli stieß. Dort hatten sie sich mit Gaetano, Pietro, Valerio und den anderen Arbeitern verabredet. Doch der Gehweg, die Parkplätze und die Straße an der Mauer entlang waren voll von Menschen, Arbeitern aus der Fabrik, Studenten, Anwohnern aus den Häusern gegenüber. Sogar Kinder, zehn-, elfjährige Jungs, die die Neugier auf die Straße getrieben hatte, waren dazwischen. Die Freunde wichen in die Mitte der Fahrbahn aus, um schneller voranzukommen. Um sie herum tobte ein unbeschreiblicher Lärm. Parolen brüllende Demonstranten, Polizisten, die mit den Kolben ihrer Gewehre auf den Boden klopften, Kommandos brüllende Befehlshaber. Auch die Kinder schrien. Angestachelt von der nervösen Stimmung jagten sie einander zwischen den Reihen der Protestler hindurch; Eltern brüllten ihnen hinterher, um sie wieder in die Häuser zu holen.

»Eleonora, nimm meine Hand«, rief Tommaso im Laufen, »ich will dich hier nicht verlieren!«

Eleonora griff dankbar zu. Sie hatte das beunruhigende Gefühl, auf dem breiten, aber in schwerem Sturm schwankenden Deck eines Ozeandampfers unterwegs zu sein, über den jede Minute der erste von unzählbaren gewaltigen Brechern niedergehen konnte. Dann waren sie an der verabredeten

Ecke angekommen. Dort standen jedoch nicht die Freunde aus der Fabrik, sondern ein Haufen Carabinieri, die ihre Gewehre wie Schlagstöcke vor sich hielten, um sich die immer zahlreicher werdenden Demonstranten vom Leib zu halten.

»Aussichtslos«, Davide war stehen geblieben und hatte sich zu ihnen umgedreht, »die finden wir hier nicht. Lasst uns da rüber auf die andere Straßenseite, wo nicht gar so viele von den Bullen ihre Fressen in die Luft halten.«

Eleonora bedachte ihn mit einem langen unfreundlichen Blick. Sosehr sie Davides Klugheit schätzte, seine Fähigkeit, zu reden und Dinge auf den Punkt zu bringen, so wenig mochte sie es, wenn er seine kriegerische Attitüde herauskehrte und seinen unverblümten, wenn auch nicht ganz ungerechtfertigten Hass auf die Staatsgewalt. Und am wenigsten gefiel es ihr, wenn er ordinär wurde.

»Das hat er doch gar nicht nötig«, brummte sie vor sich hin, während sie sich durch die Menschenmenge drängte, um der Gruppe auf die gegenüberliegende Straßenseite zu folgen. Auch dort standen schon Hunderte von Demonstranten, viele von ihnen hielten Plakate in die Höhe, »*Uniti per la lotta*« oder »*Per salari equi*«, »Vereint für den Kampf«, »Für gleiche Löhne«, las Eleonora, ein drittes Plakat versuchte sie gerade zu entziffern, als ein Stoß gegen ihre Schulter sie beinahe von den Füßen geholt hätte. Sie schaffte es gerade noch, wieder ins Gleichgewicht zu kommen, als sie der nächste Rempler traf. Eben noch hatte sie Tommasos Rücken vor sich gesehen, der in der wütenden Brandung von Leibern vor ihr aufragte. Jetzt war er verschwunden, und eine Polizeiuniform versperrte ihr den Weg. Unter dem Schirm seiner Mütze starrten ihr die Augen eines blutjungen Beamten entgegen, der offenbar genauso von seiner Einheit getrennt worden war wie sie von ihren Freunden. Kalkweiß war er und hielt ihr sein Gewehr wie einen Knüppel vor die Brust. Sie sah, dass er irgendetwas schrie, konnte ihn aber nicht verstehen, dann gab es erneut eine Bewegung in der Menge, und der Uniformierte wurde von ihr weggerissen. Tommaso tauchte nicht wieder auf, und sie versuchte, sich weiter in die Richtung vorzuarbeiten, in die er verschwunden war.

Das Tränengas spürte sie, bevor sie die weißlichen Schwaden hatte sehen können. Plötzlich hingen sie in der Luft wie dicke Spinnweben. Wie Zwiebelsäure biss das Gas in ihre Augen, ließ sie tränen, und sie riss sich das Halstuch herunter, das sie trug, presste es vors Gesicht. Die Panik, die rund um sie herum ausbrach, spülte sie mit sich, weg von der Fabrik, ihre Beine bewegten sich einfach, ohne dass sie sie bewusst hätte steuern können. Als die Luft klarer wurde, sah sie den jungen Polizisten wieder. Er hatte Verstärkung bekommen und holte gerade mit seinem Gewehr weit aus, um es mit aller Gewalt einem auf dem Boden liegenden Demonstranten ins Kreuz zu schlagen, den zwei andere wegzuzerren versuchten. Dann mischten sich andere Arbeiter und zwei Studenten, die sie vom Sehen kannte, ein. Einer griff nach dem Gewehr und entriss es dem Uniformierten, zwei andere stürzten sich auf seine Kollegen, ein weiterer packte die Arme des *operaio* und zog ihn in die Höhe. Eleonora sah mit Entsetzen sein völlig blutverschmiertes Gesicht und stürzte ohne zu überlegen hinzu, half, den Verletzten zu einem Hauseingang zu bringen, wo zwei ältere Frauen sofort herbeiliefen und sich neben ihn knieten.

Überall standen die Bewohner der Häuser jetzt auf den Balkonen und in den Eingängen, stimmten ein in die Sprechchöre der Demonstranten, die nicht nur nach höheren Löhnen riefen, sondern nach allem, was ihnen einfiel, Freiheit oder Hồ Chí Minh, ganz egal. Laut wollten sie sein, stark in ihrer Vielzahl und ihrer Einigkeit. Und wer hier ringsherum wohnte, verstand, warum sie auf der Straße schrien, jeder von ihnen kämpfte jeden Tag darum, die Miete bezahlen zu können, seine Wohnung zu behalten. Jedes Mal, wenn Eleonora und ihre Freunde in den vergangenen Wochen bei Bier und Zigaretten diskutiert hatten, hatten Davide oder die Arbeiter von Kollegen berichtet, die auf die Straße gesetzt worden waren, weil sie die hohen Kosten für ihre Wohnung nicht aufbringen konnten. Andere sparten am Essen für ihre Kinder oder an den langen Hosen für das Dach über dem Kopf.

So standen sie jetzt überall in den Häusern und feuerten die Arbeiter an, sich zu wehren und zu kämpfen. Eine der Frauen, bei denen Eleonora immer noch stand, um selbst wieder zu Atem zu kommen, versuchte, den Verletzten tiefer in den Hauseingang zu ziehen, um ihn vor weiteren Angriffen in Sicherheit zu bringen. Eleonora packte mit an, wobei sie zu tun hatte, nicht in das Blut zu greifen, das über sein Hemd gelaufen war. Als sie ihn tief in den Hauseingang gedrängt in relativer Sicherheit wusste, überließ sie ihn den beiden Frauen.

Sie selbst wandte sich wieder in Richtung Straße. Sie hatte die Hoffnung noch nicht aufgegeben, ihre Freunde wiederzufinden, doch die Angst sprang sie an wie ein wildes Tier. Der Corso hatte sich in ein Schlachtfeld verwandelt. Bis zu der Stelle, an der sie stand, flogen zumindest die Tränengasbomben nicht, die näher an der Fabrik zu Dutzenden auf die Menschen niedergingen.

Die Menge der Demonstranten war auseinandergerissen worden, überall dazwischen konnte sie Polizisten erkennen, die auf Einzelne einschlugen und sie, egal ob Arbeiter oder Studenten, wegzerrten, um sie zu verhaften und in ihren Einsatzwagen festzusetzen. Doch die Arbeiter hatten nicht umsonst seit Monaten gestreikt. So schnell ließen sie sich nicht entmutigen. Tausende von ihnen waren inzwischen auf den Corso d'Agnelli geströmt, standen im Gleisbett der Straßenbahn, die hier nicht hätte durchfahren können an diesem Tag der Gewalt und des Blutvergießens. Denn dazu war die Demonstration geworden – zu einem Krieg, oben gegen unten, Staatsgewalt gegen Demonstranten, Macht gegen Ohnmacht. Und Eleonora mittendrin.

Plötzlich sah sie den langen Pietro aus den Nebelschwaden, dem Lärm und dem Chaos auftauchen und auf das Verwaltungsgebäude zulaufen, das die Stirnseite des Corso Traiano bildete. Von dort sollte der Protestzug sich eigentlich in Bewegung setzen, Richtung Innenstadt. Eleonora brüllte, so laut sie konnte, Pietros Namen, doch er hörte sie nicht. Im Bruchteil einer Sekunde beschloss sie, ihm nachzulaufen, stolpernd über Steine, die von den Demonstranten aus dem Gleisbett der Tram gerissen und in Richtung der Einsatzkräfte geschleudert wurden, andere Menschen rannten links und rechts von ihr, in Panik.

Im Augenwinkel sah sie, wie die Uniformen sich in Bewegung setzten, um die Demonstranten zu bedrängen. Ein Polizist lag am Boden, umringt von ein paar Arbeitern, die ihm sein Schutzschild entrissen hatten. Eleonora hetzte weiter hinter Pietro her, der langsamer geworden war, ein Pulk von Menschen ballte sich vor ihm. Plötzlich, ohne Vorwarnung, traf ihn ein Schlag gegen die Schläfe, Eleonora kam gerade heran und versuchte, den Taumelnden aufzufangen, doch der lange Kerl riss sie mit sich zu Boden. Der Schlag war von einem Knüppel gekommen, ein Uniformierter mit einem Helm, der sein Gesicht schützte, hatte zugeschlagen, weitere Polizisten drängten sich jetzt heran, traten den augenscheinlich völlig desorientierten Sizilianer überall in den Körper, immer wieder gegen den Kopf. Ein Fußtritt in seine Magengrube ließ ihn sich zusammenkrümmen, was Eleonora ermöglichte, unter dem schweren Körper hervorzukriechen, Tritte trafen jetzt auch ihre Oberschenkel, ihren Rücken. Schmerz und Wut durchzuckten sie, als sich eine Hand in ihre Haare krallte und jemand versuchte, sie über den Asphalt zu schleifen.

Sie schrie und schrie, doch es war wie in einem Albtraum, es war, als wäre ihre Stimme stumm und niemand könnte sie hören. Ihre Beine scheuerten über das Pflaster, ein zweiter Polizist hatte jetzt ihren Arm gepackt und ihn so nach oben gedreht, dass sie glaubte, ihre Schulter würde auseinanderbrechen. Doch plötzlich endete der Schmerz. Sie fiel auf den Asphalt, als der Polizist von ihr weggerissen wurde, der gerade noch ihren Arm umklammert hatte. Sie spürte mehr, als sie sah, dass er neben ihr lag und jemand auf ihn einschlug. Der andere hatte seinen Griff kurz gelockert, doch jetzt packte er wieder in ihre Haare, versuchte, sie näher an die Einsatzwagen heranzuzerren. Eleonora krallte ihre Finger in seinen Ärmel, als er mit einem Mal aus dem Gleichgewicht zu geraten schien, wieder ging sie zu Boden, prallte mit der Schulter, die vorhin so schmerzhaft malträtiert worden war, auf einen Randstein und versuchte, durch den neuerlichen Schmerz hindurch zu erkennen, was passiert war. In all dem Lärm nahm sie den heftigen Schlag wahr, der den Helm des Beamten so hart traf, dass er ihm vom Kopf gerissen wurde. Während sie sich mühte, auf die Beine zu kommen, sah sie, wie der Polizist zu Boden ging, jemand schlug mit aller Macht auf ihn ein. Es war Valerio, der über ihm stand und ihm in höchster Wut noch einmal die Faust ins Gesicht hieb. Von hinten hörte Eleonora schwere Schritte, vier Polizisten kamen auf sie zugelaufen. Auch sie behelmt, Schlagstöcke oder Gewehre in den Händen, Eleonora konnte es nicht erkennen. Auch Valerio hörte es, ließ von dem Uniformierten ab, schnellte mit einer einzigen Bewegung auf Eleonora zu, packte sie am Arm und riss sie mit sich fort, mitten hinein in die Menge, die sie beide aufnahm und sich hinter ihnen wieder schloss.

Er zog sie durch die dicht an dicht gedrängten Leiber, durch den Lärm hindurch und die Wut, die aus den Tausenden eins werden ließ, eine einzige mächtige Kreatur, die auf der riesigen Kreuzung und den Straßen rund um die Fabrik ihre Ohnmacht und ihre Angriffslust zugleich hinausschrie. Er schob und schubste, um ihr einen Weg zu bahnen, und sie taumelte dankbar hinter ihm her, nur weg von den Uniformen, weg von den beißenden Schwaden des Tränengases, von dem jetzt immer mehr verschossen wurde, direkt hinein in die Menge der Menschen. Eine Ewigkeit aus Angst, Enge, Lärm und Gebrüll später erreichten sie die Häuserfront entlang des Corso Traiano, der in Richtung Po und der Turiner Stadtmitte führte. Valerio bugsierte Eleonora in einen Hauseingang, wo sie zumindest für einen Moment so etwas wie Erleichterung verspürte.

Die aber schnell dahin war, als er sie vorsichtig an eine Wand gelehnt hatte und nach einem kurzen prüfenden Blick fragte: »Das Blut, dein ganzes Gesicht, wo ist es her?«

Dann begann er, ihren Kopf von den Schläfen bis zum Hinterkopf abzutasten – eine Berührung, die sie unter anderen Umständen vor Erregung hätte erschauern lassen, die ihr jetzt aber nur Angst einjagte.

»*Grazie Dio*«, seufzte er dann erleichtert auf, »Gott sei Dank, da ist nichts.«

Das Lächeln, das sich trotz der wenig erfreulichen Umstände in sein Gesicht stahl, war eine Einladung; sie fiel ihm um den Hals, zitternd und voller Verlangen zugleich, und verlor sich in einem langen Moment der Vollkommenheit, in dem sich seine Arme um ihren Körper schlossen. Umso schrecklicher war der Gedanke, der sie aus ihrem kurzzeitigen Glücksgefühl herausriss.

»Das Blut«, flüsterte sie dicht an Valerios Ohr, »das muss von Pietro sein. Oh Gott, was haben sie ihm nur angetan?«

»Er lag am Boden, als ich dich entdeckt hab. Er hat sich nicht gerührt, *non ne so più neanche io*, ich weiß auch nicht mehr. Aber Gaetá und *il silente* sind auf die Bullen los.«

Mit dem Ärmel seiner Jeansjacke strich er ihr über das Gesicht, versuchte, das Blut, das sich in unregelmäßigen Sprenkeln darauf verteilt hatte, notdürftig von ihrer Haut zu reiben.

»Habt ihr die anderen gesehen? Tommaso, Davide, Nino?«, fragte Eleonora, die sich die Behandlung gefallen ließ, ohne sich zu rühren.

»Nein, haben wir nicht. Beim Treffpunkt standen diese Massen von Carabinieri. Wir wollten zu den Trambahnschienen rüber, Pietro hatten wir kurz verloren. Und dann warst du plötzlich da, völliger Zufall!« Ohne Vorwarnung schlang er erneut seine Arme um sie. »Gott sei Dank haben sie dich nicht mitgenommen«, flüsterte er kaum hörbar.

Ihre Stimme versagte. Sie ignorierte den wieder aufflammenden Schmerz in der Schulter, um den Augenblick nicht zu zerstören. Dann ein Zischen direkt neben ihrem Ohr, eine Tränengasgranate, die zwischen die Mauern gefallen war, ließ sie auseinanderfahren und auf den Corso hinauslaufen. Carabinieri und Polizei hatten Verstärkung bekommen, waren in Hundertschaften auf der anderen Seite des Corso aufmarschiert und bildeten eine schier undurchdringliche Wand, aus der heraus immer wieder neue Tränengasgeschosse flogen und ein entsetzliches Durcheinander in den Reihen der Protestierenden anrichteten.

Viele suchten ihr Heil in der Flucht, versteckten sich auf einer der vielen Baustellen, überall im Viertel wurden neue Wohnungen gebaut, um noch mehr Lohnsklaven für die Fabriken Turins unterzubringen. Viele Demonstranten aber beschlossen, nicht davonzulaufen, ließen Steinhagel auf die Vertreter der Staatsmacht niedergehen, ein infernalisches Trommeln, weil die Steine ununterbrochen auf den Dächern der Polizeifahrzeuge oder auf den Schilden der Uniformierten landeten. Dazwischen brannten parkende Autos, durch Tränengasgeschosse hatten sie Feuer gefangen, Gasgeschosse, die auch in etlichen Wohnungen gelandet waren. Weil es so warm war an diesem Julitag, standen überall die Balkontüren und Fenster offen.

Davide hätte dazu wohl einen bissigen Kommentar gehabt: »Die sind alle auf unserer Seite, die Leute, das kann den Bullen nur recht sein, wenn die da oben auch was abkriegen.«

Aber Davide war jetzt nicht hier, da war nur Valerio an Eleonoras Seite, und der machte ein sorgenvolles Gesicht, als er auf das Chaos schaute, das die Straße regierte. Er wandte sich zu ihr um und erschrak, als er sah, dass sie ihre linke Schulter mit der rechten Hand umklammerte.

»Du hast Schmerzen!«, stellte er fest. »Du musst hier weg.«

Eleonora winkte ab und versuchte, eine entspannte Miene aufzusetzen, ein Versuch, der ihn nicht wirklich überzeugte. »So kannst du auf gar keinen Fall weitermachen, du musst hier weg«, wiederholte er.

Seine Sorge rührte sie, aber aufgeben wollte sie auf gar keinen Fall. »Nein! Nein! Ich bin zum Demonstrieren hier, und das mach ich jetzt auch!«

»Aber …«

»Kein Aber«, unterbrach sie ihn, und schon wieder hatte sie ihren Vater im Ohr, der sich zwar kopfschüttelnd fragen würde, warum sie sich überhaupt in diese Lage gebracht hatte – »du mischst dich ein in eine Sache, die dich gar nichts angeht« –, im nächsten Atemzug aber hinzufügen würde: »Du hast es angefangen – zieh es auch durch!«

Valerio zögerte, wog ganz offensichtlich ab: das Selbstverständnis seiner Rolle als Mann – und Sizilianer – gegen die Entschiedenheit, mit der sie gesprochen hatte. Dann gab er nach.

»Von mir aus«, sagte er, »aber du bleibst ganz dicht bei mir, *in ogni caso*.«

»Auf jeden Fall«, wiederholte sie und sah ihm so tief und drängend in die Augen, dass er nicht anders konnte, als sie noch einmal an sich zu ziehen.

Die Menge der Demonstranten hatte begonnen, sich nun immer weiter den Corso hinunterzubewegen, was die Polizisten mit aller Gewalt verhindern wollten. Gewalt gebrauchten auch die Arbeiter und Studenten. Es flogen

Pflastersteine und Stöcke in rauen Mengen, Trillerpfeifen schrillten, Stimmen tönten durch Megafone, verzerrt und brutal. Von den Balkonen zeterten Frauen, die ihre Kinder festhielten und hinter sich schoben; vom Tränengas Verletzte taumelten über die Straße, gerieten, wenn sie Pech hatten, in die Hände der Polizei. Eleonora sah, wie zwei Arbeiter in einer Seitenstraße in einen Mannschaftswagen geschubst wurden, während ein dritter auf dem Boden kniete, von zwei Polizisten niedergehalten, die ihm den Arm auf den Rücken gedreht hatten, und sie klammerte sich fester an Valerios Hand. Als sie zu einer größeren Gruppe von Demonstranten aufschließen konnten, in deren Mitte sie untertauchten, atmete sie erst einmal auf, zumal Valerio unter ihnen einige Fließbandkollegen entdeckte.

»Ciao Valé«, rief einer von ihnen, ein kleiner, stämmiger Kerl, der eine frische, dunkelrote Narbe quer über die Wange und den Hals trug.

»Arbeitsunfall«, raunte Valerio Eleonora ins Ohr, »keine Lira hat er von der Fabrik dafür bekommen. Ciao Bruno, *come va*?«, rief er dem anderen zu, »wie geht's dir?« Und er machte ihn und die Kollegen, die sich unter einem Balkon am Corso versammelt hatten, mit Eleonora bekannt.

»Hast du von Pietro gehört?«, fragte Valerio den kleinen Mann. Eleonora konnte die Antwort nicht verstehen, der Lärm, der um sie herum tobte, war zu groß, aber sie sah, dass Brunos Gesicht ganz blass geworden war. Doch bevor sie nachfragen konnte, geriet die Menge plötzlich in Bewegung und schob sich ein Stück weiter die Straße entlang. Immer wieder setzten die Arbeiter an, Protestrufe zu skandieren, schwenkten die Fäuste, und Eleonora machte mit, stimmte ein in die Rufe, in die Schreie; Seite an Seite mit Valerio, dessen Hand sie immer noch hielt, marschierte sie mit den Arbeitern, verschmolz mit dieser Masse, mit deren Not und Wut sie sich eins werden fühlte, deren Sehnsucht nach Anerkennung und Befriedigung in ihrer Arbeit sie mittrug. Sie spürte ihren Hunger und ihre Verlorenheit, die Verlorenheit so vieler, die ihre Heimat verlassen hatten, um sich hier oben im Norden Italiens eine Existenz aufzubauen, die ihnen der Süden nicht bieten konnte.

Plötzlich verstand sie, konfrontiert mit der Gewalt, die der Verzweiflung um sie herum entgegenschlug, selbst Davides Hass viel besser, in diesen Stunden und Momenten, in denen sie die Forderungen der Arbeiter zu ihren eigenen machte und sich umso mehr mit ihnen verbunden fühlte, da sie Valerios Hand in der ihren hielt und er einer von ihnen war. Also reckte auch sie die Faust zum typischen Gruß der Linken in die Höhe. Und grölte und marschierte und sang voller Inbrunst mit, als irgendjemand in der Masse »Bella Ciao« anstimmte. Dann dachte sie an Tommaso und fragte sich, wo in diesem Ozean aus Schweiß und Angst und Begeisterung der Freund wohl steckte. Und für einen Augenblick blieb sie stehen, verlor Valerios Hand, weil sie sich umdrehte und suchend den Blick über die Straße schweifen ließ, auf der in dem Moment eine Lücke aufriss, weil die Carabinieri einen Vorstoß in die Mitte des Protestzugs unternommen und die Menschen auseinandergetrieben hatten.

Gerade noch wollte sie der Gruppe nach, mit der sie marschiert war, da wurde ihr der Weg versperrt, sie prallte gegen einen kakifarbenen Uniformstoff. Hände packten sie an den Armen, schon wieder fremde Hände, die an ihr zerrten, doch diesmal war da keiner, der sie aufhielt; Valerio war von der brodelnden Menge von einem Moment zum anderen verschluckt worden. Als sie sich wehrte, mit den Füßen dagegenstemmte, wurde sie in die Luft gehoben, konnte den Boden nicht mehr erreichen, ruderte ins Leere, da half alles Zappeln nichts. Der Einsatzwagen, zu dem sie geschleppt wurde, stand am Rand einer der Baustellen, die den Corso säumten, ein wenig abgewandt von dem Toben auf der Straße. Es schien ihr, als hörte sie noch die Stimme Valerios, die nach ihr rief, als sie fallen gelassen wurde und halb unter den Wagen rollte. Über ihr rumpelte eine Autotür zur Seite. Dann wurde sie wieder hochgerissen, stieß sich den Kopf am Rand des Bodenblechs, und ein schwerer Körper presste sie gegen die Seitenwand des Fahrzeugs. Wieder waren Hände auf ihr, grobe Hände, die ihr unter die Kleider fuhren und sich auf ihren Mund pressten, als sie zu schreien versuchte, die es eilig hatten, nach ihren Brüsten zu greifen und dann zwischen ihre Beine, mitten in all den Schreien, dem Hämmern von Steinen und Stöcken, mit denen die Protestierenden begonnen hatten, gegen die Laternenmasten zu schlagen, mitten darunter war da dieser grobe Leib, der wie ein Vieh war und schnaufte und stank, die Hand, die ihr die Luft raubte und sie wehrlos machte, bis auf einmal der Wagen in ihrem Rücken zu wanken begann, immer heftiger, weil ein ganzer Trupp von Demonstranten sich dagegenwarf, immer wieder, um ihn umzukippen.

Plötzlich war Eleonora frei. Der Uniformierte und seine grapschenden Hände verschwunden, und sie konnte gerade noch wegspringen, als der Wagen mit einem gewaltigen Krachen auf die Seite kippte, gefolgt von einer Wolke aus Staub und begeistertem Johlen der Demonstranten, die sie im gleichen Augenblick umringten und in ihrer Mitte zurück zum Corso geleiteten. Von dort aus liefen ihnen schreiende und Knüppel schwingende Polizisten entgegen, die aber nur zu ihrem umgekippten Wagen wollten und zu ihrem Kollegen, der mit eingeklemmtem Bein halb darunterlag. In der Gruppe, die Eleonora mit sich genommen hatte, war auch Bruno, der Mann mit der Narbe.

Er nahm sie am Arm. »Valé sucht dich wie irre«, brüllte er in ihr Ohr und ließ sie nicht los, bis sie Valerio gefunden hatten.

»*Meglio stare attenti!* Sei besser vorsichtig!«, zischte Bruno ihm zu, als er sie zu ihm hinschob, und Valerio starrte ihr einen Augenblick blass ins Gesicht, bevor er sie an sich drückte.

Während Fetzen von Ekel und Zorn und Bildern und Gerüchen durch Eleonoras Gehirn jagten und sich zu einem einzigen Wirbel vereinigten, hielt er sie fest. Als dann erneut eine Einheit von Polizisten auftauchte, ihre schweren Stiefel auf dem Asphalt durch das tausendfache Schreien drang, riss sie sich von ihm los, am ganzen Leib zitternd, und war drauf und dran, ihnen entgegenzustürmen, mit nichts bewaffnet als ihren erhobenen Fäusten. Valerio konnte sie gerade noch packen und wegziehen, als die Uniformierten auf sie zusteuerten. Alle fingen sie jetzt an zu rennen, sie, die gerade noch debattiert hatten, wie es weitergehen solle. Und die Polizisten machten regelrecht Jagd auf sie. In alle Richtungen stoben sie auseinander, vier von ihnen blieben bei Eleonora und Valerio, drei Verfolger auf den Fersen, als Eleonora auf ihrer rechten Seite eine offen stehende Haustür sah und einen älteren Mann, der ihnen zuwinkte. Valerio bemerkte ihn ebenfalls, und sie schlugen einen scharfen Haken, weg von der Gruppe, und stürmten in das Haus hinein, wo sofort die Tür hinter ihnen ins Schloss fiel.

Die Stille im Dunkel eines schmalen Treppenhauses war atemberaubend, und sie verharrten einige lange Momente, um sich zu sammeln.

»*Non vengono qui*«, flüsterte ihnen der alte Mann zu, »sie kommen nicht hierher«, und machte eine Geste in Richtung ihrer Verfolger, die offensichtlich an der Tür vorbeigelaufen waren. Er bedeutete ihnen, ihm nach oben zu folgen, hinein in ein winziges Zimmer. Als Eleonoras Augen sich an das Halbdunkel gewöhnt hatten, das im ganzen Haus herrschte, erkannte sie, dass eine Frau sich an einem kleinen Gaskocher zu schaffen machte, der in einer Ecke auf einer Kiste stand.

»*Meine Frau, Signora Soleri*«, stellte der Alte sie vor, und Stolz und Wärme in seiner Stimme kündeten von all den Höhen und Tiefen unzähliger Jahre, die sie gemeinsam verlebt haben mussten, ließ den fleckigen Kittel, den sie sich umgebunden hatte, um ein kaum weniger abgetragenes graues Kleid zu schützen, wie eine Robe aus makellos leuchtendem Samt erscheinen. Valerio musste die gleiche Rührung empfunden haben wie sie, denn Eleonora spürte, wie er nach ihrer Hand tastete und sie fest drückte, als die Signora ihnen lächelnd zunickte, zwei kleine Tassen hochhielt und »*due caffè?*« fragte.

Die nächsten zwei Stunden saßen Eleonora und Valerio gemeinsam mit den beiden alten Leuten hinter den halb geschlossenen Fensterläden und sahen zu, wie sich der breite Corso, auf dem sonst ein Fiat neben dem anderen seinen Weg zur Fabrik und den umliegenden Arbeitsstätten nahm, in ein immer brutaleres Schlachtfeld verwandelte. Die Signora brachte auf Bitten Valerios ein kaltes Handtuch, das er sehr sorgfältig auf Eleonoras verletzte Schulter legte. Ihr Mann machte ihnen auf dem einflammigen Gaskocher in einer von den Jahren schwarz gewordenen Caffetiera noch je einen weiteren Espresso und brachte ihn mit ein paar Keksen herüber ans Fenster. Eleonora vermutete, dass die Kekse den beiden alten Leuten zu ihrem Frühstück am nächsten Morgen fehlen würden, war aber zu höflich, um sie abzulehnen.

Das Geschehen unten war längst kein Protestzug mehr, war es nie gewesen, weil die Polizei ihn von Anfang an gestört hatte. Eleonora fühlte sich an Bilder aus der DDR erinnert, den Volksaufstand vom 17. Juni, zu dessen Jahrestag ihr Vater seit 16 Jahren immer wieder die Zeitungsartikel herausholte, die darüber berichteten – als Mahnung und abschreckendes Beispiel für seine Kinder, wie Eleonora vermutete.

Beim Blick auf die Straße unter ihnen hätte sie sich nicht gewundert, wenn im nächsten Augenblick Panzer aufgefahren wären. Signora Soleri schüttelte immer wieder den Kopf, beklagte sich flüsternd, aber entschieden bei Gott und der Jungfrau Maria und sah besorgt zu Eleonora hinüber, die sich vom Fenster abgewandt und auf einem Sofa ausgestreckt hatte, dessen Farbe vielleicht einmal grün gewesen war und dessen Sprungfedern sich einzeln in ihren Rücken bohrten. Sie hatte das Gefühl, dass der Schmerz in ihrer Schulter endlich etwas nachgelassen hatte, als die warnende Stimme des Alten vom Fenster her zischte: »*Vengono, vengono*, sie kommen!«

Valerio sprang auf. Bevor Eleonora wusste, wie ihr geschah, hatte er sie schon hochgerissen und zog sie mit sich, hinter dem alten Mann her, der sie unter zahlreichen guten Wünschen von seiner Frau für das »hübsche Paar« und geschwinder, als man es seinen alten Beinen zugetraut hätte, hinaus

aus der Wohnung führte. Durch eine vergitterte Glastür kamen sie am hinteren Ende des muffigen Gangs, an dem noch eine zweite Wohnung lag, zu einer außen liegenden Hintertreppe, rannten, den letzten Anweisungen des Alten folgend, hinunter und kamen in einen Hof, dessen Ausgang zur Straße hinführte. Sie hielten kurz inne: Der Weg auf die andere Seite war durch eine Mauer versperrt. Valerio zerrte eine Aschentonne heran, um sie als Kletterhilfe zu benutzen. Er half zuerst Eleonora hinüber, da sie ihren linken Arm kaum gebrauchen konnte, dann folgte er ihr. Die zum Gruß erhobene Faust Signore Soleris, der noch oben an der Treppe stand, war das Letzte, was sie von dem alten Mann sahen.

Wenige Wochen später erfuhren sie, dass ihr Retter noch in derselben Stunde für immer aufgehört hatte zu atmen. Als der alte Mann zurück in seine Wohnung kam, traf er dort auf vier Polizisten in voller Montur, die von seiner Frau wüst beschimpft wurden. Da sie keine aufmüpfigen Arbeiter oder renitente Studenten in den zwei kargen Zimmern entdecken konnten, die sie hätten verhaften können, nahmen die Polizisten kurzerhand die beiden alten Leute mit. Noch auf der Treppe ins Erdgeschoss hinunter hörte Signore Soleris Herz zu schlagen auf. Seine Frau, die von diesem Augenblick an kein Wort mehr sagte, weder zu den Polizisten noch zu den Verwandten, die am nächsten Tag von den Nachbarn herbeigerufen worden waren, starb weniger als eine Woche später. 55 Jahre hatte sie an der Seite ihres Gatten verbracht, keine sieben Tage hielt sie es ohne ihn aus.

Doch davon ahnten Eleonora und Valerio nichts, die sich in ihrer Panik über mehrere Dächer, möglichst abgelegene Nebenstraßen und einen Park in Richtung Po davonmachten, Eleonora unter Schmerzen, Valerio ständig bemüht, sie zu stützen, wenn sie Hindernisse überwinden mussten. Sie trauten sich weder in ihre noch in seine Wohnung, wer wusste schon, ob dort nicht längst Polizisten auf sie warteten. Vermutlich hatten sie Pietro mitgenommen, der sich mit Valerio die zwanzig Quadratmeter teilte, die er seine Wohnung nannte. Und Davide, der in der WG zwei Zimmer neben Eleonora schlief, war den Behörden inzwischen leidlich bekannt als Unruhestifter, sicher wussten sie auch, wo er zu Hause war.

Also liefen sie weiter, drückten sich, wenn sie Einsatzfahrzeuge sahen oder Gruppen von Polizisten und Demonstranten, die sich bis in die Nebenstraßen hinein weiter bekämpften, in Hauseingänge oder duckten sich hinter Autos, bis sie den Corso Unità d'Italia erreichten. Ein Autofahrer mit einem 241er Fiat hielt an, als er sie stehen und winken sah.

»*Cos'altro che Fiat*, was sonst als ein Fiat«, murmelte Valerio vor sich hin, als er Eleonora auf die offene Pritsche hinaufhalf.

»Ganz egal«, rief er dem Fahrer zu, der fragte, wohin sie wollten. Es war ihnen ganz recht, dass er ein gutes Stück Richtung Norden fuhr und irgendwann den Po überquerte, um sie erst auf der Viale XXV Aprile abzusetzen. Hauptsache, weit weg von dem Chaos und den Carabinieri.

Es war längst Nacht geworden über all dem, was seit Beginn der Proteste geschehen war. Der Lärm, der in den Straßen um die Fabrik getobt hatte, hing noch in Eleonoras Ohren, sodass sie die Stille zuerst gar nicht hörte, die auf dieser Seite des Flusses die Leere zwischen den großzügig verstreuten Häusern füllte. Eleonora und Valerio liefen los, planlos, immer noch Hand in Hand. Auf gar keinen

Fall wollte Eleonora verlieren, was ihr im Verlauf der letzten Stunden die einzige Konstante gewesen war, die Nähe Valerios, auch wenn er im Augenblick offenbar genauso wenig in der Lage war wie sie, Worte zu finden. Irgendwann, Eleonora wusste nicht, wie lange sie so gelaufen waren, immer weiter weg vom Po, hinter dem das Geschehen bei der Fabrik zurückblieb, immer weiter hinauf Richtung Cavoretto, wurde ihre Müdigkeit so unendlich, dass sie einfach stehen bleiben musste. Valerio hielt an ihrer Seite an.

Etwas heiser war ihre Stimme, als sie fragte: »Und was machen wir jetzt? Ich glaube, ich kann keinen einzigen Schritt mehr weiter.«

Valerio nickte und sah sich suchend um. Ein kleines Stück entfernt von der Stelle, an der sie stehen geblieben waren, ragte ein einzeln stehendes Haus hoch in den mondhellen Himmel, unbeleuchtet, die Fensterläden geschlossen.

»Sieht aus, als wäre da keiner«, flüsterte er und nickte in Richtung des Gebäudes.

Eleonora sah ihn mit großen Augen an. »Du willst doch nicht etwa in das Haus einsteigen?«, gab sie leise zurück, einigermaßen entsetzt.

Valerio verzog den Mund zu einem belustigten Lächeln, als er den Kopf schüttelte. »Hast du noch nie gemacht, oder?«

»Nein«, gab sie empört zurück. »Du etwa?«

»Würde dich das schockieren?«

Sie zögerte mit der Antwort. Ihr »Ja« aber kam mit Überzeugung.

Valerio sah sie einen Augenblick nachdenklich an, dann beugte er sich einfach zu ihr hinunter und küsste sie. Und sie ließ es zu. Es war ein langer Kuss, der sie verwirrt zurückließ.

»Also?«, hakte Eleonora nach, als sie sich wieder gefangen hatte, »bist du schon mal in ein Haus eingestiegen, oder bist du nicht?«

Valerio lachte leise. »So leicht bist du nicht abzulenken, oder?«

Sie lächelte: »Nein, bin ich nicht.«

»Also, nein, ich bin noch nie in ein Haus eingestiegen«, sagte er dann, »zufrieden?« Er zögerte und schob nach: »Aber in Schuppen schon, oft sogar, und dahinten ist einer.«

Er deutete auf das Haus, in dessen Schatten man den Umriss eines niedrigeren Gebäudes erahnen konnte. Ein bisschen widerstrebend ließ sich Eleonora von ihm in die Richtung des Schuppens ziehen, doch gab sie ihren Widerstand schließlich auf. Es blieben ihnen ja kaum Alternativen, wenn sie in dieser Nacht überhaupt einen Platz zum Schlafen haben wollte. Im Näherkommen entpuppte sich der Schuppen als Stall und war größer, als sie zunächst angenommen hatte. Die Tür ließ sich öffnen, und ein intensiver Geruch nach Heu und ein ganz leichter nach Pferd schlug ihnen entgegen, als sie sich durch die Tür schoben, Valerio vorneweg, Eleonora hinterher. Die einzige Box war allerdings leer, die Einstreu unberührt. Eine Holzleiter führte von dem sauber gefegten Stallgang zu einem Heuboden hinauf.

»Und? Sollen wir da rauf?«, fragte Valerio mit einem zweifelnden Blick auf Eleonoras Schulter.

»Was sollen wir sonst tun?«, gab sie zurück. Ihre Schulter schmerzte höllisch, als sie sich Sprosse für Sprosse hochzog, und doch war da neben der verzweifelten Hoffnung auf ein halbwegs angenehmes Nachtlager die Aufregung darüber, es ausgerechnet mit dem Mann teilen zu dürfen, der sich seit Wochen in ihren Träumen herumtrieb. Der Anblick von hoch aufgetürmten Stroh- und Heuballen ließ sie vor Erleichterung in die Knie gehen, als sie von der Treppe auf den Holzboden gestiegen war.

Valerio schob unter einem runden Fenster, das ein wenig Mondlicht ins Innere ließ, offenes Heu und Stroh so zusammen, dass es ein Lager ergab, und stapelte dann mehrere Ballen so, dass niemand, der die Leiter heraufkam, sie auf den ersten Blick würde sehen können. Dann kam er herüber, wo sie noch in derselben Position saß, und half ihr behutsam beim Aufstehen.

Er führte sie in ihr etwas stacheliges Lager hinüber, wo sie sich ausstreckte und erst einmal die Augen schloss. Nur am Rascheln und einer leichten Bewegung an ihrer Seite erkannte sie, dass Valerio sich neben sie legte. Er berührte sie nicht. Eleonora schlug die Augen auf und drehte sich auf die gesunde Schulter, um ihn anschauen zu können. Der Sizilianer erwiderte ihren Blick, ein kaum wahrnehmbares Lächeln grub eine feine Falte in seinen Mundwinkel, und minutenlang war kein Geräusch zu hören als das Rufen einer männlichen Nachtigall, die noch kein Weibchen gefunden hatte. Dann machte Valerio unwillkürlich eine kleine Bewegung, und Eleonora rutschte hinüber in seine Armbeuge. Er lehnte das Kinn an ihren Kopf – und fast in der gleichen Sekunde war sie eingeschlafen.

Erst im Morgengrauen, das sie aus traumlosem Schlaf weckte, küssten sie sich wieder. Und jetzt waren es Valerios Hände, die Eleonora auf sich spürte und deren intime Berührungen sie ersehnt hatte. Und unter ihnen verschloss sie die Erinnerung an jene anderen groben und respektlosen des vergangenen Tages ganz tief in einem Winkel ihrer Seele, an den sie nie wieder zu rühren gedachte.

ZEHN

Rosalia, 1995

Sie brachte ihn nicht zur Tür. *Vielleicht wäre es besser gewesen, gar nicht hier zu sein*, überlegte Rosalia, während sie Simon zusah, wie er seine Bücher aus ihrem gemeinsamen Regal heraussuchte. Andererseits – so war es für ihn peinlicher, und das war genau das, was sie wollte. Immer wieder hatte sie ihn gefragt, ob es eine andere gebe, obwohl es ihr widerstrebt hatte. Und immer wieder hatte er es geleugnet. Hatte den Kopf geschüttelt und sich die Haare aus der Stirn gestrichen mit dieser kraftvollen Bewegung, die er so lange vor dem Spiegel geübt hatte, bis sie selbstverständlich genug aussah. Sie wusste davon, weil sie eines Tages dazukam, als er sie im Bad seiner Eltern trainierte. Und es hatte ihr gefallen, sie fand es süß, damals, als sie noch kein Paar waren, sondern Freunde. Gute Freunde. Simon war der beste Freund, den sich Rosalia wünschen konnte. Einer, der sich nicht daran gestört hatte, dass sie ein Mädchen war, der sie trotzdem in seine Fußballmannschaft geholt hatte. Die Mannschaft, die er um sich geschart hatte, da war er gerade einmal elf.

Und sie waren ein gutes Team gewesen, Simon, der Stürmer, Florian, der Torwart, der schon mit zwölf zwei Köpfe größer war als alle anderen. Und Rosalia hatte Linksaußen gespielt, als sie Teil der Mannschaft geworden war, hatte Simon ein ums andere Mal bedient. Sie waren ein Traumduo, gefürchtet im Viertel, wenn sie sich am Samstagnachmittag zum Kicken gegen die Jungs aus der Nachbarschaft trafen. Simon und ein paar seiner Freunde spielten auch im Verein, dort, wo Rosalia, das Mädchen, keiner haben wollte. Aber an den Samstagen war das egal. Ihre Vorlagen waren besser als die aller anderen, und rennen konnte sie wie ein Wiesel.

Bis sie fünfzehn wurde und die anderen auch, und plötzlich Florian und Martin und Sven und Matthias und auch Simon anfingen, auf ihren Hintern zu starren, wenn sie über den Platz sauste, und nicht mehr auf die Pässe, die sie gab. Rosalia merkte das, hatte aber keine Lust, mit den anderen darüber zu reden. Und ihre Lust auf Fußball wurde noch geringer, als Simon sie eines Abends vom Training nach Hause begleitet hatte. Es sei nicht mehr so wie früher in der Mannschaft, hatte er gesagt und dann versucht, sie zum Abschied zu küssen. Am nächsten Tag brachte sie ihre noch recht neuen Fußballschuhe mit zum Frühstückstisch und fragte ihre Mutter, ob sie wohl jemand kenne, der sie brauchen könne. Sie wolle jetzt etwas anderes machen, irgendwas mit Selbstverteidigung. Rosalia bemerkte, dass ihre Mutter sie prüfend ansah, dann aber nickte und es auf sich beruhen ließ. Als Eleonora am Nachmittag aus der Gärtnerei kam, wedelte sie mit dem Flyer der Karateschule. Eine Woche später erschien Rosalia dort zu einem ersten Probetraining.

Das Team und sie verloren sich aus den Augen, grüßten sich höchstens mal aus der Ferne, selbst Simon verschwand immer mehr aus ihrem Blickfeld. Er besuchte ein anderes Gymnasium, wo er schon bald zum ersten Mal eine Klassenkameradin küsste. Rosa hörte davon über zwei Ecken und erzählte es eines Tages Francesca, als sie nach einer gewaltigen Pizza Tonno wieder einmal nachmittags im leeren Ristorante über ihren Büchern saß.

Und wie so oft fand die Wirtin – die ihren offenen Kampf gegen das Fußballspielen irgendwann aufgegeben und sich damit abgefunden hatte, dass ihre Wahlnichte so unmädchenhafte Neigungen pflegte – die richtigen Worte. »Wolltest du ihn küssen? Nein, drum bist du gegangen, das stimmt doch? *È vero?*«

Rosalia nickte nachdenklich. Aber so ganz sicher war sie sich dabei nicht. Hatte er sie so schnell vergessen? Rosalia trug die Enttäuschung lange mit sich herum, und der freundschaftliche Respekt, den sie trotz ihrer sehr selten gewordenen Begegnungen immer für Simon empfunden hatte, hatte einen gehörigen Knacks bekommen.

Doch das war nichts gegen den Totalschaden, den ihre zwei Jahre nach ihrer gemeinsamen Fußballzeit wieder aufgenommene und neu definierte Beziehung jetzt erlitten hatte. »Nicht mehr zu retten«, hatte ihre Mutter gesagt, die wenig davon hielt, lang an Dingen festzuhalten, die ihre beste Zeit hinter sich hatten. Ihr Vater hatte versucht, sie aufzumuntern, er hatte den unkomplizierten Sportler Simon gut leiden können – nachdem er sich einmal an ihn gewöhnt hatte. Rosa aber hatte die Nase voll von Simon und warf ihren Freund kurzerhand aus der Wohnung.

Nachdem er zwei Nächte bei einem Kommilitonen verbracht hatte, war er nun wiederaufgetaucht, um seine Sachen zu packen. Rosalia, die in aller Ruhe ihr Samstagsfrühstück beendet hatte, erhob sich und verschwand wortlos ins Bad. Dabei musste sie allerdings am Schlafzimmer vorbei, wo einer der beiden großen Koffer, die sie gemeinsam für eine Reise nach Lanzarote gekauft hatten, aufgeklappt das halbe Bett bedeckte, in das sie am Ende dieses Tages allein steigen würde.

Simon hatte den Koffer bereits mit seinen Sachen gefüllt, Radlerhosen und Fußballtrikots in eine Tüte gesteckt, Hemden und Pullover in akkurate Falten gelegt – schließlich hatte er gedient –; sauber gestapelt ragten sie ein wenig über den Kofferrand hinaus.

Nun, Rosa würde sich sicher nicht auf den Deckel setzen so wie früher, um ihm zu helfen, falls er ihn nicht zubekommen sollte. Nur der Waschbeutel fehlte noch, er lag im Bad neben Simons grüner Zahnbürste.

Sie nahm sie mit spitzen Fingern, als hätte sein Verrat an all den Dingen, die sie früher ohne zu zögern mit ihm geteilt hätte, Spuren von Gift hinterlassen, und ließ sie in den Beutel hineinfallen, den sie in stiller Wut anschließend in die Ecke hinter dem Klo pfefferte. Ohne es wirklich zu wollen, kam ihr die Erinnerung hoch an jenen Morgen vor fünf Jahren, als Simon in kurzer Jeans und mit nacktem Oberkörper zurück in ihr Zimmer gekommen war, ihre Zahnbürste in der Hand, und fragte, ob er sie benutzen könne.

1990 war das gewesen, auch im Juli, am Tag nach dem Fußballweltmeisterschaftsendspiel. Auch damals war es heiß. Und Rosalia hatte der Vorsehung einmal mehr – und ohne schlechtes Gewissen – für den schlimmen Unfall gedankt, der den ungeliebten Herrn Schmidmann von nebenan einige Jahre zuvor direkt ins Jenseits befördert hatte. Durch Schmidmanns vorzeitiges Verscheiden war die Nachbarwohnung frei geworden, und ihre Eltern hatten sie zusätzlich mieten und eine Wand durchbrechen können, wodurch Rosalia endlich in den Genuss eines eigenen Zimmers gekommen war.

So hatten ihre Eltern nun nichts davon bemerkt, dass Rosa von ihrem Ausflug auf die Leopoldstraße am Endspielabend nicht nur spät, sondern auch in männlicher Begleitung heimgekehrt war. Und das war auch besser so.

Schließlich hatte ihr Vater schon ein paar Stunden zuvor sein sizilianisches Temperament nur mühsam im Zaum halten können, als Rosalia sich angeschickt hatte, zum Feiern nach Schwabing zu fahren. Mit dem Schlusspfiff der Fußballpartie im römischen Olympiastadion war auch in München die Hölle losgebrochen, und es hatte Valerio zwar über das Ausscheiden der Italiener hinweggetröstet, dass Deutschland im Endspiel Italiens Halbfinalgegner Argentinien bezwungen hatte, aber das hieß noch lange nicht, dass sich seine achtzehnjährige Tochter nun in den Trubel stürzen musste. »*No, Rosalia, no,* das gefällt mir nicht«, hatte er erklärt, als sie schon dabei war, sich die Turnschuhe zuzubinden. Draußen war frenetisches Gebrüll zu hören, das Konzert unzähliger Hupen erfüllte die ganze Stadt, »mir gefällt das gar nicht«. Am liebsten hätte er sie wohl auf die Leopoldstraße begleitet – allerdings mit einer Knarre im Gepäck, mit der er Betrunkene, Feiernde oder auch potenzielle Liebhaber gebührend hätte auf Abstand halten können. Rosalia kannte ihn gut, ihren geliebten Papà, wusste genau, wie sehr er um sie bangte. Und er war drauf und dran gewesen, ebenfalls in seine Schuhe zu steigen, als ihm ihre Mutter von hinten die Arme um die Schultern geschlungen und ihm etwas ins Ohr geflüstert hatte. Wegen des Lärms, der durch die offenen Fenster von der Straße heraufdrang, hatte Rosa nichts verstehen können, aber sie hatte gesehen, dass ihr Vater sich mit einem Lächeln zu seiner Frau umgedreht, ihr einen langen Kuss gegeben und sie umarmt hatte. Aus der Umarmung heraus hatte Eleonora ihrer Tochter zugeblinzelt, und Rosa war durch die Wohnungstür verschwunden, so schnell sie nur konnte.

Dass sie auf der Leopoldstraße ausgerechnet Simon traf, unter den Tausenden, die mit Tröten, Hupen, Pfeifen und Geschrei durch die laue Nacht tanzten, war Zufall oder, wenn man da einen Unterschied machen wollte, Vorsehung gewesen. Fast zwei Jahre lang hatte sie den Sturmpartner ihrer Fußballtage nur gelegentlich und meist aus der Ferne gesehen, und die Bartstoppeln, die inzwischen sein Kinn zierten, zusammen mit der verheißungsvollen Aura des um ein Jahr Älteren, der sein Abitur schon in der Tasche hatte, ließen sie in einen Sturm der anderen Art geraten. Sie schwang sich hinten auf den Roller, mit dem Simon gerade an der Gruppe ihrer betrunkenen Freunde vorbeituckern wollte, und genoss die Kraft seines Rückens, die sie unter dem Shirt spürte, wenn sie sich an ihn schmiegte, und später dann seine Küsse und Liebkosungen, die im Hausflur begannen und in ihrem Bett endeten. Fünf Jahre hielt die Beziehung, die in der Nacht des WM-Endspiels ihren Anfang nahm. Sie überdauerte Simons Wehrdienst, der ihm heftige Diskussionen mit Rosalia einbrachte, die politisch ganz ähnlich dachte wie ihre Mutter. Während er auf dem

Kasernenhof Liegestütze machte, feierte sie die gut sechs Prozent, die die Grünen bei den bayerischen Landtagswahlen erreicht hatten, und hoffte inständig, dass es irgendwann zu einer rot-grünen Bundesregierung kommen würde. Als die Ökopartei bei den ersten Bundestagswahlen nach der Wiedervereinigung dann nicht mal mehr die Fünf-Prozent-Hürde schaffte, die Bilder von sauren Wäldern aber gerade erst von den Horrormeldungen über ein wachsendes Ozonloch abgelöst worden waren, trat Rosa den Grünen bei und erwog sogar, für die nächste Stadtratswahl zu kandidieren.

»Du würdest jede Menge Stimmen bekommen, mein Schatz«, sagte ihr Vater, als sie daheim beim Frühstückstisch darüber redeten, »meine Stimme hättest du auf jeden Fall!«

»Das reicht aber nicht«, ging ihre Mutter nüchtern dazwischen, »für die Politik brauchst du vor allem ein dickes Fell. Und außerdem, mein Mädchen, die Grünen, ich weiß nicht«, schob sie noch nach, »die werden nie wirklich groß werden, da vergeudest du deine Kraft und deine Stimme.«

»Mama, ich weiß schon«, brummte Rosalia. Ihre Mutter, die nie aufgehört hatte, dem sozialrevolutionären Geist der 68er zu huldigen, auch wenn sie das Demonstrieren inzwischen längst anderen überließ, würde wohl bis an ihr Lebensende bei keiner anderen Partei als der SPD ihr Kreuzchen machen. Doch die Argumente ihrer Mutter waren es letztendlich nicht, die Rosalia davon abhielten, in die Politik zu gehen, sondern ihr eigener Pragmatismus und ihre allzu geringe Neigung zur Kommunikation. Parteimitglied blieb sie aber.

Als Simon mit kurz geschorenen Haaren nach zwölf Monaten Bund wieder bei ihr auftauchte, fielen sie sich trotz aller weltanschaulicher Meinungsverschiedenheiten in die Arme und fuhren gemeinsam in die Stadt, um ihre Studienunterlagen abzugeben.

Rosa schrieb sich für Biologie ein, Simon für ein Sportstudium. Eineinhalb Jahre später zogen sie gemeinsam in die Harlachinger Wohnung, die ihren Großeltern gehörte, und ein weiteres Jahr danach begann Simon, sich heimlich mit Tanja zu treffen, die in den Vorlesungen immer den Platz neben ihm suchte, einen Haufen Freundinnen hatte, mit denen sie sich regelmäßig zum Shoppen traf, viel redete, blond war und blauäuiger als Rosalia und einen Rehpinscher ihr Eigen nannte, der ihr ständig in die Wohnung pieselte. Auf Tanja folgte Doris mit den unendlich langen Beinen, und auf Doris Nadia. Alle waren sie blond, aber nur Nadia so doof, Rosalia über den Weg zu laufen. Und das war das Ende ihrer Beziehung zu Simon.

Als der nun schweigend und ohne sich zu beschweren seinen Waschbeutel hinter der Toilettenschüssel hervorgefischt, ihn in den Koffer gepackt und die Wohnungstür hinter sich zugezogen hatte, machte sich Rosalia auf den Weg durch die Zimmer, fand ohne Probleme die *Sticky Fingers*-CD unter einem Stapel biologischer Fachzeitschriften, die Simon zuvor vergeblich und heftig fluchend gesucht hatte, öffnete das Küchenfenster und warf ihm seine geliebten *Rolling Stones* mit einem kurzen »Bäh« hinterher. Dann zog sie die schwarz-weiße Bettwäsche ab, die er ihr zum letzten Geburtstag geschenkt und die zwar ihm, aber nicht ihr gefallen hatte, brachte sie hinunter und stopfte sie in die Mülltonne, suchte und fand eine Flasche italienischen Weins, die sie mit ins Wohnzimmer nahm, und betrank sich.

Am nächsten Tag rief sie ihre Eltern an. Sie planten, für einige Tage ins Haus am Meer zu fahren, und Rosa kündigte ihnen ihren Besuch dort an.

»Dann fahr doch gleich mit uns mit«, schlug Eleonora vor, nachdem Rosa ihr in knappen Worten von Simons Auszug und unter dem Absingen etlicher Flüche von der Bettwäsche in den Abfalltonnen berichtet hatte. »Ist doch vielleicht besser, wenn du jetzt nicht allein bist«, fügte Eleonora hinzu, obwohl sie wissen musste, dass es vergeblich sein würde, ihr diesen Vorschlag zu machen. Rosalia hatte stets ihre eigenen Pläne. Und diesmal waren es die Uffizien. Seit Jahren schon wollte sie nach Florenz und sich das berühmte Museum ansehen. Simon hatte sich nie zu einem kulturellen Ausflug dorthin überreden lassen, strampelte lieber auf seinem Mountainbike den Apennin, die Dolomiten, die Alpen und die Anden hinauf oder stürzte sich mit einem Surfbrett in höllisch tiefe Wellentäler hinunter. Ersteres hatte Rosalia zumindest gelegentlich mitgemacht, das andere vom sicheren Ufer aus verfolgt, wobei die düstere Gewalt der Wellen sie immer mehr fasziniert hatten als die verwegenen Stunts ihres Freundes. Jetzt gab es für sie keinen Grund mehr, den lang gehegten Plan aufzuschieben. Ihren Eltern versprach sie, von Florenz aus zu ihnen ins Haus zu fahren und dort einige Tage mit ihnen zu verbringen.

Und dann stand sie vor Caravaggios Bacchus und staunte. Vor allem darüber, dass sie nach Stunden, die sie seit dem frühen Vormittag in den Gängen und Sälen des berühmten Florentiner Museums verbracht hatte, immer noch tiefer in Einzelheiten und Farben der Gemälde versinken wollte. Sie konnte sich nicht sattsehen an Bildern und Statuen und genoss es in vollen Zügen, dass da niemand war, dem sie

Rechenschaft ablegen musste, wenn sie mal eine Minute, mal eine halbe Stunde an einer Stelle verweilte.

Sie hatte sich treiben lassen, hatte immer wieder in ihrem Ausstellungsführer gelesen oder sich vor ein Bild gesetzt, das ihr besonders gut gefiel.

Nun zuckte sie zusammen, als plötzlich eine Stimme an ihr Ohr drang, gerade als ihr beim Anblick des rot funkelnden Weinglases in der kindlichen Hand des römischen Gottes und der vor ihm stehenden Schale mit Obst bewusst wurde, dass sie seit Stunden nichts gegessen hatte.

»Ein bisschen dicklich, der Typ, oder?«, hörte sie die Stimme in geschliffenem Hochitalienisch sagen. Als sie sich verwundert umwandte, stand ein Mann vor ihr. Ein Stück größer als sie. Augen grün wie Jade, Haare dunkel wie die Nacht. Eine vorwitzige Locke fiel ihm in die breite Stirn. Er deutete auf das Bild, sah sie dabei an und wartete gespannt auf eine Antwort.

»*Ma soltanto la faccia*«, antwortete Rosalia, »nur das Gesicht ist moppelig, aber schau mal auf die Schultern«, fügte sie ebenfalls in italienischer Sprache hinzu, »da sieht er aus wie ein Preisboxer.«

Der Italiener lachte, wandte sich um und wies dann auf einen anderen jungen Mann, der mit einer Gruppe von Leuten ein Stückchen weiter vor dem Gemälde einer Gestalt in Ritterrüstung stand. »Das sieht dann wohl eher aus wie bei meinem kleinen Bruder«, sagte er, »der hat solche Schultern. Ich bin der mit den Schlangenhaaren auf dem Kopf.«

»Medusa?«, fragte Rosalia spöttisch.

»*Medusa, si*«, sagte er und lächelte. »Aber eigentlich Sergio. Und wie heißt du?«

»*Forse si chiama Venus*, vielleicht heißt sie ja Venus.«

Von der Seite war jetzt der gerade als »kleiner Bruder« Bezeichnete herangekommen. Rosalia sah ihn an. Er war nicht wirklich kleiner, sondern der Größere der beiden. Seine Augen leuchteten vielleicht noch ein bisschen grüner als die des Älteren, sein Lächeln war schön. So schön, dass sie ihm den etwas anzüglichen Vergleich verzieh und mit einem gutmütigen Kopfschütteln ihren Namen nannte.

»Ah, Rosalia. *La Santa*! Die Heilige!« Jetzt war es wieder Sergio, der offensichtlich vermeiden wollte, dass sein Bruder sich allzu sehr in den Vordergrund drängte, aber Rosalia beschlich der Verdacht, dass die beiden Brüder, Sergio, der Lockige, und Giorgio mit dem dunkelblonden Schopf, eine Menge Erfahrung darin hatten, junge Frauen mit ihrem gedoppelten Charme einzuwickeln. Ganz hinten in ihrem Unterbewusstsein meldete sich eine zarte Stimme, die ganz leise »Vorsicht« rief, so leise allerdings, dass die witzigen Kommentare Sergios, der Rosalia bei ihrem weiteren Rundgang nicht mehr von der Seite wich, die Warnung übertönten.

Giorgio hatte sich nach ein paar Minuten wieder zu seinen Freunden gesellt. Ab und zu riefen sich die beiden Brüder etwas zu, während sie gemächlich durch die Räume schlenderten, und Rosa hatte nichts dagegen, dass Sergio sie begleitete. Zumal ihr immer wieder Simon in den Sinn kam und das belämmerte Gesicht, das er machen würde, wenn er sie jetzt sehen könnte. Mit jedem Schritt an der Seite des unterhaltsamen und offensichtlich sehr von ihr angetanen Italieners fühlte sie deutlicher ihre nach fünf Jahren wiedergewonnene Freiheit, wurde ihr stärker bewusst, dass sie tun und lassen konnte, was sie wollte. Sollte doch Simon bei Tania bleiben, sollte er doch Nadia mit Doris oder Hinz mit Kunz betrügen, sie ging das nichts mehr an.

Und so zögerte sie auch keinen Moment, als Sergio sie fragte, ob sie nach dem Museumsbesuch mit ihm und seinen Freunden essen gehen wolle. Die Osteria lag in der Nähe des Arno, einige Hundert Meter flussabwärts, und auf dem Spaziergang dorthin erhitzte ihr die Wärme des frühen toskanischen Abends nach den vielen Stunden im temperierten Museum die Glieder, die scherzhaft gewechselten Worte ihrer Unterhaltung mit Sergio die Seele und die Blicke, die sie hin und wieder mit Giorgio tauschte, das Herz.

Am langen Holztisch, den die Florentiner Freundesgruppe für ihr gemeinsames Abendessen reserviert hatte, war genug Platz für eine mehr. Rosa fand sich, vom goldenen Licht der sinkenden Sonne liebkost, Seit an Seit mit den beiden Brüdern wieder, von denen der eine, Sergio, dessen Bestimmung es an diesem Abend zu sein schien, sie in seine unverminderte Aufmerksamkeit zu betten, ihr immer wieder Brücken baute hinein in die Unterhaltung der Freunde. Er bat sie um ihre Meinung, er fragte sie nach München, ihren Eltern, deren Haus in der Maremma, ihrem Studium und gab sich alle Mühe, ihre Wünsche zu erfüllen, bevor sie sie noch äußern konnte. Giorgio beschränkte sich darauf, ihr hin und wieder ein Kompliment zu machen, ihr, wenn sie ihn ansah, jenes Lächeln zu schenken, das er wohl für sein charmantestes hielt – was Rosa genauso sah –, und das Bild der in feine Lachfältchen gekleideten grünen Augen unter den Strähnen seiner dunkelblonden Haare unauslöschlich in ihrem Gedächtnis zu verankern.

Bis die Vorspeise, angerichtet für alle auf zwei silbern glänzenden Platten, und auch die Pasta verzehrt waren, hatte Rosalia bereits erfahren, dass Giovanna und Mauro ebenso ein Paar waren wie die blond gefärbte Maria und der bullige Antonio, dass Silvias Oma im zarten Alter von zweiundachtzig immer noch die kleine Pasticceria führte, in der sie seit achtundsechzig Jahren hinter der Verkaufstheke stand, dass Massimo, der Autohändler, seiner geschiedenen Frau einen nagelneuen Cinquecento vor die Haustür gestellt hatte, um sie erneut zum Jawort zu bewegen, dass Fabrizios kleine Schwester gerade ihren Eltern eröffnet hatte, dass sie mit der Schule gebrochen habe und die Aufnahme von Nahrung verweigere, weil sie beschlossen hatte, Model zu werden, und dass die hübsche Raffaela zu viel trank, weil sie nicht über eine gescheiterte Liebesbeziehung hinwegkam.

Rosa, die selbst dem frischen Sauvignon, den Sergio ihr zu ihrer »Pasta Zucchini« empfohlen hatte, ordentlich zusprach, um auch noch die letzten mit Simon verknüpften Erinnerungsreste hinunterzuspülen, fühlte sich der zierlichen jungen Frau auf Anhieb verbunden und prostete ihr spontan zu. Warum die kleine Italienerin nicht zurücklächelte, verstand Rosalia erst, als der Nachtisch kam, Raffaela aufsprang und die feine Panacotta, die sie bestellt hatte, mitsamt dem Teller dem charmanten Giorgio ins Gesicht schleuderte.

»*Sei pazza, o che cosa?*«, brüllte der Getroffene, »bist du verrückt, oder was?« Er sprang auf und versetzte dabei ein paar Getränke auf dem Tisch in gefährliche Schwingungen. Hände griffen nach Gläsern, Gespräche verstummten, der Abend hielt den Atem an.

Unter der weißen Sauce, die ihm über das Gesicht lief, war Giorgio rot angelaufen. Verschwunden war die charmante Attitüde, stattdessen konnte Rosalia erkennen, wie eine Ader an seinem Hals wie verrückt klopfte und er sich offenbar nur mühsam beherrschen konnte, dem Mädchen Gleiches mit Gleichem zu vergelten. Keiner sagte etwas, doch Rosalia entging nicht, dass der eine oder andere nur mühsam ein schadenfrohes Grinsen unterdrücken konnte, und schloss daraus, dass Giorgio das Attentat irgendwie verdient haben musste.

Die warnende Stimme in ihrem Unterbewusstsein wurde etwas lauter, ihre Neugier allerdings noch größer, und ihr Blick verfolgte Giorgio, der mit wütendem Schwung seine Serviette auf den Tisch geknallt hatte und das Restaurant verließ. Sie sah ihm nach, als er sich zwischen zwei parkenden Autos hindurchschob und an der nächsten Straßenecke verschwand.

Wenn Sergio ihren Blick bemerkt hatte, ignorierte er ihn. Er griff nach dem Kelch mit Weißwein, der in der Mitte des Tisches stand, und schenkte ihr Glas wieder voll. Rosa nahm es dankbar und sah prüfend zu Raffaela hinüber, die auf ihrem Platz in sich zusammengesunken war, ihr Glas umklammerte und hineinstarrte. Auf der anderen Seite des Tisches war eine der jungen Frauen aufgestanden und hatte sich neben sie gekniet, redete jetzt eindringlich auf sie ein.

»Sie hätte es besser wissen müssen«, hörte Rosalia Sergio neben sich sagen, nicht zu ihr, sondern zu Silvia, die auf seiner anderen Seite saß.

»Aber er hatte es ihr versprochen«, gab die zurück.

»Mein Bruder verspricht viel, wenn der Tag lang ist«, erwiderte Sergio laut, und Rosa hatte den Verdacht, dass er wollte, dass sie das hörte. Und doch war da diese aufregende Neugier, die sie trieb und nicht zuließ, dass sie ihrem Unterbewusstsein und seinen Mahnungen allzu viel Raum gab.

»Was ist denn eigentlich passiert?«, fragte sie also und erfuhr, dass Giorgio und Raffaela eineinhalb Jahre zusammen gewesen waren – unterbrochen von seinen gelegentlichen Ausflügen in fremde Häfen – und bereits einen Termin für die Hochzeit festgelegt hatten.

»Also, Raffé jedenfalls wollte meinen Bruder heiraten, so viel steht fest«, erklärte Sergio. Vier Wochen vor dem angesetzten Termin sei Giorgio dann einfach verschwunden. »Ohne ein Wort, verstehst du? Ohne ein einziges Wort zu ihr. Eineinhalb Monate später ist er dann wiederaufgetaucht.«

»Ist nicht dein Ernst?« Rosas Neugier wich ungläubigem Staunen. »Und keiner wusste, wo er war?«

»Na ja, doch«, Sergio wand sich, »er hat mich angerufen, aus Amsterdam, und mich gebeten, zu Raffaela zu gehen und ihr zu erklären, dass es keine Hochzeit geben wird. Aber ich habe mich geweigert.«

»Und ihr gar nichts gesagt?«, insistierte Rosalia.

»*Beh*, sie hätte mir den Kopf abgerissen. *Non sono stanco della vita!* Ich bin doch nicht lebensmüde.«

Ein ganzes Jahr war das jetzt her, erfuhr Rosa, Giorgio tat so, als wäre nichts gewesen, und Raffaela war erst vor wenigen Wochen wieder im Freundeskreis aufgetaucht. Sie hatte nie wieder ein Wort mit ihrem Ex gewechselt und ihn völlig ignoriert. Bis heute.

»Du musst ja eine schöne Meinung von uns haben, nach diesem Auftritt«, sagte Sergio.

Nun ja, Rosa konnte Raffaela verstehen, sie bewunderte sie fast ein bisschen für ihre recht spektakuläre Meinungsäußerung. Aber was sie von den beiden Brüdern halten sollte, wusste sie nun noch viel weniger. Also konzentrierte sie sich auf ihr beeindruckendes Tartufo, das sie bisher noch gar nicht angerührt hatte, und enthielt sich jeden Kommentars.

Erst als Sergio sie fragte, ob sie sich am nächsten Tag noch einmal treffen wollten, musste sie zumindest für den Moment eine Entscheidung treffen, musste sich klar werden, ob sie sich auf ein Wiedersehen einlassen wollte oder nicht.

»Wir könnten in die Galleria dell'Accademia gehen, vielleicht danach in den Botanischen Garten und uns anschließend mit den anderen noch mal zum Essen treffen«, bot Sergio an. »Wer hat Zeit morgen Abend?«, fragte er in die Runde. »›Da Michele‹ würde ich vorschlagen. Rosalia, du bist doch dabei, oder?«

Eigentlich mochte sie es gar nicht, so unter Druck gesetzt zu werden, doch das Leuchten in Sergios grünen Augen hatte mehr Überzeugungskraft als jedes weitere Wort, und sie sagte zu. Sie bezahlten, und die Freunde verließen das Lokal, um sich paarweise in verschiedene Richtungen zu zerstreuen. Sergio begleitete Rosa bis zu ihrer Herberge, die ein Stück den Arno hinunter lag. Raffaela hatte den gleichen Weg, hielt aber Abstand. Rosalia hörte noch, wie Sergio ihr etwas zurief, konnte aber ihre Antwort nicht verstehen. An der Pforte verabschiedete sie sich von Sergio, sah ihm einen Augenblick nach, als er sich abwandte und ein Stück auf dem Weg zurücklief, den sie gekommen waren, bevor er abbog, dann holte sie ihren Schlüssel aus der Tasche und stieg tief in Gedanken versunken die Treppe hinauf.

Pünktlich um halb zehn, wie vereinbart, stand Sergio am nächsten Tag vor der Tür. Der Tag versprach, heiß zu werden, und Rosalias schwarze Locken lagen jetzt schon schwer auf ihren Schultern. Im Vorbeigehen erstand sie in einem Souvenirshop einen Haargummi und entblößte ihren Nacken unter dem Blick dieser leuchtenden Augen, der sie ununterbrochen verstohlen liebkoste. Wie ein kaum spürbarer Windhauch fühlte sich das an. Und sie genoss es, zog den Augenblick, in dem sie ihr dickes Haar verknotete, um es dann mit dem Gummi zu befestigen, in die Länge.

Dann spazierten sie zu Pippos Bar, wo Sergio mit einer Umarmung von der jungen Frau begrüßt wurde, die hinter dem Tresen hervorgekommen war.

»Darf ich vorstellen? Meine kleine Schwester«, sagte Sergio und zog die kleine Person liebevoll zu sich heran, »das ist Giulia, das schwarze Schaf der Familie.«

»Ach, es gibt noch mehr von euch?«, fragte Rosalia verblüfft und mit einem komischen Unterton, der unfreiwillig ein bisschen spöttisch klang. Sie lief rot an, als sie ihren Fauxpas bemerkte. Giulia, die eindeutig die Augen ihrer Brüder hatte, aber ganz und gar nicht deren schlanke Figur, sah ihren Bruder etwas ratlos an, während Rosa versuchte, sich herauszureden.

»Ich, ich hab das ganz anders gemeint, ich meinte …«, sie verhaspelte sich, während Sergio in ein schallendes Lachen ausbrach.

Immer noch glucksend raunte er seiner Schwester zu: »Sie hat Giorgio kennengelernt«, was Giulia zu einem verständnisvollen Nicken bewog, das Rosa nicht recht zu deuten wusste, ihr aber nicht aus ihrer Verlegenheit half. Dann wandte Sergio sich wieder an sie: »Jetzt hast du dich ganz schön reingeritten.« Er grinste.

Rosalia gab jeden Versuch einer Erklärung auf und streckte Giulia die Hand hin. »*Ciao*, Giulia, ich bin Rosalia. Und entschuldige noch mal!«

»Hab schon verstanden. Wer Giorgio kennt …«

Die kleine Schwester beendete den Satz nicht, und bei Rosalia verstärkte sich der Eindruck, dass es besser für sie war, wenn sie dem verführerischen Bruder der beiden nicht noch einmal begegnete. Doch eines hatte er schon geschafft, er hatte sich in ihr Unterbewusstsein gestohlen. Wie ein Foto trug sie sein Abbild mit sich herum, seit sie ihn im Museum zum ersten Mal gesehen hatte. Sergio dagegen, der seinem Bruder sehr ähnelte, aber nicht dessen Strahlen an sich hatte, brachte eine besondere Saite in ihr zum Schwingen. Er war von einer herberen Schönheit als Giorgio, kantiger sein Gesicht; nicht der Ritter in der goldenen Rüstung, der auf dem makellosesten Schimmel daherkommt, doch seine Worte, seine Geschichten, sein Interesse an allem, was Rosalia sagte, erfüllten sie mit Behagen, regten sie an und schmeichelten ihr. Als wäre seine Seele von jeher mit ihrer verknüpft gewesen, als gäbe es da jemanden, der es schaffen könnte, in den Raum jener innersten Einsamkeit vorzudringen, den sie geglaubt hatte, mit niemandem teilen zu können. Eine Erfahrung, die sie bei aller Liebe und Freundschaft niemals mit Simon gemacht hatte.

Zwei Stunden blieben sie sitzen im Schatten eines Sonnenschirms an einem kleinen Tischchen vor der Bar, lehnten an der warmen Hauswand, redeten und redeten und fanden kein Ende und keine Pause. Sergio erzählte von seiner Schwester, die mit fünfzehn die Schule abgebrochen hatte, »zu viele Drogen, falsche Freunde«, und sich seither mit Gelegenheitsjobs durchschlug. In der Bar arbeitete sie nun allerdings schon seit fast einem Jahr, und neulich habe sich ihr Vater zum ersten Mal dort sehen lassen und einen Espresso getrunken.

»Das schwarze Schaf darf in die Herde zurück«, erklärte Sergio mit einer ordentlichen Portion Sarkasmus in der Stimme. »Vielleicht«, schob er nachdenklich nach, »bei meinem Vater weiß man nie.« Er machte eine kurze Pause, schien nach den richtigen Worten zu suchen. »Er ist … hart. Er verzeiht es nicht, wenn man ihn enttäuscht.«

Die Mutter der drei Geschwister war vor neun Jahren gestorben, genau zwei Wochen, nachdem sie von dem Geschwür erfahren hatte, das ihre Bauchspeicheldrüse zerfraß. »Giulia war damals neun, Giorgio sechzehn. Seither ist es noch schlimmer geworden mit Papà. Er fordert und fordert und fordert.«

Beide Söhne hatten in England studiert, auf Wunsch des Vaters. Sergio blinzelte genießerisch in die Sonne. »Ich hatte überhaupt keine Lust auf die blöde Insel, was für ein Kackwetter ständig! Und dann auch noch Betriebswirtschaft.«

Aber sein Vater hatte bestimmt, dass er, Sergio, die Firma übernehmen solle, ein Unternehmen, das Antriebssysteme für industrielle Maschinen herstellte, jedes Jahr expandierte und den Bianchis zu ihrer luxuriösen Familienvilla mitten in der Altstadt von Florenz diverse Immobilien in der Umgebung, ein Landhaus am Comer See und ein Weingut in der Nähe von Montalcino eingebracht hatte, das allerdings seit ein paar Jahren kaum Gewinn abwarf, weil sich niemand wirklich darum kümmerte.

»Das wäre eigentlich mein Ding, Weinreben statt der blöden Maschinen, das Gut auf Vordermann zu bringen, das würde ich mir wünschen. Von den Maschinen verstehe ich eh nicht viel, ich mag sie auch nicht besonders.«

»Wie leitest du die Firma denn dann?«

»Na ja, ich mache den geschäftlichen Teil, mein Bruder hat die Ahnung von dem ganzen Anlagenzeug.« Giorgio hatte – ebenfalls auf Wunsch von Signore Bianchi – Maschinenbau studiert, war erst vor knapp drei Jahren nach Florenz zurückgekehrt und hatte ebenso wie Sergio angefangen, in der väterlichen Firma zu arbeiten.

»Alles so, wie er es wollte.« Den bitteren Unterton in Sergios Stimme konnte Rosalia nicht überhören.

Sie nickte nur und schwieg, bis er weitererzählte.

»Und dann kam Giorgio eines Tages mit Raffaela an, da ist unser Vater fast geplatzt vor Begeisterung. Ihr Vater hat einen Betrieb für Aufzüge und Hebeanlagen, weißt du, und Papà hat die Fusion mit seiner Firma schon vor Augen gehabt, hatte den Hochzeitstermin quasi schon in seinem Kalender stehen, als Giorgio und sie noch keine Woche zusammen waren. Was für ein Geschenk für sein Ego! Schließlich hatte er gerade die Sache mit Giulia zu verkraften, dass sie die Schule geschmissen hat und all das andere.«

Rosa nickte. »Aber dann hat Giorgio Raffaela sitzen lassen«, warf sie ein.

»Ja. Raffé ist ein nettes Mädchen, sie malt tolle Bilder. Führt 'ne eigene Galerie – ihr Papa zahlt's ja. Das hatte sie nicht verdient.«

»Aber?«

Sergio sah sie aufmerksam an, dann lächelte er und nickte. »Tja. Bei allem, was man gegen meinen Bruder sagen kann – ich habe ihn verstanden. Nicht wegen Raffé. Aber wegen des Drucks, den mein Vater ihm gemacht hat.«

»Und du?«

»Was, und ich?«

Rosa erwog kurz, ob sie wirklich weiterfragen sollte, aber nun hatte sie den Vorstoß schon gewagt: »Was ist mit deiner Prinzenhochzeit?«

Sergio lachte kurz auf, dann beugte er sich nach vorne und fixierte Rosalia mit einem herausfordernden Blick. »Mir fehlt bisher die Prinzessin«, sagte er mit einer Betonung, die alles bedeuten konnte.

»Aber dein Vater hat doch bestimmt schon eine reiche Erbin für dich ausgesucht, oder nicht?«, hakte Rosalia nach.

»Hatte er, hatte er«, Sergio lehnte sich zurück und streckte seine Beine unter dem Tisch aus. Er ließ sich Zeit damit, seinen Satz zu vollenden. »Zwei sogar.«

»Wie, gleichzeitig?«

»Natürlich nicht. Die erste habe ich gleich abgelehnt, mit der zweiten hab ich's immerhin versucht.«

»Ernsthaft?«, fragte Rosalia.

»Na ja«, er grinste, »sie war bildhübsch, schlank, blond, wer hätte da Nein gesagt?« Er erntete eine hochgezogene Augenbraue und einen skeptischen Blick. »Glaubst du mir nicht?«, fragte er sie.

»Nee, so wie du's sagst, glaube ich es nicht. Du bist nicht der Typ für so einen Deal.« *Und ich glaube dir irgendwie nicht, dass du auf Blondinen stehst*, dachte sie bei sich.

»*Allora*«, sagte er, während er Anstalten machte, aufzustehen, sie hatten ja noch einen Museumsbesuch vor sich, »es war so. Glaub's nur. Ich bin ein Arsch.«

Wollte er sie provozieren? Rosalia war sich nicht ganz sicher, aber sie wäre nicht Rosalia gewesen, wäre sie auf seine Provokation eingegangen. Stattdessen schob sie ebenfalls den Stuhl zurück, sprang auf, kam um den Tisch herum und hakte sich so umstandslos bei Sergio ein, dass sie selbst überrascht war, wie leicht sie sich bei ihm tat, den körperlichen Abstand zu überwinden, den sie sonst so gerne zu anderen Menschen hielt.

»Also gut, du Arsch, dann erzähl mir jetzt die ganze Wahrheit!« Sergio lachte amüsiert und legte für einen sehr kurzen Augenblick seine Hand auf ihre, was Rosalia seltsam berührte.

Tatsächlich hatte es, wie er erzählte, nachdem sie an der Bar ihren Cappuccino bezahlt und sich von Giulia verabschiedet hatten, die Blonde wirklich gegeben; eine Schulfreundin, die er nach einigen Jahren wiedergetroffen hatte. Sein Vater hatte damit nichts zu tun, hätte die Verbindung aber gern gesehen und Sergio bekniet, sie zu heiraten, schließlich stammte das Mädchen aus einer alteingesessenen Florentiner Familie.

»Und warum ist daraus nichts geworden?«, fragte Rosa, als sie den Platz vor der Accademia erreicht hatten.

»Warum glaubst du, dass nichts daraus geworden ist?«, antwortete er mit einer Gegenfrage.

»Weil du erstens keinen Ehering trägst und zweitens nicht mit mir hier wärst, wenn es anders wäre.«

Sergio blieb stehen und musterte sie. »Wäre ich nicht?«

»Wärst du nicht«, erwiderte sie fest.

»Stimmt«, er nickte und sah sie lange an, »wäre ich nicht.«

Dann reihten sie sich in die Schlange von Menschen ein, die vor dem Eingang der Galerie auf Einlass warteten, und sprachen, als hätten sie in stiller Einigkeit einen Beschluss gefasst, über andere Dinge, bis sie endlich zu Michelangelos David gelangten. Am Fuße der Statue stehend verschlug es Rosalia den Atem. Sie bestaunte die vollendeten Proportionen der Beine, die perfekte Bearbeitung des Marmors, unter dessen Oberfläche die Muskeln gespannt schienen in Erwartung der nächsten Bewegung, die völlige Harmonie des Gleichgewichts, in welcher der kraftvolle und zugleich grazile Körper ruhte.

»Das Einzige, was mich daran stört«, flüsterte Rosalia schließlich, eingeschüchtert von der erhabenen Schönheit der Skulptur, »ist, dass es kein Knabe ist, sondern ein ausgewachsener Mann.«

»Wieso? Magst du keine Männer?«, flüsterte Sergio zurück.

Rosa war um die Statue herumgegangen, um sie von allen Seiten studieren zu können, und löste jetzt ihren Blick vom Hintern Davids, der sie besonders faszinierte. Sie sah ihren Begleiter irritiert an.

»Doch, natürlich mag ich Männer!«

»Ah, da bin ich aber froh!« Er grinste.

»Ich meine, die Sage erzählt doch von einem Knaben, der Goliath besiegt hat, und nicht von einem ausgewachsenen Kerl mit Sixpack und einem Haufen Muckis.«

»Stimmt schon. Für die Florentiner steht der David aber als Symbol für die Verteidigung der Republik und der Freiheit des Volkes«, dozierte Sergio. »Michelangelo hat sicher gedacht, ein paar Muskeln können so einem Kerl nicht schaden.«

Sie musste lachen. »Da kann ich ihm nicht widersprechen. Schaut ja auch gut aus.«

Als sie das Museum verließen, war es kurz vor sechs Uhr, sodass sie den Besuch im Botanischen Garten bleiben lassen mussten, um halb acht waren sie zum Essen mit den Freunden verabredet. Stattdessen machten sie sich wieder auf den Weg in Richtung Arno und wanderten gemächlich gen Süden bis zur Piazza del Duomo, wo sie sich mit einem Eis auf die Stufen der Kirche setzten. Eine Weile schleckten sie schweigend an *stracciatella, cioccolato* und *limone* und sahen den Touristen zu, die den weltberühmten Dom umschwirrten und auch jetzt noch in der Schlange standen, um auf den Glockenturm hinaufzukommen.

»Warst du schon mal oben?«, wollte Sergio wissen, und als sie den Kopf schüttelte, sagte er: »Dann musst du das unbedingt tun. Am besten am frühen Morgen, wenn du die ganze Toskana von da oben im ersten Licht siehst.« Nach einer kurzen Pause fügte er hinzu: »Wie wär's, morgen früh? Ich zeig's dir, magst du?«

Und es lag so viel Hoffnung in seiner Stimme, dass es Rosa schwerfiel, Nein zu sagen. »Aber ich bin doch morgen gar nicht mehr da. Ich muss zu meinen Eltern, die erwarten mich.«

»Ruf sie doch an, du bist ihnen doch keine Rechenschaft schuldig.«

»Sergio«, setzte sie an, »so ist das bei uns nicht. Es geht nicht um Rechenschaft, sondern darum, dass sie sich so darauf freuen, dass ich komme.«

»*Scusa*, entschuldige, so war das gar nicht gemeint. Mein Vater freut sich nie auf mich, wenn wir verabredet sind, sondern er erwartet mich, als wäre ich irgendeiner seiner Geschäftspartner. Ich hab schon längst aufgegeben, ihm etwas zu erklären, wenn ich mich verspäte. Ich lasse ihm jetzt einfach eine Nachricht zukommen, wenn ich es gar nicht schaffe. Dann krieg ich nicht mit, wie er tobt«, erklärte er bitter und schnippte eine Papierkugel, die neben ihm auf den Stufen gelegen hatte, mit dem Finger von sich. Dann sah er Rosalia fragend an.

»Also kannst du dich nicht entschließen?« Er deutete hoch zum Glockenturm.

Rosalia zögerte, dann aber legte sie flüchtig die Hand auf Sergios Arm und erklärte entschuldigend: »Ich hab die Fahrkarte doch schon gekauft, Mama und Papà holen mich in Grosseto vom Busbahnhof ab. Ich habe auch nicht viel Zeit und muss am Wochenende zurück, mehr als eine Woche kann ich die Uni nicht schwänzen.«

»Hm«, machte er und noch mal »hm« und wischte sich die Hände an der Jeans ab.

Rosalia ahnte, was er sich wünschte, und sie musste zugeben, dass ihr ursprünglicher Plan schon längst ins Wanken geraten war. Sergio brachte sie aus dem Gleichgewicht, zunehmend. Den ganzen Tag über hatte sie es gespürt, hatte jede zufällige Berührung genossen, seine Art zu reden, noch mehr aber seine Art zuzuhören. Sogar von Simon hatte sie ihm erzählt, von seinem Fremdgehen, seinem mehrfachen Betrug, und sie schätzte Sergio umso mehr, weil sie spürte, dass es der Respekt vor ihrem frischen Schmerz war, der ihn davon abhielt, mehr von ihr zu fordern als ihre Gegenwart und die Gespräche mit ihr. Rosalia war ihm dankbar dafür. Nicht nur, weil die Wunde noch schmerzte, die Simons Lügen und sein Verrat geschlagen hatten. Sondern auch, weil sie erst lernen musste, ihre neu gewonnene Freiheit zu genießen. Es waren ja erst ein paar Tage vergangen, seit ihr Exfreund seine Sachen aus ihrer Wohnung geräumt hatte.

Und an Sergio, das spürte sie, hätte sie diese Freiheit schneller verlieren können, als ihr lieb war.

Früh am nächsten Morgen holte er sie mit dem Auto an der Pension ab und brachte sie zum Busbahnhof. Giorgio war nicht zum Abendessen in der Pizzeria erschienen – ebenso wenig wie Raffaela –, und Rosalia hatte es mit einer gewissen Erleichterung registriert und sich gehütet, Sergio nach seinem Bruder zu fragen. Ohne die aufregenden Schwingungen, in die sie die gleichzeitige Gegenwart beider Bianchi-Brüder versetzte, hatte sie den zweiten Abend mit der Florentiner Clique weitaus entspannter genießen können. Am Ende war sie von allen wie eine langjährige Freundin und mit dem Versprechen auf einen baldigen Besuch im Haus am Meer verabschiedet worden.

Der Bus bog in die Wendeschleife vor dem Bahnhof ein, als Sergio gerade Rosas Rucksack aus dem Kofferraum angelte. So blieb ihnen nicht mehr viel Zeit für eine lange Verabschiedung, was er sichtlich bedauerte, sie dagegen begrüßte.

Abschiede werden nicht schöner, wenn sie länger dauern, dachte Rosalia. Sie löste sich schnell aus seiner Umarmung – nicht zuletzt, weil sie fühlte, dass der Abschied drohte, zu einem Neubeginn zu werden. Alles an der Umarmung hatte sich gut angefühlt, der warme Geruch seiner Haut, gepaart mit einem Parfum, das sie mochte, seine Arme, die sie festhielten, das Kratzen seiner Bartstoppeln und der schmeichelnde Klang seiner Stimme, die ihr zuflüsterte, wie sehr er sich darauf freute, sie wiederzusehen. Alles an der Umarmung hatte sich danach angefühlt, dass es kein Abschied für lange werden sollte.

Heftiger, als sie es eigentlich wollte, riss sie die Tasche an sich, die er ihr reichte, wirbelte herum und spurtete fast im Laufschritt zur vorderen Tür des Busses. Sie drehte sich nicht mehr um, bevor sie im Innern verschwand.

Erst als sie auf ihrem Platz saß und Sergio noch an der Stelle stehen sah, an der sie sich umarmt hatten, wagte sie es, ihm noch einmal zuzuwinken. Doch durch die getönten Scheiben konnte er sie wohl nicht erkennen, und im Losfahren sah sie noch, wie er sich abwandte, um zu seinem Auto zu gehen. Dann verschwand er aus ihrem Blickfeld.

Nach ihrer Rückkehr aus Italien vergrub sich Rosalia erst einmal in ihren Büchern und stürzte sich begeistert in das Immunologie-Praktikum, das sie machen musste. Sie war selbst erstaunt, wie leicht es ihr fiel, sich auf ihr Studium zu konzentrieren, wie schnell sie Simon abgehakt hatte. Was aber auch das Ergebnis einer Art von Selbstschutz sein mochte, wie die angehende Wissenschaftlerin in ihr analysierte. Manchmal suchte sie noch nach Bildern, Erinnerungen an schöne Erlebnisse, die sie mit ihm geteilt hatte, versuchte so, einen Weg zu finden, den Groll, den sie immer noch mit sich trug, abzumildern, aber es fiel ihr schwer. Dafür stahl sich Sergio mit seinen grünen Augen in ihre Gedanken – hin und wieder auch Giorgio – und verdrängte die Erinnerung an den Fußballkameraden und ehemaligen Lebensgefährten immer mehr. Dass sie mit dem Liebhaber auch den Freund endgültig verloren hatte, war letztlich das, was einen wirklich bitteren Nachgeschmack bei ihr hinterließ. Aber auch der würde irgendwann verschwinden, hoffte sie.

Sieben Wochen nach ihrem denkwürdigen Besuch in Florenz war sie mit ihrer Mutter wieder unterwegs zum Haus am Meer, ihr Vater sollte ein paar Tage später mit dem Zug nachkommen. Rosalias Eltern versuchten, so viel Zeit wie möglich in der Toskana zu verbringen; seit Rosalia erwachsen war und sie keine Rücksicht mehr auf die Schulferien nehmen mussten, nutzten sie auch Feiertage oder verlängerte

Wochenenden. Rosalia wusste, wie gern vor allem ihr Vater in das Häuschen in der Maremma fuhr. Immer wenn sie mit im Wagen saß, konnte sie es von seinem Gesicht ablesen. Der Geruch der Pinien, der durchs offene Autofenster hereinwehte, brachte seine Augen zum Leuchten und zauberte ein Lächeln auf sein Gesicht. Wenn Valerio dann die Autotür öffnete und die Kette vom Tor löste, das die Zufahrt zu ihrem Häuschen mehr markierte als absicherte – es gab keinen Zaun, der alles umspannte –, war das ein Ritual, und das Tor öffnete sich wie eine Pforte in eine andere Welt.

Weil Rosalia und ihre Mutter diesmal allein unterwegs waren, übernahm Rosalia das Aufschließen und wandte sich danach gleich dem Abstellraum im Untergeschoss des Häuschens zu, dem früheren Stall, um nachzuschauen, wie viele Skorpione dort an den Wänden sitzen würden. Das angenehme Gruseln, das sie mit ihren Scheren und den hochgestellten Stacheln bei ihr verursachten, hatte Rosalia nie verloren, wenn sie auch wusste, dass ihr Stich kaum schlimmer als der einer Wespe war. Einmal hatte sie Tommaso, Eleonoras altem Freund, eines der Tiere auf die Bettdecke gesetzt, als er für einige Tage zu Besuch war – und damit einen durchschlagenden Erfolg erzielt, zumindest in ihren Augen. Tommaso, der jedwedes Spinnengetier verabscheute, war mit einem hässlichen Grunzen aus dem Bett gesprungen und hatte der kleinen Rosalia nicht ganz unernst damit gedroht, ihr bei nächster Gelegenheit die Ohren abzureißen. Rosalia musste schmunzeln, wenn sie an die Geschichte dachte und sich an Tommasos entsetztes Gesicht erinnerte. Zu gern hätte sie dieses für ihre Kinderohren so wunderbare Geräusch noch einmal gehört, hatte es aber nicht gewagt, sich über das klare Verbot hinwegzusetzen, das ihre Mutter damals ausgesprochen hatte. Später waren Tommasos Besuche seltener geworden, aber Rosalia wusste, dass er niemals versäumte, das Bett im Gästezimmer genau zu inspizieren, bevor er sich hineinlegte, wenn er sie in der Nähe wusste.

Solche Kinderscherze hatte Rosalia längst hinter sich gelassen, als sie sich nach dem Auspacken der Reisetaschen und dem Verstauen der mitgebrachten Lebensmittel im letzten Tageslicht mit ihrer Mutter auf die Bank vor dem Haus setzte, einen Grappa in der Hand, mit dem sie auf den ersten Abend anstießen. Sie waren früh losgefahren, um nicht in die Dunkelheit hineinzukommen, die jetzt, Anfang August, schon spürbar früher einsetzte als noch vor ein paar Wochen, als Rosalia in Florenz gewesen war. Eine Weile lang sagten Mutter und Tochter nichts, genossen nur die Stille, das Zirpen der Zikaden. Ab und zu schlug Rosalia nach einer Mücke, die sie umschwirrte, an ihrer Mutter hatten die kleinen Blutsauger noch nie Interesse gehabt. »Soll ich dir was zum Einreiben holen?«, fragte Eleonora fürsorglich, die Rosalia voll Mitleid zusah, wie sie die Leiche eines Insekts von ihrem Oberschenkel schnippte.

»Passt schon, Mama«, antwortete Rosa, »war schon schlimmer um diese Zeit.« Eleonora nickte, nippte genießerisch an ihrem Grappa und fragte dann unvermittelt: »Sag mal, was war da eigentlich in Florenz?«

Sie musste die Frage schon eine Weile mit sich herumgetragen haben, dachte Rosalia und antwortete: »Ich hab mich schon gewundert, dass du noch nichts gesagt hast.«

Dass Eleonora lächelte, konnte Rosalia nur an ihrer Stimme hören, so dunkel war es geworden. »Ich hab gehofft, irgendwann erzählst du's von selbst.«

»Hm«, machte Rosalia, mehr nicht. Was sollte sie ihrer Mutter schon sagen? Wie in Worte fassen, was ihr selbst doch noch gar nicht ganz klar war?

»Ganz schön dunkel«, murmelte sie dann, um Zeit zu gewinnen, »soll ich uns ein paar Kerzen holen?«, fragte sie und spürte gleich darauf Eleonoras Hand an ihrem Arm, die sie mit leichtem Druck zurückhielt.

»Nichts da, jetzt will ich ein paar Antworten haben.«

Rosalia erwog für einen Moment, die Hand ihrer Mutter zu ignorieren, entschied sich aber doch dagegen. Einfach weil sie es genoss, hier mit ihr zu sitzen. Und etwas in ihr wollte Eleonora auch von Florenz erzählen. Auch wenn sie sich damit ein bisschen schwertat.

»Ich hab da ein paar Leute kennengelernt«, fing sie also an.

»Leute also, aha. Geht's ein bisschen konkreter?«, wollte Eleonora wissen.

»Na ja, Leute eben. Italiener. Florentiner. Ein netter Freundeskreis, Studenten, Künstler, die alle in Florenz leben und sich schon ewig kennen.«

»Du wolltest doch wegen der Kultur nach Florenz?«

»Stimmt. War ich ja auch. In den Uffizien. Da hat er mich angesprochen.«

»Ah, *er* also.« Rosalia konnte das Schmunzeln ihrer Mutter hören. »*Er* war also auch im Museum.«

»Ja, Mama. Er und sein Bruder. Und dann sind wir essen gegangen.«

»Du mit ihm und seinem Bruder?«

»Ja, und all den anderen.«

»Aha. Und wie heißt denn jetzt *er*?«

»Sergio. Und sein Bruder heißt Giorgio.«

»Und um welchen geht es?« Eleonora klang recht verwirrt. Ähnlich verwirrt, wie Rosalia sich fühlte. Und das seit Wochen. Mit Simon war für sie immer alles klar gewesen, von der ersten Begegnung an und den Jahren, in denen es nur ums Fußballspielen ging, über ihre erste gemeinsame Nacht nach der Siegesfeier im Weltmeisterschaftstaumel bis zu der *Rolling Stones*-CD, die sie ihm nachgeworfen hatte, und der schwarz-weißen Bettwäsche im Abfall.

Und wahrscheinlich, das hatte sie immer deutlicher erkannt, wenn sie in den Wochen seit Florenz von der Uni nach Hause gekommen war und sich allein in ihr Bett gelegt hatte, wahrscheinlich war auch für Sergio alles klar gewesen. Sie hätte nur nicht in diesen Bus steigen müssen. War das ein Fehler gewesen? Manchmal zog sie sich in diesem heißen Sommer das dünne Laken über den Kopf, weil sie so dumm gewesen war und den Moment verpasst hatte, in dem sie sich für ihn hätte entscheiden können. Doch dann stahl sich wieder Giorgios verführerisches Lächeln in ihre Gedanken, und sie stellte sich vor, wie es wäre, ihn wiederzusehen, und was dabei passieren könnte. Nur um im nächsten Augenblick wieder über Sergio nachzudenken, aufzuspringen und jedes Verlangen nach Giorgio mit einem Glas kalten Wassers zu ertränken, das sie in sich hineinschüttete.

Bis Anfang August hatte sie sich so weit hineingesteigert in das Gefühl, einen Riesenfehler gemacht zu haben, dass sie es kaum wagte, ans Telefon zu gehen, als er eines Nachmittags anrief. Sie lag gerade auf dem Bett und las in einer Abhandlung über das immunologische Gedächtnis, als es läutete, sie auf das Display blickte und die italienische Nummer sah. Erst beim fünften Läuten nahm sie den Hörer ab, und das Klopfen ihres Herzens war in ihren

Ohren lauter als das Klingeln des Apparats. Ihr Herz raste noch mehr, als sie Sergios Stimme hörte. Er aber gab sich geschäftsmäßig. Er war so cool, dass es Rosalia völlig verunsicherte. Zwar hatten sie bis zum Ende des Gesprächs ein Treffen vereinbart – kein Tête-à-Tête, sondern eines mit der ganzen Clique –, aber es blieb doch ein großer Zweifel in ihr zurück. Hatte sie sich alles nur eingebildet?

Und so bekam auch Eleonora keine endgültige Antwort auf ihre Frage. »Mama, ich weiß es nicht«, entgegnete sie im schützenden Dunkel der Augustnacht in jenem Ton, der ihrer Mutter unmissverständlich klarmachte, dass sie nicht bereit war, weitere Auskünfte zu erteilen.

Eine Weile saßen sie noch im Dunkeln, machten Pläne für die folgenden Tage, Eleonora redete über dies und das. Rosalia blieb einsilbig und trug nicht mehr viel bei zur Unterhaltung, bis ihre Mutter schließlich aufstand, um ins Bett zu gehen.

»Bleibst du noch ein bisschen hier?«, fragte sie. Als Rosalia bejahte, bückte sich ihre Mutter zu ihr hinunter, nahm ihr Gesicht in beide Hände und drückte ihr einen langen Kuss auf die Stirn. Dann verschwand sie im Haus, und Rosalia blieb mit ihren Zweifeln allein.

Ein paar Tage später hupte es auf dem Weg vor dem Haus. Kurz nach elf war es, und jetzt schon flimmerte die Hitze über dem Kies, der die kurze Zufahrt bedeckte. Rosalia sah aus dem Fenster, wie ihr Vater zum Tor lief, um es den Florentinern zu öffnen. Sie waren mit drei Autos gekommen, Sergio und Giorgio stiegen aus dem vorderen Wagen, ihre Schwester Giulia war es wohl, die auf dem Rücksitz saß. Rosa konnte nicht genau sehen, wer in den anderen

Fahrzeugen war, doch beide waren voll besetzt, so viel konnte sie erkennen. Rosalia winkte aus dem Fenster und sah noch, wie ihr Vater sich mit den Brüdern unterhielt, bevor sie sich ihre fertig gepackte Tasche griff und nach unten eilte, wo sie ihrer Mutter im Vorbeilaufen einen Kuss gab. »Einen wunderschönen Tag wünsche ich dir, mein Schatz!«, hörte sie Eleonora noch rufen. Dann stand sie vor den Brüdern, begrüßte zuerst Sergio, dann Giorgio mit einer Umarmung – und in dem Moment begann sich die Welt für sie schneller zu drehen. Sie gab auch ihrem Vater einen Kuss und kletterte anschließend auf den Beifahrersitz, den Giorgio ihr auf ihre Bitte überließ. »Du willst nicht erleben, wie ich grün im Gesicht werde, wenn ich hinten sitze«, hatte sie gesagt, Valerio zugewunken und ihn gleich darauf aus den Augen verloren, als Giorgio den Wagen wendete und wieder auf die Straße hinausfuhr. Auf dem Weg zum Strand konnte Rosa keinen klaren Gedanken fassen, so aufgewühlt war sie. Sie nahm kaum Teil am Gespräch der drei Geschwister, so als wäre sie in Trance. Die Fahrt war kurz und Rosalia froh, als sie die Stelle erreichten, wo sie das Auto abstellen und durch einen kleinen Pinienwald zum Strand wandern konnten. Der Fußmarsch und der intensive Duft der Nadelbäume brachten ihrem verwirrten Geist wieder etwas Klarheit. Ein wenig fremd fühlte sie sich zunächst zwischen diesen Menschen, die sich seit Jahren kannten, während sie ihnen nur zweimal begegnet war. Doch die Florentiner Freunde machten es ihr leicht. Fast alle waren dabei, die auch beim Abendessen in Florenz mit am Tisch gesessen hatten, Giovanna, Mauro, Silvia, Maria und Antonio, auch Fabrizio, und sie gaben ihr keinen Moment lang das Gefühl, nicht dazuzugehören. Maria hakte sie unter und redete wie ein Wasserfall auf sie ein, und dann war es wieder Sergio, der ihr jeden Wunsch von den Augen abzulesen schien, was jede Bemühung Rosalias, Abstand zu halten, konterkarierte. Er beeilte sich, sein Handtuch neben ihrem auszubreiten, und konnte es nicht verhindern, dass Giorgio sich auf ihre andere Seite legte. Und sosehr sie die Situation überforderte, so sehr genoss sie es auch, die zwei Männer um sich herum zu haben, die beide um sie buhlten. Wenn sie nicht in der Sonne lagen oder mit lautem Gejohle durch das warme Wasser tobten, spielten Rosalia und die Freunde Frisbee, jemand hatte ein Volleyballnetz dabei – mit ihrem Vorschlag, zu kicken, konnte Rosalia bei den anderen Frauen nicht punkten –, und nach dem Volleyballspiel machte ihr Sergio kalte Umschläge aus Sand auf ihre Unterarme, die von ihren nicht ganz vorschriftsmäßigen Angaben ganz rot geworden waren. Am späten Nachmittag packten sie zusammen, um in Castiglione zu essen, anschließend wollten sie tanzen. Rosalia trug ein weißes Kleid, eng anliegend und kurz, mit kleinen, blauen Blumen darauf. Sie hatte es in München gekauft, kurz vor ihrer Abreise, und sie war sich bewusst, wie gut es ihr stand, als sie den Haargummi löste und ihre schwarzen Locken ihr über den tiefen Rückenausschnitt fielen. Sie hatte einen Augenblick abgewartet, in dem beide Brüder ein Stück entfernt waren und mit dem Abbau des Netzes beschäftigt, um sich umzuziehen. Jetzt kamen sie auf sie zu, Giorgio den Ball, Sergio das Netz unter dem Arm, und keiner von ihnen konnte den Blick von ihr abwenden. Wortlos packten sie ihre Sachen zusammen, zogen sich um, dann rief Antonio plötzlich: »Foto, *ragazzi*«, und bedeutete allen, sie sollten sich zueinanderstellen. Es dauerte ein bisschen, bis sie alle unter Lachen und Rufen den richtigen Platz gefunden hatten. Antonio drückte einer am Meeressaum vorbeiwandernden Frau seinen Fotoapparat in die Hand mit der Bitte, ein Foto von ihnen allen zu machen. Dann zerstreute sich die Gruppe wieder, und Rosalia sah sich unversehens vor Sergio stehen, der sie am Arm nahm und Antonio zuwinkte, auch noch ihn und Rosalia zusammen zu fotografieren. Er legte ihr den Arm um die Schulter und drehte sie mit dem Rücken zum Meer, das in der tief stehenden Sonne glitzerte, doch bevor Antonio auslösen konnte, rief Giorgio, der sich schon zum Gehen gewandt hatte: »Halt, stopp, ich will mit aufs Bild.« Mit wenigen Schritten war er heran und platzierte sich auf Rosalias anderer Seite, legte den Arm um ihre schmale Hüfte. Antonio zögerte kaum merklich, warf Sergio einen, wie Rosalia schien, fragenden Blick zu, doch dann hob er erneut den Apparat, knipste und nickte kurz. »Fertig.« Einen Augenblick standen sie noch so da, Rosalia und die beiden Brüder. Dann nahm Giorgio den Arm von ihrer Hüfte, Sergio seinen von ihren Schultern, und sie machten sich schweigend auf den Weg zurück zum Auto.

Die Disco, zu der sie nach dem Essen fuhren, war brechend voll. Sie hatten ein paar andere junge Leute gefragt, ob sie ihnen einen Club empfehlen könnten, und tanzten zu »Gangsta's Paradise«, »Self Esteem« und »Serenata Rap«, dann drosselte der DJ den Beat, spielte Seals »Kiss from a rose«, und Giorgio zog Rosalia zu dem langsamen Tanz auf die Tanzfläche. Sie wehrte sich nicht. Ein paar Songs später entschied sich der DJ für Marco Masini, und kaum ertönten die langsamen Klänge von »Bella stronza«, stand Giorgio schon wieder vor ihr und forderte sie auf.

Und plötzlich war er da, der Streit zwischen den Brüdern. Sergio packte Giorgio am Ellenbogen und riss ihn weg von Rosalia, Giorgio, der ein bisschen zu viel getrunken hatte, geriet ins Taumeln und ließ sie los. Und dann schrien sie sich an. Rosalia verstand im Lärm aus Musik und Stimmengewirr nicht, was sie einander an den Kopf warfen – auch wenn sie es sich vorstellen konnte. Plötzlich machte Sergio auf den Hacken kehrt und verschwand.

Die anderen standen etwas betreten herum, als Zaungäste der Szene, und schienen unentschlossen, ob sie so tun sollten, als sei nichts geschehen oder dem Freund nachgehen, der so plötzlich verschwunden war. Doch der Abend war ohnehin fortgeschritten und Rosalia so erschüttert, dass sie keine Lust mehr hatte, zu bleiben. Sie verabschiedete sich und lief nach draußen, ohne zu wissen, wie sie nach Hause kommen sollte. Weder Sergio noch sein Auto waren irgendwo zu sehen. Da hörte sie Schritte hinter sich, Giorgio tauchte auf, Giorgio, der offenbar immer spürte, wenn sich ihm eine Gelegenheit bot, Rosalia nahezukommen. »Soll ich dich heimbringen?«, fragte er leise, »ich kann mir schnell das Auto von Antonio leihen.«

»Hast du nicht zu viel getrunken?«, fragte sie. *Und was ist mit deinem Bruder* war es, was sie eigentlich fragen wollte. Giorgio schüttelte den Kopf, »das geht schon.« Rosalia hatte ohnehin keine Wahl, wenn sie nicht zu Fuß gehen wollte, also wartete sie in der lauen Sommernacht, in der so viele Versprechen lagen, die aber auch so viele Fallstricke bereithielt, bis Giorgio zurückkam. »Ist alles gut?«, fragte er sie im Auto und legte seine Hand auf ihren Oberschenkel. Rosalia wusste keine Antwort. Und als er den Motor ausstellte, kurz vor dem Haus ihrer Eltern, wenige Meter vom Tor entfernt, sich herüberbeugte und sie küsste, hatte sie immer noch keine. Doch bevor noch mehr passieren konnte, löste sie sich von ihm und verließ beinahe fluchtartig das Auto.

Am nächsten Tag meldete er sich per Telefon und musste sie gar nicht so sehr überreden, in den folgenden Tagen noch einmal nach Florenz zu kommen. »Wir könnten ins Kino und essen gehen.« Und diesmal fragte sie ihn nach seinem Bruder, ob er mitkommen würde. »*Sì, sì*«, antwortete Giorgio, und »*certamente*, sicherlich«. Und sie glaubte ihm, und doch wieder nicht. Sie wollte, dass Sergio mitkam. Und doch wieder nicht.

Wollte sie Sergio wirklich dabeihaben? Hatte er ihr nicht gefallen, Giorgios Kuss? Der Tanz? Hatte sie sich nicht an ihn geschmiegt, an ihren Ritter mit der Goldrüstung, und keinen Gedanken verloren an seinen weniger schillernden Bruder in diesem Moment?

Rosalia kannte sich selbst nicht mehr. Ausgerechnet sie, die Überlegte, die Rationale, die Vernünftige musste in solch eine Situation geraten. Ausgerechnet ihr musste so etwas passieren. *Ja, was eigentlich*, fragte sie sich dann wieder, *was ist eigentlich passiert?* War sie in beide Männer verliebt? Sie rief Sergio an, entschuldigte sich bei ihm für den Abend in der Disco. Er war reserviert, einsilbig, Rosalia entging es nicht, wie gekränkt er war, und rang ihm das Versprechen ab, sie und Giorgio ins Kino zu begleiten. Begeistert klang er nicht, »das können wir ja machen«, sagte er, doch sie war sich nicht sicher, ob er es ernst gemeint hatte.

Als sie ein paar Tage später nach Florenz kam, war Sergio angeblich verreist. Das zumindest erzählte ihr Giorgio, und sie wusste nicht, was sie glauben sollte. Sie hatte nicht mehr mit Sergio telefoniert, um den genauen Termin für den Kinobesuch auszumachen, hatte sich darauf verlassen, dass Giorgio ihm Bescheid geben würde. Aber hatte er das wirklich getan? Giorgio hatte sie zum Haus seines Vaters bestellt, sich aber selbst verspätet, sodass sie zunächst mit Signore Bianchi vorliebnehmen musste, der weitaus weniger streng wirkte, als Sergio ihn geschildert hatte, ihr aber so aufdringlich schmeichelte, dass es ihr unangenehm war. Er schien fast enttäuscht zu sein, als Giorgio hereinkam und Rosalia den Arm um die Schultern legte, um sie hinauszuführen, während sie es sich erleichtert gefallen ließ.

»Wohin ist Sergio denn verreist?«, fragte sie nach, als sie nach einem kurzen Fußmarsch beim Kino angekommen waren.

»Ich weiß es auch nicht genau«, brummelte Giorgio und wollte so offensichtlich nicht über seinen Bruder reden, dass Rosalia nicht weiter insistierte. Dann tauchten sie ein in die Dunkelheit des Kinosaals, die Sitze waren eng, viel enger als zu Hause schien es ihr, Giorgios sehnige Hand auf seinem Oberschenkel lag ganz nahe neben ihren unter dem kurzen Rock nackten Beinen, sein Aftershave hatte einen angenehmen Duft, seine Stimme klang wie Honig, und dann war da dieses Gesicht mit den hellgrünen Augen und dem breiten, sinnlichen Mund, die blonden Strähnen, die ihm in die Stirn fielen, und Rosalia ergab sich dem Augenblick und Giorgios Küssen. Vom Film »Outbreak« bekam sie nicht viel mit, und als der Abspann lief, war sie nicht mal mehr sicher, ob es Dustin Hoffman gelungen war, die Welt zu retten oder nicht. Dann standen sie draußen. Der August war immer noch perfekt, die Nacht sternenklar. Rosalia blendete alles aus, was ihr den Moment hätte vergällen können, und versank in Giorgios Umarmungen. Sie ließ sich von ihm zu einer Bar führen, wo er sie einlud und ein Ceres nach dem anderen bestellte. Das dänische Ale war stärker, als ihr klar war. Giorgio orderte Grappa, zwei oder drei, Rosalia versäumte es mitzuzählen. Und folgte ihm schließlich in seine Wohnung. Sie lag nicht weit entfernt von der Kneipe, und ganz kurz schoss ihr die Frage durch den Kopf, ob er gerade deshalb diese Kneipe ausgewählt hatte. Die Wohnung war wunderschön, mit Parkettfußböden und Stuck an der Decke, unwirklich schön, wie sie fand, und unglaublich teuer, wie sie vermutete. »Zahlt mein Vater«, erklärte Giorgio lächelnd, dann küsste er sie wieder und streifte ihr mit einer unfassbar routinierten Bewegung die Träger ihres Kleides von der Schulter. Rosalia schloss die Augen, stellte ihr Gehirn ab und ließ es geschehen.

Als sie am nächsten Morgen aufwachte, lag er neben ihr, das Laken halb über den braun gebrannten Rücken gebreitet, und sah aus wie ein Gott.

Und Rosalias erster Gedanke war: *Sergio. Und noch einmal: Sergio. Himmel, was habe ich getan?* Genau in diesem Moment wusste sie, dass sie einen Riesenfehler gemacht hatte, dass alles, was sie getan hatte, ein Riesenmist war. Sie lag da und machte sich Vorwürfe. *Er ist der falsche Bruder.*

Irgendwann beugte sie sich hinüber zu Giorgio und weckte ihn. Nicht mit einem Kuss, sondern nur mit einer Berührung, indem sie ihn vorsichtig an der Schulter stupste. Am liebsten wäre sie einfach verschwunden, doch dann schlug Giorgio seine grünen Augen auf und lächelte sie an.

»Wollen wir da weitermachen, wo wir aufgehört haben?«, fragte er. Doch nein, das wollte sie nicht. Ganz bestimmt nicht. Jetzt, nüchtern genug, um wieder vernünftig zu sein, wollte sie nur noch eins: weg von ihm. Sie fand ihre Unterwäsche zu ihrer Erleichterung gleich neben dem Bett und streifte sie eilig über. Ihr Kleid lag auf einem Stuhl, ein paar Schritte vom Bett entfernt. Als sie es über den Kopf gezogen hatte, die Haare hastig mit einem Haargummi gebändigt, drehte sie sich um. Giorgio lag immer noch im Bett und betrachtete sie. Wie man ein Gemälde betrachtet, dachte Rosalia.

»Ich geh dann jetzt«, erklärte sie und schickte sich an, das Zimmer zu verlassen.

»Bist du sicher«, hörte sie ihn noch fragen, als sie die Hand auf die Türklinke legte.

»Ja, bin ich«, sagte Rosalia fest und sah sich noch einmal um. Giorgio lag immer noch auf dem Bett, machte keine Anstalten, aufzustehen, gar sich anzuziehen, dann wandte sie sich um und verließ so schnell sie konnte die Wohnung.

Sie war längst wieder daheim in München, als ihr klar wurde, dass sie schwanger war. Allein saß sie auf dem Bett mit ihrem neuen azurblauen – und gänzlich erinnerungsfreien – Bettbezug, hielt den Test in der Hand und wollte es nicht glauben. Sie hatte sich nicht gut gefühlt in den Tagen zuvor, hatte es aber immer wieder hinausgeschoben, einen Schwangerschaftstest zu kaufen, obwohl der Verdacht schon eine Weile an ihr genagt hatte. Sie griff zum Telefon und vereinbarte einen Termin bei ihrer Frauenärztin, die ihr bestätigte, was sie nicht wahrhaben wollte. Wieder zu Hause angekommen, legte sie sich ins Bett, fand aber nicht in den Schlaf. Ihre Eltern wollte sie vorerst nicht damit behelligen. Sie war ja selbst schuld an dem Schlamassel, also musste sie es auch selbst ausbaden. Na ja, sie und Giorgio. Also rief sie ihn an, in aller Frühe. Er kam gerade vom Joggen, war atemlos und schien ungehalten. Sie konnte ihm nicht sagen, was los war, nicht am Telefon, nicht aus dieser Entfernung, also tat sie so, als habe sie nur hören wollen, wie es ihm ging, und legte auf. Noch am Nachmittag lieh sie sich das Auto ihrer Eltern und fuhr die Nacht durch nach Florenz. Früh am nächsten Morgen klingelte sie bei Giorgio. Diesmal holte sie ihn aus dem Bett, er war überrascht.

»Ist das deine Uhrzeit?«, scherzte er, »muss ich mich daran gewöhnen?« Wenn er etwas ahnte, ließ er es sich jedenfalls nicht anmerken. Er machte ihr einen Caffè latte und bat sie zu warten, bis er geduscht habe. Rosalia setzte sich, den warmen Kaffee in beiden Händen, in seiner Küche ans Fenster, sah zu, wie in der Florentiner Nebenstraße das Leben erwachte, und ihr Kopf fühlte sich an wie ein Schwamm. Sie war seit mehr als 24 Stunden auf den Beinen. Dann stand er vor ihr, noch nass vom Duschen, ein Handtuch um die Adonishüften gewickelt, und sie hielt ihm den Schwangerschaftstest vor die Nase. Er nahm ihn ihr aus der Hand, ging damit zum Tisch hinüber, setzte sich, starrte angestrengt auf das Teströhrchen.

»Du weißt, dass die nicht immer zuverlässig sind«, wandte er dann ein.

»Ich war schon bei meiner Ärztin. Es stimmt.«

Giorgio sah sie einen Moment prüfend an, als wüsste er nicht recht, ob er sie richtig verstanden habe. Dann, mit einem Mal, breitete sich ein Lächeln auf seinem Gesicht aus. Er legte den Schwangerschaftstest auf den Tisch, stand auf, das Handtuch feststeckend, das zu rutschen drohte, und kam zu ihr herüber. Er nahm ihre beiden Hände und zog sie zu sich.

»Ja dann werden wir wohl Mama und Papà, wir beide.« Und plötzlich schien es Rosalia, als wäre das die einzig richtige Lösung. Als könne es gar nicht anders sein. Plötzlich sah sie die Ähnlichkeit Giorgios mit seinem Bruder, und die lag nicht nur in seinen Augen. Zumindest glaubte sie das. Oder wollte es glauben, ganz sicher war sie sich noch nicht.

Doch Giorgio tat alles, um ihre Zweifel an seiner Eignung als Vater zu zerstreuen. Er meldete sich für den Rest der Woche in der Firma krank – »wozu bin ich Juniorchef«, flachste er, als er den Hörer wieder aufgelegt hatte, und fuhr mit ihr nach München. Drei Tage lang blieb er bei ihr, trug ihr die Einkäufe nach Hause, ging in der Früh zum Bäcker, um Semmeln zu holen – nicht ohne anzumerken, dass er als Italiener ja eigentlich nicht frühstücke. Dann machte er sich wieder auf den Heimweg, mit dem Versprechen, bald wiederzukommen und über alles Weitere zu reden.

Eineinhalb Wochen später rief er wieder an. Inzwischen war es Ende September, ein erster Frühnebel schwappte durch das gekippte Fenster, kündete vom nahenden Herbst, und Rosalia war der Ansicht, dass er sich früher hätte melden können. Doch Giorgio entschuldigte sich und bat sie, wieder nach Florenz zu kommen. Wenn Rosalia in diesem Moment eine Vorahnung gehabt hatte, verdrängte sie sie, wie alles, was sie auch bisher schon vor Giorgio gewarnt hatte. Dass er sie nicht in seine Wohnung bestellt hatte, sondern zur Villa Bianchi, hätte sie vielleicht hellhörig machen müssen.

Diesmal war es eine Haushälterin, die sie hereinließ und in den Salon führte. Wieder traf sie auf Signore Bianchi in seinem Armani-Anzug, doch von dem Charme, mit dem er sie bei ihrer vorherigen Begegnung umgarnt hatte, war nichts mehr übrig. Er baute sich vor Rosalia auf.

»*Mi hai deluso*, Rosalia, du hast mich enttäuscht«, fing er an, »ich habe dich für eine Signora gehalten, perfekt und bildschön – und doch bist du nur eine Hure.«

Rosalia zuckte zusammen. »Eine Hure, die sich ein Kind machen lässt und sich dann einen Vater dafür sucht. Glaubst du wirklich, du könntest meinem Sohn ein Balg unterjubeln? Eine wie du? Ein Mischling? Deine Eltern sind schon zu nichts nutze, ein sizilianischer Bauer, einer, der nix gelernt hat, dann aber mit dem linken Gesocks mitlaufen, das uns jahrelang ins Chaos gestürzt hat. Wahrscheinlich auch so ein Bombenleger. Und deine Mutter – eine was? Sie ist nach Italien gekommen, um unsere Arbeiter aufzuwiegeln, gegen den Staat. Wie nennt man das? Terrorismus nennt man das.«

In diesem Moment kam Giorgio in den Raum, kurz hatte Rosa gehofft, er würde für sie Partei ergreifen, aber er ging an ihr vorbei an das Bartischchen, das ganz nach amerikanischer Mode an der Stirnseite des Salons stand, verschieden geformte Kristallflaschen mit Hochprozentigem darauf. Er wagte es kaum, ihr einen Blick zuzuwerfen, und schenkte sich einen Whisky ein. Und trank ihn aus. Um gleich noch einen nachzulegen. Rosalia hätte viel dafür gegeben, auch einen Doppelten zu kippen – und die Flasche anschließend Giorgios Vater überzuziehen. Oder Giorgio. Doch weiter kam sie in ihrem Gedanken nicht, weil Signore Bianchi jetzt nach einem kurzen Seitenblick auf seinen Sohn zum Sofa ging, sich hinsetzte, von dem Tisch, der davorstand, einen Scheckblock nahm und einen Scheck schrieb. Dann wedelte er damit nachlässig in ihre Richtung, so als gehöre sie zur Schar seiner Hausangestellten und wolle sie mit einem Zettel losschicken, um ein Paar Schuhe vom Schuster zu holen.

»Das reicht wohl, um es wegmachen zu lassen«, sagte er und, »wer weiß, von wem es ist, aber ich bin ja kein Unmensch, *allora prendilo e vattene*! Nimm es und hau ab!«

Giorgio schenkte sich das nächste Glas ein. Rosalia sah ihm dabei zu, und wenn sie bisher seine Gegenwart als erotisierend empfunden und sie ihr jede Fähigkeit zu klaren Entscheidungen geraubt hatte, so war das spätestens in diesem Moment vorbei und jedes Gefühl für Giorgio in ihr gestorben. Ihr Denkapparat funktionierte wieder, präzise wie ein Uhrwerk, und ebenso präzise drehte sie sich auf den Hacken um und verließ den Raum, Signore Bianchi, seinem Scheck und seinem feigen Sohn keinen Blick mehr gönnend.

In der Eingangshalle traf sie auf Sergio, der gerade das Haus betreten hatte. Sie sah ihm an, dass er von dem Tribunal gewusst hatte, das sein Vater inszeniert hatte. So hatte er auch wissen können, dass er ihr begegnen würde. Sie vermutete, dass er sie abgepasst hatte, und eine Sekunde lang drohte ihre Selbstbeherrschung zu bröckeln. Da hörte sie von hinten Giorgio nach ihr rufen, der aus dem Salon gekommen war, hörte ihn anbieten, dass er sie zum Bahnhof fahren könne. *Er weiß genau, dass ich mit dem Auto da bin*, dachte sie, »Idiot«, knurrte sie.

Sergio schaute erst zu ihr, dann wanderte sein Blick zu seinem kleinen Bruder.

»Willst du überhaupt zum Bahnhof?«, fragte er leise.

»Ich will nur raus hier«, erwiderte Rosalia, »und ich hab selbst ein Auto.«

Sergio ging zur Haustür, hielt sie ihr auf und begleitete sie bis zum Wagen, der um die Ecke geparkt war. Dabei zeigte er keine Regung, nicht das kleinste Zucken in seinem Gesicht hätte verraten, was er fühlte oder dachte. Er nahm ihr den Autoschlüssel aus der Hand, schloss auf und hielt ihr auch diese Tür auf.

Es gab keine richtigen Worte für diesen Moment, und keiner von beiden bemühte sich, sie zu erfinden. Rosalia setzte sich hinters Steuer, wartete, bis er die Tür zugemacht hatte, und fuhr los.

Ein paar Tage später, als das Telefon läutete und Rosa sah, dass es Sergios Nummer war, hob sie nicht ab.

ELF

Milena, 2010

Immer wieder tastete Milena nach dem Ticket. Nachdem es gekauft und bezahlt war, hatte sie es zusammengefaltet und in die Gesäßtasche ihrer Jeans geschoben. Dort steckte es jetzt, und jedes Mal, wenn sie die Ränder des dicken verstärkten Papiers unter ihren Fingern spürte, hinterfragte sie ihre Entscheidung aufs Neue. Sollte sie es wirklich tun? Sollte sie wirklich fahren? Ihre Großeltern würden sich Sorgen machen, wenn sie die Enkelin in der Früh nicht in ihrem Bett vorfinden würden. Auch ihre Mutter natürlich. Für den übernächsten Abend hatte sich Rosalia in München angekündigt. Die letzten beiden Ferienwochen, wenigstens die, sollten Mutter und Tochter gehören. Bis dahin aber würde sie wieder zurück sein, da war Milena sich sicher. Rosalia musste gar nichts von ihrem Ausflug nach Florenz erfahren. Ohnehin hielt sich Milenas Mitgefühl für die möglichen Sorgen ihrer Mutter in Grenzen. *Selbst schuld*, dachte sie. Schon kochte der Zorn wieder in ihr hoch, als sie an das Telefongespräch vom Vortag dachte. Warum war es so schwer für ihre Mutter, die Wahrheit zu sagen? Sie hätten zusammen nach Florenz fahren können. Einmal, nur ein einziges Mal, hätte Rosalia nachgeben können. Aber nein. Sie blieb stur, wie immer. Dann sollte sie jetzt ruhig die Konsequenzen tragen.

Im Geist ging Milena noch einmal die Zeilen durch, mit denen sie ihr Verschwinden erklären würde, überlegte, ob es reichte, der Großmutter eine Nachricht aufs Handy zu schicken, und entschloss sich dann doch für die altmodische Variante.

Ein Zettel auf ihrem Kissen, den würde Eleonora finden in der Früh, wenn sie kam, um ihre Enkelin zu wecken. Dass sie auf ihr Handy schauen würde, hielt Milena dagegen eher für unwahrscheinlich. Die *nonna* und ihr Handy, das waren zwei Welten, die nicht so recht zusammenfinden wollten, auch wenn sie mit ihren wilden Haaren und den schwingenden bunten Kleidern, die sie sommers wie winters trug, noch so jugendlich wirkte.

Ihr Großvater besaß noch nicht mal ein *telefonino*, wie es in Italien hieß, wo der Siegeszug des Smartphones ein vielleicht noch triumphalerer war als in Deutschland. Endlich konnten so die täglichen Diskussionen über die diversen Zubereitungsformen des Abendessens den ganzen Tag über fortgesetzt werden, in der Bahn, im Auto, beim Espresso in irgendeiner Bar – eine unschätzbare Errungenschaft. Nicht aber für Milenas *nonno*, der zeitlebens in seinem tiefsten Innern der Sohn eines sizilianischen Bauern geblieben war und technischem Fortschritt nur dann vertraute, wenn er zum Innenleben eines Autos gehörte. Jedenfalls würde er sie verstehen und auch die Großmutter, wenn sie ihre Zeilen lasen, da war sich Milena sehr sicher.

»Die *nonna* wird dichthalten, ganz bestimmt«, sagte sie sich zum hundertsten Mal, während sie in die Pedale trat, um den Weg zwischen den Feldern mit hochstehendem Mais hinter sich zu bringen und endlich die Sicht über das freie Feld genießen zu können, und war sich im selben Augenblick bewusst, dass es ihre Mutter schon ärgerte, wenn sie die Großmutter »*nonna*« nannte und nicht »Oma«. Sie schüttelte verständnislos den Kopf.

»Milena«, hatte Rosalia gesagt bei ihrem Telefonat am Tag zuvor, »du kannst nach Italien fahren mit Opa und Oma, kein Problem. Aber erwarte nicht, dass ich mitkomme!« Kurz danach hatte sie sich entschuldigt, sie müsse zur Arbeit, und aufgelegt.

Wie immer. Immer war sie mit irgendeinem unglaublich unaufschiebbaren Projekt beschäftigt. Diesmal hatte sie ein wahnsinnig wichtiger Auftrag nach Berlin geführt, zum Virologischen Institut der Charité. Milena hatte schon gar keine Lust mehr, zu fragen, wie es lief. Manchmal musste sie tatsächlich eine Weile überlegen, wenn sich jemand erkundigte, wo ihre Mutter sich gerade aufhielt. Sie war sich nicht einmal mehr sicher, ob sie sich darüber freuen sollte, wenn Rosalia nach Hause kam. Nicht nur, dass sie gerne die letzten beiden Sommerferienwochen mit den Großeltern in ihrem Haus in der Maremma verbracht hätte. Nein, sie hatte sich auch daran gewöhnt, ihr Leben ausschließlich mit *nonna* und *nonno* abzustimmen, die ihr jede Freiheit ließen.

»Du hast es so gut mit deiner Hippie-Oma«, seufzte ihre Freundin Lisa jedes Mal, wenn sie wieder einmal pünktlich auf die Minute zu Hause sein musste. Milena hatte sich noch nie beeilen müssen, sie wusste, dass Eleonora entspannt war.

Nur ein einziges Mal hatte sie ihre Großmutter richtig aufgebracht erlebt. Damals, sie war elf gewesen, nach jener dummen Geschichte in der Schule, als Milena sich nicht nach Hause getraut und ihr Großvater sie schließlich verstört und heulend in der Gartenhütte ihrer Großtante Rosemarie gefunden hatte. Bis dahin war aber schon die ganze Familie in Aufruhr gewesen, wofür sich Milena entschuldigte, als sie endlich alle gemeinsam beim Abendessen am Tisch saßen und das Geschehene Revue passieren ließen.

Überall hatten sie nach ihr gesucht. Ihr Großvater, der den Motor, an dem er gerade gearbeitet hatte, stehen und liegen ließ, hatte sich den Wagen eines Kollegen ausgeliehen, in der Hoffnung, dass er damit schneller heimkommen würde als mit der U-Bahn, die er immer zur Arbeit nahm, und war erst einmal zu Francesca und Ettore in die Pizzeria gefahren, um seine Enkelin dort zu suchen. Doch die beiden waren ausgerechnet an diesem Nachmittag nicht da, hatten das Restaurant ausnahmsweise an einem Werktag geschlossen: »Heute Hochzeitstag« hatten sie auf ein Pappschild geschrieben und es außen an die Tür zum Lokal gehängt.

Dann war er hinaus nach Harlaching gefahren, um in der Wohnung seiner Tochter nachzusehen. Rosalia und Milena sollten an diesem Tag zum Essen kommen, vielleicht hatte Milena das ja vergessen und sich in die Tram nach Hause gesetzt. Doch auch in der Wohnung war sie nicht.

Rosalia, die gerade ein paar Tage freihatte und schon seit dem frühen Mittag bei ihrer Mutter am Küchentisch saß, hatte bei Lisas Eltern angerufen, natürlich. Milena und ihre Freundin Lisa waren unzertrennlich, seit sie sich im Kindergarten zum ersten Mal begegnet waren. Doch die Schmidts wussten von nichts. Lisa war nach der Schule im

Hort geblieben und hatte zu Hause noch gar nichts erzählen können. Den Anruf bei ihrer Mutter Friederike in Harlaching übernahm dann Eleonora selbst.

Doch auch dort keine Milena. Also war Milenas Großmutter zum Schyrenbad hinübergeradelt, um sie dort zu suchen.

»Mein Zweitlieblingsplatz«, hatte Milena als Sechsjährige immer gesagt – und diesen Status hatte das Freibad direkt an der Isar nie verloren. Doch ihre Großmutter suchte auch hier vergeblich.

Rosalia war in der Zwischenzeit bei Milenas Schule angekommen, hatte es aber nicht für nötig gehalten, ihre Mutter gleich anzurufen und ihr zu erzählen, was sie dort erfahren hatte – was beim Abendessen zu einem kurzen Wortgefecht zwischen Milenas Mutter und ihrer Großmutter führte. Eigentlich hatte Rosa vorgehabt, in der Schule mit Lisa zu sprechen. Bevor sie allerdings den Hort erreichte, hatte sie den Klassenlehrer ihrer Tochter getroffen, sich angehört, was der zu sagen hatte, und begonnen, sich einen Reim auf Milenas Verschwinden zu machen.

»Entführt oder verprügelt hat sie jedenfalls keiner«, fauchte Rosa, als sie wieder in der Wohnung in der Au einlief, ihre Mutter in der Tür stehen ließ und direkt in ihr ehemaliges Kinderzimmer stürmte.

Dieses Zimmer bewohnte jetzt Milena, wenn sie bei den Großeltern war, und Rosa fand es im erwarteten Zustand, für den sie aber nicht mehr als ein Stirnrunzeln übrighatte. Nach kurzem Wühlen in den verknitterten Kleidungsstücken ihrer Tochter, die kreuz und quer über dem Bett verstreut lagen, erblickte sie, was sie gesucht hatte. Mit einer VHS-Kassette in der Hand eilte sie zurück in die Diele und hielt der nervösen Eleonora den FSK-16-Film unter die Nase. »Indiana Jones! Das kann doch nicht wahr sein. Milena ist noch keine zwölf!« Wortlos ließ sie ihre Mutter in der immer noch offenen Eingangstür stehen und lief in die Küche hinüber. Dabei durchforstete sie ihr Handy nach weiteren Nummern von Freundinnen Milenas und ließ sich schließlich am Küchentisch nieder.

Dass es darüber beinahe zu einem heftigen Streit zwischen Eleonora und ihrer Tochter gekommen wäre, erfuhr Milena ebenfalls beim Abendessen, von ihrem Großvater nämlich – die gereizte Stimmung, die immer noch herrschte, sprach überdies für sich. Der *nonno* war es schließlich gewesen, der die Situation gerettet hatte. Er hatte die Idee gehabt, im Gartenhaus seiner Schwägerin nach Milena zu suchen, das ihm und Eleonora in ihren ersten Münchner Wochen als Unterschlupf gedient hatte, damals schon gut verborgen unter einer mächtigen Hängeweide, und das seither nur noch genutzt wurde, um die Sommerliegen und ein paar Rechen und Schaufeln darin abzustellen.

Er war allein gefahren, um seinem Verdacht nachzugehen in Anbetracht der Gewitterstimmung, die zu Hause herrschte, und Milena war froh darüber gewesen.

Geschämt hatte sie sich nicht, als er plötzlich an die Scheibe des Gartenhäuschens klopfte. Sie fühlte sich unverstanden, aber völlig im Recht.

Genau wie heute. Und wieder tastete sie nach der Fahrkarte in ihrer Jeans.

Warum auch hatte ihr blöder Klassenlehrer damals nach ihren Eltern gefragt? Nach ihren Berufen, nach ihren Interessen, wie sie sich kennengelernt hatten? Und warum war es ihm nicht genug gewesen, dass sie von ihrer Mutter erzählte? Auf die sie so stolz war. Die so gefragt war als Expertin für ansteckende Krankheiten. Die immer wieder bei einem anderen wissenschaftlichen Institut arbeitete, um dort bei der Erforschung von gefährlichen Viruskrankheiten zu helfen. Die für ihre Arbeit sogar ein paarmal in Afrika, einmal auch in Amerika gewesen war. Milena hatte alles erzählt, was sie wusste, vielleicht sogar ein bisschen mehr. Aber das hatte dem Lehrer nicht gereicht. Die Klasse sollte auch die Geschichte des jeweils anderen Elternteils aufschreiben, jene Geschichten, die sie noch nicht erzählt hatten – vielleicht ja auch aus gutem Grund. Jedenfalls würde er die Aufsätze mit einer Note bewerten. Was also hätte sie tun sollen? Zugeben, dass sie keinen Vater hatte? Dass sie nicht einmal wusste, wer er war, wo er war, ob er überhaupt noch lebte? Da war es doch besser, einfach drauflloszuschreiben, wie sie das so gerne tat. Zu erzählen von den antiken Stätten, die sie selbst so liebte, und von dem Vater, den sie sich wünschte. Der mit ihr zur Akropolis in Griechenland fahren würde oder ins Labyrinth des Minotaurus, den sie zu Ausgrabungen begleiten würde nach Ägypten oder zu den alten Inkastätten in Südamerika. Und sie würden neue, unglaubliche Funde machen und sie mitbringen nach Hause. Ihr Vater sei ein berühmter Archäologieprofessor, hatte sie also geschrieben, er würde die Funde in der Uni vorstellen und dafür gefeiert werden. Zusammen mit seiner Tochter würde er auf Fotos in der Zeitung erscheinen, und dann würde er wieder losziehen in neue Abenteuer. Wie Harrison Ford sehe er aus, hatte sie geschrieben, noch besser sogar – und sie schaffte ganze vierzehn handschriftliche Seiten in den sechzig Minuten, die sie Zeit hatte für ihren Aufsatz. Was konnte Milena dafür, dass ausgerechnet ihre Geschichte so spannend war, dass der Lehrer sie anschließend fragte, ob ihr Vater nicht einmal in die Schule kommen könne und von seinem unglaublich interessanten Job erzählen? Und dass er dann, schon weniger begeistert, erklärte, ihre Mutter anrufen zu wollen, weil sie, Milena, zwar sehr schöne, aber doch sehr unwahre Geschichten erzähle. Er hätte sie einfach fragen können, ob sie nicht ihre Mutter mitbringen wolle! Schließlich hatte die doch auch einen ungewöhnlichen Beruf.

Aber keinen Ehemann. Und gar keine Lust, einen zu haben. Und überhaupt keine Absicht, mit ihrer Tochter jemals über den Mann zu reden, der ihr Vater geworden war.

Milena hatte jetzt eine der Holzbänke auf der Anhöhe erreicht, zu der sie wollte. Die letzten Meter waren anstrengend gewesen, weil sie einen kleinen Hügel hinaufmusste. Ganz oben sprang sie vom Rad und versuchte erst einmal, wieder zu Atem zu kommen. Dann sah sie prüfend zum Himmel. Die Sonne stand nicht mehr so hoch jetzt Ende August, hoch genug aber, um für eine ordentliche Mittagshitze zu sorgen. Bis ihre Großeltern nach Hause kamen und sich mit ihr zum Abendessen setzen wollten, würde sie genug Zeit haben, wieder zurückzuradeln. Aber erst einmal musste sie nachdenken. Das konnte sie hier am besten, hier oben, wo der süße Duft frisch gemähten Grases in der Luft hing und ein Hauch Pferdemist dazu, der von den nahe gelegenen Stallungen herüberzog. *Morgen*, dachte sie, als sie sich auf der Bank niederließ und die Wasserflasche aufschraubte, die sie in der Halterung an ihrem Rad mitgebracht hatte, *morgen wird es nach Süden riechen, und vielleicht nach Stadt. Morgen, wenn ich in Florenz bin.*

Eine halbe Nacht später verließ ihr Zug den Bahnhof von Verona in Richtung Süden, und der frühe Morgen fand Milena mit dem Kopf gegen das Zugfenster gelehnt beim Versuch, wenigstens ein bisschen Schlaf zu finden. Nicht nur das Rattern der Räder hatte sie wach gehalten, sondern auch ihr schlechtes Gewissen. Ununterbrochen hatte sie darüber nachgedacht, was wohl zu Hause los wäre, wenn ihr Verschwinden entdeckt werden würde. In Bologna musste sie umsteigen. Kühl war es, und ein feuchter Wind drang durch die viel zu dünne Jacke, die sie angezogen hatte. Den richtigen Bahnsteig zur Weiterfahrt zu finden, war kein Problem, doch je länger sie hier stand und wartete, umso mehr bereute sie, überhaupt losgefahren zu sein. Das Eilen der morgendlichen Fahrgäste sprach von täglicher Routine, von klar definierten Start- und Endpunkten, vom Wissen darum, wo sie herkamen und hinmussten, und machte Milena das Absurde an ihrer Reise schmerzhaft bewusst. Wie wollte sie es eigentlich anfangen, ihren Vater zu finden? Die Frage hatte sie erfolgreich verdrängt, als sie am Tag zuvor auf dem Weg zum Bahnhof gewesen war, um ein Ticket zu kaufen. Die Wut auf ihre Mutter hatte ihr dabei geholfen. Auch als sie das Geld für das Ticket dem Schalterbeamten hinüberschob, war ihr Zorn noch groß genug gewesen, um die Hand nicht wieder zurückzuziehen. Und dann, als die Vernunft die Überhand über den Zorn gewonnen hatte, war es schon zu spät.

Ein guter Teil ihres Ersparten war für die Fahrkarte draufgegangen – sie hatte ordentlich Schminke aufgelegt und sich eine ausrangierte Sonnenbrille ihrer Mutter ausgeliehen, um älter zu wirken. Um keine dummen Fragen beantworten zu müssen. Und jetzt war das Geld weg, steckte in Form eines dünnen, bedruckten Kartons in ihrer Hosentasche, und in ihrem Geldbeutel waren gerade noch acht Euro geblieben, der Rest ihres Taschengeldes, das für den ganzen Tag reichen musste. Und der Rückfahrschein immerhin, der war auch in ihrer Tasche. Wenigstens hatte sie daran gedacht, sich zwei belegte Semmeln einzustecken, von denen eine noch in ihrem Rucksack war, neben einem Schokoriegel und einer Flasche Wasser. Für den ganzen Tag würden ihre Vorräte wohl kaum reichen – der nächste Gedanke, der ihr Sorgen machte.

Milena, jetzt reiß dich zusammen, dachte sie bei sich und tat das offenbar so laut, dass ein vorübereilender Mann zusammenfuhr und ihr einen fragenden Blick zuwarf. Milena hob entschuldigend die Hand und schüttelte den Kopf, doch der Mann war schon weitergelaufen. Die kleine Szene aber hatte sie aus ihrem unfruchtbaren Grübeln gerissen. Für ein großes Ziel konnte man schon mal kleine Opfer bringen, dachte sie trotzig, und welch größeres Ziel konnte es für sie geben, als ihren Vater zu finden?

Wie genau sie das anstellen wollte, wusste sie allerdings nach wie vor nicht, und sie dachte immer noch darüber nach, als sie im Anschlusszug nach Florenz einen Platz in einem Abteil mit einer Familie ergatterte. Hätte sie geahnt, dass deren drei kleine Kinder abwechselnd brüllen würden, wäre ihre Wahl allerdings auf einen Stehplatz auf dem Gang gefallen. Das Genöle schraubte sich in ihre Überlegungen und verhinderte, dass sie zu einem befriedigenden Ergebnis kam. Zu höflich, um aufzustehen und einfach hinauszugehen, hielt sie durch bis zum Bahnhof in Florenz und hatte nach den anstrengenden Stunden im Zug mit heftigen Kopfschmerzen zu kämpfen. Ohne wirklich einen Plan zu haben, trat sie um halb zehn Uhr morgens ins gleißende Sonnenlicht des Bahnhofsvorplatzes hinaus.

Sie war mit ihrer *nonna* schon einmal zum Bummeln in Florenz gewesen, doch hatte sie sich im Schlepptau von Eleonora nicht um Verkehrsmittel oder Entfernungen kümmern müssen, ja, noch nicht einmal um rote Ampeln, was aber sonst hier auch keiner zu tun schien. Jetzt musste also der Stadtplan, den sie zu Hause aus einem Regal gezogen hatte, die führende Hand ersetzen. Die Altstadt und die berühmte Kathedrale waren nahe, so gerne wäre sie damals mit Eleonora bei ihrem gemeinsamen Besuch in den Duomo gegangen, doch die Zeit hatte nicht gereicht.

Es war eher Pragmatismus als Religiosität, die Milena bewog, ihre Suche im historischen Zentrum der schönen Stadt, bei der imposanten Kirche, zu beginnen. Aber man konnte ja nie wissen, ein kleines Gebet würde sicherlich nicht schaden. Als Milena die Via Panzani entlanglief, versuchte sie, jedem Mann, der ungefähr im Alter ihrer Mutter war, ins Gesicht zu sehen, in der absurden Hoffnung, irgendeine Ähnlichkeit mit sich selbst zu entdecken. Der goldene Glanz, den die Morgensonne über die Geschäftigkeit der Stadt legte, war es schließlich, der alles möglich scheinen ließ und ihr half, die Zweifel vorübergehend zu verdrängen. Als sie aus einer Seitenstraße heraustrat, der Platz sich vor ihr öffnete und das Baptisterium und dann die Kathedrale selbst in ihr Blickfeld gerieten, trieb ihr die Ehrfurcht das pure Staunen ins Gesicht, und sie suchte sich einen Platz an der Außenseite des Längsschiffs, wo sie sich hinsetzen und ihren Proviant aus der Tasche kramen konnte. Bei der Gelegenheit fiel ihr Blick auf das Handy, das sie in den Rucksack gesteckt hatte. Der Bildschirm war dunkel – der Akku leer. Milena fuhr der

Schreck in die Glieder. Wenn die Großeltern nun versucht hatten, sie anzurufen? Sie hätten sie nicht erreichen können. Gut, dass sie den Zettel geschrieben hatte. Er würde alles erklären. Doch die Sonne über der Kathedrale hatte schon etwas von ihrem verheißungsvollen Glanz verloren.

Während sie ihre Semmel aus dem Papier wickelte, begann sie zu rechnen. Um Punkt halb acht würde ihre Großmutter in ihr Zimmer gekommen sein, um die Rollläden hochzuziehen. Dann hätte sie statt ihrer Enkelin den Zettel gefunden und ihn ihrem Großvater sicher nur wenige Minuten später zu seinem Frühstückskaffee serviert. Milena wusste, dass er an diesem Morgen nicht sehr früh aus dem Haus musste. Sie stellte sich vor, wie er ihre Worte einmal, vielleicht zweimal lesen und ihm dann siedend heiß jener Nachmittag einfallen würde, an dem ihn Milena so lange gelöchert hatte, bis er schließlich weich geworden war.

Milena steckte ihr nutzloses Handy zurück in die Tasche und versuchte, mit jedem Bissen von ihrem Brötchen auch das ungute Gefühl portionsweise herunterzuschlucken, das sie schon seit ihrer Abreise quälte, das Gefühl, einen Fehler gemacht zu haben.

»*Mamma mia*, du gibst einfach nie auf, oder?«, hatte ihr Großvater gebrummt. Es war an einem Sonntag gewesen, knapp zwei Wochen zuvor. Eleonora war zu ihrer Mutter gefahren, die in den letzten Jahren nicht mehr so gut alleine zurechtkam. An den Fensterscheiben in der Au lief der Regen in dichten Strömen herunter, und der Großvater hatte sich für ein Mittagsschläfchen aufs Sofa gelegt, aus dem Milena ihn mit dem kräftigen Hin-und-her-Rücken eines Esszimmerstuhls gerissen hatte.

»Oh, *nonno, scusami*, verzeih mir, das wollte ich nicht«, flötete sie und tat, als hätte sie den Lärm unabsichtlich verursacht. Milena konnte eine richtige kleine Hexe sein, wenn sie wollte, doch es war ihr egal, ob ihr Großvater das Manöver durchschaute. So schob sie den Stuhl zum Sofa und versuchte, das Gespräch wie zufällig auf Großväter und Väter im Allgemeinen und im Besonderen zu lenken. Es war nicht das erste Mal, dass sie das probierte – und sie wusste genau, wer das schwächste Glied in der Kette des Schweigens war, die schwer um das Geheimnis ihrer Herkunft lag.

Und an diesem Nachmittag traf sie ihren *nonno* an seiner empfindlichsten Stelle: seiner Tochter.

»*Dimmi, nonno*, meine Mama muss ihn doch geliebt haben, sag doch! Oder nicht? Sonst hätte sie mich doch nie bekommen, oder? Nicht Mama!«

»Ahh, Rosalia, diese Rosalia«, murmelte er, »du weißt genau, dass sie nicht will, dass ich darüber rede, Milena.«

»Aber ich versteh nicht, warum, ich habe doch ein Recht, es zu wissen«, insistierte sie. »*Nonno*, bitte. So schrecklich kann mein Vater doch gar nicht sein!« Sie überlegte kurz. »Sonst wäre ich doch nicht so wohlgeraten.«

Valerio musste lachen und strich ihr über den Kopf. »Nein, so schrecklich ist er sicher nicht.«

»Also kennst du ihn?«, bohrte sie nach.

»*No. No*, Milena, ich kenne ihn nicht.«

»Tatsächlich nicht? Hast du ihn denn nie gesehen?«

»Doch«, er strich sich mit der Hand über die Stirn, »doch, ich habe ihn einmal gesehen.«

»Und? Und, wie war er?«

»Das kann ich dir nicht sagen.« Ihr Großvater, der eben noch auf dem Sofa gelegen hatte, setzte sich auf. Er wollte wohl mit seiner Enkelin auf Augenhöhe sein, um ihrer Hartnäckigkeit Paroli bieten zu können.

»Was heißt das? Dann kennst du ihn ja doch!«, legte sie nach.

»Nein, ich kenne ihn nicht. Das kann ich nicht behaupten.«

Milena insistierte. »Das versteh ich nicht, *nonno*.« Sie sah ihm an, dass er mit sich rang. Natürlich hatte ihre Mutter ihm ein striktes Verbot auferlegt, von ihrem Vater zu sprechen. Was auch immer passiert war, damals, bevor sie geboren wurde – vielleicht auch danach –, kein Sterbenswörtchen hatte Milena bislang darüber erfahren. Von niemandem in ihrer Familie. Doch sie war sich sicher, dass ihr *nonno* mit ihr reden würde, wenn sie ihn nur überzeugen konnte, und vielleicht musste er ja gar nicht überzeugt werden.

Es war ein paar Monate zuvor gewesen, da hatte er sich mit ihrer Mutter gestritten. Alles hatte sie nicht verstehen können, sie saß in ihrem Zimmer, schrieb Englischvokabeln ab, die sie den ganzen Tag vor sich hergeschoben hatte. Aber so viel wurde ihr klar, dass es um sie ging, um sie und ihren Vater, und um Rosalias konsequente Weigerung, auch nur einen Fuß nach Italien zu setzen oder das Haus ihrer Eltern zu besuchen. Und ihr *nonno*, der immer so sanft war, wenn er mit seiner Tochter sprach oder seiner Enkelin, war richtig laut geworden. Sie habe kein Recht, es Milena nicht zu sagen. Das waren die letzten Worte, die Milena verstehen konnte, dann wurde die Küchentür geschlossen, in der ihre Mutter und ihr Großvater saßen. Er war auf einen abendlichen Besuch vorbeigekommen, was er öfter tat, vor allem, wenn ihre Großmutter spät aus der Gärtnerei kam, weil sie ihrem Chef wieder einmal bei den Abrechnungen helfen musste.

»Also, *nonno*, erklärst du mir das jetzt? Wie du ihn kennen und dann doch nicht kennen kannst?«

Er räusperte sich. »Also, ich kenne ihn nicht, weil er nur ein einziges Mal bei uns war.«

Milena hielt den Atem an. Dann fragte sie in höchster Spannung: »Wie, du meinst, hier? Bei uns?«

»Nein, nein. Nicht hier. In München war er nie, also nicht, soweit ich das weiß. Nein. Aber im Haus am Meer. Er kam mit Freunden und seinem Bruder aus Florenz. Für einen Tag.«

»Und dann?«

»Dann? Nichts. Sie sind an den Strand gefahren mit deiner Mutter.«

»Aber dann kennst du ihn ja doch.«

Valerio sah seine Enkelin lange und nachdenklich an. Dann sagte er: »Aber da wusste ich noch nicht, dass er dein Vater werden würde.«

Jetzt hatte Milena etwas zum Nachdenken. Sie nahm sich die Spitze eine ihrer langen Haarsträhnen und fing an, darauf herumzukauen, wie sie es immer tat, wenn sie etwas beschäftigte. »Das heißt, sie waren gar nicht zusammen«, stellte sie dann sachlich fest.

»Ahh, Milena, das heißt gar nichts. *Detto già troppu*«, wehrte er in sizilianischem Dialekt ab, »ich habe schon zu viel gesagt.«

»Aber, *nonno*, du hast gar nichts gesagt. Nur, dass er aus Florenz ist.«

»Habe ich das gesagt? Habe ich doch gar nicht …« Er geriet ins Schwimmen, und Milena registrierte das genau.

»Doch, genau das hast du gesagt. Aus Florenz ist er gekommen. Also hab ich recht?«

»Aber das heißt doch noch nicht, dass er aus Florenz stammt. Er kann doch überallher aus Italien stammen.«

»Ha!« Milena triumphierte. »Also ist er aus Florenz. Das stimmt doch, oder? Wusste ich's doch!«

Ihr Großvater gab sich geschlagen. »Aber von mir hast du das nicht. *Capisci?* Verstehst du? Ich habe nichts gesagt.«

»Nein. Gar nichts.« Sie schwieg eine Weile, spürte dem neu gewonnenen Wissen nach. Dann fing sie wieder an. »Also, mein Vater ist Florentiner. Und Italiener. So wie du.«

»Fast so wie ich, wenn du schon keine Ruhe gibst. Ich bin Sizilianer.«

Den kleinen Unterschied, in ihren Augen marginal, wischte Milena mit einer Handbewegung zur Seite. »Aber was ist nur passiert? Warum kenne ich ihn nicht? Warum verleugnet sie ihn? Was hat er ihr getan?«

»Milena, *mi dispiace moltissimo*, es tut mir sehr leid.« Er war ein wenig zur Seite gerückt und hatte ihr bedeutet, sich neben ihn zu setzen. Sie tat es und lehnte sich an seine Schulter. »*Mia piccolina*, meine Kleine, du musst sie verstehen. Sie hat wohl einen Fehler gemacht. Und das kann sie sich nicht verzeihen.«

»Also war ich ein Fehler?«

Er biss sich auf die Lippen, so hatte er das ganz sicher nicht gemeint. »*No, no. Ma no!* Aber nein, du bist kein Fehler. Du doch nicht. Aber es hätte anders laufen sollen.«

»Aber wieso denn, wieso zum Teufel erzählt sie mir das nicht?«

»Du sollst nicht fluchen«, mahnte der *nonno* in bemüht strengem Ton. »Aber das musst du sie wirklich selbst fragen. Das kann ich nicht beantworten.«

Und genau das tat sie. Knapp zwei Wochen später. Mit dem Ergebnis, dass ihre Mutter am anderen Ende der Leitung das Gespräch schon nach wenigen spröden Sätzen beendete und Milena schnurstracks zum Hauptbahnhof fuhr, um das Ticket zu kaufen.

ZWÖLF

Rosalia, 2010

Tränen stiegen Rosalia in die Augen, als sie da neben dem Telefon saß in der möblierten Wohnung, die sie in einem jener unfreundlichen Plattenbauviertel im früheren Ostberlin gemietet hatte. Wut auf sich selbst, auf das, was passiert war. Tränen der Trauer, des schlechten Gewissens. Tränen, die sie herunterzuschlucken versuchte. Dann klingelte es an der Tür. Der Kollege, der sie an diesem Morgen abholte, um sie mit ins Institut zu nehmen, wartete unten vor dem Haus, und Rosalia blieb nichts anderes übrig, als schnell ins Bad zu laufen und sich das Gesicht zu waschen. Einen kurzen Augenblick nahm sie sich noch, um die Wassertropfen zu betrachten, die den Bronzeton ihrer Haut brachen und in ihren langen schwarzen Wimpern hängen geblieben waren.

»Wovor hast du eigentlich Angst, Mama?«, hatte Milena sie am Telefon gefragt. Irgendwann würde sie ihr die Antwort geben müssen. Rosalia nahm ein Handtuch und trocknete sich das Gesicht.

Irgendwann.

Es war halb eins am Mittag, 24 Stunden nach diesem Telefonat, als ihr Handy erneut klingelte. Sie saß in ihrem Lieblingslabor. Von ihrem Arbeitsplatz aus konnte sie durch eine große Fensterscheibe ins Grüne sehen, wenn sie nicht, wie jetzt gerade, den Kopf über ein Mikroskop gebeugt hatte. Unter der Linse ein Tropfen Blutserum auf einem Objektträger. Die letzte Probe für diesen Tag. Sie hatte sich den Nachmittag freigenommen, um später noch ein paar Einkäufe in Berlin zu erledigen. Am frühen Abend wollte sie ins Auto steigen und nach München fahren. Sie fuhr hoch, als sie hörte, wie ein Kollege gegen das Sichtfenster des abgetrennten Raums klopfte, und sah, dass er ihr Zeichen machte, in der Hand ihr Mobiltelefon. Sie hatte es im Vorraum auf dem Tisch liegen lassen. Diese eine Probe noch, verdammt, fünf Minuten später und sie wäre fertig gewesen! Wie immer unwillig, wenn sie in ihrer Konzentration gestört wurde, gab Rosalia ihm zu verstehen, dass er das Gespräch für sie annehmen solle. Dann sah sie sein Gesicht, das nichts Gutes bedeuten konnte.

Die Probe kann ich vergessen, dachte sie noch, als sie, immer noch im Laborkittel, dem Kollegen draußen das Telefon abnahm und die Münchner Nummer sah.

»Mama? Was ist los?«, fragte sie, doch ein ganz klein wenig beunruhigt.

Eleonora antwortete mit einer Gegenfrage, was Rosalia nicht ausstehen konnte.

»Rosa, bitte, wann kommst du?« Sie klang nervös, gut, aber Rosalia war mit ihren Gedanken noch bei dem Arbeitsschritt, den sie nicht mehr hatte beenden können, und überhörte den drängenden Ton.

»Ach, Mama, heute Abend, das weißt du doch. Ist etwas

passiert?« Ihre Ungeduld wurde stärker. Erst als Eleonora nicht gleich antwortete, sondern den Hörer offenbar von ihrem Ohr weghielt und mit jemanden sprach, der mit ihr im Raum war, nahm Rosalia die Unruhe war, die von ihrer Mutter ausging. »Mama, sag schon. Ist etwas mit Papà?«

»Rosa, hör mir zu, ich hab schon den ganzen Vormittag versucht, dich zu erreichen, hast du dein Handy nicht bei dir?«

»Mama!« Rosalia war genervt, wie oft hatte sie ihrer Mutter schon gesagt, dass sie ihr Telefon nicht mit ins Labor nahm. »Es war auf leise gestellt«, seufzte sie. Reiner Zufall, dass der Kollege das Brummen gehört hatte.

Dann hörte Rosalia die drängenden Worte ihrer Mutter, »Milena ist weg, sie ist nach Florenz gefahren, sie hat einen Zettel geschrieben, du musst sofort heimkommen«, und war schon dabei, ihren Kittel abzustreifen, bevor Eleonora in München den Hörer aufgelegt hatte.

Eine halbe Stunde später nahm sie vom Berliner Ring die Auffahrt auf die A9 Richtung München. Das Streitgespräch mit ihrer Tochter vom Vortag ging ihr nicht aus dem Kopf.

»Du kannst nach Italien fahren, aber erwarte nicht, dass ich mitkomme!«, hatte sie ihr gesagt. »Du kannst fahren, du kannst fahren«, mit jedem Kilometerstein lasteten die Worte schwerer auf ihrem Herzen. Gut, ja, sie hatte hinzugefügt »mit Oma und Opa«, und, ja, ihre Tochter hatte genau gewusst, wie sie es meinte. Doch da konnte sie hin und her überlegen wie sie wollte, es änderte nichts an ihrer Sorge. Milena war jetzt allein in Florenz, im besten Fall, wenn sie gut angekommen war, aber selbst das war Spekulation. Nichts als einen Zettel hatte sie hinterlassen, und ihr Handy war nicht erreichbar, Rosalia war nicht der Typ, mit dem leicht die Fantasie durchging, aber ihre vierzehnjährige Tochter irgendwo zwischen München und Italien zu wissen, nicht genau zu wissen, wo, und ohne sie wenigstens erreichen zu können, war auch für sie zu viel. Dazu plagte sie die Vorstellung, dass Milena tatsächlich etwas über ihren Vater herausgefunden hatte. Nie wieder, hatte sie sich geschworen. Nie wieder wollte sie mit diesem Teil ihrer Vergangenheit konfrontiert werden. Ihr Herz galoppierte, als müsse es mit dem Tempo des Wagens Schritt halten, der Richtung Süden raste. Als sie Nürnberg passierte, war sie so erledigt, dass sie bei einer völlig überfüllten Autobahnstation anhielt und sich ein Bier kaufte. Sie öffnete die Flasche noch im Laden und funkelte die Kassiererin giftig an, als die ihr einen vorwurfsvollen Blick zuwarf. Kurz vor Greding fuhr sie in einen Stau, der sich mehr oder weniger bis hinter Manching zog, sodass es nach acht Uhr war, als sie über die Münchner Stadtgrenze fuhr.

Ihr Vater stand schon in der Haustür, als sie endlich in der Au angekommen und in den vierten Stock hinaufgestiegen war. »Rosalia, mein Mädchen, endlich, *finalmente*!« Und ihr schien es, als könne sie den Stein hören, der ihrem Vater vom Herzen fiel.

»Wir haben so auf dich gewartet, *grazie dio*, du bist da.« Er hatte sich gleich in der Früh krankgemeldet, erzählte er, als sie Milenas Zettel in ihrem Zimmer gefunden hatten, bei der Arbeit hätte er es ohnehin nicht ausgehalten. Eleonora hatte den ganzen Tag über das Telefon bewacht, erfuhr Rosalia von ihrer Mutter, die aufgesprungen und Rosalia entgegengelaufen war, als sie hereinkam.

»Woher weiß sie das mit Florenz?« Rosalia war noch nicht richtig zur Tür herein, als sie die Frage stellte, die ihrem Vater die Röte der Verlegenheit ins Gesicht trieb. Sie hatte schließlich knapp 600 Kilometer lang Zeit gehabt, über die Beweggründe ihrer Tochter für ihren Solo-Trip in die Toskana nachzudenken, und sie war sich ziemlich sicher, dass es nicht ihre Mutter war, die den Mund nicht hatte halten können.

»Also?«, insistierte Rosalia. »Du hast es ihr erzählt, stimmt's?« Sie musste ihren Vater nur ansehen und wusste, dass sie recht hatte.

Valerio schwieg und strich sich mit den Fingern der einen Hand über die Stirn. Vielleicht war es diese kleine Geste, die sie so an ihm liebte, vielleicht die große Sorge um ihre Tochter, die alles andere in den Hintergrund rückte. Jedenfalls blieb die Wut aus, die Rosalia von sich erwartet hätte, im Moment zumindest. Keine Vorwürfe, kein Geschrei, stattdessen seufzte sie nur: »Oh Papà, das war nicht gut!«

»Nein, das war es wahrscheinlich nicht«, brummte er. »Aber sie hat einfach nicht nachgegeben, sturköpfig wie, wie …«

»Wie ihre Mutter, wolltest du sagen«, ergänzte Rosa und ließ es trotz ihres latenten Grolls zu, dass ihr Vater, der um den Tisch herumgekommen war, sie in den Arm nahm.

Da meldete sich ihre Mutter von ihrem Wachposten neben dem Telefon: »Das hilft uns nur alles nicht weiter. Was machen wir denn jetzt?«

Rosalia löste sich aus der beruhigenden Wärme der Umarmung und nickte: »Du hast recht, jetzt zeigt mir doch erst mal den Zettel, den sie geschrieben hat.«

Eleonora reichte ihr den Brief.

Carissimi nonni, ich bin nach Florenz gefahren, um meinen Vater zu suchen. Macht Euch keine Sorgen, komme morgen Früh wieder. Das Handy habe ich dabei, Ihr könnt mich jederzeit erreichen. *Mille baci*!
Milena

Mehr nicht. Kein Wort an ihre Mutter. Die biss sich auf die Lippen, sagte aber nichts.

Dafür Eleonora. »Ihr habt euch gestritten, oder?«

Rosalia nickte. »Aber das ist doch kein Grund …«, doch ihre Mutter fiel ihr ins Wort: »Sie ist 14, weißt du? Und vielleicht hat sie recht.«

Rosalia nickte wieder, zögernd, und sah ihrer Mutter unsicher ins Gesicht. Und jetzt war sie es, die fragte, sehr leise: »Und was machen wir jetzt?«

DREIZEHN

Milena, 2010

Der Polizist war schneller, als sie gedacht hatte. Und hielt ihren Arm so fest wie in einem Schraubstock. Alles Zerren und Ziehen nützte ihr nichts. Und noch weniger ihre Erklärungen. Wenigstens das *panino* hatte er ihr gelassen, als er sie auf einen Stuhl in der Polizeistation setzte und sie warten ließ. Dann schloss sich eine Tür hinter dem jungen Beamten, der sie eingeholt hatte, als sie versucht hatte, mit dem *panino* wegzulaufen. Milena blieb allein sitzen in einem schmalen Gang, von dem mehrere Türen abgingen. Eine davon führte nach draußen. Hunger hatte sie immer noch, doch sie wagte es nicht, die Folie aufzureißen, die um das weiße Brötchen und die an beiden Seiten heraushängende Mortadella gewickelt war. Beim Blick darauf lief ihr das Wasser im Munde zusammen. Könnte sie nicht? Wenigstens einen Bissen? Doch sie wagte es nicht. Noch schlimmer als der Hunger aber peinigte sie der Blick auf ihre Armbanduhr. Genau eine Stunde noch, dann musste sie wieder am Bahnhof sein, um den Zug zurück nach München zu erwischen. Sie drehte das *panino* in ihren Händen hin und her. Noch 58 Minuten. Wie lange wollten die sie jetzt noch hier warten lassen? Welch ein Aufstand wegen eines belegten Brötchens! War doch noch nicht mal Diebstahl, oder? Wie hieß das noch? Genau, Mundraub, das hatten sie irgendwann in Geschichte gelernt, Mundraub war es, wenn man nur aus Hunger klaute, oder nicht? Der *alimentari*, in dem sie gewesen war, um von ihrem letzten Euro eine Flasche Wasser zu kaufen, würde sicher nicht pleitegehen, nur weil sie im Vorbeigehen ein *panino* hatte mitgehen lassen. Wenn ihr Hunger nur nicht gar so groß gewesen wäre! Sie hatte sich nicht vorstellen können, die Heimfahrt zu überstehen, ohne wenigstens dieses Brötchen im Magen zu haben. Wenn der ganze Trip schon ansonsten ein Reinfall gewesen war. Den ganzen Tag war sie durch diese Stadt gerannt, bis ihr die Füße gebrannt hatten, für nichts und wieder nichts. Was hatte sie sich denn vorgestellt? *Dass mein Vater mit einem Blumenstrauß dastehen und mich in die Arme schließen würde?* Und jetzt auch noch diese Katastrophe mit der Polizei. Verdammt, wieso hatte sie nicht besser aufgepasst! Der Inhaber des Ladens hatte Zeter und Mordio geschrien, als sie sich hinausschleichen wollte. Jeder Carabiniere bis runter zum Arno hätte ihn gehört, selbst wenn dieser junge Polizist nicht gerade genau auf der anderen Straßenseite vorbeigelaufen wäre.

Die Tür, durch die er jetzt verschwunden war, blieb geschlossen. Kein Mensch außer ihr im Gang. Vielleicht sollte sie sich einfach still und heimlich davonmachen. Aus dem Zimmer, vor dem sie saß, hörte sie laute Stimmen. Ganz offensichtlich waren mindestens zwei Männer darin, die sich wegen irgendetwas fürchterlich stritten. Die würden sie vielleicht gar nicht hören, wenn sie sich jetzt verdrückte, sie könnte ganz schnell in einer der vielen Gassen verschwinden, zwischen all den Touristen. Und wäre schneller beim Bahnhof, als die Polizisten die drei Stufen vor ihrer Dienststation hinunterkämen.

Langsam, wie zufällig, griff sie nach ihrem Rucksack, den sie an den Fuß des Stuhls gelehnt hatte, rückte auf der Sitzfläche nach vorne, um sich die Träger über die Schultern zu ziehen. Vor Anspannung wurde ihr Atem flach, das Klopfen ihres Herzens schmerzhaft. Sie zog die Beine unter sich, ein letzter Blick auf die geschlossene Tür, gleich würde sie lossprinten, jetzt, jetzt – da sah sie die Kamera.

Genau über ihrem Kopf hing sie an der Decke, den Fokus auf den Stuhl der Delinquenten in Warteposition gerichtet. Und zwei weitere ein Stück den Gang hinunter. Hitze schoss ihr ins Gesicht, und sie sank zurück auf die harte Sitzfläche. Mit zitternden Händen fingerte sie die Träger des Rucksacks wieder von den Schultern. Rieb die schwitzenden Handflächen am Jeansstoff ihrer Shorts trocken. Sah auf die Uhr. 54 Minuten bis zur Abfahrt. Es musste etwas geschehen. Sie musste etwas unternehmen, sonst würde der Zug ohne sie fahren, weiß Gott, wann der nächste nach München gehen würde. Und sie war sich auch nicht sicher, ob ihr Ticket überhaupt für eine andere Verbindung gültig war. Die Großeltern würden umkommen vor Sorge. Warum nur hatte sie sich kein öffentliches Telefon gesucht, um zu Hause Bescheid zu geben, dass es ihr gut ging! Jetzt verwünschte sie sich für ihre Rücksichtslosigkeit. Die *nonni* würden ihre Mutter verständigen, die würde ebenfalls durchdrehen, und alles Weitere wollte sie sich gar nicht erst vorstellen.

Dass sie – natürlich – mit der Suche nach ihrem Vater keinen ach-so-winzigen Schritt weitergekommen war, machte die Sache wirklich nicht besser. *Spielt jetzt auch keine Rolle mehr*, dachte sie, dann sprang sie auf und klopfte an die Tür, hinter welcher der junge Beamte verschwunden war. Ganz schlechte Idee. Die Tür wurde so heftig aufgerissen, dass ihr Rahmen wackelte, und ein vierschrötiger Mann mit einer wichtig aussehenden Uniform baute sich vor ihr auf. Rot angelaufen das Gesicht und ganz offensichtlich noch erhitzt von dem Streit, den er eben gehabt hatte.

»*Cosa vuoi?*«, brüllte er, »was willst du? Du sollst dich hier hinsetzen und warten, bis du dran bist. *Capito?*«

»Aber«, entgegnete Milena, »aber mein Zug nach München … *il mio treno parte fra cinquanta minuti*!« In fünfzig Minuten fahre ihr Zug, erklärte sie in flehendem Ton.

»*Allora, capisci italiano, sì?*«, herrschte er sie an, »also, du verstehst Italienisch, ja?«

»*Sì, ma* … ja, aber …«, Milena hatte keine Chance, ihren Satz zu beenden.

»Dann verstehst du auch, was ich gesagt habe. Hinsetzen, Klappe halten!« Er sah aus, als würde er im nächsten Moment entweder explodieren oder aber ausholen und ihr mit einer seiner mächtigen Pranken eine verpassen.

Milena war nicht leicht zu beeindrucken, doch jetzt wich sie zurück und sackte auf dem Stuhl in sich zusammen, das *panino*, Corpus Delicti und Grund für das ganze Schlammassel, inzwischen völlig zerdrückt in ihren Händen.

Der Polizist wandte sich ab, die massige Gestalt entfernte sich wieder. Als Letztes nahm sie das Pistolenhalfter an seiner ausladenden Hüfte wahr, in dem eine Dienstwaffe steckte, bevor die Tür mit einem lauten Wumms wieder hinter ihm ins Schloss fiel. Weitere zehn Minuten vergingen, die ihr wie hundert vorkamen, bis sie sich wieder zu rühren traute, nur um erneut auf die Uhr zu sehen. Dann öffnete sich die Tür.

Der junge Polizist, der sie hergebracht hatte, kam auf sie zu.

»Bitte«, flehte Milena, »bitte, lassen Sie mich gehen. Ich muss zum Bahnhof, zu meinem Zug.«

Er sah sie an und schüttelte den Kopf, nicht unfreundlich, wie ihr schien: »Nein, es tut mir leid, wir können dich nicht gehen lassen.« Er deutete auf das *panino* in ihren Händen, deshalb sei es unmöglich, sagte er: »*Per questo. Non è possibile.*«

»Aber, aber, ich muss doch nach Hause. Meine Großeltern, wenn ich nicht da bin morgen früh …«, Milena brach ab, weil ihr Tränen in die Augen stiegen, als sie an das Gesicht dachte, das Eleonora machen würde, wenn sie am nächsten Morgen noch immer nicht zurück wäre. Sie glaubte, einen Hauch von Mitgefühl in den Zügen des Polizisten erkennen zu können, und wollte gerade noch einmal ansetzen, ihn anzuflehen, da tauchte der Bullige hinter ihm auf.

»*Nome, indirizzo e numero di telefono in Germania*«, raunzte er über die Schulter des jungen Kollegen hinweg und knallte ein Formular vor ihr auf den Tisch, auf dem sie wie von dem Bulligen gewünscht ihren Namen, die Adresse und ihre Telefonnummer in Deutschland schrieb. Kaum hatte sie das getan, riss er das Blatt auch schon an sich und schnauzte: »Ich telefoniere jetzt mit deiner Familie.«

Da wusste sie, dass sie verloren hatte.

VIERZEHN

Rosalia, 2010

Als das Telefon klingelte, war es kurz nach halb neun. Milenas Großvater war am schnellsten am Apparat. In seiner Aufregung meldete er sich auf Italienisch.

»*Pronto*«, schrie er fast ins Telefon hinein, dann sagte er lange gar nichts mehr außer »*sì*« und »*no*«, und »*siamo noi*«, »*sì, anche la madre*«, »ja, das sind wir, ja, auch ihre Mutter«, während Rosa blass vor Unruhe die Tischplatte festhielt und Eleonora immer wieder versuchte, ihr Ohr so an die Außenseite des Hörers zu drücken, dass sie verstand, was gesprochen wurde.

»Ist sie gesund? Geht's ihr gut? Wo ist sie?«, flüsterte sie aufgeregt, bis ihr Mann sie im tiefsten Sizilianisch anherrschte, still zu sein: »*Zitta! Un sentu nenti*, ich verstehe nichts.«

Dann lauschte er wieder in den Hörer, nickte, angelte sich den kleinen Block, auf dem seine Frau immer die Einkäufe notierte, und schrieb eine Adresse auf. »*Sì*«, sagte er dann noch einmal, »*veniamo*, wir kommen.«

Als er auflegte, spiegelte sich eine Mischung aus Erleichterung, Aufregung und Sorge in seinen Zügen, und er atmete dreimal tief durch, bevor er sagte: »Rosalia, wir müssen nach Florenz.«

Nachdem Rosalia den Brenner hinaufgefahren war und in einem plötzlichen Regenguss den trostlosen Abschnitt rund um die österreichisch-italienische Staatsgrenze passierte, biss sie die Zähne zusammen. Nie mehr, so hatte sie sich geschworen an jenem Nachmittag, als sie das Haus der Bianchis verließ, nie mehr wollte sie auch nur einen Fuß in dieses Land setzen. Verletzt, gekränkt, wütend, wie sie war, war sie in ihr Auto gestiegen. Und bis heute hatte sie den Schwur nicht gebrochen. Sie warf einen Blick zu ihrem Vater hinüber, der auf dem Beifahrersitz saß, den Kopf gegen das Fenster gelehnt, seine zusammengefaltete Jacke diente ihm als Kissen. Er schlief. Gut so, schon bald würde er sie am Steuer ablösen müssen.

Zwischen ihrer Ankunft in München und dem Aufbruch nach Florenz hatten gerade einmal drei Stunden gelegen. Jetzt saß sie schon wieder seit mehreren Stunden am Steuer, und allmählich forderten die Anstrengung und die Sorge um ihre Tochter ihren Tribut. Sie kurbelte das Seitenfenster ein Stückchen hinunter und ließ sich von der kühlen Nachtluft erfrischen, die ihr ins Gesicht wehte. Die Brennerautobahn führte in langen Kurven in Richtung Verona hinunter und brachte den alten Karren ordentlich in Schwung. Unaufmerksamkeiten konnte sie sich jedenfalls keine leisten, und so sah sie nur kurz ein weiteres Mal zu ihrem Beifahrer hinüber, als er sich in eine bequemere Sitzposition rückte.

Rosalia spürte einen Stich in ihrer Brust, als sie ihn ansah. Ganz tief unter ihrem Zwerchfell hatte sich der Schmerz eingerichtet, der jetzt durch ihre Kehle nach oben kletterte.

Natürlich wusste sie, wie sehr sie ihren Vater verletzte. Natürlich wusste sie auch, wie oft er vom oberen Zimmer im Haus am Meer – von ihrem Zimmer aus – nach draußen starrte in die Nächte aus Rosmarin und Salz und darauf hoffte, das Knirschen von Rädern auf dem Kies zu hören. Hoffte, dass sie es wäre, die aus dem Auto steigen würde, um unten in der Stube erst mal von ihrer Mutter in die Arme geschlossen zu werden. Dass sie dann am großen Holztisch einen frischen Espresso trinken, dessen Duft durchs ganze Häuschen dringen, von Wärme und Heimat künden würde und vom Glück, seine Familie unter seinem eigenen Dach versammelt zu wissen. So wie früher. In der wenigen Zeit, die sie alle als Familie in seinem Heimatland verbracht hatten. In den Jahren, bevor es Giorgio gegeben hatte. Und Milena.

Rosalia sah konzentriert auf die Straße, schüttelte dabei den Kopf. Ausgerechnet Milena war es, die sie jetzt dazu zwang, ihren Schwur zu brechen. Ausgerechnet ihr Kind. Wut mischte sich unter die Trauer, die sie gerade noch verspürt hatte. Und Sorge. Was würde sie wohl erwarten in Florenz? Wie würde es sich anfühlen, wieder mittendrin zu sein in jener Stadt, in jener Sprache, jener klangvollen Melodie, die voller Hohn ihre größte Niederlage begleitet hatte? Würde sie es überhaupt ertragen können? So viele Kilometer hatte sie zwischen sich und diesen Ort gebracht, so viel Zeit wie möglich, um die Erinnerung zu tilgen. Um Milena ganz zu ihrer Tochter zu machen und sie nicht teilen zu müssen mit den Dämonen ihrer Scham. Und nun war es ausgerechnet ihre Tochter selbst, die sie an den Ausgangspunkt ihres Schmerzes zurückführte. Und dass Milena nun auch noch in einer Polizeistation saß, machte die Sache nicht besser. Mit ihrem ganz privaten Gefühlsschlamassel konnte Rosalia vielleicht fertigwerden, aber das mit der Polizei ging ihren Vater an.

Sie konnte nur ahnen, mit welchen Gefühlen Valerio ein italienisches Polizeirevier betreten würde. Auch er trug Geheimnisse mit sich herum. Und Rosalia wusste, dass sie nicht von der Art waren, die er gerne mit italienischen Beamten teilen würde. *Andererseits,* überlegte sie weiter, *hat Papà damit abgeschlossen, und das ist alles lange her. Wird schon alles gut gehen.*

Sie waren kurz hinter Sterzing, als sie das Autofenster ganz herunterließ, um noch ein wenig mehr frische Luft in den Wagen zu lassen. Ihr Vater rührte sich immer noch nicht, scheinbar schlief er tief und fest. Sie schüttelte den Kopf, um die Müdigkeit loszuwerden, während sie mit einer Hand in der Seitentür nach einem Kaugummi angelte. Ein Gutes hatte es immerhin, dass Milena bei der Polizei war, zumindest war sie in Sicherheit. Besser so, als dass ihre Tochter mutterseelenallein durch die nächtlichen Florentiner Straßen streifte. Ein kleiner Funken Trost angesichts der durchwachten Nacht und der Fahrerei durch halb Europa.

Oh, sie würde ihr erst einmal den Hals umdrehen, wenn sie sie wieder in den Fingern hätte. Würden die Polizisten sie überhaupt gehen lassen, einfach so? Immerhin hatte sie ein, was? Ein *panino* gestohlen?

Dieses sture, waghalsige kleine Ding. Hatte den ganzen Trip durchgezogen wie ein Profi. Nur an ausreichend Bares hatte sie nicht gedacht.

»Vierzehn«, murmelte Rosalia.

Eleonoras Worte klangen noch nach in ihren Ohren. »Sie ist vierzehn.« Wieder und wieder schüttelte sie den Kopf. »Sie wegen eines *panino* festzuhalten. Lächerlich!«

Wütend drückte sie den Fuß fester aufs Gas, die Tachonadel schoss hoch auf 160, viel zu schnell für eine italienische Autobahn. Rosalia trat schleunigst auf die Bremse vor der nächsten Kurve. *Aber ich hätte es auch nicht anders gemacht, nichts von allem*, dachte sie weiter. Und wider Willen stahl sich ein Lächeln auf ihr Gesicht.

Eine halbe Stunde später versuchte sie, es sich auf dem Beifahrersitz bequem zu machen, nachdem sie an einer Raststätte eine Pause eingelegt und nun ihr Vater das Steuer übernommen hatte. Er steuerte den Wagen zu einer Zapfsäule, um noch einmal aufzutanken für die verbleibenden Kilometer nach Florenz, und Rosalia, deren Nervosität noch größer war als ihre Müdigkeit, sah ihm zu, wie er ausstieg und sich für einen Moment auf der Motorhaube abstützte. Ungewohnt alt wirkte er in diesem Moment auf sie. Die Lider halb geschlossen, beobachtete Rosalia, wie er mit der flachen Hand über die Motorhaube des in die Jahre gekommenen BMW-Kombis strich, während das Benzin in den Tank lief. Er war das dritte Auto der Familie Vaducci, nach dem cremefarbenen Käfer und einem Kastenwagen, der ihnen zeit seines Daseins nur Ärger gemacht hatte. Eine einzige Parklücke war frei gewesen, damals, als er die *macchina meravigliosa*, das wunderbare Auto, abgeholt und heimgebracht hatte. Rosalia, die mit Eleonora nach unten gelaufen kam, um den Wagen zu bestaunen, hatte seinen roten Glanz bewundert.

Von dem nicht mehr viel übrig war nach beinahe 19 Jahren, in denen das Auto unzählige Male die staubige Straße zum Haus am Meer hinauf- und hinuntergesteuert worden war.

Ihr Vater streckte sich und stützte seine beiden Hände ins Kreuz. Die Jahre am Fließband waren nicht spurlos an ihm vorübergegangen, dachte Rosalia, jeder einzelne Motorblock, den er vom Transportband gezogen und in eine Karosserie eingepasst hatte, hatte seine Wirbelsäule malträtiert, das Gewicht der Blöcke an seinen Bandscheiben genagt. Sie überlegte, ob es an der Zeit war, ihre Eltern stärker zu unterstützen, doch während sie noch darüber nachdachte, wurden ihre Lider immer schwerer vor Müdigkeit, und bis Valerio wieder in den Wagen gestiegen war, war Rosalia fest eingeschlafen.

Es war sehr früh am Morgen, als sie Florenz erreichten. Das schwere Gerät der Straßenreinigung hatte eine feuchte Spur auf dem Asphalt vor dem Polizeirevier hinterlassen, der Geruch nach nassem Stein stieg Rosalia durch das spaltbreit offene Seitenfenster in die Nase, als sie die Augen öffnete. Sie hatte Mühe, in die Gegenwart des Morgens hineinzufinden, doch dann fiel ihr Blick auf das Schild, welches das Polizeirevier als solches auswies, und sie war auf einen Schlag hellwach. Ihr Vater war schon ausgestiegen, sah ebenfalls zum Eingang der Polizeistation auf der anderen Straßenseite hinüber. Sie spähte zu ihm hinüber, und als sie sich an den halbherzigen Scherz erinnerte, den er unterwegs gemacht hatte – »wenn du vor mir durch die Tür gehst, dann achtet kein Polizist der Welt mehr auf mich« –, fuhr sie sich kurz mit den Fingern durch die schwarzen Locken. Dann warf sie einen Blick in den Spiegel über dem Beifahrersitz und wühlte einen Lippenstift aus ihrer großen Umhängetasche, um sehr sorgfältig den ausgeprägten Schwung ihres vollen Mundes nachzuziehen, bevor sie sich aus dem Sitz schälte und zu ihrem Vater hinüberging. An seiner Seite überquerte sie die Straße, um ein Polizeirevier in Florenz zu betreten.

FÜNFZEHN

Milena, 2010

Milena plagte das schlechte Gewissen. Nicht nur, weil ihre Mutter und ihr Großvater ihretwegen nach Florenz fahren mussten, sondern auch, weil der junge Polizist, der sie verhaftet hatte, nun die Nacht auf zwei ungemütlichen Bürostühlen verbringen musste, um auf sie aufzupassen. Gut, zwischendrin war sie versucht, dem Gedanken nachzugeben, dass er es verdient habe. Er hätte sie einfach laufen lassen und das *panino* selbst aufessen können, von ihr aus, und im Übrigen so tun, als sei sie ihm entwischt. Doch schließlich war er es gewesen, Luca, wie er sich vorgestellt hatte, der nicht zugelassen hatte, dass sie die Wartezeit in einer der drei ungemütlichen Zellen verbringen musste, die dem Revier zur kurzfristigen Unterbringung von Delinquenten dienten.

»Du willst nicht wissen, wie die aussehen«, brummte er, als er sie am Arm nahm und weg von seinem aufgebrachten Chef in ein Nebenzimmer bugsierte, wo er die Tür hinter ihnen beiden schloss.

Milena war es heiß und kalt geworden, als zuvor der Bullige nach seinem Telefonat mit ihrem Großvater sie vor seinen Schreibtisch zitiert und angeherrscht hatte, ihren

Rucksack zu öffnen und vor ihm zu entleeren. Ihre Finger hatten gezittert vor Angst und Empörung – durfte der das überhaupt? Schließlich war sie doch keine Schwerverbrecherin. Doch sie war so eingeschüchtert von der polternden Attitüde des Revierleiters, dass sie nicht zu widersprechen gewagt hätte – und umso überraschter war, als es ein anderer für sie tat. »Ist das jetzt nicht ein bisschen übertrieben?«, hatte sie den jungen Polizisten hinter sich sagen gehört und war unwillkürlich einen Schritt zurückgewichen, als sie bemerkt hatte, wie am Hals des Bulligen eine Ader zu pulsieren begann. Als er die Hände vor sich auf die billige Furnierholzplatte des abgenutzten Bürotisches gestützt und seine gewaltige Körpermasse in die Höhe gestemmt hatte, hatte sie sich gefühlt, als wäre sie zwischen David und Goliath geraten, und hatte im Bruchteil einer Sekunde ihre Chancen überschlagen – und für äußerst gering befunden –, dieses aufziehende Gewitter unbeschadet zu überstehen. Das sich in einem heftigen Wortgefecht zwischen den beiden Polizisten entlud, von dem Milena nur wenig verstand. Es hatte damit geendet, dass der wütende Revierleiter ihr den Rucksack entrissen und ihn dem Jüngeren in die Arme geschleudert hatte. »*Prendilo!*«, hatte er geschnauzt, »*e prendila*« hinzugesetzt, »nimm es, und nimm sie«, indem er mit dem Finger auf Milena gedeutet hatte, »und dann weg mit euch! Aus meinen Augen! *Fuori dai miei occhi!*«

Für eine von diesen Gewohnheitsdiebinnen, erklärte ihr Luca anschließend, als er ihr die Pritsche zeigte, für eine von denen, die in der Stadt herumlungerten, um Touristen die Geldbörsen aus den Taschen zu ziehen, hätte er nicht auf sein Bett und die abendliche Pasta seiner Mama verzichtet. »Aber so siehst du nicht aus«, fügte er hinzu und zog aus dem untersten Fach eines Aktenschranks zwei Decken heraus. Die eine warf er auf das Feldbett und erklärte: »Da schläfst du«, die andere breitete er über die Sitzfläche zweier Stühle, die er einander gegenüberstellte, um sich darin einzuwickeln. Milena zögerte zunächst, sich auf die Pritsche zu legen, nicht, weil sie sich unsicher gefühlt hätte in der Gegenwart des fremden jungen Mannes. Er hatte ihr Vertrauen gewonnen, als er sich gegen die Anweisungen seines Vorgesetzten gestellt hatte. Vielmehr tat es ihr einfach leid, dass sie sich ausstrecken durfte, er aber im Sitzen durch die Nacht kommen musste. Noch dazu, da es sicher noch Ärger für ihn geben würde nach dem Streit, den er vor einer Zeugin angezettelt hatte, einer Straftäterin, wenn man so wollte. Doch Luca winkte ab, und Milena blieb nichts anderes übrig, als sich hinzulegen. Während sie ihr knurrender Magen und die Aussicht auf das Donnerwetter am nächsten Tag nicht zur Ruhe kommen ließ, kämpfte der junge Polizist ein paar Meter entfernt mit den beiden Stühlen. Und weil sie beide keinen Schlaf fanden, fingen sie an zu reden. Luca erzählte von seinem Vater, der hoch angesehen war bei seinen Kollegen und das kleine Revier am Tiber viele Jahre lang geleitet hatte, bis er eines Tages von einem Einsatz nicht zurückgekommen war, er hatte eine verirrte Pistolenkugel abbekommen. Dann sprach Luca von seiner Mama, die es hasste, wenn er Überstunden schieben musste – was Milenas Gewissen noch mehr belastete. Und überhaupt, seine Mama, die die beste *ribollita* der Stadt mache und die gehaltvollsten *papardelle alla lepre*, die müsse sie mal essen. Ob sie *ribollita* möge, fragte er sie und erklärte ihr, welche Zutaten unbedingt hineinmüssten in die toskanische Gemüsesuppe. Dann kamen sie auf

Milenas Lieblingsspeisen zu sprechen, auf den Braten, den ihre *nonna* nach altem Familienrezept zubereitete, und auf die Apfelpfannkuchen, die ihre Mutter ihr immer zu ihrem Geburtstag briet – wenn sie denn überhaupt zu Hause war. »Auf jeden Fall versucht sie es immer«, beeilte sich Milena zu sagen, als sie die überraschte Reaktion des jungen Italieners bemerkte.

Was das denn für eine Mutter sei, die ihre Tochter ständig bei den Großeltern lasse, wollte er wissen, war aber doch einigermaßen beeindruckt, als Milena von Rosalias Forschungsaufträgen erzählte und all den Reisen, die sie unternahm. Schließlich erzählte sie ihm sogar, wie schön ihre Mutter sei.

»Und dein Vater?«, fragte er dann, »er muss doch mächtig stolz sein auf sie. Hast du deinen italienischen Nachnamen von ihm?«

»Nein. Mein Vater ist … er ist …«, Milena brach ab, ganz kurz erwog sie, ob sie dem Polizisten erzählen sollte, warum sie nach Florenz gekommen war, ob sie ihn gar um Hilfe bitten sollte für ihre Suche. Doch was konnte sie ihm schon sagen? Was hätte sie ihm für Anhaltspunkte nennen können, sie wusste ja nichts, einfach gar nichts. Und plötzlich kam sie sich unendlich dumm vor. »Er ist nicht mehr da«, murmelte sie dann schlicht, drehte sich auf die Seite und wickelte sich in ihre Decke. Sie war froh, dass Luca nicht weiterfragte.

Das frühe Tageslicht, das sie geweckt hatte, wurde von den Gitterstäben gebrochen, die vor dem Fenster des Dienstzimmers befestigt waren. Sie erinnerten Milena auf Anhieb daran, wo sie war. Ein paar Strähnen ihrer langen, goldbraunen Haare hatten sich aus dem Haargummi gelöst und sich unangenehm unter ihrer Wange gesammelt. Das Licht fing sich in ihnen, als sie sie unter ihrem Kopf hervorzog und im Nacken bündelte. Luca war ebenfalls wach geworden, ein Wunder, dass er überhaupt hatte schlafen können, dachte sie. Er rieb sich den Nacken und sah zu ihr hinüber, gerade öffnete er den Mund, um etwas zu sagen, als sie Schritte auf dem Gang hörten, die sich näherten. Die Tür wurde geöffnet, ein Kollege von Luca streckte den Kopf herein, kündigte die *famiglia Vaducci* an, und dann ging alles recht schnell.

Milena sah, dass sich ihre Mutter an dem Polizisten vorbeidrängte, mit energischen Schritten auf sie zulief, um sie für einen kurzen Augenblick in die Arme zu schließen. Dann kam Milenas Großvater ebenfalls ins Zimmer. Auch er umarmte sie, und Milena nahm aus den Augenwinkeln wahr, wie sich ihre Mutter Luca zuwandte, der knallrot im Gesicht wurde, und ihn in schönstem Italienisch nach dem weiteren Prozedere fragte. Als wäre es für sie das Selbstverständlichste der Welt, in ein Polizeirevier hineinzuspazieren, um ihre festgesetzte Tochter auszulösen. Milena und ihr *nonno*, der sich so auffällig im Hintergrund hielt, dass Milena ihm einen irritierten Blick zuwarf, folgten Rosalia und Luca ins Nebenzimmer, wo Rosalia im Stehen die Papiere unterschrieb, die bestätigten, dass sie ihre Tochter abgeholt hatte. Dann drückte sie Luca eine nicht allzu hohe Summe als Strafzahlung für den Ladendiebstahl in die Hand, und in atemberaubenden zehn Minuten war alles vorbei. Milena fand gerade noch Zeit, Luca vor der Tür zum Abschied die Hand zu drücken, der ihrer Mutter, wie sie fand, mit einem reichlich belämmerten Gesichtsausdruck nachsah, da schob sie ihr Großvater auch schon ins Auto und setzte sich hinters Steuer.

Er ließ den Motor an und rangierte aus der Parklücke gegenüber dem Polizeirevier heraus. Als er nach ein paar Metern um eine Straßenecke bog, stieß er einen tiefen Seufzer der Erleichterung aus. Ihre Mutter hingegen drehte sich zu Milena um, und Milena wusste, was nun kommen würde.

»Und jetzt zu dir, junge Dame«, setzte sie an, und die Strafpredigt, die sie Milena hielt, sollte sie so schnell nicht wieder vergessen. Nun gut, das hatte sie wohl verdient. Milena zog den Kopf ein und ließ das Stakkato der mütterlichen Vorwürfe über sich ergehen.

SECHZEHN

Eleonora, 1971

Ein Pochen an der Tür war im Spätsommer 1971, ihrem letzten Sommer in Turin, der Vorbote für das Unheil, das in den Tagen danach seinen Lauf nehmen sollte. Gegen halb vier Uhr war es und Eleonora endlich in den unruhigen Schlaf gesunken, der nun ihre Nächte bestimmte, als das Geräusch von trommelnden Fäusten an der selbst gezimmerten Holztür zwischen jenem Teil der Scheune, der ihre provisorische Wohnung darstellte, und dem Rest des Schuppens sie aus dem Schlaf schreckte.

Die frühe Schwangerschaft machte ihr zu schaffen, und seit einigen Tagen schon schälte sie sich nur mit Mühe frühmorgens aus den Laken, um ins Haus hinüberzugehen, wo die ersten vierbeinigen Patienten darauf warteten, von ihren Besitzern ins Behandlungszimmer gebracht zu werden. Gennaro, der Tierarzt, war schon längst in einem seiner beiden Behandlungsräume. Oft erledigte er vor Beginn der Praxiszeiten Liegengebliebenes oder bereitete Medikamente für einen seiner Hausbesuche vor, wobei es sich in seinem Fall meist eher um Stallbesuche handelte.

Der Tierarzt war es, der sie erwischt hatte, sie und Valerio an jenem Morgen nach dem großen Protest der Arbeiter. Besser gesagt war es Ludwig gewesen, sein Deutscher Schäferhund. Sein tiefes Bellen hatte Eleonora aus dem erschöpften Schlaf gerissen, in den sie am frühen Morgen noch einmal gefallen war, nachdem sie und Valerio ihren Hunger nacheinander fürs Erste gestillt hatten. Sie hatte gehört, wie das Tier aufgeregt von draußen gegen die Tür der Scheune sprang, und Valerio, der ebenfalls aufgewacht war, bedeutet, liegen zu bleiben. Wenn sie sich mit etwas auskannte, dann mit Hunden. Also war sie so rasch wie möglich die Leiter hinuntergeklettert und hatte begonnen, durch die geschlossene Holztür mit dem Tier zu sprechen. Sie hatte gehört, dass es sich etwas beruhigte, und dann gewagt, vorsichtig die Tür zu öffnen und dem riesigen und immer noch misstrauisch schnuppernden Hund die Hand hinzustrecken. Offenbar hatte Ludwig sie für harmlos befunden, denn es war kaum ein Augenblick vergangen, bis er begonnen hatte, mit dem Schwanz zu wedeln, und sie ganz vorsichtig seinen Kopf streicheln konnte. »Na, du bist mir ja ein rechter Wachhund«, hatte sie gemurmelt, während sie das mächtige Tier unter dem Kinn kraulte. Dann war auch schon ein Mann herbeigelaufen, mindestens 25 Kilo zu viel auf den Rippen, wie er selbst Eleonora gegenüber später immer wieder beklagte, aber mit einem so freundlichen Gesicht, dass nicht mal der Ärger über die Eindringlinge ihn richtig böse aussehen lassen konnte. Heftig schnaufend war er vor ihr stehen geblieben, und sie hatte ihm ihr bezauberndstes Lächeln geschenkt. Dann hatte sie Valerio heruntergerufen und dem Tierarzt, der kurz zusammengezuckt war, als er sah, dass er es nicht nur mit einer jungen Frau zu tun hatte, in kurzen Worten erklärt, warum sie hier waren – und dem guten Mann bei einem Cappuccino, den er ihnen anschließend in seiner Küche kochte, die ganze Geschichte noch einmal ausführlich geschildert. Als sie eine Stunde später ihre Sachen vom Scheunenboden geholt hatten, um sich auf den Weg zurück in die Stadt zu machen, hatte Gennaro Eleonora zurückgehalten und sie gefragt, ob sie nicht Lust habe, ihm in seiner Praxis zu helfen. Wer seinem Ludwig den Kopf verdrehen könne, müsse dafür genau die Richtige sein, hatte er erklärt. Eleonora hatte spontan zugesagt und einige Monate darauf auch das Angebot angenommen, gemeinsam mit Valerio ganz in seine Scheune zu ziehen.

Zunächst kehrten sie und Valerio in ihre Wohnungen im Zentrum Turins zurück. Ausgebrannte Autos und zerstörte Baustellen waren alles, was von den Menschenmassen und all dem Zorn der Arbeiter übrig geblieben war, als sie am Tag nach dem großen Streik gegen Mittag zurück ins Viertel Mirafiori kamen. Es war ein zweifelhaftes Glück, dass Valerio am Tag darauf auch in die Fabrik zurückkehren durfte. Doch schon einen Monat später streikten dort erneut 8000 Arbeiter, blockierten zwei komplette Abteilungen. Als Agnelli daraufhin Tausende aussperren ließ, war Valerio einer von ihnen, und schon nach wenigen Tagen ging ihm genauso das Geld aus wie den meisten anderen. Nur hatte er das Glück, in dem langen Pietro – der am Tag nach dem Streik mit einer Platzwunde am Kopf und blauen Flecken am ganzen Körper vom Polizeirevier zurückgekommen war – einen guten Freund zum Mitbewohner zu haben. Pietro gehörte nicht zu den Ausgesperrten und verzichtete fürs Erste darauf, den Mietanteil von Valerio einzufordern.

Eleonora ging es nicht viel besser als ihrem sizilianischen Freund. Ihr Vater verweigerte ihr schon lange jede Unterstützung, und hätte ihr nicht ihre Mutter – nach einigem guten Zureden durch Rosemarie, wie Eleonora vermutete – jeden Monat ein bisschen Geld geschickt, hätte sie sich längst nicht mehr in Turin halten können. So hatte sie über das Angebot des Tierarztes nicht lange nachdenken müssen, fuhr schon ein paar Tage später wieder in die noble Gegend jenseits des Po und erklärte Gennaro, für ihn arbeiten zu wollen. Bei einem weiteren Kaffee in seiner großen Küche erzählte sie ihm von den Schäferhunden ihres Vaters, bei denen sie als Zwölfjährige so manche Nacht draußen im Garten verbracht hatte. Bis ihr Vater sie dabei erwischt, sich maßlos aufgeregt und sie kurz darauf ins Internat geschickt hatte. Dass Eleonora noch nicht einmal die Gelegenheit bekam, sich von den Hunden zu verabschieden, hatte sie ihrem Vater nie verziehen. Gennaro hörte sich die Geschichte an, reichte ihr dann umstandslos die Hand und erklärte: »Also, abgemacht!«

Fortan pendelte sie täglich mit der Straßenbahn hinüber nach Cavoretto, half dem Tierarzt beim Versorgen der Hunde und Katzen, die nach einer Sterilisation oder der Entfernung eines Tumors zur Überwachung in der Praxis blieben. Es gab noch eine andere junge Frau, die Gennaro auch bei den Operationen assistierte. Als sie zum ersten Mal ausfiel, holte Gennaro Eleonora in sein Behandlungszimmer. Und weil sie weder der Anblick des Blutes schreckte noch die schlechten Nachrichten, die hin und wieder an die Besitzer eines Tieres überbracht werden mussten, übertrug er ihr zunehmend mehr Aufgaben und bezahlte sie anständig. Wenn sie Valerio traf, zwischen seinen Schichten, mal im Park, mal bei einem Eis, selten in der WG, weil sie das

Frotzeln ihrer Mitbewohner nervte, sprudelte sie über von den Geschichten aus der Praxis, erzählte ihm von klaffenden Wunden und aufgeschnittenen Geschwüren und konnte sich königlich darüber amüsieren, wenn er bleich wurde und versuchte, sie abzulenken. Was er meist erreichte, indem er sie an sich zog und küsste. Zwischendurch sah er sie einfach nur an und murmelte: »*Non lo credo*, ich glaub es nicht. Dass ich mit dir zusammen bin.« Wenn Eleonora in den Nächten in seinem Arm döste, zog er den Schwung ihrer Lippen mit dem Finger nach, fuhr sanft mit dem Mund über ihre etwas lange Nase oder den hohen, dunkelroten Bogen ihrer Brauen, so lange, bis sie die Augen aufschlug und sie mit all den eben erst ausgetauschten Liebkosungen wieder von vorne anfingen.

Eines Nachts sprach er davon, wie unerreichbar sie ihm erschienen war in jenen Wochen vor dem großen Streik. Sie war gerührt zu erfahren, wie er sie beobachtet hatte am Tag der großen Zusammenkunft in der Uni – natürlich war es kein Zufall gewesen, dass er sie in der Eisdiele getroffen hatte. Ebenso wie sie hatte er zuvor Davide zugehört und seinem Aufruf zum Ausstand, und Valerio war voll der Bewunderung gewesen für den kleinen Redner und seine Fähigkeit, druckreife Sätze quasi aus dem Nichts zu holen. »Ich wünschte, ich könnte das auch, und ich wünschte auch, mehr über die Welt zu wissen«, klagte er. Mehr als die Grundschule hatte er nicht besuchen können, und auch die nicht regelmäßig, wie er Eleonora erzählte. »Meine Mutter, *che dio la benedica*, Gott hab sie selig, hat mir zwar so einiges beigebracht, für das Gymnasium hatten wir aber natürlich kein Geld.« Er habe es nicht für möglich gehalten, dass sie, die deutsche Studentin mit all dem Wissen im Kopf, ausgerechnet ihm, einem unwissenden Bauern aus dem Mezzogiorno, ihr Herz schenken würde, als er sie zum ersten Mal gesehen habe, oben auf der Mauer vor der Fabrik. *La fata rossa*, die rote Fee, hätten sie seine Freunde aus der Fabrik genannt, mit Respekt, aber auch ein wenig Furcht. So eine Haarfarbe hatte noch keiner gesehen, der in Favarotta, in Campofelice di Fitalia oder Vicari aufgewachsen war. Nicht die Haarfarbe und nicht diesen besonderen Gang, »wie eine hochmütige Löwin«, scherzte Valerio. Pietro, der Einzige, mit dem er darüber reden konnte, schon weil der Lange wie er aus Sizilien kam, habe ihn gewarnt. Nicht, weil er Eleonora nicht mochte, beeilte sich Valerio ihr zu versichern, sondern weil er zu viel Respekt vor ihr hatte. »Ist schwierig mit dem Mädchen, Valé«, habe Pietro zu ihm gesagt, »ist ein anderer Kontinent, von dem sie kommt.« Doch dann habe er sich vorgestellt, seine Hände in ihren Haaren zu vergraben und ihren Kopf festzuhalten, während er sie küsste, flüsterte er ihr zu, so wie er es jetzt tat, an diesem gewittrigen Abend Mitte August. Der Donner grollte beinahe pausenlos über der Stadt, und so mussten sie sich nicht allzu sehr darum sorgen, im Nachbarzimmer nicht gehört zu werden, wo Davide und Tommaso schliefen. »Ich hätte die Wände hochgehen können, damals, als Tommaso zu dir ins Zimmer gezogen ist«, flüsterte Valerio.

»Aber er hat dir sein Bett überlassen«, wandte Eleonora ein. »Das war ja das Schlimme, ich durfte ihm ja nicht einmal böse sein. Aber dass er in *dein* Zimmer durfte, war trotzdem nicht witzig für mich, ich habe es nicht wirklich verstanden.« Wie so vieles nicht.

Warum sie herübergekommen sei von ihrem Kontinent auf den seinen, wollte er wissen? Sie und die anderen Studenten, die freiwillig hier waren, im Gegensatz zu ihm und seinen Leidensgenossen aus der Fabrik. Sie würden niemals die Chance haben, den umgekehrten Weg zu gehen. »Sie waren so unsicher, die *operai*, drinnen in der Uni«, berichtete er, »obwohl die Studenten ja für uns waren, für uns kämpfen wollten.« Doch die Arbeiter, die, so wie er, von der Scholle kämen oder aus schimmligen Absteigen mit Wänden aus Pappkarton in den Außenbezirken von Rom oder Neapel oder Salerno, »das sind keine Wohnungen, verstehst du? Das sind Verschläge«, von denen würde keiner jemals wieder eine Uni von innen sehen. Doch er könne nicht verstehen, warum die Studenten, auch die Deutschen, Tommaso und Eleonora – »*che fortuna, anche tu, amore mio*, zum Glück auch du, meine Liebe« –, sich für die Arbeiter einsetzten. »Warum habt ihr das gemacht? Habt ihr zu Hause nichts Besseres zu tun?«

Eleonora sah ihn etwas überrascht an bei dieser Frage. Für sie hatte es mehrere Gründe gegeben, nach Turin zu kommen, die pure Angst um die Existenz aber, wie bei Valerio oder den Tausenden von Arbeitern, die wie er aus dem Süden gekommen waren, gehörte nicht dazu.

Sie begann, von ihrer Heimat zu erzählen, ihren Eltern, die nach dem Krieg nicht weniger wohlhabend waren als vorher, während es vielen anderen schlecht ging. Sie beschrieb ihm das Gefühl, das sie hatten, sie und ihre Freunde aus der Studentenschaft, dass die Generation ihrer Eltern nichts gelernt habe aus dem Krieg und dass sie das Bedürfnis hatten, etwas Besseres aus der Welt zu machen.

»Und jetzt sitzt du hier und jobbst bei einem Tierarzt, machst du damit die Welt besser?«, wollte er wissen – und es klang ein wenig provokant.

Eleonora lächelte und flüsterte in sein Ohr: »Jetzt bin ich mit dir hier. Zugegeben, die Welt ist jetzt ein bisschen zweitrangig geworden.«

Natürlich war ihr klar, worauf er hinauswollte, es war ihm nicht recht, dass sie so viel Zeit mit dem Tierarzt verbrachte, einem anderen Mann, noch dazu einem, der in einem großen Haus auf der noblen Seite des Flusses wohnte und mehr Geld auf dem Konto hatte, als Valerio es sich bisher hatte vorstellen können. Nun, Valerio würde lernen müssen, damit klarzukommen, dachte Eleonora, erstens machte ihr die Arbeit Spaß, und zweitens konnten sie auf keine Lira verzichten.

Und doch hatte er nicht ganz unrecht mit seiner Frage. Seit beinahe einem Dreivierteljahr war sie jetzt in Turin, mit dem Streik im Juli war die Luft ein wenig raus aus der Studenten- und Arbeiterbewegung. Und auch wenn sie sich sicher war, dass es weitergehen würde mit dem Kampf um mehr Löhne und Gerechtigkeit, war sie nicht mehr überzeugt davon, dass sie wirklich etwas erreichen würden – und nicht zuletzt, ob ihre Anwesenheit hier tatsächlich vonnöten war.

Und dann war da die Sache mit Davide.

Er hatte in der Küche gesessen, als sie am Mittag nach dem Streik zurückgekommen war, und gerade begonnen, Nino und Filipo zu erzählen, wie es ihm ergangen war, nachdem sie sich vor der Fabrik aus den Augen verloren hatten. Er sei direkt auf eine Gruppe Polizisten zugelaufen, sein Banner schwenkend. Einen der Uniformierten habe er damit wohl zu sehr gereizt, dass der ihm seinen Gewehrkolben übergezogen hatte. »Als ich wieder zu mir kam«, erzählte er, »saß ich in einem Polizeitransporter«, mit ein paar anderen, einer von ihnen, schwer verletzt am Arm, »hat aber keinen der Bullen interessiert.« Am Vormittag durfte er wieder gehen, nur sein Name stehe jetzt im Strafregister, sagte er scheinbar im Scherz, doch Eleonora spürte, dass die Wut, die schon vorher sein Antrieb gewesen war, neue Nahrung erhalten hatte.

Im Dezember hörten sie dann in den Nachrichten, dass in der Mailänder Banca di Agricoltura eine Bombe explodiert war, und kurz darauf erzählte ihnen Davide bei einem gemeinsamen Abendessen, dass der »Genosse« Giuseppe Pinelli aus dem Mailänder Polizeigebäude zu Tode gestürzt war, nachdem man ihn dort drei Tage lang festgehalten hatte. Davide sprang auf, nachdem er davon berichtet hatte, zitternd und mit erhobener Faust schwor er Rache.

»Das in Mailand«, rief er, »das waren die Faschisten! Ihr werdet's schon sehen.«

Niemand widersprach ihm, nicht Tommaso, nicht Eleonora, nicht Nino und auch nicht Valerio, der mit den anderen in der Küche saß, seine Freundin auf dem Schoß. Doch Davides Reden, die Eleonora immer schon als kämpferisch, dabei aber doch differenziert erlebt hatte, wurden immer radikaler und ihr Ton immer aggressiver.

»Der Staat, Freunde, der Staat, der kann mich mal. Was wollt ihr?«, schimpfte er manchmal an Valerio und die anderen Arbeiter gewandt, wenn sie sich in einer Bar trafen, »was kämpft ihr für ein paar Lire mehr, ein bisschen mehr Mitbestimmung. Das ist doch nichts, das sollte selbstverständlich sein! Aber dieser Staat will es euch nicht geben. Er wird euch nichts geben außer Almosen. Dieser Staat, Freunde, dieser Staat ist der Feind. Dieser Staat muss weg. Und von mir aus fangen wir mit Agnelli an.«

Tommaso, der schon im Sommer immer wieder mit Davide aneinandergeraten war, weil er zur Mäßigung mahnte bei allem Willen zum Kampf, verließ nun immer öfter den Raum, wenn der *altoparlante* hereinkam. Aus dem gemeinsamen Zimmer war er schon lange ausgezogen und hatte mit Nino das Bett getauscht.

»Ich kann ihn nicht mehr ertragen, ihn und sein Gerede von Gewalt. Und hast du die Typen gesehen, mit denen er sich jetzt trifft? Das sind ganz komische Leute«, raunte er Eleonora ins Ohr.

Und schließlich, ein gutes Jahr nachdem sie gemeinsam aus Tübingen nach Turin gekommen waren, packte Tommaso seine Habseligkeiten zusammen und fuhr zurück nach Hause, um sein Jurastudium wiederaufzunehmen. Eleonora brachte ihn zum Zug, und als die Türen sich hinter ihrem Freund schlossen, schoss ihr das Heimweh wie eine Pistolenkugel in die Glieder. Natürlich hatte Tommaso versucht, sie zum Mitkommen zu überreden, nicht nur einmal.

»Du weißt, dass ich das nicht kann, und du weißt auch, warum«, hatte sie geantwortet, immer wieder.

»Dann nimm ihn halt mit!«, hatte Tommaso schließlich genervt erwidert. »In irgendeiner Autofabrik arbeiten kann er in Deutschland auch. Hast du ihn schon einmal gefragt?«

Nein, hatte sie nicht. Und sie wusste selbst nicht so genau, was sie eigentlich davon abhielt. Oder sie wollte es nicht wissen. Ein paarmal hatte sie mit ihrer Mutter telefoniert, ihr versichert, dass es ihr gut gehe und dass der Kampf, den sie zu kämpfen beschlossen hatte, bald ausgestanden wäre. Und, ja, vielleicht würde sie dann auch weiter studieren, sie wisse es noch nicht genau. Eins jedoch wusste sie, dass vieles Lüge war von dem, was sie erzählte. Ihre unbedingte

Liebe zu Valerio aber war keine. Doch ausgerechnet von ihm erzählte sie ihrer Mutter nichts. Dass sie sich scheute, ihr oder gar ihrem Vater von ihrem süditalienischen Freund zu berichten, fand sie selbst erstaunlich: Schließlich hatte sie in den vergangenen Jahren nichts von dem getan, was ihre Eltern von ihr erwartet hatten, und sich auch nicht um deren Meinung geschert.

»Du kennst meine Eltern nicht«, sagte sie zu Tommaso, »sie würden sagen, ich hätte Flausen im Kopf. Und das würde noch zu den netteren Dingen gehören. Ich würde mich nur deshalb mit so einem einlassen, um ihnen eins auszuwischen, um zu zeigen, dass ich nichts darauf gebe, was sie für richtig halten. ›Mädchen, wirf doch dein Leben nicht weg!‹, das würden sie sagen. Das kann ich mir sparen.«

Was Eleonora aber noch viel mehr zu schaffen machte als die sicheren Vorwürfe ihrer Eltern, war, dass sie selbst sich nicht vorstellen konnte, mit Valerio in ihrer Heimat zu leben, nicht wie, nicht wovon und überhaupt. Der Lebensentwurf einer festen Beziehung, einer gemeinsamen Wohnung gar, war bisher nicht ihr Lebensentwurf gewesen. Aber war es das wirklich, das sie abhielt, Valerio zu bitten, mit ihr nach Deutschland zu kommen? War sie in ihrem Denken am Ende weit weniger fortschrittlich und frei von Konventionen, als sie glaubte? In Momenten, in denen sie ehrlich zu sich selbst war, ließ sie die Frage zu: »Passt Valerio in mein Leben?«

Im Moment war es umgekehrt, sie war ein Teil seines Lebens, einer, der auch wieder gehen konnte, wenn es ihm passte. Würde er aber mit ihr nach München kommen, konnte sie ihn ja schlecht wieder wegschicken, wenn es zwischen ihnen nicht funktionierte. Was sie natürlich nicht glaubte. Doch auch vom Gegenteil war Eleonora nicht restlos überzeugt. Immerhin konnten seine Herkunft und ihre verschiedener kaum sein. Wenn sie an den großbürgerlichen Wohlstand dachte, in dem ihre Eltern sie aufgezogen hatten, und dann an die ärmlichen Verhältnisse, in denen Valerio gelebt haben musste, fiel es ihr schwer, sich eine gemeinsame Zukunft mit ihm vorzustellen. Mussten ihre Vorstellungen, ihre Träume nicht viel zu unterschiedlich sein, als dass sie miteinander harmonieren konnten? Sicher, Valerio schlug sich gut zwischen den Studenten, er war clever, verstand es, seine fehlende Schulbildung durch geschicktes Fragen – oder geschicktes Schweigen – zu kompensieren. Aber fühlte er sich wirklich wohl dabei? Und die Vorstellung des drahtigen Sizilianers mit den schwarzen Augen, dem nicht zu beseitigenden dunklen Bartschatten und den unzähmbaren Locken als Gast am kristallschimmernden Esstisch ihrer Eltern erschien ihr fast schon absurd. Und sie mochte sich erst recht nicht vorstellen, was ihr Vater tun würde, wenn er erfahren würde, was Valerio ihr in einer der Nächte erzählte, kurz nachdem sie ihre gemeinsame Wohnstatt in Gennaros Schuppen eingerichtet hatten.

Nachdem Tommaso die WG verlassen hatte, hatte es auch Eleonora nicht mehr lange dort ausgehalten. Fast jede Nacht waren Freunde von Davide zu Besuch gewesen, die stundenlang in der Küche gesessen und diskutiert hatten. Und vieles von dem, was Eleonora hörte, hatte ihr Angst gemacht. Ein paar Tage lang hatte sie sich damit beruhigt, dass Davide und seine Genossen zwar große Reden schwangen, im Grunde aber nie über ein paar öffentliche Auftritte oder Protestaktionen hinausgehen würden. Sie hatte ihn ja erlebt, hatte seine Überzeugungskraft gespürt, er würde es nicht nötig haben, jemanden zu verletzen, um sich Gehör zu verschaffen. Davon war sie überzeugt. Zumindest bis zu jenem Morgen, an dem sie neben der Spüle einen Zettel gefunden hatte, auf dem Drähte und Schaltkreise aufgezeichnet waren. Sie war damit zu Nino gegangen, dem künftigen Zahnarzt. Physik war sein Lieblingsfach gewesen, wie er gerne erwähnte, und er hatte ihren Verdacht bestätigt. Kreidebleich war er geworden und hatte sie angestarrt. »Das ist nicht wirklich von Davide. *Non è vero, dimmi!* Das ist nicht wahr, oder?«

Ein paar Tage später packte Eleonora ihre Sachen, politische Gewalt war etwas, mit dem sie nichts zu tun haben wollte, da zog sie es vor, in einem Holzverschlag zu wohnen. Gennaro hatte ihr zwar auch ein Zimmer im Haus angeboten, doch das hatte sie dankend abgelehnt, nicht nur aus Rücksicht auf Valerio, auch sie zog es vor, dem Tierarzt, der keinen Hehl daraus machte, dass sie ihm gefiel, nicht ganz so nahezukommen. Nicht lange danach verlor Pietro seine Wohnung und entschloss sich, in Wolfsburg bei VW sein Glück zu versuchen, sodass auch für Valerio der Schuppen zur einzigen Wohnalternative wurde. Er richtete mit Ersatzteilen, die ihm der Chef der Werkstatt geschenkt hatte, in der er seit einigen Wochen aushalf, um sich Geld dazuzuverdienen, einen Roller her. Damit machte er sich jeden Morgen auf den Weg in die Fabrik. Gennaro schlug ihnen vor, im Schuppen eine zusätzliche Holzwand und eine Tür einzubauen, und so hatten sie zum ersten Mal so etwas wie eigene vier Wände für sich. Als dann im Mai 1970 das Arbeitnehmerstatut unterschrieben wurde, merkte Eleonora, dass Valerio begann, ein wenig optimistischer in die Zukunft zu blicken. In der Fabrik durfte man endlich seine Meinung sagen, ohne gleich Ärger mit den Bandaufsehern zu bekommen – auch wenn nicht jeder der Chefs und Unterchefs das von heute auf morgen einsehen wollte –, die Arbeiter, auch Valerio, bekamen etwas mehr Lohn. »Nicht genug«, befand er und behielt den Job in der Autowerkstatt, während Eleonora im Herbst einer Bauernfamilie, deren Tiere Gennaro betreute, bei der Weinernte half.

Nach einem dieser Tage war es, Mitte September 1970, Eleonora lag mit schmerzenden Gliedern in Valerios Arm und hatte nur noch das eine Bedürfnis, sich nie mehr bewegen zu müssen, als er unvermittelt begann, von seinem Bruder Marco zu erzählen und wie es gekommen war, dass er Sizilien verlassen hatte.

Von der Einsiedelei berichtete er, die zu Ehren der heiligen Rosalia errichtet worden war, zwischen dicht stehenden Eichen hoch oben auf einem Berg im Süden der Insel, einer Heiligen, die die Palermitaner *Santuzza* nannten. Wie er schon als Dreizehnjähriger zusammen mit seinem Vater und seinem Bruder Marco regelmäßig zur Santuzza hinaufgestiegen war. »›Für ihren Segen muss man sich schon ein bisschen anstrengen, sonst ist er nichts wert‹, hat Papà gesagt, und dann sind wir losgezogen«, erzählte er. »Einmal hat uns ein Eselskarren mitgenommen, aber nur ein Stück weit. Und Marco hat angefangen zu jammern, wollte an jeder Kapelle auf dem Weg stehen bleiben, ›reicht doch, Papà, ist doch eine Heilige wie jede andere‹. Und mein Vater hat gesagt: ›Keine ist wie Rosalia.‹«

»Und du?«, wollte Eleonora wissen, »hast du nichts gesagt?«

Er strich ihr mit der Hand über die Haare, sie spürte, wie er energisch den Kopf schüttelte. »Nein. Ich wollte unbedingt nach oben, der Weg war so schön, als wir immer höher und höher kamen. Der Blick war so weit, nach Siculiana, in Richtung Süden, übers Meer, und nach Norden bis zur Rocca Busambra, ich habe nie daran gezweifelt, dass mein Vater recht hatte.«

Im nächsten Jahr, erzählte er weiter, war seine Mutter gestorben, bei einem Erdbeben, als ihr ein Balken auf den Kopf gefallen war.

»Stell dir vor, keinen sonst hat es erwischt, dieses beschissene Beben, nur sie, und dann haben wir sie begraben, mein Vater, *zio* Alberto, Papas jüngerer Bruder, Marco und ich. Ein Jahr später ist dann auch Papà gestorben. Er ist eines Nachts nicht mehr wiedergekommen vom Fischen.« Noch kurz zuvor habe er ihn und seinen Bruder zu sich gerufen, »als hätte er es geahnt«, sinnierte Valerio, »und wir mussten ihm versprechen, dass wir auch ohne ihn zu Rosalia wandern müssten, einmal im Jahr, dass wir ihn vertreten würden, wenn er eines Tages nicht mehr da wäre. Marco, natürlich, hatte überhaupt keine Lust auf das Versprechen, aber er hat es ihm doch gegeben. Und kurz nach Papàs Tod sind wir los, diesmal war da nicht mal ein Karren, wir mussten den ganzen Weg zu Fuß gehen. Marco hat geschimpft und gezetert, wir sind viel zu spät los.« Es sei fast Abend gewesen, als sie das Gebet zur Heiligen Rosalia hinter sich gebracht hätten und er hinter seinem Bruder aus der Kirche getreten sei. »Und dann stand dieser Wagen da.« Valerio hielt inne in seiner Erzählung, und Eleonora richtete sich auf, um ihm im Halbdunkel ihres Verschlags ins Gesicht sehen zu können. »Was für ein Auto?«

»Es war der *capodecina*. Cosa Nostra.« Eleonora hielt den Atem an und blickte Valerio weiter unverwandt an. »Mein Vater«, flüsterte er, »er hat ab und zu was für die gemacht. Ich kann dir nicht sagen, was. Aber er hat es gehasst. Er ist immer ganz krumm geworden im Rücken, wenn das Auto bei uns vor dem Haus aufgekreuzt ist. Und dann hat mich meine Mama ganz schnell ins Haus geholt. Wenn er dann für einen Abend oder so verschwunden ist, dann war er sicher nicht mit meinem Onkel Alberto beim Fischen. *L'odiava*, er hat es gehasst«, wiederholte er.

Valerio schwieg eine ganze Weile, bevor er weitererzählte: »Marco war da ganz anders. Ich glaube, er hat sich gefreut, als das Auto vor der Kirche stand, er hat sich richtig beeilt, hinzulaufen. Ich wollte nichts davon wissen und bin zurück in die Kirche, hab so getan, als würde ich sein Rufen nicht hören.« Marco sei rot im Gesicht gewesen vor Zorn, als Valerio endlich wieder aus der Kirchentür gekommen sei, »er hat mir die Faust in den Magen geschlagen. ›Sie hätten uns mitgenommen zurück, verdammt! Jetzt müssen wir den ganzen Weg laufen, du dummer Idiot!‹ Er hat mich beschimpft, mich gefragt, wovon wir leben sollen. Wir hatten ja nichts. Ein paar Pfirsiche von den Bäumen, die unser Vater gepflanzt hat. Onkel Alberto hat uns immer wieder ein paar Fische geschenkt.«

»Und dann?«, fragte Eleonora.

Valerio schüttelte den Kopf.

»Er hat sich denen verkauft. Mit Haut und Haaren. Aber wir hatten immer etwas zu essen – und wenn ich gefragt habe, wo das herkommt, hat er mich verprügelt. Damals hab ich mir vorgenommen, abzuhauen, sobald wie möglich.« Die Schulsachen, mit denen seine Mutter ihn unterrichtet hatte, hatte er in eine Truhe gepackt und ein Schloss davorgehängt, »hab es mal im Dorf für einen Wolfsbarsch getauscht«, erzählte er.

»Und wann bis du dann gegangen?«

»Knapp zwei Jahre später. Marco hatte so ein Motorino, ganz neu und glänzend. Und eines Abends kam er und hat gesagt, ich soll aufsteigen und mitkommen. Was hätte ich machen können, er war der Stärkere. Wir sind in einen Ort in den Bergen gefahren, zu einer Pizzeria, ein Typ war schon da, einer, den ich kannte aus dem Dorf und von dem ich wusste, dass er für den *capodecina* die Drecksarbeit macht. Er und Marco sind rein und haben den Wirt rausgeholt. Ich sollte nur Wache stehen. Dann, als alles vorbei war, sind wir wieder aufs Motorino und abgehauen. Ich weiß nicht, ob er's überlebt hat.«

Als sein Bruder das nächste Mal nicht zu Hause war, berichtete Valerio, habe er sein gutes Hemd eingepackt, alles Geld, das er aus dem Verkauf von Pfirsichen und Fischen hatte abzweigen können, ohne dass es Marco aufgefallen war, und war losgelaufen, die zwanzig Kilometer bis nach Agrigent, und war in den Zug gestiegen. »Ich wollte nur noch weg. Als mein Geld alle war, bin ich gelaufen. Ich war's ja gewöhnt. In Messina habe ich einen Fischer überredet, mich aufs Festland zu bringen. Den Rest kennst du.«

Eleonora nickte, Valerio hatte ihr schon erzählt, wie er sich durchgeschlagen hatte bis Turin, wie er tagelang gelaufen war, möglichst abseits der großen Straßen, wie er sich bei Bauern gegen ein Stückchen Käse und ein Brot verdingt hatte, in Scheunen geschlafen und schließlich in Salerno in einer Tomatenfabrik gearbeitet, bis er genug Geld zusammensparen konnte, um in den Norden, nach Turin, zu kommen, wo es, wie er gehört hatte, genug Arbeit geben sollte für alle und die Chance auf angemessene Bezahlung. »Na ja, wie es ist, sehen wir ja jetzt«, brummte er und schwieg dann.

Eleonora hatte das Gefühl, irgendetwas sagen zu müssen, wusste aber nicht genau, was.

»Dein Bruder«, fing sie an, »hast du ihn je wiedergesehen?«

»Nein, hab ich nicht«, antwortete er nachdenklich. »Ich hab mir alle Mühe gegeben, meine Spur zu verwischen.«

»Meinst du denn, er sucht noch nach dir?«

Valerio setzte sich auf, sie spürte genau, dass er selbst nicht ganz überzeugt war, vermutlich wollte er sie nur nicht beunruhigen. »Nein, bestimmt nicht.«

Als der Winter kam, nahmen sie Gennaros Angebot an, bei ihm im Haus zu wohnen, vorübergehend zumindest. Das Weihnachtsfest mit Gennaros Mutter, zwei Schwestern und mehreren Tanten und Cousinen war rauschend, und Eleonora und Valerio waren eingeladen mitzufeiern, als wären sie Teil der Familie. Im Frühling aber, sobald das Wetter es zuließ, zogen sie wieder in den Schuppen. Sie hatten sich ganz gut eingerichtet in ihrem Turiner Leben, und Eleonora schaffte es die meiste Zeit über, den Gedanken zu verdrängen, dass das Hausen in einem Holzschuppen keine überzeugende Zukunftsperspektive beinhaltete – auch dann nicht, wenn sie es nicht durch die Augen ihrer Eltern betrachtete. Der Frühling verging, der Sommer kam und spannte sich wochenlang wie ein gold glänzender Schirm über die Stadt und ihr Leben mit Valerio, was es ihr leicht machte, im Augenblick zu leben. Dann, als die Tage schon begannen, wieder kürzer zu werden, bemerkte sie, dass sie schwanger war. Als sie es Valerio erzählte, breitete sich ein Leuchten auf seinem Gesicht aus, und wie von einer plötzlichen Scham befallen, legte er ganz vorsichtig drei Fingerspitzen auf ihren Bauch unter ihrem geblümten Sommerkleid und strich sanft darüber. Dann sah er ihr in die Augen und flüsterte: »Ich hoffe, sie wird so sein wie du!«

»Sie?«, Eleonora lachte leise, »wieso glaubst du, dass es ein Mädchen wird?«

»Ich glaube es nicht, ich weiß es. Und wenn du nichts dagegen hast, würde ich sie gern Rosalia nennen.« Dann schloss er die Tür ihrer hölzernen Behausung, sperrte die Welt aus, und in Windeseile war alle Scham vergessen.

An ebendiese Tür trommelten einige Wochen später, in einer der letzten Augustnächte, die Fäuste von Valerios Bruder.

Eleonora hatte Mühe, sich zu orientieren, als der Lärm sie aus dem Schlaf holte. Valerio, der gerade noch neben ihr gelegen hatte, war bereits aufgesprungen, bedeutete ihr, ruhig zu sein, legte einen Finger auf den Mund. Dann hämmerten die Fäuste wieder gegen die Tür, energischer diesmal. Und nicht etwa unten am Eingang zur Scheune, sondern oben, auf dem Boden hinter der dünnen Holzwand, die sie selbst eingezogen hatten, wenige Meter von ihrer Schlafstätte entfernt, einer Matratze auf Holzpaletten.

Die Worte hinter der Tür waren weich wie Samt, aber unerbittlich in ihrer Autorität. Sie verstand ihren Inhalt nicht, nahm nur wahr, dass Valerio seine Jeans nahm, die er beim Zubettgehen auf den Hocker geworfen hatte, einem der wenigen Möbelstücke, die sie besaßen. Während er in die Hosenbeine schlüpfte, antwortete er auf Sizilianisch – was er in ihrer Gegenwart nur tat, wenn er sich aufregte –: »*Venu, spitta!* Ich komme, warte!«

Sein Tonfall, der zwischen Angst, Unwillen, Gehorsam und einer vierten Komponente changierte, die sie nicht einzuordnen wusste, jagte ihr eine Gänsehaut über den Rücken. Valerio sah sie nicht an, streifte sich auf dem kurzen Weg hinüber zu jener fordernden Stimme ein weißes Shirt über den nackten Oberkörper und schlängelte sich wie eine Katze durch die Tür, die er nur einen Spaltweit öffnete und sie dann sofort wieder hinter sich schloss. Wer auch immer draußen stand, sollte wohl keinen Blick auf seine Freundin erhaschen.

Eleonora hörte, wie Begrüßungen ausgetauscht wurden. Wenig herzlich klangen die Männerstimmen, deren Sätze sich ineinanderschraubten, »*frati*«, das sizilianische Wort für Bruder, meinte sie herausfiltern zu können aus dem Gemenge an Geflüster, das lauter und leiser wurde, aber immer noch hinter der Tür zu hören war.

Dann wurde Valerio auf einmal laut, klar und deutlich klang sein »*no*« durch die Wand, »ich denke gar nicht daran, das weißt du genau.«

Die Schritte einer dritten Person, wuchtig auf der Holzleiter zum Boden herauf, beendeten die hitzige Debatte. Eleonora hatte kurz gehofft, es könne Gennaro sein, der nachsehen kam, was sich abspielte in seinem Schuppen. Doch er war es nicht. Es war nicht der tiefe Bass des Tierarztes, der sich einmischte – und niemals würde er solch einen barschen Ton anschlagen. Valerio schwieg jetzt, auch der andere, Valerios Bruder, wie Eleonora später bestätigt bekam, sagte kein Wort mehr. Dann stiegen sie alle drei die Treppe hinunter, die Stimmen wurden leiser, während Eleonora zu dem runden Dachfenster stürzte, das zum Hof hinausging. Sie zog sich den Hocker heran und konnte, als sie hinaufgeklettert war, gerade noch sehen, wie Valerio hinten in ein Auto einstieg, ein Weiterer vorne auf der Fahrerseite.

Das Auto wurde gestartet und rollte am Vorderhaus vorbei auf die Straße in Richtung Po. Dann war alles still.

30 Stunden lang blieb Valerio verschwunden, er war einfach weg. Ohne Nachricht, ohne sich verabschiedet zu haben, ohne dass sie irgendeinen Anhaltspunkt gehabt hätte, wo er sein könnte. Eleonora versuchte, sich auf ihre Arbeit bei Gennaro zu konzentrieren, was ihr nur mit Mühe gelang. Doch sie riss sich zusammen und übernahm schließlich die Nachtwache bei einem Cocker Spaniel, der unter ein Auto gekommen und mit Quetschungen und einem gebrochenen Bein in die Praxis gebracht worden war. Die Operation war gut verlaufen, doch Gennaro wollte sichergehen, dass das Tier nicht über Nacht schlimme Schmerzen bekäme.

Etwas widerstrebend nahm der Tierarzt Eleonoras Angebot, bei dem Hund zu bleiben, an. Er wusste um ihre Schwangerschaft, aber nichts von ihrer Sorge um Valerio. Davon hatte sie ihm nichts erzählt. Stundenlang saß sie neben dem Körbchen, in dem der Spaniel die Nachwirkungen der Betäubung ausschlief, bekämpfte ihre Schwangerschaftsübelkeit mit Kamillentee und fragte sich ein ums andere Mal, wo Valerio stecken mochte, ob es ihm gut ging und ob sie den Vater ihres ungeborenen Kindes wohl jemals wiedersehen würde.

Gegen sieben Uhr in der Früh war es und draußen längst hell, als sie Schritte im Kies knirschen hörte. Sie sprang auf und rannte zum Fenster. Er war es. Valerio war wieder zurück. Als sie aus dem Haus lief, stand er über den steinernen Rand des alten Bauernbrunnens im Hof gebeugt. Er wusch sich. Die Hände und Arme. Hatte sie tief ins kalte Wasser getaucht und rieb sie immer wieder, bis hinauf über die Ellenbogen. Dann zog er sich das T-Shirt über den Kopf und warf es auf den Boden, bevor er begann, sich auch den Oberkörper abzuschrubben. Im Näherkommen sah Eleonora, dass sein T-Shirt voller Blut war, und fragte erschrocken: »Ist das deins?«

Valerio drehte sich langsam um, wie in Trance. Er wirkte nicht überrascht, sie zu sehen, doch er schien sie nicht verstanden zu haben.

»Das Blut«, insistierte Eleonora, »bist du verletzt?«

Er bewegte den Kopf von einer Seite zur anderen, müde, unendlich müde, und sagte kein Wort. Sie wollte näher treten, ihn anfassen, ihn dazu bringen, ihr zu antworten, doch als sie Anstalten machte, ihn zu berühren, hob er abwehrend die Hände, sah sie nicht mehr an und schien sie kaum mehr wahrzunehmen. Dann bückte er sich langsam, so als müsse er sich zu jeder weiteren Bewegung zwingen, hob das beschmutzte und zusammengeknüllte T-Shirt vom Boden auf und wandte sich in Richtung Scheune. Ohne sich noch einmal umzudrehen, verschwand er darin, und als Eleonora sich endlich getraut hatte, ihm nachzugehen, fand sie ihn bereits tief schlafend vor. Er verschlief den Schichtwechsel und bedankte sich bei ihr lediglich mit einem Nicken, als sie ihm am späten Nachmittag erzählte, ihn in der Fabrik krankgemeldet zu haben. Dann drehte er sich um, mit dem Gesicht zur Wand, und sie wusste nicht, ob er schlief oder wach war. Erst am Tag danach schien er langsam ins Leben zurückzufinden. Bevor er sich am Morgen auf seinen Roller setzte, um zur Arbeit zu fahren, gab er ihr einen flüchtigen Kuss, drückte sie kurz an sich. Eleonora blieb im Hof zurück, und die Unruhe, die sie in jenem Moment erfasst hatte, als das Klopfen an der dünnen Holztür im Schuppen zu hören gewesen war, wollte nicht mehr weichen.

Sie konnte sich nicht damit zufriedengeben, nichts von dem zu wissen, was Valerio passiert war. Auf ihr Drängen hin bat er sie am Abend mit ihm zu kommen, in die Hügel des Parco Europa, auf einen Spaziergang, *»una passeggiata«*, wie er sagte, doch seine Stimme klang nicht nach Spaziergang.

Die Aussicht von dort oben hatte etwas Unwirkliches: Der Blick von der Höhe der sorgsam angelegten Terrassen, harmonisch eingebettet zwischen Oliven, Platanen und Zypressen, ließ Turin mit all seinen Gegensätzen weit weg erscheinen. Ließ die römische Rechtwinkligkeit seiner Altstadt und der Arbeiterviertel im Süden, aufgebrochen durch den gewundenen Lauf des Po, seine Palazzi und seine Mietskasernen, seine Kirchtürme, die eigenartige Molle Antonelliana und die Fabrikschlote, ließ die machtvolle Gegenwärtigkeit der Stadt vor der majestätischen Alpenkulisse klein werden, sich auflösen im Dunst der Po-Ebene.

»Das«, flüsterte Valerio Eleonora ins Ohr, um deren Schultern er einen Arm gelegt hatte, als sie nach unten sahen, »das soll auch mit dieser Nacht passieren. Sie soll verschwinden im Dunst.«

Sie wollte nachfragen, zögerte aber und wartete, ob er weitersprechen würde.

»Das wird sie aber nicht. Sie wird nie verschwinden.« Er drückte sie an sich und presste lange seinen Mund auf ihren Scheitel. »Bitte, du musst mir zwei Dinge versprechen. Frag mich nie, was geschehen ist, bitte frag mich nie!«

»Darf ich gar nichts fragen?«

»Ist besser für dich, glaub's mir! Mein Bruder war dabei, das hast du ja gehört. Mehr musst du nicht wissen.«

Eleonora schwieg und überlegte, ob sie in der Lage sein würde, ihm dieses Versprechen zu geben, ob es für sie einen

Unterschied machte, dem Geliebten auf diesem Stück seines Weges nicht folgen zu dürfen. »Valé, ich weiß nicht, ob ich das kann.«

Da nahm er den Arm von ihrer Schulter und drehte sie barsch zu sich herum. »Du musst, hörst du? Du musst! Für dich und«, er legte die Hand auf ihren noch flachen Bauch, »und für unser Kind. Sonst bist du immer in Gefahr.«

»Kannst du das denn? Kannst du das für dich behalten? Ich habe doch gesehen, wie es dir ging, als du zurückgekommen bist. Und ich sehe auch, wie du immer noch leidest.«

Valerio schwieg, und es war, als würde sein Blick durch sie hindurchgehen, auf ein Geschehen gerichtet sein, das hinter ihr lag. Dann schien er sich daran zu erinnern, dass sie vor ihm stand, und Eleonora konnte den Zweifel in seinem Gesicht erkennen, als er sagte: »Das schaffe ich. Ich muss es.«

»Hm. Und was soll ich noch versprechen?«, fragte sie.

»Wenn ich sage, lass uns gehen, weggehen aus Turin, wann auch immer, musst du es einfach tun. Ohne zu fragen. Dann müssen wir verschwinden, so schnell wir können.«

»Und da verlangst du von mir, noch nicht mal zu fragen, warum?! Ganz schön schwierig, meinst du nicht?«

Er hatte sie wieder an sich herangezogen und sah sie mit todernster Miene an.

»Wenn dir etwas an mir liegt, wenn wir zusammenbleiben wollen, dann geht es nicht anders. Dann kann es sein, dass du mit mir verschwinden musst. Von jetzt auf gleich.«

Und das sollte schneller passieren, als sie gedacht hatte. Es dauerte nicht mal eine Woche, kurz vor Sprechstundenende an einem Donnerstag war es, im Wartezimmer saßen immer noch eine Menge Menschen mit ihren Tieren. In einem Transportkäfig polterte ein Kaninchen, warf immer wieder seinen Körper gegen die Gitterstäbe.

Als Valerio vor dem Fenster auftauchte, hatte er Panik im Gesicht, versuchte aber, möglichst gelassen zu wirken, als er ihr zuwinkte. Eleonora wusste sofort, dass es so weit war, doch sie konnte die Praxis nicht gleich verlassen, er hatte ihr eingeschärft, dass sie nicht auffallen sollten, also musste sie abwarten, bis die Sprechstunde vorbei war.

Doch dann ging alles ganz schnell. Valerio hatte schon gepackt, als sie hinüberging in die Scheune, die wenigen Habseligkeiten, die er besaß, passten in einen kleinen Rucksack, den Eleonora noch nie gesehen hatte.

»Ich wusste ja, dass es irgendwann passieren würde«, sagte er und reichte ihr einen zweiten Rucksack für ihre Sachen, den er zuvor besorgt haben musste. Viel ging nicht hinein, Eleonora blieb nichts anderes übrig, als einen Großteil ihrer Habseligkeiten zurückzulassen. Gennaro hinterließen sie einen Zettel mit ein paar Worten, die wenig erklärten.

»Er darf nichts wissen, verstehst du?« Valerio saß schon auf dem Roller, auf dem kaum Platz war für zwei, und drängte sie, sich zu beeilen. Sie hatten die Dunkelheit abgewartet. Ein Zug – Valerio hatte bereits für die Tickets gesorgt – brachte sie zunächst nach Mailand, wo sie die Nacht über am Bahnhof blieben. Schon auf dem Weg zur Porta Nuova in Turin hatte Eleonora sich dreimal übergeben müssen. Bis sie endlich im Zug nach München saßen, war sie völlig ausgelaugt. Sie hatte sich langgemacht, soweit es auf drei Sitzen ging, lag mit dem Kopf in Valerios Schoß, schaffte es vor Aufregung aber nicht, ein Auge zuzumachen. Erst recht nicht, als Valerio unvermittelt zu sprechen begann. Als kämen die Worte aus dem Nichts, als stehe er unter einem inneren Zwang. Als folge er einer Autorität, die er nicht kontrollieren konnte und die dafür sorgte, dass das Schreckliche, das in jener Nacht geschehen war, als sein Bruder in Gennaros Schuppen aufgetaucht war, aus ihm herausfloss. Von Verona erzählte er, von einer langen Fahrt im Auto dorthin, ein Fremder neben ihm am Steuer des Wagens, eine Pistole in seinem Gürtel, die kalt an seine Seite drückte.

»Ich werde das nie vergessen«, begann er. »Gelacht hat er, mein Bruder.« Marco hatte sich abgewandt von ihm und dem toten Körper, der in Valerios Armen langsam zu Boden rutschte. Valerio flüsterte, obwohl sie allein im Abteil waren. Er habe seinem Bruder nachgeschrien, ihn angefleht, umzukehren und ihm zu helfen. Doch Marco sei nur noch schneller weggelaufen, »ich habe nur noch seinen Rücken gesehen, seine Schultern, seinen Hinterkopf, die Dunkelheit. Er hat sich einfach aufgelöst in der Nacht und mich hängen lassen.«

Dann habe er plötzlich die Polizeisirene gehört, die immer näher gekommen sei. »Die anderen haben gebrüllt, ich solle abhauen. Da war dieses Licht, die Straßenlaterne hat sich gespiegelt im Boden. Nein, es war nicht der Boden, es war eine riesige Blutlache. Das Blut kam aus dem Loch in seinem Bauch. Ich weiß noch nicht mal, wie er hieß.« Er habe den Mann weiter festgehalten, obwohl er immer schwerer geworden war. »Ich habe gedacht, wenn ich ihn nicht loslasse, dann stirbt er nicht, dann kann ich sein Leben festhalten.« Dann war ein weiterer Schuss gefallen. »Das Pfeifen ging direkt an meinem Ohr vorbei«, flüsterte er, dann sei ihm der Körper aus den Armen gerutscht, »der Kopf ist auf den Stein geknallt. Es hat sich furchtbar angehört. Und die

Sirene ist immer näher gekommen. Dann bin ich losgerannt, ich habe noch mitbekommen, wie die Carabinieri gebremst haben und irgendwas geschrien. Keine Ahnung, wie ich da noch weggekommen bin, über einen Hof mit altem Schrott, durch ein paar Hecken, das Blut von dem Mann an mir, am T-Shirt, an den Händen, überall. Du hast es ja gesehen.« Irgendwann sei er raus gewesen aus Verona, und ein Auto habe neben ihm gehalten, einer jener Männer, mit denen er und Marco hergekommen waren. »Marco war nicht bei ihm, er war sicher in einem der anderen Wagen, das war mir aber egal. Er hat mich einfach da sitzen lassen mit einem Toten im Arm.«

Nichts von dem sei wahr gewesen, was sein Bruder ihm zuvor erzählt hatte, von wegen, er brauche seine, Valerios, Hilfe. »Er hat genau gewusst, wie er mich erpressen kann. Nichts davon war wahr. Sie wollten mich auch haben, so wie sie ihn haben, sie können es nicht ertragen, wenn sich ihnen jemand entzieht. Aber wer einmal mitgemacht hat, muss immer mitmachen, so funktioniert das.« Nach einer längeren Pause setzte er noch einmal an. »Ich weiß, dass ich gesagt habe, du sollst das gar nicht wissen. Aber vielleicht war es richtig. Und vielleicht ist jetzt auch vorbei, wenn wir erst mal in München sind. Vielleicht lassen sie mich jetzt in Ruhe. Aber wir müssen vorsichtig sein.« Eleonora hatte längst seine Hand genommen und hielt sie ganz fest. Zu sagen gab es nichts.

Am Münchner Hauptbahnhof angekommen, half ihr Valerio aus dem Zug, während er sich umsah, nach allen Richtungen spähte. Eleonora nahm es wahr, doch sie war zu müde, um sich von seiner Wachsamkeit allzu sehr verunsichern zu lassen. Sie nahmen die Tram hinaus nach Berg am

Laim. Von der Endhaltestelle aus mussten sie ein Taxi nehmen, und Eleonora, die wieder ein wenig wacher geworden war, hatte den Eindruck, dass Valerio sogar den Taxifahrer eingehend musterte, um sicherzugehen, dass er nicht zur sizilianischen Mafia gehörte. Dann standen sie endlich vor dem Haus ihrer Schwester.

Zwei Wochen lang wagten sie sich nur im Schutz der Dunkelheit aus ihrer provisorischen Unterkunft, einem Gartenhäuschen auf dem Grundstück ihrer Schwester und ihres Schwagers. Sie schlichen sich durch den Garten ins Haus, um dort wenigstens duschen zu können. Rosemarie hatte Rotz und Wasser geheult, als sie die Tür geöffnet hatte und Eleonora vor ihr auf der Schwelle stand, dann waren sie sich in die Arme gefallen. Und während Valerio es aus Angst vor seinem Bruder nicht wagte, den Garten zu verlassen, scheute Eleonora die Konfrontation mit ihren Eltern.

Wäre da nicht Susanne gewesen, Rosemaries Tochter, inzwischen knapp zwei Jahre alt, hätte es wohl noch lange gedauert, bis sie davon erfahren hätten, dass Eleonora wieder in München war. Sie war gerade dabei gewesen, gemeinsam mit Valerio den Gartentisch fürs Abendessen zu decken, der ihnen als provisorische Tafel diente, als plötzlich ihre Mutter vor ihr stand, Susanne an der Hand, die auf Eleonora deutete und hingerissen »Pante, Pante!« rief. Ein paar Tage später sah sie zu gleicher Uhrzeit ihren Vater den Garten betreten, was sie veranlasste, aus dem Gartenhäuschen zu stürzen und ihm entgegenzulaufen, weniger aus Begeisterung, als um zu verhindern, dass er unvermittelt auf Valerio traf. Was nichts daran änderte, dass ihr Vater seinem aufgestauten Zorn mit lautem Gebrüll Luft machte. Keine Wiedersehensfreude, keine Umarmung, nichts. Eleonora sah im

Augenwinkel, dass Valerio in der Tür auftauchte, was die Situation nicht besser machte. Die Gesichtsfarbe ihres Vaters wechselte von Rot zu Weiß, als er den Italiener erblickte. Als wolle er sein Gebrüll fortsetzen, holte er noch einmal tief Luft, ließ sie dann aber mit einem wütenden Schnauben wieder entweichen, drehte sich um und stürmte davon.

Sie sah ihn erst Monate später wieder, kurz nachdem ihre Tochter Rosalia auf die Welt gekommen war.

SIEBZEHN

Milena, 2015

Milena nutzte die erste Gelegenheit, um noch einmal nach Florenz zu fahren. Es sollte allerdings ein paar Jahre dauern, und diesmal war sie besser vorbereitet. Damals, als sie sich als Vierzehnjährige einfach in den Zug gesetzt hatte, um ihren Vater zu suchen, hatte sie nicht wirklich darüber nachgedacht, wie sie das anstellen wollte. Diesmal hatte sie ein Foto und eine Telefonnummer – entwendet aus der Erinnerungskiste ihrer Mutter. Zwischen den Seiten eines alten Kinderbuches hatte sie beides aufbewahrt, nachdem sie die ihr längst bekannte Kiste mit einem zufriedenen Grinsen trotz der Bemühungen ihrer Mutter im hintersten Winkel eines Kleiderschranks wieder aufgestöbert hatte.

Nachdem ihre erste Exkursion nach Florenz in einem Polizeirevier geendet hatte, hatte sie beschlossen zu warten, bis sie alt genug war, um es erneut zu versuchen, ohne dabei riskieren zu müssen, dass ihr gleich wieder die halbe Familie nachreisen würde.

Die Gelegenheit ergab sich, als sie den Führerschein in der Tasche hatte und im Sommer nach dem Abi mit ihren Großeltern ins Haus am Meer gefahren war – nicht zuletzt, um sich von einer Woche Party zu erholen, die sie zusammen mit 23 anderen aus ihrem Abiturjahrgang in Kroatien verbracht hatte. Den Feierstrand von Zrce hatte sie im Grunde nur verlassen, um sich zwischendurch etwas Frisches anzuziehen. Zwanzig Stunden, mehr Schlaf waren für sie in den sieben Nächten ihrer Abi-Fahrt nicht zusammengekommen, und sie brauchte drei volle Tage, um sich die Erschöpfung aus den Gliedern zu schlafen.

»Was soll's«, hatte Eleonora zu Valerio gesagt, der sich beim ersten Frühstück mit seiner Enkelin besorgt über ihre Augenringe gezeigt hatte. »In den 70ern haben wir das auch ständig gemacht, erinnere dich. Schlafen war nicht so wichtig. Und wir haben's auch überlebt.«

Milena bemerkte, dass ihr Großvater immer noch ein wenig skeptisch dreinsah, stand von ihrem Platz am Tisch auf und ging zu ihm hinüber, um ihm die Arme um den Hals zu schlingen. Dann gab sie ihm einen Kuss auf die etwas raue, bartstoppelige Wange und erklärte schlicht: »Ich geh jetzt wieder schlafen.«

Am vierten Tag war sie wieder ganz die Alte und fest entschlossen, ihren lang gehegten Plan endlich umzusetzen. Dass ihr der Florentiner Stadtverkehr ein wenig Kopfzerbrechen machte – immerhin hatte sie den Führerschein noch nicht allzu lange –, behielt sie für sich, als sie ihrem Großvater mit einer Notlüge das Auto abluchste. Ein paar alte Freunde aus dem Schwimmverein seien für ein paar Tage in Florenz und hätten sie gefragt, ob sie sich mit ihnen treffen wollte, log sie. Weil ihr *nonno* oft genug bei ihr auf dem Beifahrersitz gesessen hatte, solange sie nur begleitet hatte fahren dürfen, gab er ihr den Wagen ohne Zögern. »Bist ja eine gute Fahrerin«, hatte er gesagt. Kurz darauf war sie unterwegs.

Das Foto, das ihre Mutter mit zwei Männern an ihrer Seite zeigte, hatte sie in der Umhängetasche, die Telefonnummer in ihr Handy eingespeichert. Dass die Nummer zu einem der Männer auf dem Bild gehörte, davon ging sie aus. Auch davon, dass einer von ihnen ihr Vater sein musste. Warum sonst hätte ihre Mutter das Foto aufbewahren und verstecken sollen! Als weitaus überzeugenderes Indiz aber wertete sie die auffällig hellgrünen Augen der beiden Männer, deren Farbe Milena mithilfe einer Lupe verifiziert hatte. Die Ähnlichkeit zu ihren eigenen konnte gar nicht zufällig sein. Gut, auch Eleonora, ihre Großmutter, war grünäugig, aber bei ihr ähnelte der Farbton eher dem Dunkelgrün eines Smaragds. Und dann war da noch der etwas breite Nasenrücken, den beide Männer auf dem Foto aufwiesen und den Milena an sich selbst jedes Mal wahrnahm, wenn sie in den Spiegel sah. Er bot unangenehm viel Platz für Sommersprossen, wie sie fand, und sie hatte ihr Leben lang gehofft, den dafür Verantwortlichen zu finden und sich für diesen Makel bei ihm beschweren zu können.

Kurz vor der Stadtgrenze von Florenz lenkte sie den Wagen an die Seite, suchte die Nummer in ihrem Handy, die sie einfach unter »B.« gespeichert hatte. Dann wartete sie.

Atemlos. Mit klopfendem Herzen. Das einen kleinen Sprung tat, als es läutete. Tatsächlich läutete. Nach so langer Zeit hätte die Leitung tot, die Nummer abgeschaltet sein können. Doch es läutete. Viermal, fünfmal, dann hörte es auf. Am anderen Ende knisterte es, und dann meldete sich eine männliche Stimme. »*Pronto.*«

Milena rang mit sich, rang nach Atem, suchte die Worte, die sie sich längst zurechtgelegt und im letzten Moment vergessen hatte. Nun war da dieser Fremde, in den sie so große Erwartungen setzte und der sicher gleich wieder auflegen würde, wenn sie nicht etwas sagte, irgendetwas. Also presste sie ein halb verschlucktes »*ciao*« hervor. Und fühlte sich wie eine Grundschülerin, die zum ersten Mal an die Tafel geholt wird.

»*Ciao*«, sagte die Stimme in fragendem Tonfall, dann nichts weiter.

»*Ciao*, also …«, Milena fiel vor lauter Aufregung ins Deutsche, »also hallo«.

»*Allora, ciao di nuovo, chi è, Signorina?* Also, noch mal *ciao*, wer sind Sie, Signorina?« Er klang eigentlich sehr nett. Milena nahm allen Mut zusammen, den sie aufbringen konnte.

»*Sono io*. Ich bin es. Ich bin Ihre Tochter.« *Bescheuert, wie sich das anhört*, dachte sie. *Wieso sieze ich ihn*? *Und wieso sage ich das überhaupt?*

»Wer bitte?« Die Stimme am anderen Ende des Anschlusses hörte sich nicht mehr ganz so entspannt an.

»Ich bin die Tochter von Rosalia.«

Schweigen. Und noch mehr Schweigen. Milena hatte schon Angst, er hätte einfach aufgelegt. Dann hörte sie ein Räuspern.

»Das ist jetzt schwierig«, sagte er dann und klang einigermaßen ratlos, »ich weiß nicht, was ich sagen soll.«

Milena wusste es auch nicht. Für einen Moment war sie nahe dran, sich einfach zu verabschieden. *Tschuldigung, war ein Fehler, kommt nicht wieder vor*, irgendetwas in der Richtung hätte sie sagen können. Doch, nein, das hätte bedeutet zu kapitulieren.

19 Jahre lang war sie ohne Vater gewesen. Jetzt aufzugeben, wo sie vielleicht kurz davor war, endlich zu erfahren,

warum das so gewesen war, kam nicht infrage, jetzt konnte sie nicht aufgeben, mochte der Augenblick auch noch so peinlich sein.

»*Allora, sì*, ich weiß, ich finde es auch schwierig, aber ich habe Ihre, also, ich meine, deine Telefonnummer von einem Foto. Von einem Zettel und einem Foto. Und ich bin jetzt in Florenz. *Sono a Firenze oggi, tutto il giorno*. Ich bin heute in Florenz, den ganzen Tag über.«

Es dauerte wieder eine Weile, bis der Mann am anderen Ende der Leitung seine Stimme wiedergefunden hatte.

»Von einem Foto, sagst du.« Schweigen. Dann, Milena musste sich anstrengen zu verstehen, so leise flüsterte es an ihrem Ohr: »Deine Mutter, ähm, Rosalia, hatte ein helles Kleid an, weiß und hellblau. Sehr eng. Mein Bruder stand auf ihrer anderen Seite. Dieses Foto?«

Milena hielt den Atem an.

»Wenn das Ihr Bruder ist …« Sie suchte mit der freien Hand nach dem Bild in ihrer Tasche. Dann hatte sie es gefunden. Nicht, dass sie nicht genau gewusst hätte, wie es aussah, sie hätte jedes Detail aus dem Gedächtnis herbeten können, sondern weil sie das Gefühl hatte, etwas einfangen zu müssen, etwas greifen zu müssen, eine Spanne vergangener Zeit, die ihr nicht gehörte und auf die sie doch glaubte, ein Anrecht zu haben. Es war, als könne sie den Augenblick vor 20 Jahren zwischen ihren Fingern spüren, in dem drei Menschen sich gefunden hatten, die füreinander eine ganz spezielle Bedeutung hatten. Vielleicht war es ja nur für diesen einen Moment gewesen, der so lange dauerte, wie die Blende des Fotoapparats brauchte, sich zu öffnen und zu schließen. Vielleicht aber, sie ahnte es, steckte hinter jenem Moment die ganze Wahrheit um ihren Vater, die sie hatte erfahren wollen, seit sie Fragen stellen konnte.

»Genau«, flüsterte sie, »genau so sieht das Foto aus.«

»Und du bist wirklich ihre Tochter?«, fragte er, immer noch kaum zu hören. »Und du bist in Florenz, sagst du?«

»Bin ich. Beides.«

Und dann schlug er ihr eine Bar vor, in der sie sich treffen könnten, Pippos Bar, er nannte ihr die Adresse, und Milena konnte es kaum fassen, dass das passierte.

»Findest du das?«, fragte er schließlich, als er ihr den Weg beschrieben hatte. Und wenn sie sich nicht täuschte, klang ein wenig Sorge, ja vielleicht sogar Vorfreude mit in der Frage dieses fremden Mannes.

Du bist ein Esel, wenn du glaubst, er empfindet irgendwas für dich, schalt sie sich, als sie aufgelegt hatte. Sie versuchte, ihre Erwartungen kleinzuhalten. *Sicher ist er einfach nur höflich und will sich deshalb treffen. Sicher hätte er bei jedem nachgefragt, ob er in einer fremden Stadt den Weg zu einer bestimmten Adresse finden würde.* Und doch berührte sie die so väterlich klingende Nachfrage an einer Stelle tief in ihrem Innern, die sie noch nie wahrgenommen, auf eine Weise, die sie bisher nicht gekannt hatte, und sie nahm dieses Gefühl, hielt es fest und beschloss, es fortan bei sich zu behalten.

Als Milena die Bar gefunden hatte, spähte sie durch die Tür und erkannte ihn auf Anhieb. Er stand an der Theke. Das offenbar lebhafte Gespräch mit der Frau, die auf der anderen Seite des Tresens Tassen stapelte, beendete er abrupt, als er sie hereintreten sah. Der Moment dehnte sich ins Unendliche, in dem sie darauf wartete, dass etwas passieren, der Himmel herabstürzen oder die Zeit in einer gewaltigen

Implosion verpuffen und sie selbst ins Nichts geschleudert werden würde. Doch nichts dergleichen geschah. Nichts, als dass sie auf der Schwelle stand, die Hitze des toskanischen Tages in ihrem Rücken und die halbdunkle Kühle des Raums mit seinem dunklen Holzfußboden, den hohen Barhockern und -tischen vor sich. Und dem Mann, dem sie noch nie begegnet war und zu dem sie doch eine außergewöhnliche Verbindung fühlte. Und dann sah sie, wie ein Lächeln über seine Miene huschte, ein Lächeln des Erkennens. Er nickte seiner Gesprächspartnerin kurz zu, die Milena so unablässig musterte, dass sie es fast als unhöflich empfand, dann stieß er sich vom Tresen ab und kam auf sie zu. Er war etwas kleiner, als sie ihn sich vorgestellt hatte, älter natürlich. Erste graue Strähnen durchzogen die dunkelbraunen Haare, die er zu einem Zopf zusammengebunden hatte. Durch die Gläser einer schwarz umrandeten Brille sah sie seine grünen Augen leuchten. Es waren gute Augen, freundliche Augen, die sie neugierig betrachteten.

»Du bist Milena«, sagte er, als er vor ihr stand, und es war keine Frage, sondern eine Feststellung. Sie nickte und sah ihn unsicher an. Dann streckte er ihr seine Hand entgegen, nahm ihre mit festem, entschiedenem Druck und sagte: »*Ciao Milena, sono Sergio.*«

Er wies zu einem Tisch draußen unter den Sonnenschirmen, und sie verließen die Bar und setzten sich hin. Die Bedienung, die an ihren Tisch kam, um ihre Bestellung aufzunehmen, kaum dass sie sich hingesetzt hatten – die Frau hinter dem Tresen –, war Sergios Schwester, wie Milena sogleich erfuhr. »Giulia hat hier den Hut auf«, erklärte er. »Ich war schon mit deiner Mutter hier, damals hat Giulia hier noch gejobbt, und es wusste noch keiner, dass sie mal den Chef heiraten würde.« Giulia schenkte Milena ein freundliches, aber, so schien es ihr, vorsichtiges Lächeln, als sie zwei Cappuccini und für Sergio einen Grappa auf den Tisch stellte.

»Du musst entschuldigen«, hatte er gescherzt, als er den Schnaps bestellt hatte, »allzu oft kommt es nicht vor, dass ich eine Signorina am Telefon habe, die mir erklärt, meine Tochter zu sein.«

Milena nickte. Sie suchte verzweifelt nach irgendeinem geistreichen Kommentar, es fiel ihr aber keiner ein, und so stürzte sie sich erleichtert auf den Kaffee, begleitet von einem *biscotto* und einem Glas Wasser, um ihre Verlegenheit zu überspielen. Sergio, der vor dem Kaffee erst einmal einen großen Schluck von dem Grappa getrunken hatte, schien es ganz ähnlich zu gehen. Milena bemerkte, wie er sie über den Rand seiner Kaffeetasse hinweg fixierte. Er fasste sich schließlich ein Herz und machte einen entschlossenen Versuch, das Gespräch zum Laufen zu bringen.

»Hast du das Foto bei dir, von dem du erzählt hast?«, war das Erste, das er wissen wollte.

Glaubt er mir doch nicht? Milena stutzte, und er musste ihre Gedanken erraten haben, denn er schob nach: »Nicht, weil ich einen Beweis brauche«, er lachte ein bisschen, ein warmes Lachen, das tief aus seiner Kehle zu kommen schien. »Nein, nein«, erklärte er. »Das ist nicht zu übersehen, dass du Rosalias Tochter bist.« Und als Milena ihn fragend ansah, deutete er auf ihr Gesicht. »Die Augenform deiner Mutter, aber das Grün der Bianchis. Da gibt es gar keinen Zweifel.«

Als Milena das Foto aus ihrer Umhängetasche gezogen und ihm gereicht hatte, schob er seine Brille in die Stirn und studierte es lange. Milena beobachtete ihn genau und konnte sehen, wie sich seine Züge veränderten, konnte das Leuchten ebenso wahrnehmen wie den Schatten, der darüberglitt, bevor er es ihr zurückgab. Dann nahm er das Glas mit dem Grappa und trank es leer, während er einen Blick mit seiner Schwester wechselte, die in der Tür stand – es war später Vormittag, und die Bar hatte nur wenige Gäste.

»Hat sie dir das Bild gegeben?«, wollte Sergio von ihr wissen.

»Nein«, entgegnete Milena, »natürlich nicht.«

»Was heißt, natürlich nicht?«

»Sie hatte es versteckt vor mir, wie alles, was mit dir zu tun hatte. Oder deinem Bruder«, fügte sie vorsichtig hinzu. »Ich hatte«, sie räusperte sich, »ich hatte nie einen Vater. Und Mama hat so getan, als hätte es auch nie einen gegeben.«

Sergio stieß einen Ton zwischen den halb geschlossenen Lippen hervor, der wie ein Pusten klang, und sagte dann betont langsam: »Das ist hart.«

Milena sah ihm prüfend ins Gesicht, sah den breiten Nasenrücken, den sie geerbt hatte, registrierte die Fältchen, die aus seinen Augenwinkeln sternförmig nach außen liefen und sich vertieften, wenn er lachte. Jetzt aber lachte Sergio nicht, sondern zog die Unterlippe zwischen die Zähne und kaute angestrengt darauf herum, bevor er fragte: »Wie geht es denn deiner Mutter? Was macht sie?«

Milena kam es eigenartig vor, dass sie hier saß und von ihrer Mutter erzählen sollte. Aber sie tat ihm den Gefallen, berichtete von Rosalias Beruf, ihren Forschungsaufträgen, den vielen Aufenthalten in anderen Städten, wobei sie den Mann, der ihr gegenübersaß und jedes Wort aufzusaugen schien, unentwegt beobachtete. Schließlich fragte er nach ihr, Milena, wie sie damit klarkomme, dass ihre Mutter so wenig zu Hause sei, ob sie sich mit ihren Großeltern verstehe, fragte sie schließlich nach ihren Plänen, jetzt, da sie das Abitur in der Tasche habe. *Als sei es das Normalste der Welt*. Als sei er ein alter Bekannter. *Aber er ist kein alter Bekannter*, schoss es ihr durch den Kopf, während sie sprach, und sie genoss es, sie genoss dieses Gefühl von Wärme, von Aufmerksamkeit, das sie schon bei ihrem Telefonat gehabt hatte – war das wirklich erst vor zwei Stunden gewesen? Doch je mehr er wissen wollte, je mehr Milena von sich sprach, desto ungeduldiger wurde sie schließlich. *Das hätte er alles schon längst erfahren können, wenn er gewollt hätte, da hat es ihn scheinbar nicht interessiert!* Warum also jetzt? Warum hatte er nie versucht, Kontakt zu ihr oder ihrer Mutter aufzunehmen? Es musste doch Wege gegeben haben.

»Warum hast du dich nie gemeldet?«, platzte sie plötzlich heraus. »All die Jahre. Warum?«

Schockiert fuhr Sergio zurück.

»Warum ich mich nicht gemeldet habe, willst du wissen?«, fragte er, und ein Unterton lag in seiner Stimme, den sie nicht zu deuten wusste.

»Warum? Deine Mutter wollte es nicht. Sie hat mir klargemacht, dass sie nichts mehr von mir wissen will. Genauso wenig wie von Giorgio, meinem Bruder. Und ich kann es verstehen.«

»Du kannst es verstehen?« Milena war empört. »Aber ich nicht. Sie hatte kein Recht, mir meinen Vater vorzuenthalten. Niemand kann das verstehen, in *meiner* Familie jedenfalls keiner!« Auf »meine Familie« legte sie ganz besonders viel Betonung und registrierte zugleich, dass sich das eigentlich gar nicht mehr richtig anfühlte, was sie verunsicherte. Ihre bisherige Realität hatte sich in diesen zwei Stunden verschoben, in denen sie Sergio gegenübersaß. Ein Gefühl, als würde sie den festen Boden unter den Füßen verlieren – und das war etwas, das Milena überhaupt nicht leiden konnte. Ihre einzige Rettung, die einzig klar fassbare Empfindung schien ihr die Wut zu sein, die in ihr wuchs. Auf diesen selbstzufriedenen Florentiner, so mühelos elegant in seinem teuren, weißen Hemd, das er locker über der Jeans trug, dieser Mann, der jetzt so interessiert tat, aber sich doch nie gemeldet hatte. Noch wütender aber war sie wieder einmal auf ihre Mutter.

»Sie hat unrecht. Sie hat einfach unrecht.« Milena ereiferte sich zusehends, und indem sie aufsprang, schrie sie schließlich: »Ich habe ein Recht, meinen Vater zu kennen!«

Sergio wurde zunächst blass, dann rot, als er sie so erlebte, seine Selbstsicherheit schien ein wenig ins Wanken zu geraten, und er beugte sich über den Tisch, offenbar in dem Versuch, sie zu beruhigen.

»Milena, *Milena*«, er berührte sie am Arm, »ist ja gut. Hörst du?«

Milena schnaubte, spürte ihren Pulsschlag bis in die Schläfen, schwankte einen Moment lang zwischen Eskalation und Resignation, entschied sich dann zumindest dafür, sich wieder hinzusetzen, war aber immer noch wütend. Und so schleuderte sie Sergio ihre in eine Frage gekleidete Anklage mit ungebremster Wut ins Gesicht: »Warum hast du meine Mutter verlassen?«

Sergio, der sie keinen Augenblick aus den Augen gelassen hatte, war völlig überrumpelt, warf einen hilflosen Blick zur Tür hinüber – vergeblich allerdings, seine Schwester war im Innenraum verschwunden – und wandte seine

Aufmerksamkeit wieder Milena zu. Offensichtlich tief getroffen, zupfte er mit der Hand am offenen Kragen seines Hemds herum, strich sich dann mehrmals über den akkurat gestutzten dunklen Vollbart, der ihm in Verbindung mit seinen langen Haaren ein etwas tollkühnes Aussehen verlieh, das aber so überhaupt nicht zum vorsichtigen Tonfall der Worte passte, die er nun sagte: »Du willst die Wahrheit wissen?« Er sah Milena unverwandt in die Augen, und sie hielt dem Blick stand. »Deine Mutter hat mir das Herz gebrochen.«

Als Milena später an Sergios Seite die Bar verließ, hatte sie ihr inneres Gleichgewicht mitnichten wiedergefunden. Nach allem, was sie nun wusste, konnte sie ihre Mutter noch viel weniger verstehen als zuvor, hatte Sergio aber zusagen müssen, nicht mit ihr darüber zu sprechen, dass sie ihn getroffen hatte, und ja nichts zu unternehmen, das alte Wunden wieder aufreißen könnte. Eines aber hatte sie immerhin mitgenommen aus ihrer Begegnung: die Gewissheit, dass »meine Familie« für sie nun tatsächlich mehr bedeutete als ihre Mutter Rosalia, die Großeltern und ihre Münchner Verwandtschaft. Sergio begleitete sie zum Auto, und als sie gemeinsam die Straße überquerten, dachte Milena, jeder müsse es sehen können, dass sie doch eigentlich zusammengehörten, jeder müsse sie wahrnehmen können, die Familienähnlichkeit. »Vom selben Stamm«, hätte ihre Urgroßmutter Friederike gesagt, die für alles einen passenden Spruch parat gehabt hatte.

ACHTZEHN

Eleonora, 1982

Ihr Hochzeitsfest feierten sie in Italien, eineinhalb Jahre nach der standesamtlichen Trauung und einer kleineren Familienfeier. Vor dem schönsten Standesamt Münchens direkt am Englischen Garten hatte Valerio gestanden und sie erwartet. In einem neuen anthrazitfarbenen Anzug, die dunklen Locken genauso glänzend wie seine Augen, und wenn Eleonora nicht schon längst entschlossen gewesen wäre, ihn zu heiraten, hätte sie in diesem Moment gewusst, dass sie nichts anderes lieber tun wollte, als ihm ihr Jawort zu geben.

Dabei war es zunächst eher eine Vernunftentscheidung gewesen zu heiraten. Valerio durfte als Italiener in Deutschland zwar arbeiten und leben, hatte aber keine deutsche Staatsbürgerschaft, und Eleonora wollte ganz sichergehen, dass nicht doch eines Tages irgendeiner Behörde einfallen würde, ihn auszuweisen – zumal nach der Geschichte mit Valerios Kollegen Langbacher.

Es war an einem frühen Abend gewesen, im Sommer zwei Jahre zuvor. Eleonora war mit ihrer Tochter die Holztreppe in den vierten Stock hochgestiegen, sie hatte Rosalia von der Pizzeria abgeholt, wo sie den Nachmittag über gewesen war. Das Knarzen der Stufen, die alte Holztür, die beim Öffnen über den Boden schleifte, alles war wie immer. Doch Valerio war nicht da. Er hätte schon seit Stunden daheim sein sollen, seine Schicht bei BMW, wo er eine Anstellung gefunden hatte, war längst beendet. Eleonora war voller Unruhe, lief immer wieder von der Küche ins Schlafzimmer, vom Schlafzimmer in die Diele, setzte Rosalia an den Esstisch mit einem Stück Brot und Butter, ihre Tochter beschwerte sich und machte Eleonora nur noch nervöser. »Mama, hast du keine Tomaten? Mama, was ist denn los? Wo ist Papa?«, fragte Rosalia, angesteckt von der Unruhe Eleonoras, sprang auf vom Tisch genau in dem Augenblick, in dem es klingelte. Eleonora herrschte sie an, in der Küche zu bleiben, sie wusste selbst nicht genau, warum. Dann lief sie los, um die Haustür zu öffnen. Vor ihr stand Valerio, zwei Polizisten an seinen Seiten, Blut auf dem Hemd. Die Beamten schoben ihn in die Wohnung, und Eleonora spürte die Angst, die an ihm klebte wie das Blut und die er mit Wasser nicht abwaschen konnte.

»Natürlich habe ich nicht randaliert, wie sie gesagt haben«, erklärte er ihr später am Esstisch, nachdem er sich gewaschen und umgezogen hatte. Eleonora hatte Rosalia ins Bett gesteckt, Lagatto in ihren Arm gedrückt, das Stoffkätzchen, das sie seit ihrem ersten Tag begleitete, und ihr zugeflüstert, dass es Papa gut gehe.

Zwei Gläser Grappa hatte sie eingeschenkt und sich zu Valerio an den Tisch gesetzt. Sie tranken schweigend. Erst nach dem zweiten hatte er sich so weit gefangen, dass er zu erzählen begann. Von seinem Kollegen Langbacher, der schon seit Wochen ständig versuchte, ihm etwas anzuhängen.

»Ich weiß, er ist immer in meine Rücken«, sagte er, immer noch dann und wann auf der Suche nach dem richtigen deutschen Ausdruck. Dann erzählte er auf Italienisch weiter, strich sich immer wieder mit den Fingerspitzen über die Stirn, als könne er damit Ordnung in seine Gedanken bringen. Langbacher habe sich beworben, so wie er selbst auch, auf die eine ausgeschriebene Stelle in der Maschinenentwicklung.

»Langbacher war sauer, als ich die Stelle bekommen habe«, erklärte Valerio. »Verstehst du?«, sagte er und drehte drei ausgestreckte Finger im Uhrzeigersinn über dem Tisch, »hat gesagt, ich habe den Job geklaut. Und hat mich geschimpft. Mit Spaghettifresser und Arschloch.«

»Beschimpft«, korrigierte Eleonora. »Und dann?«

Kollege Langbacher habe keine Ruhe mehr gegeben, sei sogar zu ihrem gemeinsamen Vorgesetzten gelaufen und habe dort erzählt, Valerio sei unzuverlässig, sei zu langsam, unfreundlich.

»Zu ihm, das kann schon sein, da bin ich nicht besonders nett, er ist ein Mistkerl«, räumte Valerio ein. Ein anderer Kollege hatte zufällig gehört, wie Langbacher gehetzt hatte gegen Valerio, und ihm alles berichtet. Auch dass sein Chef, »der Sommerle, du weißt schon«, Langbacher die Tür gewiesen habe mit den Worten: »Solange er nicht singt bei der Arbeit.«

»Auf dem Weg zum Bus hat er auf mich gewartet«, berichtete Valerio, »›du Ausländersack‹, hat er geschrien, ›was willst du eigentlich hier? Kommst hierher und nimmst uns die Jobs weg!‹ Gangster hat er gesagt und Mafioso. Und dann hat er mich geschlagen.« Ins Gesicht, dann mit der Faust in den Bauch. »Er hat nicht gedacht, dass ich zurückschlagen würde.« Bis er den Arm seines Gegners festgehalten und ihm gedroht habe. »Noch einen, und du wirst Schmerzen haben.« Valerio konnte sich ein zufriedenes Lächeln nicht verkneifen. »Ich weiß auch, wo es wehtut. Und er hat es nicht anders gewollt.« Also habe er selbst zugeschlagen, einmal, zweimal, dreimal, in den Bauch, ins Gesicht, »er hat gestöhnt, die Lippe war voll Blut«, daher stamme auch das Blut auf seinem Hemd, offenbarte er. »Dann noch eine aufs Kinn, ist umgefallen, der Langbacher.« Er habe ihn noch gefragt, ob er mehr wolle, da sei das Blaulicht schon auf ihn zugerast gekommen. An seine Aufenthaltsgenehmigung habe er erst gedacht, als die Polizisten aus dem Wagen gestiegen seien.

»Und dann haben sie mich mitgenommen, mich, verstehst du? Nicht ihn, diesen, diesen *buco di culo*, dieses Arschloch! Wieso kann er mich nicht in Ruhe lassen? Er hat hier alles! Ihn können sie nicht wegschicken, aber vielleicht mich, wenn die mir was anhängen. Ich bin kein Deutscher. Und dann?«

Eleonora reagierte prompt. »Dann heiraten wir eben. Dann können sie dich ganz sicher nicht mehr ausweisen. Wir fragen Tommaso, der hilft uns.«

Eleonora war schon immer pragmatisch gewesen, wenn es darum ging, zu bekommen, was sie wollte. Und sie wollte Valerio. Seit ihrer ersten Begegnung. Und das würde sich niemals ändern. Ein Geräusch an der Tür ließ sie bemerken, dass Rosalia dem Gespräch gelauscht hatte. Sie verfrachtete ihre Tochter zurück ins Bett, und als sie in die Küche zurückkam, stand Valerio am offenen Fenster und lauschte auf die Geräusche der Stadt, die von der Straße unten heraufdrangen. Dann kam er ihr entgegen, nahm ihre Hände und sah sie nur an. Er betrachtete ihr Gesicht, von den Augen über die Nase bis hinab zu ihren Lippen.

»Was ist?«, fragte sie, »das wolltest du doch schon lange.«

»Ich schon. *Pero,* aber du, du hast es nicht gewollt. Du hast gesagt, *come si dice*? Wie sagt man? Genau, spießig, hast du gesagt, das ist spießig. So wie Essen um zwölf Uhr mittags, so!«

Da musste Eleonora lachen. »Weißt du, was spießig wäre? Spießig wäre es, es nicht zu tun, nur weil irgendjemand mal gesagt hat, es sei spießig. Aber weißt du, was nicht spießig, sondern schlimm wäre? Wenn wir uns deswegen verlieren würden.« Sie beugte sich vor und küsste Valerio. Als sie wieder zu Atem gekommen waren, flüsterte er: »Dann lass uns heiraten!« Sie nahm seine beiden Hände, legte sie auf ihre Brust und hielt sie dort fest.

Zwei Tage später war für Valerio eine Vorladung ins Polizeirevier gekommen, Eleonora hatte ihn begleitet, nachdem sie mit Tommaso telefoniert hatte, der inzwischen als Anwalt arbeitete. »Geh mit zur Polizei, auf jeden Fall. Vielleicht kannst du als eine Art Leumundszeugin aussagen«, hatte er vorgeschlagen. Natürlich war auch Langbacher da gewesen, der zu Valerios Überraschung Herrn Sommerle als Unterstützung mitgebracht hatte. Valerio habe ihn angegriffen, sei schon lange grundlos aggressiv gewesen, hatte Langbacher den beiden Beamten geklagt, die seine Aussage aufgenommen hatten.

Das wisse man ja, hatte er gehetzt, »diese Itaker sind doch alle Mafiosi«. Man solle Valerio ausweisen, schließlich sei er eine Gefahr für rechtschaffene Deutsche, das sehe man jetzt ja. Dann aber hatte sich Herr Sommerle eingeschaltet, der Abteilungsleiter und Valerios direkter Vorgesetzter war, und von dem Zettel am Schwarzen Brett berichtet, der Stelle, die Langbacher nicht bekommen hatte, und sich auf die Seite des Sizilianers geschlagen.

Eleonora, die im Hintergrund geblieben war, hatte sich vorgenommen, Herrn Sommerle in den nächsten Tagen den größten Blumenstrauß aus der Gärtnerei liefern zu lassen, den die Welt je gesehen hatte. Und Valerio, der extra für den Auftritt im Polizeirevier den Schnurrbart abrasiert hatte, den er sich seit einigen Monaten hatte wachsen lassen, um so weniger südländisch zu wirken, hatte sich so unauffällig wie möglich gegeben. Das Lächeln, das er aufgesetzt hatte, war so harmlos gewesen wie der Mann, der er hätte sein können, hatte Eleonora gedacht, während sie sich bemühte, die Erinnerung an Valerios Geschichte mit seinem Bruder und der Nacht in Verona zu verscheuchen. Als Valerio dann auch noch begonnen hatte, den Beamten von Sizilien zu erzählen, hatte sie sich kurz gefragt, ob er sich damit einen Gefallen tat. Der eine Beamte, der jüngere, hatte feindselig dreingeschaut, der ältere, der im Alter von Valerios Vater gewesen sein mochte – Eleonora war vor allem der Anblick seines gewaltigen Schnurrbarts im Gedächtnis geblieben –, hatte aufmerksam zugehört, immer wieder genickt. Dann hatte Valerio auch noch ein paar Fotos von Rosalia aus dem Geldbeutel gekramt, deren Ecken zerknickt waren, weil er sie so oft herausgenommen und wieder hineingesteckt hatte. Jetzt würde er die Beamten doch langweilen, hatte sie befürchtet, und war drauf und dran gewesen, einzugreifen. Doch der Kommissar mit dem Schnurrbart war aufgestanden und hatte – sie konnte ihr Glück kaum fassen – Valerio und dann seinem Chef freundlich die Hand gedrückt. Ein Stein war ihr vom Herzen gefallen, als sie Abteilungsleiter Sommerle sagen hörte: »Ich verbürge mich für ihn.«

Langbacher war knallrot im Gesicht nach draußen gestürmt. Als sie und Valerio sich ein paar Minuten später vor der Polizeistation von Sommerle verabschiedet hatten, hatte der Abteilungsleiter ihr gratuliert: »Sie werden einen guten Ehemann bekommen.« – Valerio hatte mit der Nachricht von ihrer bevorstehenden Hochzeit offenbar nicht an sich halten können. Dann waren sie, weil sie nun schon einmal beide freigenommen hatten für den Tag, vom Polizeirevier direkt zum Standesamt gefahren und hatten sich einen Termin vormerken lassen.

Die Trauung hatte im Spätsommer desselben Jahres im kleinen Kreis stattgefunden, mit Tommaso natürlich – er war Eleonoras Trauzeuge gewesen – und Hilde, Rosemarie und Jürgen, die inzwischen zwei Kinder hatten, und Eleonoras und Rosemaries kleinem Bruder Peter. Selbst ihre Eltern waren über ihren Schatten gesprungen und der Einladung zum Standesamt in der Mandlstraße gefolgt. Es gab ein Foto, auf dem sie mit Braut und Bräutigam vor den orangerot leuchtenden Zweigen eines Essigbaums standen, Eleonoras Mutter in tadelloser Haltung, ihr Vater zumindest um einen zufriedenen Gesichtsausdruck bemüht. Wenige Wochen danach war er gestorben.

Zur Hochzeitsfeier in Italien, die, abgesehen von Tommasos immerhin teilweise feierlichen Worten, nichts als eine ausgelassene Party war, wäre Otto Eisenfeld wohl ohnehin nicht gekommen. Auch Eleonoras Mutter entschuldigte sich, allerdings nicht ohne ihre Tochter um Verständnis zu bitten. Eine wilde Party in einem halb fertigen Haus in Italien, »und wer weiß, was ihr da so nehmt«, sei ihr zu aufreibend und vielleicht doch nicht so ganz ihr Stil. Dass sie sich mit ihrem sizilianischen Schwiegersohn zwar arrangiert hatte, aber nicht wirklich glücklich war, brauchte sie nicht zu erwähnen und tat es an dieser Stelle auch nicht.

Eleonora war weniger bestürzt über die Absage als überrascht von sich selbst: Sie konnte ihre Mutter gut verstehen. Zwischen den Mitgliedern der bunten Festgesellschaft aus Exhippies, einigen italienischen Fabrikarbeitern, mit denen sie und Valerio immer noch Kontakt hatten, sowie jener Handvoll alter Schulfreundinnen, die aus den strengen Konventionen ihrer Elternhäuser ausgebrochen waren, um nie wieder in sie zurückzukehren, hätte sie sich ihre konservative Mutter nur schlecht vorstellen können. Und das rauschende Fest tröstete sie über ihre Enttäuschung hinweg. Tommaso hielt die Festrede, und seine Worte, die sie in einem türkisfarbenen Trägerkleid neben Valerio im weißen Hemd vor ihrem Häuschen stehend verfolgte, trieb ihr Tränen der Rührung in die Augen. Tommaso und Valerio waren schon lange zu engen Freunden geworden, und Tommaso schaffte es in seiner Rede, alles noch einmal lebendig werden zu lassen, was sie miteinander erlebt hatten, von ihrer gemeinsamen Turiner Zeit als Kämpfer für Gerechtigkeit über ihr Wiedersehen in München bis hin zu den nächtlichen politischen Diskussionen am Lagerfeuer vor dem Haus am Meer. Seit es das Haus gab, war Tommaso oft hier gewesen, Eleonora und Valerio hatten es von Anfang an offen gehalten für Freunde, die sich für die

Gastfreundschaft revanchierten, indem sie halfen, Wände zu streichen, Löcher im Dach und den Böden zu verschließen oder Bäume ums Haus herum zu pflanzen. Viele von ihnen waren unter den Hochzeitsgästen. Sogar Filippo und Nino aus der Turiner WG waren gekommen. Filippo hatte inzwischen Mariella geheiratet, und der hippelige Nino war doch kein Zahnarzt geworden, sondern Psychologe – was Tommaso eine Steilvorlage für seine von Anspielungen und Anekdoten gespickte Rede lieferte. Und als er schließlich Valerio zurief: »Du darfst die Braut jetzt küssen, das Buffet ist eröffnet«, brachen sämtliche Gäste in lauten Jubel aus.

Als Eleonora sich wieder aus Valerios Armen gelöst hatte, der niemals eine Gelegenheit ausließ, sie zu küssen, sah sie eine lange Gestalt den Weg vom Tor heraufkommen, einen Rucksack auf dem Rücken, ein wenig gebückt, und als sie Valerio darauf aufmerksam machte, bemerkte sie, wie es in seinen Augen zu glitzern begann. Bis zuletzt hatte Pietro nicht sicher zusagen können, wusste nicht, ob er freibekommen würde für die Reise von Wolfsburg in die Toskana, doch jetzt kam er dahergeschlurft in seinem typischen Gang, und Eleonora wandte sich ganz schnell ab, um die beiden alten Kumpels erst einmal miteinander allein zu lassen. Ettore und Francesca, die ihnen das Häuschen vermittelt hatten, das vor einem Jahrhundert das Geburtshaus von Ettores Großmutter gewesen war, sorgten dafür, dass allen schier die Bäuche platzten. Sie hatten Unmengen von Vorspeisen und verschiedenen Pastagerichten, von Kaninchenbraten und gegrilltem Fisch, von Mascarponecreme und Tiramisu in der Restaurantküche eines Verwandten im nahen Dorf bereitet, bei dem sie und auch einige der Gäste untergekommen waren. Das Fest dauerte fast die ganze Nacht und mündete am nächsten Tag in einen Ausflug zum Meer – den sich Rosalia zur Hochzeit ihrer Eltern gewünscht hatte.

Seit Ettore an einem düsteren Novemberabend in seiner Pizzeria in der Au zum ersten Mal das Meer erwähnt hatte, das man vom schönsten Fenster des Hauses aus, nämlich dem über dem Stall, in der Ferne sehen könne, hatte Rosalia ihren Eltern damit in den Ohren gelegen, dass sie das Haus kaufen und sie das große Wasser sehen müsse. Eleonora konnte es ihrer Tochter nachfühlen, hatte sie doch seit ihrer Jugend eine ganz ähnliche Sehnsucht gespürt. Und so verstand sie auch die Enttäuschung Rosalias, die bei der ersten Erkundung des Häuschens, das Eleonora und Valerio dank ihres väterlichen Erbteils übernehmen konnten, nichts als viel Land und jede Menge Pinien hatte erkennen können. Gleich am nächsten Morgen war sie aufs Dach geklettert, um es von dort aus noch einmal zu versuchen. Eleonora und Valerio hatten Rosalia unter Herzklopfen und mit Engelszungen wieder vom Dachfirst heruntergelotst und waren noch am selben Nachmittag mit ihr zum nächstgelegenen Strand gefahren, wo sich die Neunjährige ohne Zögern in die Wellen gestürzt hatte, die ausgerechnet an diesem Tag mit Macht an die toskanische Küste brandeten. Eleonora hatte die ganze Zeit über am Ufer gestanden und ihre Tochter besorgt beobachtet, einen Spruch ihrer Mutter im Ohr, den sie oft gehört hatte: *Ihr seid ein Geschenk, wenn ihr auf die Welt kommt, und die Sorgen bekommen wir gratis mit dazu.*

Doch ihre Ängste waren überflüssig gewesen. Drei Stunden später war eine völlig durchgefrorene Rosalia mit den wilden Haaren einer Nestis und dem beseelten Gesichtsausdruck eines betrunkenen Dionysos wieder in den Käfer geklettert und abends mit einem Lächeln auf den Lippen in ihrem Bett eingeschlafen. Seither hatte Eleonora das unaufhörliche Betteln im Ohr, mit dem Rosalia an ihr hing und von den Wellen, dem Blau und dem Wind schwärmte. Sie führte sogar eine Strichliste, auf der sie, wenn sie zu Hause in München waren, jeden einzelnen Tag fein säuberlich abhakte, um ganz genau zu wissen, wie viel Zeit seit dem letzten Strandbesuch vergangen war und wie lange es bis zum nächsten noch dauern würde.

Und so packten Eleonora und Valerio auch am Morgen nach ihrem Hochzeitsfest ihre Tochter ins Auto und fuhren an der Spitze eines kleinen Autokorsos, an dem all jene Gäste teilnahmen, die schon ausgeschlafen hatten, zum Strand. Lange standen sie Hand in Hand, die Füße im hellen Sand, umspült vom warmen Wasser des Tyrrhenischen Meeres und sahen ihren Freunden und ihrer Tochter zu, die hinausgeschwommen waren in den goldenen Morgen. Und als Valerio wortlos ihre Hand drückte, wusste Eleonora, dass er in diesem Augenblick genauso glücklich war wie sie selbst.

NEUNZEHN

Milena, 2018

Als Milena den Garten betrat, voller Trauer und mehr noch voller Zorn, brachen die zarten Kronen der Birken das helle Sonnenlicht und zeichneten Pixel-Gemälde auf die ungemähte Wiese. Milena setzte sich auf den Rest eines Birkenstamms, der im hohen Gras lag. Sie erinnerte sich gut an den Tag des Wintersturms, der im Januar durchs Land gefegt war, ironischerweise Friederike hieß, so wie ihre verstorbene Urgroßmutter, und etliche der alten Bäume in deren Garten umgeworfen hatte.

An jenem Tag waren ihre Großeltern zu Besuch gekommen zu ihr und ihrer Mutter. Sie hatte ihnen gerade die Tür geöffnet, als das Handy ihrer Großmutter geklingelt hatte und sie zu dem alten Haus gerufen wurde, das seit dem Tod von Friederike leer stand. Eleonora hatte den Mantel gar nicht erst ausgezogen, Valerio aber war geblieben, er war noch nie ein Freund der Kälte gewesen und hatte sich an diesem Tag nicht recht wohlgefühlt. Zwei Stunden später war ihre Großmutter wieder hereingestürmt, einen Schwall Winterluft im Gepäck. Trotz ihrer Trauer musste Milena lächeln, als sie sich daran erinnerte.

»Manche Dinge ändern sich nie«, hatte Eleonora gesagt, während sie sich aus Schal und Mantel schälte. »Die junge Hannemann« – eine der fünf Töchter aus dem Nachbarhaus ihrer Eltern, die längst selbst nicht mehr jung war – »ist genauso spießig, wie es ihre Eltern waren«, hatte sie festgestellt. »Oh Gott, mein Zaun, mein Beet, mein Garten, das wird *nie* wieder, wie es war!«, hatte Eleonora die Nachbarin mit künstlich erhobener Stimme imitiert. »Ihr könnt euch nicht vorstellen, wie die gejammert hat! Dabei fehlen dem Zaun nur ein paar Latten.« Milenas Großmutter hatte ihre etwas zerzausten grauen Haare wieder festgesteckt und sich an den gedeckten Kaffeetisch zu Valerio gesetzt und sich an ihn gekuschelt, der *nonno* den Arm um sie gelegt.

Milena versuchte erst gar nicht, die Tränen niederzukämpfen, als sie sich daran erinnerte, wie er ihre Hand genommen und einen Kuss auf ihre Finger gehaucht hatte.

Dann war ihre Mutter kurz in der Küche verschwunden, mit einem Tablett und vier Tassen Milchkaffee zurückgekommen und hatte so getan, als bemerke sie die vielsagenden Blicke nicht, die sich der Rest ihrer Familie zuwarf. Milena kannte die Sturheit ihrer Mutter gut. Um nichts in der Welt hätte Rosalia zugegeben, dass auch sie die neue Kaffeemaschine nicht mochte, das Weihnachtsgeschenk von ihrem Freund Sven.

»Macht Krach wie eine Dampflok, aber raus kommt nix als Wasser«, hatte ihr Großvater Milena ins Ohr geflüstert. Keiner von ihnen mochte Sven besonders, mit dem Vollautomaten hatte er sich endgültig unbeliebt gemacht, vor allem bei seinem potenziellen Schwiegervater, der seinen Espresso gern ordentlich stark und zähflüssig trank und am liebsten klassisch mit einer Gasflamme in einer Caffetiera erhitzt.

»*Che schifezza*, was für ein Mist«, hatte er gebrummt und die Nase gerümpft, als er den Vollautomaten kurz nach den Weihnachtsfeiertagen bei seiner Tochter in der Küche entdeckt hatte. Dann hatte er Milena beiseitegenommen und sie nach dem kleinen Espressokocher ihrer Mutter gefragt.

»Den hab ich ganz hinten im Schrank versteckt«, hatte Milena zurückgeflüstert. Auch sie war nicht begeistert vom Freund ihrer Mutter. Abgesehen davon, dass sie jede Unterhaltung mit ihm langweilig fand, mochte sie weder seinen blonden Vollbart noch seinen mit strenger Disziplin in Form gehaltenen Körper oder die stahlblauen Augen, die wohl, vermutete sie, ausschlaggebend für ihre Mutter gewesen waren, mit Sven eine ihrer Gelegenheitsbeziehungen einzugehen, die selten mehr als ein paar Wochen überdauerten.

»Er ist einfach nicht nett«, hatte Milena ihrer Großmutter geklagt, »er ist nur pünktlich.« Außerdem mochte Milena den Geruch von Svens Parfum nicht, hatte ihn aber immer noch tagelang in der Nase, wenn er die Wohnung betreten hatte, um ihre Mutter abzuholen. Er kam regelmäßig ein paar Minuten vor dem verabredeten Zeitpunkt, Rosalia musste genauso regelmäßig noch schnell etwas erledigen und ließ ihn warten. Und hätte Milena seine Anwesenheit in der Wohnung nicht so gestört, hätte sie sich darüber gefreut, dass er in der Küche saß und mit einem nervösen Zeigefinger Löcher in den Küchentisch zu klopfen versuchte. *Wahrscheinlich reden sie die ganze Zeit über Virusproben und Petrischalen*, dachte Milena manchmal – irgendetwas musste ihre Mutter ja an Sven finden.

»Mein Schwiegersohn wird der jedenfalls nicht, er hat kein Herz«, hatte ihr *nonno* gemosert und war dem Professor, wie er ihn keinesfalls in Anerkennung seines hart erarbeiteten Titels, sondern im Ton maximaler Nichtachtung genannt hatte, mit solch reservierter Höflichkeit begegnet, dass Milena mit ihrer Großmutter gewettet hatte, er würde es spätestens bis zum Geburtstag ihrer Mutter im Mai geschafft haben, den ungeliebten Herrn an der Seite seiner geliebten Tochter zu vergraulen.

Nun war es August, ihr Großvater tot und Sven immer noch da.

Valerios Husten war schon im Januar schlimm gewesen, sinnierte Milena, während sie auf dem Baumstamm saß und in die Luft starrte. Schlimmer als je zuvor. Zwischen zwei Hustenanfällen hatte er hervorgestoßen, wie froh er sei, dass Eleonora nicht selbst die Säge an den umgefallenen Bäumen ansetzen müsse, dass vielmehr der junge Hille sofort zugesagt hatte, das Aufräumen zu übernehmen. Lange genug hatte Milenas Großmutter seinem Vater, Hille senior, der eigentlich Adolf Hillenberg hieß, aber nie mit seinem Vornamen angesprochen werden wollte, die Geschäfte geführt. Ein Skiunfall hatte ihn in den ausgehenden Neunzigern in den Rollstuhl gezwungen, und er war froh über die tatkräftige Unterstützung seiner langjährigen rechten Hand. Eleonora schaute immer noch ab und zu in der Gärtnerei vorbei und half Hilles Schwiegertochter bei der Abrechnung. Das Baumklettern hatte sie schon viel früher aufgegeben, kurz nachdem Milena auf die Welt gekommen war, doch ihr *nonno* hatte ihr so oft davon erzählt, dass sich Milena, als sie noch klein gewesen war, vorgestellt hatte, ihre Großmutter sei eine Baumfee, die ihre Nächte in den Wipfeln verbrachte, ohne dass die Menschen davon wussten. Und Eleonora hatte mit Verschwörermiene den Finger auf ihre Lippen gelegt, als Milena sie danach gefragt hatte.

Letzten Endes war es nicht der Husten gewesen, der ihren Großvater umgebracht hatte, sondern ein Herzinfarkt. Oder auch beides. *Spielt jetzt keine Rolle mehr*, dachte Milena.

Sie war zum Abendessen bei den Großeltern gewesen am Abend zuvor, einem heißen Augustabend, hatte neben ihm an der Fensterbank gelehnt, als es passierte. Das Fenster der Küche war offen gewesen und der Raum erfüllt von der Melodie des Münchner Sommers. Unten, vier Stockwerke tiefer, wurde gerade eine Autotür mit Schwung zugeknallt, es war das Lachen von ein paar jungen Leuten zu hören, die sich gegenseitig Neckereien an den Kopf warfen, als Valerio sich plötzlich mit einer Hand am Tisch abstützen musste, von einem heftigen Hustenanfall geschüttelt, und sich mit der anderen an die Brust fasste. Als die Sanitäter, von Eleonora gerufen, in die Wohnung stürmten, zwei Mann in grellem Rot, war es schon zu spät.

Dann saßen sie da, Milena und ihre Großmutter, neben dem Bett, auf dem der Leichnam lag, und warteten. Auf ein Wunder. Darauf, dass er sich bewegen würde, darauf, aufzuwachen und geträumt zu haben. Nicht aber auf das Klingeln des Handys in seiner Hosentasche, das ihnen beiden wie ein grausamer Dschinn in die Glieder fuhr. Das Telefon hatte er zu seinem 72. Geburtstag bekommen. Alle drei gemeinsam hatten sie es ihm geschenkt, ihre Großmutter, ihre Mutter und sie selbst.

»Damit du uns anrufen kannst, wenn irgendetwas ist«, hatte Milena ihn bestürmt. Es war nicht leicht gewesen, ihn zu überreden, zeitlebens hatte er sich dagegen gewehrt, ein Handy zu besitzen.

»*Cazzate*«, hatte er gebrummt, »Blödsinn, was soll schon sein? Wenn ich telefonieren will, gehe ich nach Haus.«

»Aber so können wir dich immer erreichen.« Ihre Mutter hatte auf ihn eingeredet und dann kurzerhand sein Geburtsdatum als Zugangscode eingegeben und für jede von ihnen einen anderen Klingelton hochgeladen. »Bella Ciao« ertönte, das Lied der italienischen Anarchisten, wenn Eleonora ihn anrief, »The Raider's March«, der *Indiana Jones*-Titelsong für Milena. Und jetzt war es der Anfang der Melodie von »The Living Years«, der erklang, jenem Song von *Mike and the Mechanics*, den Rosa für sich ausgewählt hatte. Töne, die ihr Großvater nie wieder hören sollte. Genauso wenig wie die Stimme Rosalias, die ihn zu erreichen versuchte.

Milena war es schließlich, die sich überwand und das Handy aus der Hosentasche des Toten fischte. Sie musste ihrer Mutter nichts erklären, als sie auf die grüne Taste gedrückt und »Hallo, Mama« in den Hörer geflüstert hatte.

Zwanzig Minuten später traf ihre Mutter in der Wohnung ihrer Eltern ein und setzte sich zu Milena und Eleonora ans Bett. Dann wurde es still im Raum. Den Sommer hatten sie ausgesperrt, alle Fenster geschlossen. Es war noch zu früh, sie wollten seine Seele noch nicht gehen lassen.

Der Streit zwischen Milena und ihrer Mutter hatte schon am frühen Morgen des nächsten Tages begonnen. Sie hatten die *nonna* nicht allein lassen wollen und waren die Nacht über in ihrer Wohnung geblieben.

»In Sizilien und nirgendwo anders wollte er begraben werden.« Milena hatte sich schon zum dritten Mal wiederholt, während ihre Mutter am Küchentisch ihrer Eltern gesessen und in ihre Kaffeetasse gestarrt hatte. Eleonora war kurz zuvor eingeschlafen. Sie hatten ihr eine Schlaftablette gegeben, damit sie endlich ein wenig zur Ruhe kommen konnte, hatten sie zum Sofa in ihrem Wohnzimmer geleitet und dort eine Decke über sie gelegt. Dass die *nonna* ihnen nicht widersprochen, ja, keinerlei Widerstand geleistet hatte, hatte Milena zum Weinen gebracht. In der Vergangenheit hatte ihre Großmutter immer die Ärmel hochgekrempelt, wenn es galt, irgendetwas zu tun, um Dinge noch zum Guten zu wenden. Den Kopf in den Sand zu stecken, war nie ihre Art gewesen. Diesmal aber hatte sie tränenlos vor sich hin gestarrt und gar nichts getan. Das war der Augenblick, in dem Milena und wohl auch ihrer Mutter klar geworden war, dass das Unheil nicht mehr abzuwenden war.

»Eine Aufbahrung würden sie in Italien machen«, hatte die *nonna* noch gemurmelt, schon am Wegdämmern vom Schlafmittel, »aber dürfen wir das hier überhaupt?«

Dann hatte sie die Augen geschlossen und nichts mehr von sich gegeben.

»Aber wer würde denn hier zu so einer Aufbahrung kommen? Das kennt doch hier keiner«, hatte Milena zehn Minuten später zu ihrer Mutter gesagt, als Eleonora in jenen Schlaf gesunken war, aus dem sie in einem anderen Leben aufwachen würde, eines, in dem ihr Mann fehlen würde, der drüben im gemeinsamen Schlafzimmer tot auf dem Bett lag.

»Opa hat keine Verwandten hier, und sein Onkel Giò ist zu alt, um zu kommen.«

»Das stimmt.« Ihre Mutter hatte resigniert genickt. »Das hat gar keinen Zweck. Dann halt die klassische Beerdigung.«

»Niemals«, Milena war aufgesprungen, als sie das hörte, »das hätte er niemals gewollt!«

»Und was schlägst du vor?«, hatte Rosalia wissen wollen, und Milena war instinktiv auf Abstand zu ihrer Mutter gegangen, hatte sich ans Fensterbrett gelehnt, die Arme verschränkt: »Er wollte in Sizilien begraben werden. Also fahren wir nach Sizilien und streuen seine Asche dort ins Meer.«

»Du bist ja verrückt. Das darf man doch gar nicht.« Der Ton ihrer Mutter war bestimmt gewesen, doch Milena hatte nicht nachgeben wollen. »Das hat er sich aber gewünscht.«

»Woher willst du das denn wissen? Hat er das irgendwo aufgeschrieben?«

»Er hat's mir gesagt. Immer wieder.«

Rosalia schüttelte den Kopf. »Das mag ja sein. Aber wie sollen wir das überhaupt machen? Am Ende verhaften sie uns, weil es illegal ist.«

»Du willst also den letzten Wunsch deines Vaters ignorieren, nur weil du Angst hast?«

»Wir machen das jedenfalls nicht, und damit basta.«

»Das werden wir ja sehen«, hatte Milena gefaucht und war in den frühen Morgen hinausgerannt, der die Au an diesem Ferientag, einem Sonntag, noch in relativer Ruhe fand. Sie war mit dem Rad in den Birkengarten ihrer Urgroßmutter gefahren, um sich abzureagieren, und ziellos zwischen den Stämmen umhergelaufen.

Wie oft war sie hier mit ihrer Urgroßmutter spaziert, hatte die alte Dame zu dem Holzkreuz begleitet, das im hinteren Teil des Gartens stand, sauber freigehalten von Gräsern oder Gesträuch, jenes Kreuz, das an ihren Erstgeborenen, Alfons, erinnerte. Alfons, der Milenas Großonkel hätte sein können, war nicht einmal ein Jahr alt geworden. Nach dem Tod ihrer Urgroßmutter war Milena oft allein hergekommen, das Haus lag ja nicht weit von der Wohnung entfernt, in der sie und ihre Mutter lebten, im selben Stadtteil. Ihre Großmutter und deren Geschwister, Rosemarie und Peter, hatten die Entscheidung, was mit ihrem Elternhaus zu tun sei, bisher nicht treffen wollen. So blieb der Garten, der immer mehr verwilderte, Milenas Refugium.

Als es heiß geworden war an diesem Tag voller Trauer, die Sonne schon hoch in den wolkenlosen Augusthimmel hinaufgeklettert war und Milena auf ihrem Baumstamm ins Schwitzen geriet, fasste sie einen Entschluss. Sie würde den Letzten Willen ihres Großvaters umsetzen, koste es, was es wolle.

Sie steckte ein Holzstück, das sie zwischen ihren Händen hin und her gedreht hatte, in ihre Jeans und brach auf, um zurück in die Wohnung ihrer Großmutter zu fahren. Sie fand sie im Schlafzimmer, wo sie wieder neben dem Leichnam Valerios saß. Milenas Mutter war nach Hause gefahren, um zu duschen und sich umzuziehen, und Milena war froh, die *nonna* allein vorzufinden, um ihr von ihrem Plan zu berichten. Viel Überzeugungsarbeit musste sie bei ihrer Großmutter allerdings nicht leisten. »Natürlich machen wir das«, murmelte Eleonora leise. »Natürlich bringen wir ihn nach Hause. Nichts anderes hätte er gewollt.« Dann hielt sie kurz inne, legte ihre Hand auf die Brust des Toten und fügte hinzu: »Ich weiß nur nicht, wie du deine Mutter dazu bringen willst.«

Das wusste Milena auch noch nicht, doch sie brach sofort auf, um nach Harlaching zu fahren. Unterwegs wählte sie die Nummer von Tommaso, die ihr ihre Großmutter aufs Handy geschickt hatte. »Frag ihn«, hatte Eleonora gesagt. Wenn irgendwer helfen könne, Valerios letzten Wunsch zu erfüllen, dann er, hatte sie ihrer Enkelin versichert. »Von den deutschen Behörden kriegst du einen Toten nämlich nie mehr wieder, wenn sie ihn erst mal haben. Also bitte, ruf gleich Tommaso an!«

Milena hörte zunächst nichts als sekundenlanges Schweigen am anderen Ende der Leitung, als sie Tommaso erreicht, von Valerios Tod berichtet und ihn um Hilfe gebeten hatte. »Natürlich«, sagte der alte Freund ihrer Großmutter dann leise, der Schock war seiner Stimme anzuhören, »das kriegen wir hin.« Die nicht ganz gesetzmäßige Bestattung von Verstorbenen sei zwar nicht sein rechtliches Spezialgebiet, aber er lasse sich etwas einfallen, erklärte er.

Milena bedankte sich, legte auf und fuhr zu ihrer Mutter, fand sie in der Küche und begann, sofort auf sie einzureden – mit der erwarteten Reaktion. »Ich hab's dir schon gesagt, ich denke gar nicht daran, da mitzumachen«, versetzte Rosalia.

»Wir müssen das tun, Mama. Wir müssen nach Sizilien. Für Opa. Sei doch nicht so stur!« Milena holte kurz Luft und setzte dann nach: »Und wenn wir allein fahren müssen, die *nonna* und ich. Du kannst ja hierbleiben.«

Ihre Mutter hörte sich die Tirade Milenas schweigend an, dann holte sie tief Luft und sagte so gelassen wie möglich: »Ohne deine Großmutter geht da gar nichts. Und die kriegst du bestimmt nicht rum, sie wird nicht fahren. Das ist doch jetzt viel zu anstrengend für sie.«

»Doch«, zischte Milena ihr entgegen, »wird sie. Sie hat sogar schon zugesagt.«

Dann ließ sie ihre Mutter stehen und fuhr zurück zu ihrer Großmutter; es gab viel zu tun.

Wie Tommaso es schaffte, eine Verbindung zwischen Valerio und einer befreundeten Bremer Familie zu konstruieren, war Milena egal. Sie wusste auch nicht, auf welchem Weg die Asche ihres Großvaters in die Hansestadt gelangt war, als sie sie dort übernahm. Tommaso hatte den Leichnam aus der Wohnung in der Au abholen lassen, Milena und ihre Mutter waren dabei gewesen und hatten ihre Großmutter stützen müssen.

Am nächsten Tag war Milena auf Tommasos Anweisung mit dem Auto ihres *nonnos* nach Bremen gefahren. Dort oben im Norden, hatte ihr Tommaso erklärt, dürften Angehörige die Asche ihrer Verstorbenen an sich nehmen, vorübergehend jedenfalls, anders als in Bayern.

Milena hatte mit Gleichmut eine falsche Unterschrift auf ein Formular gesetzt und dann dem Boten des Krematoriums die Urne mit der Asche abgenommen. Mithilfe eines Trichters, gerollt aus einem Blatt der Bestattungsunterlagen, anderes Werkzeug hatte ihr nicht zur Verfügung gestanden, hatte sie sich kniend zwischen den nachtdunklen Rhododendren eines Parks in Bremen-Oberneuland bemüht, die Asche ihres Großvaters möglichst verlustfrei in eine leuchtend blaue Thermoskanne umzufüllen.

Wieder zurück in München stellte sie die Thermoskanne vor ihrer Mutter auf den Küchentisch.

»Ist es das, was ich glaube, das es ist?«, fragte Rosalia und schaffte es dabei, die Zähne nicht weiter auseinanderzunehmen, als nötig gewesen wäre, um ein Blatt Seidenpapier dazwischenzuschieben. Milena nickte.

»Na dann«, seufzte ihre Mutter und strich sich eine schwarze Strähne aus dem Gesicht. »Dann müssen wir wohl.«

Gemeinsam brachten sie das Behältnis zu Eleonora.

Eine Woche später saß Milena neben ihrer Mutter im Auto und steuerte den Wagen auf die A8 in Richtung Salzburg, fast 2000 Kilometer lagen vor ihnen bis zu ihrem Ziel, der Südküste von Sizilien, wo ihr Großvater im Meer seine letzte Ruhe finden sollte. Im Fond kauerte Eleonora, ein schwarzes Tuch um den Kopf gebunden, aus dem sich die eine oder andere schlohweiß gewordene Locke stahl. Zwischen ihren Füßen hatte Eleonora eine von Rosalias alten Sporttaschen stehen, vollgepackt mit Handtüchern und Bikinis wie für einen Badeurlaub und dazwischen eine Thermoskanne. So leicht, dass sie bei einer möglichen Kontrolle leer erscheinen würde.

Als Milena die Ausfahrten Holzkirchen, Weyarn und Irschenberg hinter sich ließ, kam zum ersten Mal seit jenem Moment, in dem Valerio neben ihr stehend die Hand auf die Brust gepresst und nach Luft geschnappt hatte, so etwas wie Ruhe über sie.

Die Trauerfeier im Bel Paese am Tag zuvor hatte sie in einer Art Trance verbracht, völlig übermüdet von ihrer Fahrt nach Bremen und wieder retour, aber noch vollgepumpt mit Adrenalin. Hilde war da gewesen, die treueste Freundin ihrer Großmutter, die an keinem Stückchen Kuchen vorbeigehen konnte und, seit Milena sie kannte, immer runder geworden war. Ihre klare Stimme aber, die Milena immer so bewundert hatte, hatte sie im Gegensatz zu ihrer Wespentaille nicht verloren und gemeinsam mit Eleonora »Gente di Mare« gesungen, so wie in den guten Zeiten, als Valerio sich das Lied am Lagerfeuer beim Haus am Meer gewünscht hatte. Eleonora begleitete sie auf jener Gitarre, die sie zum Abitur von Hilde und den anderen Mädchen geschenkt bekommen hatte. Sie und ihr Mann, der ehemalige Referendar, der sie beinahe das Abitur gekostet und den sie später geheiratet hatte, waren unter den letzten Gästen gewesen, die die Trauerfeier verlassen hatten. Umberto, der das Lokal schon vor Jahren von seinem Onkel übernommen hatte, verzichtete darauf, eine Rechnung für Valerios letztes Fest zu stellen. Mit der Pizzeria war ihm gewissermaßen auch die Patenschaft für die gesamte Familie Vaducci zugefallen – allen voran natürlich Rosalia, zu der er sich sein geschwisterliches Verhältnis bewahrt hatte, auch als sie längst nicht mehr mit ihm im Wirtsgarten Übersteiger übte. Milena hatte kaum mehr die Augen offen halten können, als sie und ihre Mutter sich nach der Trauerfeier von der *nonna* verabschiedetet hatten, doch die Empfindung der tiefen Einsamkeit, die Eleonora umgeben hatte, als sie sich umgedreht und mit der Thermoskanne in ihrer Umhängetasche in Richtung ihrer Wohnung auf den Weg gemacht hatte, nahm Milena in dieser Nacht mit ins Bett.

Jetzt, auf dem Rücksitz von Rosalias Auto, hielt Eleonora die Augen geschlossen und ließ sich den Fahrtwind ins Gesicht wehen, der durchs offene Fenster hereinfiel. Milena beugte sich hin und wieder zur Seite, um ihre Großmutter im Rückspiegel besser sehen zu können.

Rosalia auf dem Beifahrersitz tippte Nachrichten an Sven in ihr Handy. Genau wie allen anderen Freunden hatte sie ihm erzählt, dass Valerio in der Toskana beerdigt werden würde, dort, wo sein Haus am Meer stand, und Svens gut gemeintes Angebot, die drei Frauen zu begleiten, dankend abgelehnt. Hätte er geahnt, was sie wirklich vorhatten, wäre er der Erste gewesen, der sie mit seinen Bedenken überfallen hätte.

Dass die Absage bei Sven gar nicht gut angekommen war und Rosalia ihre bleibende Verstimmung jetzt ostentativ in ihr Handy tippte, quittierte Milena ihrerseits mit Schweigen – und heimlicher Genugtuung. Schließlich verband sie mit der Fahrt nach Sizilien noch ganz andere Ziele als die

Seebestattung ihres Großvaters. Ziele, von denen ihre Mutter nichts ahnte und von denen sie auch noch nichts wissen musste. Milenas Telefon war leise gestellt, sie wollte unangenehmen Fragen entgehen. Beim ersten Halt in Österreich würde sie nachschauen, ob eine Antwort von Sergio gekommen war.

Neben aller Trauer, die im Wagen mitfuhr, empfand Milena eine fiebrige Aufregung, die nur wenig mit der Asche zu tun hatte, die sie verbotenerweise über die Grenze transportierten. Milena quälte vielmehr die Angst, dass ihr anderer Plan scheitern würde. Was, wenn ihre Mutter nicht mitmachen würde? Sehr wahrscheinlich. Wenn sie einen Wutanfall bekäme? Noch wahrscheinlicher. Oder wenn sie einfach wortlos in den nächsten Zug steigen und nach Hause fahren würde? Am wahrscheinlichsten.

Doch natürlich konnte es auch sein, dass *er*, dass Sergio ihre Mutter gar nicht wiedersehen wollte. Immer noch nicht. Dass er gar nicht auf Milenas WhatsApp reagieren, dass er von ihrer Mutter nach all den Jahren nichts wissen wollen würde. Es war drei Jahre her, dass Milena bei ihm in Florenz gewesen war. Damals hatte er gesagt, sie solle die Sache ruhen lassen, und sie war unverrichteter Dinge wieder abgefahren. Das Foto und die Telefonnummer, die sie vor vielen Jahren aus der Erinnerungskiste ihrer Mutter genommen hatte, hatte sie immer dabei, jenes Foto, das ihre Mutter zwischen Sergio und seinem Bruder Giorgio, ihrem Vater, zeigte, verwirrend schön in einem hellen, eng anliegenden Sommerkleid, mit einem Lächeln, das ihr nur für diesen einen Moment gegeben schien und das mit dem Glitzern des Wassers im Hintergrund wetteiferte.

Immer wieder hatte Milena seit damals nachgedacht über die Begegnung, und nun fragte sie sich zweifelnd zum tausendsten Mal, ob sie das Richtige tat. Als sie in Österreich anhielt, um eine Vignette zu kaufen – ihre Mutter und ihre Großmutter hatten es vorgezogen, im Auto zu warten –, checkte sie ihr Handy. Doch auf dem war nichts anderes als das Hintergrundbild zu sehen. Es blieb ihr keine Wahl, als mit der Autobahnvignette in der Hand wieder in den Wagen zu steigen und Mutter und Großmutter weiter in Richtung Süden zu kutschieren.

Zwischenstation in Bologna, das war Eleonoras Vorschlag gewesen, als sie von Milenas sizilianischem Plan erfahren hatte – und vom letzten Gespräch ihrer Enkelin mit Valerio, in dem er ihr zum hundertsten Mal von seiner Heimat erzählt hatte und, als hätte er geahnt, dass seine Zeit gekommen war, von seinem Wunsch, nach seinem Tod dorthin zurückzukehren.

Als sie Bologna erreichten, stand die Temperaturanzeige im Auto bei achtunddreißig Grad. Eleonora machte ein gequältes Gesicht, als sie sich aus dem Auto schälte, und Milena konnte sich lebhaft vorstellen, dass das nicht nur an der Hitze lag. Es war die Hochzeitsreise ihrer Großeltern gewesen, die sie in den Ort am Rand der Toskana geführt hatte, fast vierzig Jahre waren seither vergangen.

Milena war sich nicht ganz sicher, ob der Besuch in Bologna wirklich eine gute Idee war, als sie ihrer Großmutter zusah, wie sie, die Thermoskanne mit der Asche unter dem Arm und gefolgt von der schweigenden Rosalia, mit unendlich schwerem Schritt im Innern des Hotels verschwand. Sie selbst hätte die Nacht ohnehin viel lieber im Haus am

Meer verbracht – allerdings wäre das ein Umweg auf der langen Strecke nach Sizilien gewesen.

So ließ sie jetzt seufzend den Wagen wieder an, um ihn außerhalb der verkehrsberuhigten Innenstadtzone bis zum nächsten Morgen zu parken. Es war ein ganzes Stück, das sie anschließend hinter sich bringen musste, um zur Pension zurückzukehren, und sie sandte ein Dankgebet für den unfreiwilligen Spaziergang gen Himmel, als sie ihr Smartphone vibrieren spürte. So war sie allein, als sie die Zeilen auf dem kleinen Bildschirm in ihrer Hand las: »Gut, dass du dich gemeldet hast. Ich werde da sein. *Cari saluti*, liebe Grüße, Sergio.«

Milena starrte sekundenlang auf ihr Handy, leckte sich über die trockenen Lippen.

»Ich werde da sein.« Übermorgen also. Wie würde ihre Mutter wohl reagieren? Milenas Herz meldete sich plötzlich mit heftigem Pochen, und sie wusste nicht recht, ob sie in Panik verfallen oder vor Aufregung jubeln sollte. Vielleicht hätte sie sich gar nicht einmischen sollen? War es falsch gewesen? Noch einmal schaute sie auf ihr Handy, und, ja, die Nachricht war eindeutig. Er würde da sein. *Du musst da jetzt durch*, dachte sie, *jetzt hast du's angezettelt.*

Milena holte einmal tief Luft und dann noch einmal. Dann nahm sie den Rückweg zum Hotel wieder auf, trödelte allerdings noch ein bisschen länger durch die engen Gassen und nahm ein paar kleine Umwege, um mehr Zeit zu haben, die Aufregung wieder in den Griff zu bekommen, die sich ihrer bemächtigt hatte. Ihre Mutter hatte durchaus ein feines Gespür für Schwingungen, vor allem, wenn es um ihre Tochter ging, und Milena wollte sich auf gar keinen Fall etwas anmerken lassen, sie wollte ihrer Mutter keine Gelegenheit geben, dem Treffen, das sie arrangiert hatte, auszuweichen. Doch ihre Sorgen waren unbegründet. Rosalia hatte sich mit dem Überfahren der italienischen Grenze in die innere Emigration begeben und warf Milena von dem Hotelbett aus, auf dem sie sich ausgestreckt hatte, nicht mehr als einen flüchtigen Blick zu, als sie zurück ins Zimmer kam. Eleonora stand am Fenster und starrte durch die Scheiben, welche die gnadenlose Hitze draußen und die Kälte der Klimaanlage drinnen halten sollten, auf die rötlichen Mauern nahtlos aneinandergebauter Backsteinhäuser und einen eingerüsteten Kirchturm am entfernten Ende der Straße.

Rosalia war es anzusehen, dass sie ihre augenblickliche Position nur ungern aufgeben wollte, als die *nonna* sich umwandte und überraschend einen Ausflug in die Bologneser Altstadt vorschlug. Doch schien Rosalia ihre Mutter ebenso wenig allein lassen zu wollen wie Milena. Also stand sie mit einem leisen Seufzer auf, und nachdem Milena sich im Bad das Gesicht mit kaltem Wasser gewaschen und sich ein frisches Shirt angezogen hatte, brachen sie zu einer abendlichen Wanderung durch die *portici* auf.

Eleonora übernahm die Führung. Sie hatte sich der Hitze wegen endlich von der schwarzen Jacke getrennt, die sie trug, seit Valerio von den Angestellten des Bestattungsinstituts aus der Wohnung getragen worden war, nicht aber von ihrer Beuteltasche mit der Thermoskanne darin. Die Kanne ragte ein wenig oben heraus, wie Milena feststellte. Sie und ihre Mutter folgten Eleonora also an geschnitzten Portalen mit mächtigen, gold schimmernden Türklopfern vorbei, ebenso wie an massiven, aber schmucklosen Metalltüren, abweisend und mit Graffiti beschmiert.

Die Pracht der Geschäfte der Corte Isolani interessierte Eleonora aber scheinbar ebenso wenig wie die bizarr in den Abendhimmel ragenden schiefen Türme Garisenda und Asinelli, die Milena im Vorüberhasten ein verblüfftes »Wow« entlockten.

Eleonora rannte beinahe durch die Straßen und hielt erst an der Basilica di San Petronio an, Bolognas Hauptkirche mit ihrer unfertigen, dunklen oberen Fassadenhälfte. Dort verharrte sie am äußersten Rand des Platzes und starrte auf das riesige Bauwerk aus Backstein, wie sie es wohl auch bei ihrem ersten Besuch mit ihrem geliebten Valerio an ihrer Seite getan haben musste. Und als hätte sie in diesem Augenblick all die Stärke verlassen, die sie bis hierher getragen hatte, fing sie an zu zittern, schien an Ort und Stelle zusammenzuschrumpfen und sich von der aufrechten, schlanken Erscheinung, die sie sich immer noch bewahrt hatte, in eine gebeugte, alte Frau zu verwandeln, der man ihre 69 Jahre ansah.

Milena, abgelenkt von der Auslage einer Bäckerei, eilte herbei, als sie die Rufe ihrer Mutter hörte, die Eleonora stützte. Von beiden Seiten hakten sie sie unter und führten sie behutsam über den Platz, hinüber zu den Stufen der Kirche, wo sie sie vorsichtig hinsetzten, bevor Milena loslief, um eine Flasche Wasser zu besorgen.

Nach ein paar Schlucken aus der Flasche bekam Eleonora wieder etwas Farbe; und ein *panino*, für das Milena gleich noch einmal eine Runde gedreht hatte, ließ sie Bissen für Bissen lebendiger wirken. Nur die tiefe Trauer wollte nicht mehr aus ihrem Gesicht weichen, und wie sie da auf den Stufen der Kirche saß, ihre Tochter rechts und ihre Enkelin links neben ihr, stiegen ihr Tränen in die Augen, gegen die sie offenbar nicht ankam, sosehr sie auch dagegen ankämpfte.

Noch nie hatte Milena ihre Großmutter so weinen sehen, nicht einmal, als sie und Rosalia ihr die Thermoskanne mit Valerios Asche gebracht hatten. Eleonora hatte sie ihr schweigend aus den Händen genommen und in die Schublade des Küchentischs gegeben, gleich neben Valerios Reisepass, als habe sie ihn schon bereitgelegt für seine letzte Reise. Dann hatte sie die Schublade zugeschoben und sich schwer auf die Tischplatte gestützt. Aber keine Träne vergossen. Nicht so wie jetzt. Minutenlang weinte sie. Erst nach einer Weile traute sich Milena, ihr den Arm um die Schultern zu legen, Rosa reichte ihrer Mutter schweigend ein Taschentuch. Sie blieben sitzen, bis es dunkel wurde, wanderten dann durch die kaum kühler gewordene Nachtluft Arm in Arm zurück zu ihrem Hotel.

»Zarini«, sagte Eleonora am nächsten Morgen entschieden; offenbar hatte der Schlaf ihr gut getan, sie wirkte weitaus optimistischer als noch am Abend zuvor.

»Ein Schokoladeneis bei Zarini. Hoffentlich gibt es die Eisdiele noch! Das war damals das beste Eis der Welt!« Milena, die sich gerade die Turnschuhe zuband, konnte sehen, wie trotz des forschen Tons die Hände ihrer Großmutter zitterten, als sie die Thermoskanne wieder in ihrer Tasche verstaute. Offenbar hatte es auch Rosalia bemerkt, sie ließ ihre fertig gepackte Reisetasche liegen und ging zu ihrer Mutter hinüber, nahm sie wortlos in die Arme und gab ihr einen Kuss auf die Wange. Milena wandte sich ab, tat so, als suche sie etwas, das sie noch nicht eingepackt hatte, weil sie nicht wollte, dass die anderen beiden ihre Tränen sahen. Die Eisdiele, zu der Eleonora sie führte, war die Verzögerung wert, und auf dem Weg zurück zum Hotel bat Milenas Mutter Eleonora und Milena unvermittelt, an einer Ecke zu warten, und verschwand in einem kleinen Laden, aus dem die beiden sie anschließend in lautem Italienisch feilschen und diskutieren hörten.

Milena spürte, wie ihre *nonna* ihre Hand drückte. »Sie spricht italienisch, hörst du?«, flüsterte sie. Milena nickte nachdenklich und beobachtete den Eingang des Geschäfts, in dem ihre Mutter verschwunden war.

»Du bist nicht die Einzige, die darunter gelitten hat, Milena«, fing Eleonora wieder an. »Es war für uns auch nicht leicht zu verstehen, dass sie nie wieder nach Italien fahren wollte. Du weißt, wie sehr es deinen Großvater geschmerzt hat, dass sie nicht mehr ins Haus gekommen ist.«

Milena nickte, sagte aber nichts.

Wie viel ihre Großmutter wohl wusste über Florenz? Wie oft sie sich das schon gefragt hatte!

Die *nonna* hatte nie ein Wort verloren über Milenas Vater. »Ich kann dir nichts sagen«, war ihre immergleiche Antwort gewesen, jedes Mal, wenn Milena danach gefragt hatte. Konnte sie nicht oder durfte sie nicht, weil ihre Mutter es nicht wollte? Und dann, als sie Sergio endlich kennengelernt hatte vor drei Jahren, hatte auch er nicht viel erzählen wollen. Nur, dass er nicht ihr Vater war, sondern sein Bruder Giorgio, das wusste Milena jetzt. Und dass Rosalia Sergios große Liebe gewesen war.

»Die Vergangenheit ist vergangen, es hat nicht anders kommen sollen«, hatte Sergio damals zu ihr gesagt und mit steinerner Miene einen Löffel Zucker nach dem anderen in seinen Kaffee gegeben.

Dann wurde Milena in ihren Überlegungen unterbrochen, zu ihrem Glück. Die kleine Verschwörung, die sie mit Sergio angezettelt hatte, machte sie immer nervöser. Rosalia kam aus dem Souvenirladen zurück, und gemeinsam machten sich die drei Frauen auf den Weg zum Hotel, holten ihr Reisegepäck und wanderten zurück zum Auto.

ZWANZIG

Eleonora, 2018

Auf dem Weg nach Salerno, wo sie die nächste Nacht verbringen wollten, verwandelte sich das Wageninnere in einen Glutofen, auch die offenen Seitenfenster brachten kaum Abkühlung. »Viel heißer ist es da oben wahrscheinlich auch nicht«, scherzte Milena mit Blick auf den Vesuv, den sie im Westen aufragen sahen. Eleonora warf einen flüchtigen Blick hinüber zu dem Vulkan, dann schloss sie wieder die Augen, döste vor sich hin. Die feste, glatte Rundung der Thermoskanne, auf der ihre Hand lag, gab ihr Ruhe. Ob diese Müdigkeit, die wie Blei in jeder einzelnen ihrer Fasern steckte, sie wohl jemals wieder verlassen würde? Es war früher Nachmittag, als sie Salerno erreichten und Milena das Auto in der Nähe des Doms parkte, am Eingang zu einer hübschen kleinen Gasse. Eleonora war ihrer Enkelin dankbar dafür, dass sie es übernommen hatte, die Einzelheiten ihrer langen Fahrt nach Sizilien zu organisieren, und sie gewann ein wenig Kraft zurück angesichts der etwas morbiden Schönheit der malerischen Steinfassaden, zwischen denen sie ihre Rollkoffer hindurchzogen. Eine Reisegruppe versperrte ihnen den Weg, die stoisch ihrer

Fremdenführerin hinterherwackelte. Die Reiseführerin reckte eine knallbunte Standarte in die Höhe, die einem Staubwedel glich, und galoppierte in solch atemberaubendem Tempo durch ihre Erklärungen, dass die Mehrheit ihres Gefolges ganz offensichtlich längst abgeschaltet hatte. Nun ballte sich die Gruppe direkt vor dem Eingang der Pension zusammen, zu der Milena Eleonora und Rosalia geführt hatte. Mit einiger Mühe drängten sich alle drei an den Touristen vorbei und standen vor einer blank geputzten Tür aus getöntem Glas, die seltsam anachronistisch wirkte zwischen dem abbröckelnden Putz des aus grobem Gestein errichteten alten Hauses. Wie Eleonora erleichtert feststellte, öffnete sie sich in einen klimatisierten Empfangsraum. In den Zimmern allerdings, gelegen im ersten und zweiten Stock, sei die Klimaanlage unglücklicherweise gerade am Vortag ausgefallen, erklärte ihnen die sorgsam zurechtgemachte Empfangsdame, die Eleonora auf den ersten Blick unsympathisch war. Sie sah aus, als käme sie direkt von einem Mailänder Laufsteg, und der Ton ihres Hinweises klang nicht wie eine Entschuldigung für die Unannehmlichkeiten, sondern eher wie eine Beschwerde über die nachmittägliche Ruhestörung. Eleonora, die sich im Hintergrund hielt und das Einchecken ihrer Enkelin und ihrer Tochter überließ, beobachtete, wie Rosalia in Habachtstellung ging. Ihre Tochter, die für Unhöflichkeit wenig und für allzu viel Staffage noch viel weniger übrighatte, bedachte die Empfangsdame mit einem Blick, welcher der Kälte im Raum in nichts nachstand. Und Eleonora registrierte mit einem gewissen Amüsement, dass Rosalia es schaffte, trotz der strapaziösen Fahrt in schweißtreibender Hitze, die sie hinter sich hatten, noch besser auszusehen als die aufgeputzte Portierin. Mit recht schmallippigem Dank nahm Rosalia den Zimmerschlüssel von der Dame entgegen.

Im Zimmer war es noch heißer, als sie befürchtet hatten. »Man sollte die Tussi hier oben einsperren«, brummte Milena, während sie Eleonora den Koffer aus der Hand nahm und auf eines der Betten hob.

Eleonora ließ den beiden Jüngeren den Vortritt und ging als Letzte für eine kurze Dusche ins Bad. Als sie, ein Handtuch um den Kopf und eines um den zierlichen Körper gewickelt, vor den Spiegel trat, sah sie sich einer Unbekannten gegenüber. Die Wangen in ihrem immer schon schmalen Gesicht waren in den vergangenen Tagen eingefallen, die etwas schrägen Augen lagen tief in ihren Höhlen und sahen zwischen wirren, nassen Locken hervor, die um ihr Gesicht fielen, als sie das Handtuch vom Kopf zog. Das Gesicht einer alt gewordenen Frau. *Wie eine alte Hex'*, dachte sie und betrachtete interessiert die Haut um ihre Augen herum, dünn und faltig, das kannte sie schon. Neu war, dass die Haut ganz durchsichtig aussah, neu war auch der fehlende Glanz in ihren Augen. Neu war die tiefe Traurigkeit, die aus dem früher so herausfordernden Schwung ihrer Lippen quasi über Nacht einen schmalen Strich gemacht hatte. Ob sie jemals wieder lauthals lachen würde? Ob sie jemals wieder die Kraft haben würde, das Leben zu umarmen? *Na, heute jedenfalls nicht*, dachte sie und legte den kleinen Beutel mit Kosmetik, den sie schon in die Hand genommen hatte, um sich ein wenig zurechtzumachen, wieder zurück auf die Ablage neben dem Waschbecken. *Vielleicht ja morgen. Oder übermorgen. Wer weiß.* Immerhin strich sie sich die Haare aus der hohen Stirn und wickelte sich ein Tuch um den Kopf. »Ach Valerio«, murmelte sie ihrem Spiegelbild zu, »sei froh, dass du dieses alte Weib nicht mehr sehen musst!«

Dann zog sie sich an und ging hinüber, wo ihre Tochter und ihre Enkelin schon auf sie warteten, um nach San Marzano zu fahren. Sie wollten sich die berühmten Tomatenfelder anschauen. Irgendwo dort hatte Valerio auf seinem Weg Richtung Norden ein paar Monate lang gearbeitet, wo genau, wusste Eleonora nicht. Er hatte sich damals unter falschem Namen unter die Erntearbeiter gemischt, die zu Hunderten in den Sommermonaten in der fruchtbaren Ebene unterhalb des Vesuvs nach einem vorübergehenden Auskommen suchten. Und so hatte Eleonora ihrer Tochter auch kein konkretes Ziel nennen können, das sie ansteuern sollte.

Sie irrten mit ihrem Wagen eine Weile auf staubigen Straßen umher, an deren Rändern zwischen den fleischigen Blättern dicker Kakteen tütenweise Müll lag. Halb fertige Wohnhäuser im Nirgendwo kahler Grundstücke warteten neben unwirtlichen Fabrikanlagen auf bessere Zeiten, riesige Gewächshäuser grenzten an mit Palmen bewachsene Anwesen mit schmucken, gusseisernen Toren und gepflegten Zufahrten. Auf Lagerflächen waren Paletten zu Dutzenden gestapelt und erstreckten sich bis an die mit Rhododendren bestandenen Vorgärten einladender Einfamilienhäuser. Immer im Hintergrund die dunkle Silhouette des Apennin und über allem die dicke Hitze des Mezzogiorno.

Irgendwo am Straßenrand, unter einigen von Sonne, Staub und Wind abgearbeiteten Palmen, hielt Rosalia den Wagen an und drehte sich mit fragender Miene zu Eleonora um.

»Genauer haben wir's also nicht, oder?«

Ihre Mutter schüttelte den Kopf. Nein, Genaueres hatte Valerio ihr nie erzählt, nicht erzählen können. War er damals doch einfach dem Strom der Arbeiter gefolgt, hatte sich in irgendeiner Fabrik anwerben lassen und war dann hinausgeschickt worden auf ein namenloses Feld, wo er, eingetaucht in die Hitze und den Duft der mannshohen Tomatenpflanzen, die auf dem aufgeheizten vulkanischen Boden wuchsen, zwölf Stunden am Tag nichts anderes tat, als die länglichen, roten Früchte von den Ästen der Sträucher zu pflücken. Tomaten und nichts als Tomaten, über Tage und Wochen, bis die Hände grau und rissig waren und der Kopf leer.

»Angenehm war das sicher nicht, hier zu arbeiten«, rief Milena, die ausgestiegen war und neugierig durch einen Holzzaun spähte, hinter dem, hochgewachsen und dunkelgrün, die Pflanzen dicht an dicht standen.

»Aber wenigstens hatte er immer einen guten Geruch in der Nase«, kommentierte Rosalia. Sie war zu Milena über die Straße gelaufen und reckte schnuppernd das Gesicht in die Luft, die nach Tomaten und Erde roch. Eleonora, die auch ausgestiegen war, sah sie suchend ein Stückchen am Zaun entlangstreichen. Wenn Rosalia irgendwo eine reife Frucht gefunden hätte, hätte sie sie ohne zu zögern mitgehen lassen. Ihre Mutter wusste um die Vorliebe ihrer Tochter für Tomaten. Doch Rosalias Suche blieb vergeblich. Wenn es reife Früchte auf diesem Feld gab, dann wuchsen sie jedenfalls nicht in der Nähe der Straße.

Eleonora hatte sich in ihrer Müdigkeit an den Wagen gelehnt und beobachtete ihre Tochter und ihre Enkelin schweigend. Es war ihr nicht nach Reden. Jede Sekunde ihrer Reise brachte sie Valerios Heimat näher, und jede Sekunde auch dem endgültigen Abschied. Als Rosalia und Milena jetzt zu ihr kamen und vorschlugen, nach Salerno zurückzukehren, nickte sie nur und stieg ohne weiteren Kommentar in den Wagen.

Rosalia fuhr das Auto zur Pension. Alle Fenster waren heruntergekurbelt. Eleonora fächerte sich mit einem Stadtplan Luft zu, während Milena vorne den Kopf aus dem Fenster hielt und sich den Wind durch die Haare fahren ließ.

Nach kurzer Beratung, an der sich Eleonora kaum beteiligte, wurde der Beschluss gefasst, zum Meer hinunterzuwandern. Sie überquerten die Tirrena Inferiore mit ihrem Verkehr, dem Lärm und dem Gestank aus Tausenden Auspuffrohren und tauchten ein in die relative Ruhe der Parkanlage entlang des Lungomare. Vom Wasser her wehte eine leichte Brise und lockte jetzt, da es auf den frühen Abend zuging, immer mehr Spaziergänger an die kilometerlange Hafenpromenade. Sie wandten sich in Richtung Süden und mischten sich unter die Bummelnden, bis Milena eine Eisdiele auf der anderen Seite des Lungomare Trieste erspähte und darauf zusteuerte. Eleonora und Rosalia folgten ihr, und sie stellten sich in die Warteschlange. Dann standen sie vor der Auslage, in der 30 verschiedene Sorten Eis darauf warteten, in Becher oder Waffeln gefüllt zu werden, und Eleonora fuhr die Erinnerung an eine andere Eisdiele, einen anderen italienischen Sommertag durch den Kopf und das Bild von Valerio, der vor ihr gestanden hatte. Sie spähte suchend in die Auslage und fand zwischen Sorten wie *nocciola*, *bacio* und *fragola* grünes Waldmeistereis, auf das sie zeigte.

»Zwei Kugeln davon«, bestellte sie und erntete einen

Blick von ihrer Enkelin, die sie erstaunt fragte: »*Nonna*, was ist das denn? Du hast doch noch nie etwas anderes als Schokoladeneis gegessen.«

Eleonora rang sich zu einem Lächeln durch, drückte Milena einen Kuss auf die Wange und schlängelte sich dann mit ihrer Waffel, auf der zwei riesenhafte grüne Eiskugeln thronten, durch die Menge hindurch, um außerhalb der Bar auf die anderen beiden zu warten. Rosa war die Erste, die wieder zu ihr stieß, einen Becher mit Cappuccino-Eis in der Hand und einen finsteren Ausdruck im Gesicht, so finster, dass Eleonora nicht anders konnte, als nachzufragen.

»Was ist denn los?« Sie registrierte in diesem Augenblick, dass Milena aus der Tür der Gelateria trat, dicht gefolgt von einem jungen Italiener, der mit offensichtlicher Begeisterung auf sie einredete.

Rosalia nickte in Richtung ihrer Tochter, und ihr Gesicht wurde, wenn überhaupt möglich, noch finsterer.

»Und?«, fragte ihre Mutter. »Sie ist ja keine zwölf mehr!« Doch Rosa schüttelte nur den Kopf, als Milena jetzt zu ihnen herüberrief, sie sollten doch schon mal vorgehen, zurück zum Meer, sie würde gleich nachkommen. Eleonora winkte zurück, hakte sich bei ihrer Tochter ein – etwas, das sie lange nicht mehr getan hatte – und bugsierte sie zwischen den am Straßenrand geparkten Motorrollern hindurch über die Straße.

Sie lehnten sich an die Balustrade, die den Lungomare vom Ufer abgrenzte, um dort in Ruhe ihr Eis zu essen, und Eleonora sah ihre Tochter von der Seite her an. »Was stört dich denn daran?«

»Woran?«, gab Rosalia zurück.

»Daran, dass sie flirtet.«

Rosa zog scharf die Luft ein, verhaltener Zorn lag in ihrer Stimme: »Darum geht es doch nicht, das weißt du genau!«

»Worum geht es denn dann?«

Rosa wandte sich ab und tat so, als hätte sie die Nachfrage nicht gehört. Aber Eleonora hakte nach. »Also, worum geht es? Erklär's mir! Wieso macht dich das so wütend?«

Rosalia hatte offenbar immer noch keine Lust zu antworten, was Eleonora zu ärgern begann.

»Rosa, du kannst nicht jede Frage mit Schweigen beantworten, wenn sie dir nicht passt. Das funktioniert irgendwann nicht mehr. Das merkst du doch an deiner Tochter. Also, worum geht es hier? Dass Milena irgendein Mann nahe kommt? Oder bist du vielleicht eifersüchtig, weil sich die Männer inzwischen mehr nach ihr umdrehen als nach dir?« Jetzt wollte sie ihre Tochter provozieren, sie irgendwie aus ihrem trotzigen Schweigen herauslocken.

Mit Erfolg, Rosalia wirbelte herum: »Mama, das ist doch ein totaler Blödsinn! So ein Schmarrn«, fauchte sie, »wie kommst du auf so was?«

»Na ja«, Eleonora ließ sich nicht aus dem Konzept bringen, »dann lass sie doch einfach machen, dann ist ja alles in Ordnung, oder?«

»Ach, lass mich doch in Frieden«, pampte Rosalia sie an und stieß sich von der Balustrade ab, um sich einige Schritte entfernt auf eine Bank zu setzen.

Eleonora sah, dass Milena sich derweil von dem jungen Mann verabschiedet hatte, der ihr noch einmal zuwinkte und sich zu einer Gruppe von Leuten gesellte, die offenbar auf ihn warteten. Rosalia erhob sich wieder, als Milena herankam, und Eleonora sah sie etwas zu ihrer Tochter sagen, das im Lärm einer vorbeirasenden Ambulanz mit angeschalteter Vierton-Sirene unterging. Das durchdringende Jaulen des Notarztwagens wurde leiser, und ein heftiger Ausruf Milenas erreichte Eleonoras Ohren.

»Was willst du eigentlich von mir?«

Und dann hörte sie, wie Milena mit erhobener Stimme auf Rosalia einredete.

»Und überhaupt, nur weil du alles gegen die Wand gefahren hast, heißt das noch lange nicht, dass ich das auch tue.«

»Aber es muss ja nicht gerade ein Italiener sein, mit dem du anbandelst«, polterte Rosalia.

»Und warum nicht? Mein Großvater war Italiener, dein Vater! Erinnerst du dich? Und er war der beste Großvater der Welt!« Milena war jetzt richtig laut geworden, und Eleonora, die den Streit immer noch aus einigen Metern Entfernung verfolgte, spürte einen heftigen Schmerz, als ihre Enkelin mit ihren Worten das Bild Valerios vor ihrem inneren Auge heraufbeschwor. Er würde es hassen, dass seine Tochter und seine Enkelin sich gegenseitig anschrien. Drüben ging es schon wieder weiter.

»Also einen Italiener darf ich auf gar keinen Fall zum Freund haben. Sonst noch irgendwelche Vorgaben?«

»Ach was. Du hast ja keine Ahnung«, herrschte Rosalia sie an, machte zwei Schritte zu einem Mülleimer hinüber, um den leeren Eisbecher wegzuwerfen. »Du hast doch keine Ahnung, wie es ist, wenn du immer komisch angeschaut wirst, wenn du beschimpft wirst, wenn sie Ausländerschlampe zu dir sagen, wenn jeder Depp dich fragt, wo du *eigentlich* herkommst.«

»Mama, darum geht's dir doch gar nicht! Nur, weil ich mit 'nem Italiener flirte, heißt das noch nicht, dass ich gleich mit ihm Kinder kriege.«

»Oh, Mädchen, glaub mir einfach, lass es!«

»Nein, Mama, das ist meine Sache. Wenn ich jemanden mag, dann mag ich ihn, ganz gleich, wo er herkommt und wie er aussieht. Und«, sie wies mit der Hand in Richtung Eisdiele, wo der junge Mann von vorhin noch immer saß, »Matteo ist noch nicht mal dunkelhaarig«. Sie holte tief Luft und schloss dann mit offensichtlicher Genugtuung: »Wenn ich also mit ihm Kinder kriege, werden sie mit Sicherheit blond!«

Jetzt war es an Rosalia, vor Empörung nach Luft zu schnappen: »Ah, du kennst schon seinen Vornamen, so ist das also, dann wirst du dich sicher mit ihm treffen wollen.« Das Beben in ihrer Stimme war kein gutes Zeichen.

Eleonora fand, dass es an der Zeit war, einzugreifen, näherte sich mit großen Schritten den beiden streitenden Frauen, konnte aber nicht mehr verhindern, dass Milena ihrer Mutter an den Kopf warf: »Mama, du hast ein ganz anderes Problem. Dein Problem bin nicht ich. Dein Problem bist du selbst, du und dein verkorkstes Liebesleben, dein blödsinniger Sven, der so langweilig ist, dass es wehtut, und deine verkackte Liebesgeschichte mit meinem Vater! Du bist doch selbst an allem schuld!«

Eleonora konnte sich gerade noch zwischen die beiden stellen, als Rosalia die Hand hob, und sie war sich nicht sicher, ob ihre Tochter nicht wirklich zugeschlagen hätte. Rosas dunkle Augen blitzten, sie bebte vor Wut, und Eleonora sah, wie ihre Unterlippe zitterte.

Jetzt versuchte Rosalia, an ihrer Mutter vorbeizukommen, und schrie auf Milena ein: »Lass deinen Vater aus dem Spiel, verdammt, lass ihn aus dem Spiel! Ich will davon nichts hören, verstehst du? Du weißt gar nichts, Milena! Ich will davon nichts mehr hören!«

»Natürlich willst du nichts davon hören, und du willst auch nichts dazu sagen. Du bist die große Schweigende, die Leidende an der Welt!« Die Ironie troff nur so aus Milenas Worten.

»Ein einziger Vorwurf bist du«, fuhr sie mit erhobener Stimme fort. »Von wegen, ich hab das alles nicht erlebt, weil ich ja nicht so aussehe wie du, weil ich nicht so schwarzhaarig bin wie du. Warum bin ich das denn nicht? Warum sehe ich denn nicht so aus? Nicht mal das willst du mir sagen. Nicht mal ein Foto von meinem Vater hast du mir je gezeigt! Nein, du schweigst einfach!« Milena brüllte immer weiter. »Du willst keine Fragen und nichts. Du bist nichts als ein Feigling, Mama! Tust immer so cool und toll, dabei bist du ein Riesenfeigling.«

»Milena«, Eleonora drehte sich zu ihrer Enkelin um, erhob mahnend die Stimme, als Rosalia schon wieder in ihrem Rücken anfing zu wüten.

»Was, ich ein Feigling, ich? Ich hab dich allein großgezogen. Ich hab alles für dich getan, ich hab gearbeitet, mich um dich gekümmert, ich hab alles allein geschafft. Ich bin nicht diejenige, die feige ist. Ich bin nicht vor der Verantwortung davongelaufen so wie dein sogenannter Vater.«

Mal rechts, mal links schimpfte sie jetzt an Eleonora vorbei und wurde dabei spürbar immer zorniger. »Und hat dir irgendwas gefehlt? Hast du dich beschweren müssen? Meinst du, mit ihm wäre es besser gewesen? Da täuschst du dich! Ich war es, die für dich da war, er war es nicht. Wieso, verdammt, willst du das nicht einsehen? Warum rennst du einem Trugbild nach? Noch mal«, und sie hielt kurz inne, »ich bin nicht der Feigling! Ich bin hier und muss mich von dir beschimpfen lassen. Wie kommst du eigentlich dazu?«

»Wie ich dazu komme?« Eleonora sah die Tränen der Wut in den Augen ihrer Enkelin. »Kein Mensch hat das von dir verlangt, außerdem stimmt das alles so nicht. Du warst doch nie da. Die *nonna* hat mich großgezogen, die *nonna* und der *nonno*, aber nicht du. Von wegen, du hast alles allein geschafft! Du bist so selbstgerecht!«

Eleonora, die immer noch zwischen den beiden stand, fand, dass ihre Enkelin jetzt zu weit ging. »Milena.« Sie hörte selbst, dass ihre Stimme schrill geworden war.

»Ich bin selbstgerecht? Ich?«, hörte sie Rosalia über ihre Schulter hinweg keuchen. »Und weißt du, was du bist? Du bist absolut seine Tochter! Die Selbstgerechte bist in Wirklichkeit du! Du bist genauso wie er!«

Milena machte in diesem Moment auf dem Absatz kehrt, und Eleonora, die noch versuchte, sie am Arm festzuhalten, griff ins Leere. Ihre Enkelin rannte davon, den Lungomare hinunter.

»Na toll!« Eleonora wandte sich aufgebracht ihrer Tochter zu, sah, dass sie Mühe hatte, Luft zu bekommen. Rosalia waren ebenfalls die Tränen in die Augen geschossen, und sie verzog das Gesicht beim Versuch, sie zurückzudrängen. Eleonora kramte aus ihrer Handtasche ein Taschentuch, drückte es ihrer Tochter in die Hand.

»Wie kannst du so was nur sagen?«, fragte Eleonora jetzt etwas leiser.

Rosa drehte sich halb von ihr weg, versuchte vergeblich, sich unauffällig mit dem Taschentuchrand abzutupfen. »Das hab ich nicht so gemeint.«

»Natürlich hast du das nicht so gemeint, Rosa, das weiß ich auch. Aber ob Milena das weiß?«

Doch zunächst einmal war Milena vom Pier verschwunden. An ihr Handy ging sie nicht, als Eleonora versuchte, sie anzurufen, und auf die Sprachnachricht kam nur eine WhatsApp, in der sie sachlich mitteilte, dass sie nicht gewillt sei, mit ihrer Mutter zu Abend zu essen.

»Geht allein, wir sehen uns später im Hotel«, hatte sie geschrieben. Ein paar Minuten später vibrierte es noch einmal in Eleonoras Tasche. »Liebe *nonna*, mach dir keine Sorgen, bitte!«, stand da, und Eleonora steckte das Handy wieder in die Tasche, ohne die Nachricht Rosalia zu zeigen. Schließlich war sie nur an sie gerichtet gewesen. Und überhaupt. Sie war gerade ganz und gar nicht mit ihrer Tochter einverstanden.

EINUNDZWANZIG

Rosalia, 2018

Als Milena nach dem Streit verschwunden war, waren Rosalia und ihre Mutter noch eine Weile auf dem Pier geblieben. Rosa hatte gehofft, dass ihre Tochter sich bald beruhigen und zu ihnen zurückkehren würde. Als sie nicht kam, beschloss sie gemeinsam mit Eleonora, sich eine Pizzeria zu suchen, essen mussten sie ja trotzdem. *Sie ist ja kein Kind mehr*, dachte Rosalia und versuchte, sich keine Sorgen um ihre verschwundene Tochter zu machen, als ihr schmerzhaft klar wurde, dass genau das eines ihrer Probleme war. Es fiel ihr tatsächlich schwer zu akzeptieren, dass Milena eine erwachsene Frau geworden war, die ihr Leben selbst bestimmen konnte – und musste. Die sie, Rosalia, nicht für immer und alle Zeit vor allem beschützen konnte, auch nicht davor, ihre eigenen Fehler zu machen oder gar die Fehler ihrer Mutter zu wiederholen. Den Gedanken, dass es vielleicht sinnvoll wäre, Milena genau von diesen Fehlern zu erzählen, versuchte sie allerdings immer noch zu verdrängen.

Bei zwei Gläsern eines üppigen Aglianico aus dem nahen Paestum und zwei Portionen *scialatielli al pesce*, einer speziellen Pasta aus der Amalfiregion, kürzer als klassische

Tagliolini, unregelmäßig geformt und zubereitet mit verschiedenen Meeresfrüchten, Kapern, Oliven und Petersilie, hatten sich ihre Gemüter wieder etwas beruhigt. Nicht genug allerdings, um den Streit in Vergessenheit geraten zu lassen, was Rosalia eigentlich gehofft hatte.

Eleonora war es, die den Faden wiederaufnahm. Natürlich war sie es. Rosalia hätte die Sache totgeschwiegen, so wie sie es immer tat, sie konnte einfach nicht aus ihrer Haut.

»Es muss dir doch klar sein, dass das nicht so weitergeht«, hob Eleonora an, nachdem sie noch zwei weitere Gläser des vollmundigen Rotweins bestellt hatte.

Rosa fiel es schwer, sich schon wieder auf ein Gespräch einzulassen, natürlich beschäftigte sie der Streit mit ihrer Tochter, sie war gerade in Gedanken bei ihr gewesen. Jetzt sah sie ihre Mutter an, beinahe war sie überrascht, dass sie nicht allein am Tisch saß. »Was? Entschuldige, was hast du gesagt?«

»Tu nicht so, als ob du mich nicht gehört hättest«, fuhr Eleonora sie ungeduldig an.

»*Mamma mia*, geht das jetzt schon wieder los? Machst du jetzt da weiter, wo sie aufgehört hat?«, fragte Rosalia genervt.

Eleonora schob das Glas, das sie gerade an den Mund führen wollte, von sich und beugte sich über den Tisch.

»Rosa, du musst aufhören, immer alles nur mit dir selbst auszumachen. Vor allem, was dieses Thema betrifft. Milena hat schon recht mit dem, was sie zu dir gesagt hat.«

Sie holte kurz Luft, dann redete sie weiter. »Es ist nicht nur deine Sache, was mit ihrem Vater ist. Es ist auch ihre. Es geht um ihren Vater, und sie hat ein Recht darauf zu wissen, wer es ist.«

»Das sehe ich anders«, erwiderte Rosalia und wusste tief im Innern, dass ihre Mutter vollkommen recht hatte. Doch sie sagte: »Ich muss niemandem etwas erzählen, das ich nicht erzählen will. Und ich verstehe nicht, warum sie sich so sehr beklagt. Sie hatte doch alles. Es hat ihr an nichts gefehlt. Ich hab das auch ohne ihren Vater hinbekommen, ohne Hilfe.«

»Na, nun mach mal halblang, ganz so war es ja nicht, wir haben dir immer geholfen, oder nicht?«

Rosalia spürte, dass ihre Mutter zunehmend Mühe hatte, gelassen zu bleiben, was sie unschwer daran ablesen konnte, dass Eleonora dem Wein mit weitaus mehr Eifer zusprach, als es sonst ihre Art war.

»Und außerdem«, fuhr Eleonora fort, »glaubst du doch selbst nicht, was du sagst. Als wenn dir nicht klar wäre, dass es nur natürlich ist, dass sie wissen will, wer sie ist. Rosa, bitte!«

Rosalia hob beschwichtigend die Hände: »Ist ja gut, ist ja gut, so hab ich das doch alles nicht gemeint.«

»Wie hast du es denn dann gemeint?«

»Ach Mama. Ich kann das schlecht erklären.« Rosalia lehnte sich nach hinten, ließ ihren Blick durch das Lokal schweifen, als suche sie dort eine Antwort, eine Erklärung. Dann sah sie wieder zu ihrer Mutter. Sie zögerte, das auszusprechen, was sie dachte.

»Es ist so, als hätte ich die ganze Geschichte weggeschlossen in eine Schublade. Alles, was damals passiert ist. Um damit zurechtzukommen.« Das war eher eine Entschuldigung als eine Erklärung, sie wusste genau, dass sie auch ihre Mutter damit verletzt hatte, nie von Giorgio gesprochen zu haben. Und ihren Vater auch. Natürlich wusste sie, wie unfair das war, aber einen anderen Weg gab es für sie nicht. Ganz oder gar nicht.

Sicher, ein Teil der Geschichte war, dass sie auch ihre Eltern schützen wollte vor dem, was Signore Bianchi ihr damals alles an den Kopf geworfen, vor den Gemeinheiten, die er über ihre Eltern gesagt hatte. Aber sie wusste selbst genau, wie klein dieser Teil der Wahrheit war. Der größere war ihre Scham – und die Kränkung, die sie erfahren hatte.

»Ich versteh dich ja, zumindest ein bisschen, aber du darfst nicht vergessen, dass auch deine Tochter damit zurechtkommen muss«, insistierte Eleonora. »Du musst es ihr erklären, sie braucht dich. Stattdessen machst du bei dem Thema dicht. Kein Wunder, dass sie durchdreht. Kind, wie bist du nur so hart geworden.«

»Und was bist du, Mama?« Rosalia fühlte sich in die Enge getrieben und ging zum Angriff über. »Du hast genau ein einziges Mal geweint, seit Papa gestorben ist, das war gestern in Bologna. Nicht am Tag seines Todes, nicht bei der Trauerfeier. Immer Haltung, Haltung, Haltung. Dieser ganze preußische Scheiß, den du so abgelehnt hast. Genauso bist du doch auch. Und fragst noch, woher ich das habe!« Mit gewisser Genugtuung sah sie, dass ihrer Mutter alle Farbe aus dem Gesicht gewichen war, und stieß sich so heftig nach hinten in die Lehne ihres Stuhls hinein, dass der Tisch wackelte.

Eleonora konnte gerade noch nach ihrem Weinglas greifen, das gefährlich ins Schwanken gekommen war. Sie warf ihrer Tochter einen langen Blick zu, bevor sie das Glas an die Lippen setzte und es in einem Zug leerte. Dann schob sie ihren Stuhl zurück und stand sehr langsam auf.

»Vielleicht«, sagte sie dann betont sanft, »vielleicht hast

du recht. Vielleicht bin ich auch schuld daran, dass du so bist. Aber ich bin nicht schuld daran, dass du dein Leben nicht leben willst. Wenn du so weitermachen willst, dann mach ruhig! Aber ich werde nicht zulassen, dass meine Enkelin unglücklich wird!« Dann drehte sie sich um und rauschte davon. Am Ausgang des Lokals aber machte sie noch einmal kehrt, kam die paar Schritte an den Tisch zurück und schleuderte ihrer Tochter entgegen: »Und wie ich um meinen Mann trauere, ist ganz allein meine Sache!«

Rosalia blieb noch eine Weile sitzen, trank den Wein aus, bestellte sich ein drittes Glas, das sie ohne Eile leerte, und vermittelte dem Kellner, der schon den ganzen Abend versuchte, ihr schöne Augen zu machen, nicht ohne innere Genugtuung – *von wegen, keiner schaut mich mehr an* –, dass sie dabei keine Gesellschaft wünschte. Sie ließ ihm immerhin ein großzügiges Trinkgeld auf dem Tisch liegen und verließ als eine der letzten Gäste das Lokal. Von den Streitereien mit ihrer Mutter und ihrer Tochter noch immer erschüttert, doch vom Alkohol einigermaßen milde gestimmt, schrieb sie Milena eine Nachricht, auf die sie keine Antwort erhielt, und so wanderte sie allein zwischen Nachtschwärmern, die ihr zu zweit oder in größeren Gruppen begegneten, sie aber in ihrer jugendlichen, dem Augenblick huldigenden Egozentrik gar nicht bemerkten, in Richtung Hotel.

Ihre Mutter war gerade dabei, sich hinzulegen, als sie hereinkam, teilte ihr knapp mit, dass Milena ihr eine Nachricht geschickt habe und in einer Stunde da sein würde, machte aber nicht den Eindruck, noch weiter mit ihr reden zu wollen. Rosalia zog sich aus und ging ins Bett. Und als Milena eine Weile später die Tür öffnete, tat sie so, als würde sie schlafen.

ZWEIUNDZWANZIG

Milena, 2018

Es war nach Mitternacht, als Milena ins Zimmer kam, das völlig im Dunkeln lag. Ihre Großmutter wie auch ihre Mutter schienen zu schlafen, und so schlüpfte auch sie ganz schnell in ihr Bett und versuchte eine ganze Weile vergeblich, zur Ruhe zu kommen. Matteo, der junge Italiener, hatte sie bis zur verspiegelten Glastür gebracht, hinter der jetzt ein Nachtportier saß, der ebenso zuvorkommend war wie seine aufgeputzte Kollegin vom Nachmittag unfreundlich, und sich dann verabschiedet. Sie hatten Telefonnummern ausgetauscht, weiter war nichts gewesen, und Milena glaubte nicht, dass er sich je melden würde, genauso wenig, wie sie selbst vorhatte, es zu tun. Zumindest aber hatte die Unterhaltung sie ein bisschen abgelenkt von ihrem Ärger.

Zunächst war sie allein und geladen bis in die äußersten Haarspitzen die Hafenpromenade auf und ab gelaufen. Zu ihrem Glück war es inzwischen dämmrig und somit ein wenig kühler geworden. Die leichte Brise vom Nachmittag hatte aufgefrischt, und ein breites Wolkenband spannte sich über den Golf von Salerno, schlug einen großen Bogen vom Capo d'Orso im Norden bis zu den Ausläufern der Stadt im Süden, wo es sich im Dunst verlor und eine Wetteränderung für den nächsten Tag versprach. An dem Milena mit ihrer, wie sie im Augenblick fand, unerträglichen Mutter und ihrer geplagten Großmutter schon weitergezogen sein würde. Allerdings war sie sich nicht sicher, ob sie es mit ihrer Mutter noch viel länger zusammen in einem Auto aushalten konnte.

»Am liebsten würde ich mit Oma allein weiterfahren«, hatte sie halblaut vor sich hin geschimpft, während sie nach einer Pizzeria Ausschau hielt, die Pizza zum Mitnehmen verkaufte. Sie brauchte nicht lange zu suchen und kehrte mit ihrer Beute, einer dampfenden Margherita, auf ihren Wunsch hin extra mit frischen Oliven belegt, zurück zur Promenade. Der Teig war köstlich, und der intensive Geschmack der Früchte trug das Seine dazu bei, dass sich ihr aufgebrachtes Herz im Gleichklang mit dem hungrigen Magen wieder etwas beruhigte. Und doch gärte die unschöne Auseinandersetzung in ihr weiter. Jedes Mal, wenn ihr schlechtes Gewissen der Vorwürfe wegen, die sie ihrer Mutter an den Kopf geworfen hatte, die Oberhand zu gewinnen schien, kochte die Erinnerung an die Worte Rosalias wieder in ihr hoch. Es waren weniger die hässlichen Ausdrücke und Sätze, die gefallen waren, als vielmehr dieses völlige Blockieren ihrer Mutter, wenn es um ihren Vater ging.

Milena hatte sich an das Versprechen gehalten, das sie Sergio vor drei Jahren gegeben hatte, Rosalia nichts von ihrem geheimen Treffen zu erzählen. Und doch war sie immer wieder versucht gewesen, es zu tun. Genau wie sie immer wieder erwogen hatte, Sergio noch einmal aufzusuchen und ihn nach der ganzen Wahrheit zu fragen. Bei allen Vorwürfen, die Milena ihrer Mutter machte, spürte sie doch, wie tief die Verletzung sein musste, die sie mit sich herumtrug. Auch Sergio, das war ihr bewusst, hatte ihr nur einen kleinen Teil der Geschichte erzählt. In den Jahren seither hätte sie viel darum gegeben, alles zu erfahren und die beiden zusammenzubringen, denn, so viel hatte sie verstanden, beide, Sergio ebenso wie ihre Mutter, litten immer noch unter dem, was vor über 20 Jahren geschehen war. Wenn die Vorstellung von einem Wiedersehen zwischen den beiden, bevor Milena Sergio kennengelernt hatte, ihrem eher kindlich naiven Wunsch entsprungen war, dass aus dieser Begegnung eine Familie entstehen könne, hatte inzwischen die Überzeugung in ihr Oberhand gewonnen, dass es vor allem für ihre Mutter wichtig war, sich diesem Teil ihrer Vergangenheit zu stellen. Vielleicht würde Sergio es ja schaffen, ihren Panzer aufzubrechen.

Milena schaltete ihr Handy ein und zog das Laken darüber, um den Lichtschein abzudämpfen. Dann scrollte sie nach dem Eintrag unter »B.«, dem sie vor drei Jahren eine Handynummer und den Buchstaben »S.« in der Spalte für den Vornamen hinzugefügt hatte.

»Sie weiß von nichts«, schrieb sie, schickte die Nachricht ab und behielt das Handy in der Hand, bis sie sah, dass die beiden Häkchen hinter ihrer Nachricht blau geworden waren. Antwort bekam sie keine. Es dauerte lang, bis sie endlich eingeschlafen war.

DREIUNDZWANZIG

Rosalia, 2018

Brütend heiß war es zwischen den Säulen des Tempels. Das mit den Wolken vom Vorabend verbundene Versprechen auf ein wenig Abkühlung hatte sich nicht erfüllt. Abgekühlt war lediglich die Stimmung zwischen Rosalia und den anderen beiden. Das Frühstück hatten sie in mehr oder weniger eisigem Schweigen verbracht, am Tresen einer Bar. Eleonora hatte ein paar Worte mit Milena gewechselt, mehr nicht. Rosalia hatte sich sofort in den *Corriere dello Sport* vertieft und damit demonstriert, dass sie auch keine Lust verspürte, sich zu unterhalten. Dann hatte Milena plötzlich unerklärlich viel Druck gemacht, um möglichst schnell loszukommen, was gar nicht ihre Art war. Aber Rosalia wollte sich nicht schon wieder mit ihrer Tochter anlegen, also beeilte auch sie sich, ihre Habseligkeiten in die Reisetasche zu werfen.

Die Fahrt war nicht lang gewesen, und kaum waren sie an der Ausgrabungsstätte in Paestum angekommen, war Milena auf und davon gerannt, in der Hand einen von zu Hause mitgebrachten Antikenführer, was Rosalia, die das Auto abschloss, ein anerkennendes Nicken abnötigte. Ihre

Kleine hatte wirklich an alles gedacht. Trotz der Verärgerung, die sie nach dem Streit vom Vorabend noch mit sich herumtrug, durchströmte sie eine Welle von Stolz, als sie der schlanken, jugendlichen Gestalt nachsah, die sich leichtfüßig über den unebenen Boden aus Geröll, Kies und alten Steinen entfernte. Eleonora hatte ihr zugenickt und sich dann ebenfalls allein auf den Weg durch die Ruinen gemacht.

Eine Weile später sah Rosalia sie mit geschlossenen Augen auf einem Stein sitzen, etwas abseits der Tempelanlagen und der Touristen, die jetzt am Vormittag schon in Scharen durch die Ruinen pilgerten.

Sie selbst hatte sich mit ihrem Smartphone in der Hand aufgemacht, auf der Suche nach erinnerungswürdigen Fotomotiven, hatte hier eine Säule fotografiert, die sich in das Azurblau des Himmels hinaufstreckte, dort das Leuchten der alten Steine im hellen Sonnenlicht eingefangen. Und dann sah sie ihn.

Er stand an eine der Säulen des Hera-Tempels gelehnt. Nicht wie ein Tourist, der in der Hitze des Vormittags ein wenig Schatten sucht, bevor er zwischen namenlosen Steinen wieder davonstolpert, um schließlich einen Haken hinter die nächste mehr oder weniger beliebige Sehenswürdigkeit machen zu können. Nein, er stand da wie jemand, der hier – und genau hier – zu genau diesem Zeitpunkt sein musste, als hätte ihn irgendeine höhere Macht dorthin gestellt. Als könnte es gar nicht anders sein.

Rosalia blieb wie angewurzelt stehen, als sie ihn erblickte. Obwohl sie ihn nicht auf den allerersten Blick erkannte, schließlich waren fast 23 Jahre vergangen, seit sie sich das letzte Mal begegnet waren. Eines aber wusste sie sofort. Dass sie es war, auf die er wartete. Sie und niemand anderes. Dass es ihre Tochter gewesen war, die Schicksal gespielt hatte, kam ihr im ersten Moment gar nicht in den Sinn. Auch nicht, wie übel sie, Rosalia, Sergio damals mitgespielt hatte, vielleicht wäre sie sonst noch auf der Stelle umgedreht und davongelaufen. So aber blieb sie stehen, stand da in der Mitte des Peripteros, im hellen Sonnenlicht des süditalienischen Vormittags, und versuchte, ihre Gefühle zu ordnen.

Sergio sah sie an. Keinen einzigen Schritt ging Rosalia ihm entgegen, nicht weil sie sich dafür entschieden hätte, sondern weil ihr von jetzt auf gleich das Gefühl dafür abhandengekommen war, wie es ist, einen Fuß vor den anderen zu setzen. Gefangen in einem Strudel aus einander widerstrebenden Empfindungen waren ihr Kopf und ihr Körper gleichermaßen lahmgelegt, und so stand sie einfach da und sah Sergio auf sich zukommen. Einen 23 Jahre älteren Sergio, der in seiner Jeans und dem hellen Hemd, das er trug, doch in keiner Weise gealtert schien. Wie er da auf sie zukam, hatte Rosalia das Gefühl, zugleich mit Sergio sich selbst zu begegnen, einem jüngeren Ich, das noch einmal vor der Entscheidung stehen würde, die sie damals getroffen hatte. Und erst als er nahe genug herangekommen war und sie das Grau erkennen konnte, das sich längst in seine dunklen Haare gestohlen hatte, wurde ihr wieder bewusst, dass diese Entscheidung längst getroffen worden war. Damals am Busbahnhof, in jenem Moment, der vielleicht den Verlauf ihrer Geschichte entscheidend hätte verändern können. Und eine abgrundtiefe Trauer stieg in ihr auf, welche mit der unbestreitbaren Wiedersehensfreude, die sie ebenfalls empfand, in Widerstreit geriet.

»*Ciao* Rosalia.« Sergio war zwei Schritte entfernt von ihr stehen geblieben. Seine Stimme war ein wenig tiefer geworden, auch die Falten in seinem Gesicht, die davon sprachen, dass auch er ein Leben gelebt hatte so wie sie.

»Sergio. *Ciao* Sergio.« Mehr wusste sie nicht zu sagen. Was auch. *Wie geht's dir? Was machst du so?* Nichts davon hätte dem Augenblick entsprochen. Es gab nicht die richtigen Worte für diesem Moment, und keinem von beiden gelang es, sie zu erfinden. Sergio musste etwas Ähnliches gespürt haben. Er versuchte es mit einem Lächeln. Das in seinen Mundwinkeln begann, sich unter seinem dichten Bart hervorstahl und schließlich seine Augen erreichte, als Rosalia es erwiderte.

»Wollen wir ein paar Schritte gehen?«, fragte er dann, eine Handbewegung in Richtung einer Besuchergruppe machend, die auf sie zusteuerte.

Rosalia nickte und folgte ihm durch die Säulen des Tempels hindurch. Eine Weile wanderten sie schweigend die mit groben Steinen gepflasterte Straße entlang, die die verschiedenen Tempelanlagen miteinander verband. Rosalia hatte Mühe, mit ihren leichten Sandalen auf den von unzähligen Sohlen und vom Regen und Wind der Jahrhunderte glatt polierten Oberfläche der weißen Steine nicht auszurutschen, ließ sich aber nichts anmerken. Als sie den Schatten einer ausladenden Pinie erreichten, blieb Sergio stehen.

»*Restiamo un po?* Bleiben wir ein bisschen?«, fragte er, und als Rosalia nickte, bückte er sich und wischte mit der Hand die trockenen Nadeln des Baumes beiseite, die als dicke Schicht auf den Mauerresten lagen, die rund um die Pinie überdauert hatten. *Er hat sich nicht verändert*, dachte sie, und wieder war da dieser Schmerz. Rosalia versuchte, ihn zu ignorieren und sich ganz auf den Augenblick zu konzentrieren, in dem ein heißer Wind über ihre nackten

Arme und Beine strich, den Geruch von altem Staub mit jenem von Sergios Parfum vermischte und in ihre Nase trug und in dem Sergio in seinem warmen Bariton zu sprechen begann.

Die Augen unverwandt auf ihr Gesicht gerichtet. Und ohne dass es zwischen ihnen eine einzige Berührung gegeben hätte, war es, als hielte er sie in seinen Armen, allein seine Präsenz, der Klang seiner Stimme gaben ihr das Gefühl, gehalten zu werden. Auch das hatte sich nicht verändert. Wie hatte sie das nur vergessen können?

»Rosa, *perché*? Warum? Warum nur hat es so lange gedauert?«, fragte Sergio. »Du hast dich kaum verändert«, sagte er und: »Ich habe dich vermisst, weißt du das?«

Ich habe dich auch vermisst, dachte sie, doch sie behielt es für sich. So überrascht war sie von diesem Gedanken, den sie all die Jahre über nicht zugelassen hatte. *Rosa, perché?* Es hätte alles so einfach sein können. Oder nicht? Schon wieder war da dieser Schmerz. Plötzlich war sie wieder 23 Jahre alt und wurde mit einem Baby im Bauch davongejagt wie eine Straßendirne.

»Warum hast du mir damals nicht geholfen?«, war das, was sie sagte. Und sie hörte selbst, wie bitter es klang. Wie wenig nach dem, was sie fühlte, und wie sehr nach all den Vorwürfen, die Sergio nicht verdient, die sie aber trotzdem mit sich herumgetragen hatte.

Sergio schwieg. Das Lächeln, das so zuversichtlich gewesen war, war verschwunden. Er wandte den Blick ab und heftete ihn an irgendetwas oder irgendjemanden in ihrem Rücken.

»Es war«, begann er dann, geriet ins Stocken, setzte wieder an. »Es war mein Vater.« Plötzlich Kälte in seiner

Stimme. »Du kannst dir nicht vorstellen, was er aufgeführt hat, als er davon erfahren hat. Wir«, er zögerte wieder, »*wir* konnten nicht anders.«

»Ihr?«, fragte Rosalia frostig, »ihr wart beide erwachsene Männer! Ihr hättet euch doch darüber hinwegsetzen können!« Sie holte kurz Luft, dann fügte sie hinzu: »Du! Gerade du! Von dir hätte ich das nicht erwartet! Ich hatte dir vertraut.«

Sergio sah sie überrascht an.

»Ach?«, fragte er und sprang auf, machte einige Schritte von ihr weg, bevor er sich umwandte und schnippisch bemerkte: »Du hast eine komische Art gehabt, das zu zeigen.«

Rosalia schluckte. Da hatte er recht und sie wenig Argumente in dieser Auseinandersetzung. Doch sie war nicht bereit, einfach nachzugeben.

»Ich versteh's trotzdem nicht. Warum hat euer Vater so viel Macht über euch?«

»Hatte«, schnaubte Sergio, »er ist tot.«

Tut mir nicht leid, dachte Rosalia, »oh, wie kam's?«, fragte sie dennoch. Ein flüchtiges Lächeln streifte Sergios Gesicht, vielleicht amüsierte ihn ihre Ehrlichkeit, kein Bedauern zu heucheln, das sie nicht spürte.

»Egal. Er ist tot«, wiederholte er, »aber damals …«, jetzt kam er mit großen Schritten zurück, sie knisterten auf dem Teppich aus Piniennadeln, direkt vor Rosalia blieb er stehen und sah zu ihr hinunter. »Damals hat er uns gedroht.«

»Wie denn, um Himmels willen?«, wollte sie wissen.

»Er hat gedroht, dass dir etwas passieren könnte! Jetzt weißt du's.«

Rosalia schnappte nach Luft. Kalt lief es ihr den Rücken hinunter.

»Was soll das heißen?«

Sergio antwortete nicht. Das war gar nicht nötig. Rosalia brauchte einige Momente, um das Gehörte zu verdauen.

»Und ihr habt ihm geglaubt?«

Sergio, der immer noch vor ihr stand, legte beide Hände zusammen vors Gesicht, wie im Gebet, und schüttelte sie heftig in ihre Richtung, »Rosa, *non lo so*. Ich weiß es nicht. Aber unser Vater war ein skrupelloser Geschäftsmann. Ihm ging das Geschäft und seine Reputation über alles. Er hätte nie zugelassen, dass ihm da jemand reingrätscht. Keine Frau jedenfalls – ohne den richtigen Familiennamen. Du erinnerst dich doch an die Geschichte von Giorgio und Raffaela? Eine Enttäuschung sei ihm genug, mein Vater hatte geschworen, dass er es nicht zulassen würde, einen zweiten Reinfall mit einem seiner Söhne zu erleben. Was auch immer er dafür tun müsste.«

»Und ich war ein Reinfall.«

»Rosa, jetzt verdreh mir nicht die Worte im Mund, bitte! Es geht hier um meinen Vater«, Sergio machte eine Pause, »nicht um mich. Und, ja, für ihn warst du ein Reinfall.«

»Und du meinst, er hätte mir, sagen wir, die Bremsschläuche durchgeschnitten?«, fragte sie und wählte einen bemüht flapsigen Ton. Sergio sah sie lange an.

»Nein, das sicher nicht«, erwiderte er. »Er hätte sie durchschneiden *lassen*.«

Rosalia spürte förmlich, wie ihr das Blut in den Adern gefror.

»Du hast wirklich geglaubt, das würde er tun?«

»Wie gesagt, ich weiß es nicht. Aber ich habe es für möglich gehalten. Und Giorgio auch.«

Rosalia zuckte zusammen, als sie den Namen hörte. Vielleicht hatte Sergio es bemerkt, doch er ging einfach darüber hinweg.

»Und dennoch habe ich dich angerufen«, sagte er stattdessen und setzte sich neben Rosalia auf die Steine.

Als ob ich das nicht wüsste …

»Du bist aber nicht rangegangen.«

Jetzt sprang sie auf.

»Nein, bin ich nicht. Wieso hätte ich das auch tun sollen?«

Sergio hob die Augenbrauen. »Um mir zuzuhören vielleicht?«

»Warum?«, schnappte Rosalia. »Ich hatte keine Ahnung von diesen ominösen Drohungen. Für mich saht ihr aus wie zwei Feiglinge. Ihr habt mich eurem Vater ausgeliefert. Habt mich stehen lassen in diesem Salon und zugesehen, wie er mich beschimpft hat. Und wie er mir Geld angeboten hat, um das Kind wegmachen zu lassen!«

»Er hat dir Geld angeboten?« Sergio schien ehrlich überrascht. »Das wusste ich nicht. Tatsächlich war ich nämlich nicht dabei im Salon, wenn du dich erinnern möchtest!«

Rosalia ignorierte den Einwand und setzte sich wieder hin. »Aber dein Bruder war dabei. Er hat es gewusst. Dass dein Vater mich kaufen wollte.«

Sergio rang ganz offenbar um die richtigen Worte. Dann platzte er plötzlich heraus: »*Madonna mia, che disastro enorme!* Was für eine Riesenkatastrophe!«

Dem gab es nichts mehr hinzuzufügen. Rosalia schwieg und starrte auf ihre Füße, die von einer grauen Staubschicht überzogen waren. Sie wackelte mit den Zehen, um den Dreck abzuschütteln. Da hörte sie Sergio leise lachen.

»Das hast du früher schon getan.« Fragend sah sie hoch und sah sein Gesicht überraschend nah vor sich. Sein Arm streifte ihren, als er jetzt auf ihre Füße deutete. »Das da, das mit den Zehen, damals in Florenz. Ständig hast du versucht, den Staub dazwischen wegzubekommen.«

»Das weißt du noch?« Rosalia wich seinem Blick nicht aus, der sich jetzt auf ihr Gesicht richtete.

»Ich weiß noch alles. Ganz genau. Ich weiß nur nicht, warum du gegangen bist.«

Wieder zuckte sie zusammen. Er hatte den wunden Punkt getroffen. Wie sollte sie ihm erklären, was sie selbst nicht verstanden hatte? Und was sie sich selbst in all den Jahren vorgeworfen hatte? Warum nur war sie gegangen? Wieder und immer wieder hatte sie sich diese eine Frage gestellt, wieder und immer wieder darüber nachgedacht, wie wohl ihr Leben verlaufen wäre, wenn sie damals nicht in diesen Bus gestiegen wäre. Wenn der Abend in der Disco nicht gewesen wäre. Wenn sie sich nicht von Giorgios Charme hätte einwickeln lassen. Wenn, wenn, wenn …

Sie hielt es nicht mehr aus, sprang wieder auf und machte einige schnelle Schritte weg von ihm, übersah dabei eine Wurzel, die aus dem Boden ragte, und blieb mit der Sandale daran hängen. Sie kam ins Straucheln und konnte gerade noch rechtzeitig nach der Hand greifen, die Sergio, der ebenfalls aufgesprungen war, ihr hinhielt.

»Ups, Rosa, *attenzione*, Achtung«, rief er, »*tutto a posto*? Alles in Ordnung?« Eigentlich hätte er ihre Hand jetzt wieder loslassen können, doch das tat er nicht. Und Rosalia war selbst überrascht, dass sie nichts dagegen hatte. Und es störte sie auch nicht, dass er jetzt ihre andere Hand nahm. Sie hätte sich noch nicht einmal dagegen gewehrt, wenn er sie an sich gezogen hätte. Doch vielleicht schien ihm das nicht richtig nach allem. Warum aber war er dann hier?

Wenn er immer noch in Florenz wohnte, war es nicht eben ein Katzensprung hierher, er musste gute Gründe gehabt haben, den Weg auf sich zu nehmen. Prüfend sah sie ihm ins Gesicht und war überrascht, wie sehr sie es mochte, wie gut ihr die Spuren gefielen, die die Zeit hinterlassen hatte, wie faszinierend der Kontrast war zwischen dem Grün seiner Iris und dem Schwarz seiner Wimpern, wie weich seine Lippen aussahen unter dem sorgfältig gestutzten Bart.

»Steht dir gut, der Zopf«, sagte sie dann und bemühte sich um einen möglichst neutralen Ton.

»Ja, findest du? Ich hab ihn schon 'ne Weile. Ich war mir nicht sicher, ob er dir gefallen würde.«

Rosalia lachte leise und fragte dann: »Ist das denn wichtig?«

»Was glaubst du? Wäre ich sonst hier?«

»Na ja, das habe ich mich schon die ganze Zeit gefragt, ob es wohl Zufall ist, dass wir uns getroffen haben.«

Sergio ließ ihre Hände los und trat einen Schritt zurück.

»Milena hat also wirklich dichtgehalten. Gutes Mädchen!«

Jetzt suchte auch Rosalia etwas mehr Abstand, erschüttert, den Namen ihrer Tochter aus seinem Mund zu hören.

»Milena? Was hat denn meine Tochter damit zu tun?«

Sergio sah sie merkwürdig an, offenbar nicht ganz entschieden, ob er grinsen oder lieber ernst bleiben sollte. »Ohne deine Tochter, *mia cara*, wäre ich nicht hier. Sie hat mir Bescheid gegeben, wann und wo ich dich treffen kann.«

»Das ist jetzt nicht wahr, oder?« Rosalia war noch ein Stück zurückgewichen und wusste nicht recht, ob sie lachen oder weinen sollte.

»Woher hatte sie denn deine Nummer?« Ihre Stimme war heiser.

Sergio lächelte.

»Du erinnerst dich an das Foto von uns dreien? Am Meer bei Castiglione?«

Rosalia schlug sich die Hand vor die Stirn. Natürlich, ihre Erinnerungskiste, das Foto, die Telefonnummer in Florenz. Sie nickte langsam. »Ich hatte den Verdacht. Aber ich hab's nicht für möglich gehalten, dass sie wirklich Ernst macht. War sie also doch an meiner Kiste. Und sie hat die Nummer gefunden und dich angerufen.«

»Oh«, sagte Sergio jetzt, »sie hat nicht nur angerufen. Sie war auch bei mir. In Florenz. Vor drei Jahren.«

Rosalia schnappte heftig nach Luft. »Ich glaube, jetzt muss ich mich wieder setzen.« Sergio griff hilfsbereit nach ihrem Ellenbogen und geleitete sie zurück zu der von Piniennadeln gesäuberten Stelle, wo sie dankbar niedersank. Er nahm wieder neben ihr Platz, ließ aber ein wenig mehr Abstand zwischen ihnen beiden. Rosalia grübelte eine Weile vor sich hin, bis sie schließlich wagte, jene Frage zu stellen, von der sie wusste, dass Sergio sie erwartete – und die er wohl am wenigsten von allen hören wollte.

»Und? Hat sie Giorgio auch gesehen?«

Es machte ein zischendes Geräusch, als Sergio tief Luft holte durch die zusammengebissenen Schneidezähne hindurch. »Nein, Rosa, hat sie nicht. Giorgio«, er zögerte ein bisschen, »Giorgio ist nicht mehr am Leben. Er saß auf dem Beifahrersitz im Auto meines Vaters, als es von der Straße abgekommen ist. Mein Vater ist noch an der Unfallstelle gestorben. Und Giorgio – ich war dabei im Krankenhaus, als er aufgehört hat zu atmen.«

Rosalia legte ihm erschüttert die Hand auf den Arm, sie wusste, wie sehr Sergio an seinem kleinen Bruder gehangen hatte, trotz all seiner offensichtlichen Fehler. Doch sie selbst ließ die Nachricht seltsam kalt – was sie überraschte. 23 Jahre hatte sie den Vater ihrer Tochter nicht mehr gesehen, 23 Jahre hatte sie es ohne ihn geschafft, und daran würde sich nun auch nichts mehr ändern. Sie hätte es nie zugegeben, doch sie fühlte sich seltsam befreit nach dieser Nachricht. Doch dann fiel ihr Milena wieder ein – und Sergio, der neben ihr saß und darauf wartete, dass sie irgendetwas sagte.

»Weiß es Milena?«, fragte sie also.

Sergio nickte. »Sie weiß es.«

Rosalia schüttelte ungläubig den Kopf. »Und hat mir kein Wort davon gesagt, ich fass es nicht.«

»Ich hatte sie darum gebeten«, erklärte Sergio und strich sich mit der Hand über die Stirn, als könne er so einem verloren gegangenen Gedanken nachspüren. »Sie hat mir versprochen, dir nichts zu erzählen.«

»Warum?« Rosalia war nun wirklich neugierig.

»Ich war mir nicht sicher, ob du ihr Vorwürfe machen würdest. Und ich wollte es selbst mit dir klären. Und mit mir.«

Nun war sie total verwirrt und musste ein entsprechendes Gesicht gemacht haben, denn Sergio antwortete auf ihre unausgesprochene Frage: »Ich war noch nicht so weit. Ich wollte dir damals noch nicht wieder begegnen.«

Sie wartete, dass er weiterreden würde.

»Ich war verheiratet, als Milena plötzlich aufgetaucht ist. Sie hat alles durcheinandergebracht, als sie plötzlich anrief. ›*Ciao*, hier ist deine Tochter‹, hat sie gesagt«, er lachte in der Erinnerung an jenen Moment, »und«, er sah Rosalia jetzt direkt ins Gesicht, »es war für mich, als wäre sie es wirklich.«

Rosalia nickte gerührt. »Das ist schön, dass du das sagst. Genauso empfinde ich das auch.« Sie wandte den Blick nicht ab.

Eine Weile verharrten sie so. Rosalia hatte das Gefühl, die Wanderung durch die Ruinen von vorhin in ihrem Innern fortzusetzen und mit jedem Bruchstück ihrer Erinnerung ein bisschen von jenen Gefühlen wiederzufinden, die Sergio sie damals erahnen ließ, aber die sie nicht zulassen konnte. Jetzt war das anders, jetzt war sie frei. Mehr oder weniger. Natürlich würde sie mit Sven reden müssen. Es würde ihm wehtun, mehr als ihr, aber das spielte jetzt keine Rolle mehr.

Das hier war wichtig, Sergios leuchtende Augen, seine dunkle Haut, an die sich der Bart schmiegte, seine körperliche Präsenz, die noch so viel stärker geworden war über die Jahre. Er war jetzt kein Jüngling mehr in den Zwanzigern, der dabei war, seinen Weg zu finden. Er war ein Mann geworden, der bei aller Unsicherheit, die sie noch an ihm wahrnahm, was sie anging, ganz offenbar eine Entscheidung getroffen hatte. Und Rosalia musste das auch tun.

»Und du bist jetzt nicht mehr verheiratet?« Sie flüsterte mehr, als dass sie sprach.

Ebenso leise gab er zurück: »Nein, ich habe eine ganze Weile gebraucht, um ihr unsere Ehe so unerträglich zu machen, dass sie von selbst gegangen ist.« Er lachte bitter. »Miriam heißt sie. Sie ist eine herzensgute Frau, das hat sie nicht verdient.«

Rosalia spürte den Sarkasmus in seiner Stimme, wollte aber nicht nachfragen, sie ahnte, was er damit sagen wollte. Und dann sprach er es selbst aus.

»Sie war eben nicht du.«

Rosalia schluckte. Also noch ein Kollateralschaden. So wie Sven. Doch dann nahm Sergio erneut ihre Hand, zog ihre Aufmerksamkeit wieder auf sich.

»Aber jetzt bin ich hier. Weil ich wusste, dass ich dich hier treffen würde.«

Sie ließ es geschehen. Und so saßen sie noch, ihre Hand in der seinen, sie an seine Schulter gelehnt, als Milena und Eleonora sie endlich fanden.

Sie mussten Reggio Calabria am späten Nachmittag erreichen, wenn sie ihre Fähre nach Messina erwischen wollten, hatte Milena, die Planerin, in der Früh gesagt. Gut drei Stunden Fahrt würden es dann noch einmal sein, bis sie in der Gegend von Siculiana wären, dort, wo Valerio aufgewachsen war. Rosalia wäre es freilich lieber gewesen, früher am Tag anzukommen, sich noch ein bisschen umsehen zu können. Aber sie hatte ihrer Tochter nicht hineinreden wollen – und inzwischen wusste sie ja, warum Milena es so und nicht anders hatte haben wollen. Warum sie auf dem Zwischenstopp in Paestum bestanden hatte.

Es war ein komischer Moment gewesen, als Milena und Sergio sich wiedertrafen, nicht genau wissend, wie sie sich begrüßen sollten. Rosalia hatte danebengestanden und ihnen nicht helfen können, bis Milena die Spannung auf die ihr eigene unkomplizierte Art gelöst hatte und ihm einfach um den Hals gefallen war.

Eleonora hatte dem Mann die Hand gereicht, den sie in einem anderen Leben kaum mehr als im Vorbeigehen wahrgenommen hatte, ohne zu ahnen, welche Bedeutung er einmal für ihre Tochter haben würde. Milena musste sie allerdings inzwischen eingeweiht haben, hatte Rosalia aus dem langen und festen Händedruck gefolgert, aus dem ihre Mutter Sergio nur zögernd wieder entlassen hatte. Sie konnte sich gut vorstellen, welche Gefühle Eleonora dabei gehabt hatte, und Sergio musste es ebenfalls gespürt haben. Es war mehr als »hallo«, was ihm Eleonora mit diesem Händedruck hatte sagen wollen, vielmehr hatten eine Aufforderung und eine Mahnung zugleich darin gelegen. *Kümmere dich gefälligst gut um meine Tochter*, das sollte er bedeuten, das war offensichtlich. Sergio hatte genickt und gelacht auf seine tiefe, herzliche Art, als er seine Hand aus Eleonoras zog und scherzhaft seine Finger zu massieren begonnen. Dann hatte er Rosa zu ihrem Auto begleitet und sie zum Abschied so lange in seinen Armen gehalten, dass sie dachte, er würde sie nie wieder gehen lassen.

»Lass es nicht wieder 23 Jahre werden, bis wir uns wiedersehen«, hatte er ihr zum Abschied ins Ohr geflüstert. Und Rosalia hatte seine Umarmung erwidert, bis Milena den Wagen angelassen hatte. Dann hatte Rosalia sein Gesicht in beide Hände genommen, es zu sich herabgezogen, ihn auf den Mund geküsst, seine Wärme gespürt, die Hitze seiner Haut und seinen Geruch, als sie Nase und Mund zum Abschied in seine Halsbeuge presste. Sie hatte geschwiegen, was hätte sie auch sagen sollen. Sie würden noch genug Gelegenheit zum Reden haben, und die Zeit würde die Worte mit sich bringen.

Es war, als hätten sie ein unausgesprochenes Abkommen getroffen. Im Auto war es still auf dem Weg in den Süden, Rosalia konnte sich vorstellen, dass es ihre Mutter danach drängte, ihr Fragen zu stellen, während Milena sich zwar sicher heimlich freute, dass ihr Plan so gut aufgegangen war, zugleich aber genauso sicher vermutete, dass ihre Mutter sie ins Gebet nehmen würde. *Sie weiß, dass ich keine Überraschungen mag*, dachte Rosalia, wenn sie auch in diesem Fall einräumen musste, dass sie doch ihr Gutes haben konnten. Und sie lächelte vor sich hin, als sie sich noch einmal den Moment vor Augen führte, als sie Sergio im Tempel stehen sah.

VIERUNDZWANZIG

Milena, 2018

Die Überfahrt nach Sizilien verlief problemlos, abgesehen von der Seekrankheit, unter der Milenas Mutter wieder einmal zu leiden hatte. Milena hatte sie mit frischem Wasser versorgt, während ihre Großmutter Rosalia mit Salbeibonbons gefüttert hatte. »Hast du die immer noch in der Tasche«, hatte Rosalia gefragt, die Gesichtsfarbe zwischen weiß und grün changierend unter ihren dunklen Haaren. »Das weißt du doch, mein Mädchen, Mutter wirst du, und Mutter bleibst du, das ändert sich nie«, hatte Eleonora gesagt.

Milena war froh, als sie Rosalia in Messina wieder von Bord hatten. Sie hatte in der Hafenstadt keinen Aufenthalt eingeplant, und Rosalia lenkte den Wagen so schnell wie möglich weg vom Trubel des Hafens und über die schnurgerade in Richtung Südwesten verlaufende Via Giuseppe la Farina hinaus aus der Stadt. Die Sonne stand schon so weit im Westen, dass sie ihr Ziel nicht vor Einbruch der Dunkelheit erreichen würden. Knapp 100 Kilometer waren es allein bis Catania, das Ionische Meer immer links der Fahrbahn, wo Milena es hin und wieder zwischen Pinien und Häusern blau leuchten sah. In Taormina schlug sie vor, eine

Pizza zu holen und einen Espresso zu trinken, drängte dann aber auch rasch zum Weiterfahren. Während sie sich nach und nach von der Küste entfernten und der untergehenden Sonne nach Westen folgten, grübelte Milena über die Begegnung in Paestum nach und fragte sich, ob ihre Mutter ihr wohl Vorwürfe machen würde. Unglücklich hatte sie nicht gerade ausgesehen, als sie da im Schatten des Baums mit Sergio gesessen hatte …

Rosalia steuerte den Wagen auf die Tangentiale, die in einem großen Bogen um Catania herumführte. Hinter Misterbianco und den sich anschließenden wenig einladenden Industriegebieten änderte sich die Landschaft. Immer karger wurden die von der Straße zerteilten Ebenen, Oliven und Rhododendren tauchten im schwindenden Licht am Straßenrand auf, dazwischen einfach nichts, wo Sonne und Wind den Boden so ausgedörrt hatten, dass er Pflanzen kaum Nahrung bot.

Ein paar Kilometer weit fuhren sie auf der *Strada degli Scrittori*, Milena tippte den Namen gleich in ihr Handy ein und fand heraus, dass sie sechs berühmten sizilianischen Schriftstellern, darunter Pirandello, Camilleri, Lampedusa und Sciascia gewidmet war. Dann ließ sie sich vom Blick auf die vorbeifliegende Landschaft einlullen, im Auto war es still. Sie hatte nicht gewagt, ihre Mutter aus ihrem Schweigen zu reißen, und Eleonora hatte den ganzen Weg über einmal mehr so gut wie gar nichts gesagt. Die Thermoskanne mit Valerios Asche hatte sie wieder aus ihrer Umhängetasche geholt, ihre Hand lag die ganze Zeit auf der metallenen Außenhaut, als würde sie befürchten, Valerio könne ihr hier, so nahe am Ziel, noch verloren gehen, irgendein unvorhergesehenes Ereignis seine Heimkehr verhindern.

Milena fühlte tiefes Mitgefühl mit ihrer *nonna*, das sich zu ihrer eigenen Trauer um ihren Großvater gesellte.

Im Lichtkegel der Scheinwerfer sah sie kurz das Ortsschild auftauchen, verwaschen und von gelblichem Ton, doch Rosalia hatte es zu spät gesehen. Sie musste einen großen Bogen um den Ort herumschlagen, auf einer Straße, die wohl zu Zeiten der Römer, Byzantiner oder gar der Normannen, die im Laufe der Jahrtausende Sizilien zu ihrem Einflussgebiet gezählt hatten, in einem besseren Zustand gewesen sein musste als heute. Was auch für die Unterkunft galt, die sie schließlich fanden. So kurz vor dem Ende ihrer Reise hatte Milena das Gefühl, dass sich die fast zweitausend Kilometer, die sie hinter sich gebracht hatten, die Streitereien mit ihrer Mutter und nicht zuletzt das Wissen um die Bestimmung, die sie hergeführt hatte, wie eine Decke aus Blei über sie gelegt hatten. Die Dunkelheit des späten Abends tat das Ihre dazu, dass sie sich unwohl fühlte in ihrer kärglichen Unterkunft. Todmüde warf sie sich auf ihr Bett, nahm nur noch am Rand wahr, dass Rosalia die Deckenlampe im gemeinsamen Zimmer löschte, und war innerhalb kurzer Zeit eingeschlafen.

Als sie am nächsten Morgen in aller Früh die Augen aufschlug, zeichnete das Licht Stufen aus Staub in die Luft. Die Läden, die das einzige Fenster im Raum von außen bedeckten, waren alt und brüchig, ließen die Strahlen der Morgensonne gleichermaßen durch die Lamellenritzen wie durch die Wurmlöcher im Holz ins Zimmer fallen. Sie verschränkte die Arme hinter dem Kopf, und ihr Blick blieb hängen an den im Zimmer tanzenden Kohorten aus Staub. Milena war dankbar für den geschenkten Moment, sicher würden die anderen beiden auch bald aufwachen, so blieb ihr noch etwas Zeit, ihren Gedanken nachzuhängen. Bis hierher hatte alles in ihren Händen gelegen, die Unterkünfte, die Fähre – mehr oder weniger sogar die Überführung ihres Großvaters von einer Stofflichkeit in eine andere.

Bis hierher.

Doch jetzt wusste sie nicht recht weiter. Wusste nicht, wie sie das beenden sollte, was sie angefangen hatte. Nicht nur, weil es hier keine Verwandten ihres Großvaters mehr gab, die sie nach einem Boot hätte fragen können – zumindest keine, von denen sie wusste oder denen sie sich gerne zu erkennen gegeben hätte. Nein, es war vielmehr so, als wäre ihr *nonno* die ganze Zeit über bei ihnen gewesen auf ihrer Reise zu seinen Wurzeln, und so wäre sie gern immer weitergefahren, um nicht anerkennen zu müssen, dass sie ihn endgültig verloren hatten.

Milena spürte, wie schon wieder Tränen in ihr hochstiegen, wischte sie mit dem Handrücken weg und bemühte sich, das Schluchzen hinunterzuschlucken, das ihr die Kehle zuschnüren wollte. Eine leichte Berührung an ihrer Seite ließ sie zusammenzucken, und sie sah ihre Großmutter, die sich ganz leise auf ihre Bettkante setzte. Vorsichtig strich ihr Eleonora eine hellbraune Strähne aus der Stirn, dann nahm sie Milenas Hand in ihre beiden und sagte ganz leise: »Ich weiß, mein Mädchen, ich weiß. Wein nur, soviel du magst.«

Milena zog die feinen und doch durch die kräftigen Adern, die sie durchzogen, von lebenslanger Arbeit zeugenden Hände ihrer Großmutter an ihr Gesicht, und als auch Rosalia eine halbe Stunde später wach wurde, hatte sie keine Tränen mehr. Sie verschwand für einen Moment im Bad, um sich das Gesicht zu waschen, und als sie zurückkam, sah sie ihre Großmutter immer noch auf der Bettkante sitzen und ohne Regung in die Staubwolken hineinstarren, die durch Milenas schnelles Aufspringen in einen wilden Walzer geraten waren.

Vom anderen Bett spähte Rosalia herüber. »Mama«, fragte sie vorsichtig, »Mama, geht's dir gut?«

Eleonora sah sie an und nickte.

»Es geht schon, *tesoro*, es geht schon.«

Da sie Valerios Kosewort für seine Tochter verwendet hatte, nicht »Schatz«, wie es im Deutschen geheißen hätte, wusste Milena genau, wo ihre Großmutter in ihren Gedanken gewesen war.

»Suchen wir uns erst mal was zum Frühstücken!« Rosalia schlug das dünne Laken zurück, das in der Hitze der sizilianischen Nacht fast noch zu warm gewesen war. Eleonora nickte wieder und stand auf, während Milena nach ihrer Sonnenbrille kramte, um hinter den getönten Gläsern ihre verheulten Augen zu verstecken.

Sie mussten nicht lange suchen, bis sie eine Möglichkeit zum Frühstücken fanden. Viel mehr als einen Lebensmittelladen schien es im Ort nicht zu geben, und gleich daneben standen zwei unbehandelte Holzstühle vor einer winzigen Bäckerei. In der sie aber einen Cappuccino bekamen und ganz hervorragende *cannoli*, frittierte Teigröllchen mit einer Füllung aus Ricotta, »die besten, die Sie in ganz Sizilien finden«, beteuerte die Signora, die ihnen die Süßigkeit aus dem Tresen holte.

Noch zu Hause, bevor sie losgefahren waren, hatte Eleonora Milena und Rosalia eingeschärft, sich möglichst bedeckt zu halten, wenn sie Sizilien erreichten. »Lasst uns nur italienisch reden, wenn es sein muss.« Sie hatte geflüstert, als hätte irgendjemand sie belauschen können. »Valerio hat

Sizilien nicht verlassen, weil er abenteuerlustig war, sondern weil er große Angst hatte. Und wir sind seine Familie. Vielleicht haben wir nichts zu befürchten, vielleicht aber doch.«

Milena hatte kurz darüber nachgedacht, ob sie nach dem Haus fragen solle, in dem die Familie Vaducci gelebt hatte, doch dann ließ sie es in Erinnerung an Eleonoras Warnung lieber bleiben. Es hatte ein wenig außerhalb des Orts gelegen, das wussten sie, und man hatte von dort aus das Meer sehen können, »wenigstens ein bisschen«, hatte Valerio immer gesagt.

Also machten sie sich nach dem Frühstück auf, die Umgebung zu erkunden. Der leichte Südwind, der sich erhoben hatte, schien die Luft nur noch heißer zu machen. Ziellos wanderten sie zunächst durch die wenigen Gassen des Örtchens in Gelb und Ocker und Weiß; an manchen Balkonen flatterten Wäschestücke. Es waren nur wenige Menschen auf der Straße, und wenn, dann waren sie alt und starrten eher misstrauisch als neugierig auf die drei fremden Frauen, besonders auf ihre Mutter, wie Milena bemerkte. *Sie sieht ja auch aus, als wäre sie hier geboren*, dachte sie.

Ihrem Ziel wirklich näher kamen sie auf diese Weise jedoch nicht, also schlug Rosalia vor, das Auto zu nehmen und hinauszufahren in die hügelige Umgebung des Ortes. Milena übernahm das Steuer. Nach ein paar Hundert Metern sah sie eine Mauer auftauchen, Totenhäuser und Kolumbarien ragten hoch über sie hinaus.

»Wenn sie in der Nähe gewohnt haben, sind seine Eltern ja vielleicht hier begraben«, stellte sie fest und parkte den Wagen an der Friedhofsmauer. Der leichte Wind hatte ein paar Wolken über das Meer hergetrieben, die den Himmel verdunkelten, als sie durch die Pforte traten, so als wolle er den Toten einen Moment des Respekts erweisen, doch die Hitze, die immer schlimmer wurde, krallte sich fest zwischen den steingrauen Mauern der Familiengruften und den helleren der Kolumbarien.

»Wenn uns irgendwer zu Hause fragt, wie Papàs Beerdigung gelaufen ist, dann wissen wir jetzt wenigstens, wie so ein Friedhof von innen aussieht«, sagte Rosalia plötzlich und mit heiserer Stimme zu Milena. Die sah ihre Mutter überrascht an. Das klang fast wie ein Friedensangebot, nachdem sie seit Salerno so gut wie gar nicht mehr miteinander gesprochen hatten. Selbst Paestum hatte daran nichts geändert.

Dann folgten sie Eleonora, die vorausgegangen war, und eine Weile war nichts zu hören als das Gezirpe einiger Grillen und das stete Surren des Winds, der durch Grabkreuze strich.

Bis Milena fand, was sie gesucht hatte, und aufgeregt durch die Stille rief: »Hier, ihr müsst kommen, ich hab's gefunden!«

Rosalia war als Erste bei ihr und blickte auf die Grabsteine. Giuseppe Vaducci, 1915 bis 1963 stand da, Maria Vaducci, 1920 bis 1962 darunter. Dann warf sie einen Blick auf die Grabstelle daneben und griff nach Milenas Hand. Milena sah ein Bild, das in den Stein eingebettet war. Darunter stand: Marco Vaducci, gestorben 1988.

FÜNFUNDZWANZIG

Rosalia, 2018

Rosalia war blass geworden beim Blick auf den Grabstein. Marco Vaducci, gestorben 1988. Nie hatte Valerio ihn ausgesprochen, diesen Namen, ohne dass die Luft im Raum kälter geworden wäre. Nie, bis zu seinem Tode nicht, obwohl Rosalia ihm die Botschaft ausgerichtet hatte, die wenigen Worte, die Marco ihr zugeflüstert hatte an jenem Tag in Massa Marittima.

»Rosalia«, hatte der Fremde zu ihr gesagt mit einer leisen, weichen Stimme, als sie an ihm vorbeigehen wollte zu ihrem Vater, der auf den Stufen der Kirche saß. Gerade eben war er noch bei ihr gewesen, zusammen hatten sie auf der Terrasse des Cafés einen Cappuccino getrunken und ein Dolce gegessen. Sie hatten gezahlt, und ihr Vater war über den Platz spaziert, um ein ganzes Stück entfernt in der Vormittagssonne auf sie zu warten, während sie selbst die Toilette im Innern des Gasthauses aufgesucht hatte. Als sie wieder ins Freie getreten war, hatte da dieses Pärchen gesessen, eine junge Blonde mit kurzen Haaren und ein Mann in Motorradleder, gut in den Vierzigern, mit schwarzen, pomadisierten Haaren. Ihr Blick war an dem Helm hängen geblieben, den er vor sich auf den Tisch gelegt hatte, schwarz und rosa, ein goldener Adler mit aufgespannten Flügeln darauf. Sie wollte gerade vorbeigehen, da sprach er sie an: »Rosalia. Du bist doch Rosalia, oder nicht?«

Sie blieb stehen, überrascht, ein bisschen erschrocken. Dann sprach er weiter.

»Was für ein schöner Name! Ein schöner Name für eine Sizilianerin.«

Sie hatte sich die Haare aus dem Gesicht gestrichen: »Ich bin keine Sizilianerin«, hatte sie gesagt.

Er hatte den Einwand mit einem kaum merklichen Kopfschütteln zur Seite gewischt wie jemand, der es gewohnt ist, dass man ihm nicht widerspricht.

»Sag deinem Vater, er muss sich keine Sorgen mehr machen!« Und als sie ihn ansah, verständnislos, murmelte er: »Sag es ihm! Aber erst, wenn ihr aus dem Kaff hier raus seid, nicht vorher! Verstanden? Und jetzt verschwinde! Mach schon! *Subbitù!* Sofort!«

Alles an diesem singenden, weichen Tonfall hatte ihr einen Schauer über den Rücken gejagt. Dann hatte er sich wieder seiner Begleitung zugewandt, die sich für die Kommunikation des Mannes mit dem jungen Mädchen nicht zu interessieren schien. Rosalia war nichts übrig geblieben, als zu gehen, sie hatte den Platz überquert und sofort gespürt, dass etwas anders war an ihrem Vater als sonst, als sie ihn erreichte. Ohne zu zögern hatte sie sich gefügt, als er sie, den Arm um ihre Schultern gelegt, von der Piazza geführt hatte. Erst als sie schon ein gutes Stück entfernt waren, hatte er seinen Griff gelockert und den Arm von ihren Schultern genommen. Er war allerdings nicht stehen geblieben, bevor sie ihr Auto erreicht hatten, und hatte sie angewiesen, sich beim Einsteigen zu beeilen. Ihr Sicherheitsgurt war noch nicht geschlossen gewesen, als er schon aus dem Coop-Parkplatz herausrangiert war. Eleonoras Einkaufszettel steckte hinter Rosalias Sonnenblende, doch offensichtlich hatten die notwendigen Besorgungen an diesem Vormittag keine Bedeutung mehr für ihren Vater. Rosa hatte geschwiegen und beunruhigt hinausgesehen auf die vorbeigleitenden Häuser und Hecken und Zäune.

Nach einigen Minuten, in denen Valerios Blick immer wieder am Rückspiegel hängen geblieben war, hatten sie die Ausfallstraße erreicht und sich in Richtung Süden eingeordnet. Da hatte er sie plötzlich gefragt: »Was wollte der Mann im Café von dir?«

Also hatte er es mitbekommen, dass sie angesprochen worden war, also war der unheimliche Unbekannte der Grund für das seltsame Verhalten ihres Vaters gewesen.

»Wer war das, Papà?«, hatte sie erwidert. Und bis sie einen Seitenweg erreicht hatten, in den Valerio abbog und wo er den Wagen hinter einigen dichten Büschen zum Halten brachte, hatte ein tiefes, rumorendes Unbehagen von ihr Besitz ergriffen. Das kaum weniger wurde, als Valerio ihr in einigen knappen Worten von seinem Bruder erzählt hatte. Auch von seiner eigenen Beteiligung an zwei Vergeltungsaktionen hatte er berichtet, wobei er allerdings, wie sie vermutete, die wirklich grausamen Einzelheiten ausgespart hatte. Was sie erfuhr, hatte sie allerdings zur Genüge schockiert und ihr die Erklärung für jene Unruhe geliefert, die sie an ihrem Vater von klein auf immer wieder gespürt hatte. Hatte sie die raschen und wachsamen Blicke verstehen lassen, mit denen er sich manchmal umgedreht und die er in jedes Auto geworfen hatte, das unvermittelt neben ihnen hielt. Seit jenem Tag war ihr klar, warum er nie mehr nach Sizilien gefahren war, obwohl die Sehnsucht nach seiner Heimat doch Teil von ihm gewesen war, solange sie sich erinnern konnte.

Als Valerio fertig gewesen war mit seinem Bericht, hatte sie ihm ausgerichtet, was der Fremde, von dem sie nun wusste, dass er ihr Onkel war, ihr aufgetragen hatte.

Ihr Vater hatte zunächst nichts gesagt, war blass geworden unter seiner braunen Haut, dann hatte sie bemerkt, dass er zitterte. »Papà?«, hatte sie gerufen und seinen Arm geschüttelt.

»Also hat er genau gewusst, wer du bist.« Mehr als ein Flüstern hatte Valerio nicht herausgebracht. »Meine Tochter, so nah. *Dio!*«

»Aber es ist doch gut, was er gesagt hat. Oder nicht?« Rosalia war sich nicht sicher gewesen. »Papà?«

Valerio hatte in den Rückspiegel gesehen, nein, es war kein Motorrad hinter ihnen. Er hatte den Motor angelassen, immer noch totenbleich im Gesicht. Sie waren schon kurz vor dem Haus am Meer gewesen, als er wieder Worte fand.

»Es ist gut. *Lo spero*. Ich hoffe es. Kein Wort davon zu deiner Mutter.«

Einige Tage später hatte er ihr wortlos die Lokalzeitung in die Hand gedrückt, die auf der ersten Seite vom Tod eines Motorradfahrers kündete. Ein Unfall auf der Schnellstraße, man konnte einen Helm sehen im Vordergrund, mit einem aufgespannten Adler darauf, ein total zerstörtes Motorrad dahinter. »Das war mein Bruder. Es ist gut. Jetzt ist es gut.« Dann hatte er ihr gegenüber nie wieder den Namen Marco erwähnt.

»Die Frage ist, wer ihn hierhergebracht hat.« Eleonora war unbemerkt neben ihre Tochter getreten und hatte ebenfalls den Namen auf dem Grabstein gelesen.

»Du wusstest davon?«, Rosalia drehte sich mit einiger Überraschung zu ihrer Mutter um.

»Er hat es mir erzählt. Von eurem Zusammentreffen in Massa Marittima.«

»Und mir hat er eingeschärft, dir ja nichts zu sagen.«

»Er hat auch ein paar Jahre damit gewartet. Wahrscheinlich musste er sich erst sicher fühlen, dass nichts mehr nachkommt.«

»Dann hätte er ja kein Geheimnis mehr darum machen müssen.« Rosalia war fast ein wenig beleidigt.

Ein ganz feines Lächeln streifte Eleonoras Miene. »Da war so manches Geheimnis zwischen mir und deinem Vater, von dem du wahrscheinlich nichts weißt.«

Milena, die dem Gespräch schweigend zugehört hatte, mischte sich jetzt ein.

»Ist das der, von dem ich glaube, dass er es ist?«, fragte sie.

»Ist er«, sagte Rosalia, »und er ist tot.«

»Das sehe ich auch. Und schon so lange. Hat der *nonno* das gewusst?«, wollte Milena wissen.

»Hat er«, antwortete Rosa und fügte mit einem Blick auf ihre Mutter hinzu: »Wir haben es offenbar alle gewusst.«

Milena starrte auf den Grabstein und murmelte: »Na, alle bis auf mich. Warum erzählt mir keiner so was?«, maulte sie, dann drehte sie sich zur Seite und machte Anstalten, sich zu entfernen. Da legte Rosalia ihrer Tochter ganz leicht die Hand auf die Schulter.

»Das war zu deinem Schutz, Milena. Deshalb haben wir dir nichts erzählt. Jetzt aber sollten wir lieber sehen, dass wir das hier hinter uns bringen. Irgendjemand muss ihn hier begraben haben. Und ich habe so ein Gefühl, dass wir demjenigen nicht begegnen wollen.«

Sie kehrten zum Auto zurück, und Rosalia nahm jetzt auf dem Fahrersitz Platz. Die kurvigen Straßen hinauf in die Hügel vertrug ihr Magen besser, wenn sie selbst steuerte, das Gegenteil hatte sie oft genug leidvoll erfahren müssen. Eine etwas entfernt gelegene Bergkuppe sah vielversprechend aus, vielleicht würden sie ja von dort einen schönen Blick auf die See haben. Ohne weitere Hinweise würden sie das Elternhaus ihres Vaters ohnehin nicht finden, das vielleicht schon längst verfallen war, also konnten sie auch einfach die Aussicht genießen. Mit jedem Meter, den sich die Straße hochschraubte, schien es rechts und links des Weges karger zu werden. Außer Zwergsträuchern und niedrigen Binsen gab es kaum Vegetation. Als sie von der Teerstraße in einen Feldweg abgebogen waren, der sich nach einer Weile im Nichts verlor, schaltete sie den Motor ab, und sie stiegen aus.

Rosalia konnte es kaum erwarten, reckte schnuppernd die Nase in die Luft und lief los, ein paar Schritte weit, dann ging es um einen großen Felsen herum. Und dann lag das Ionische Meer vor ihr, wie die gigantische schimmernde Schleppe einer königlichen Robe streckte es sich azurblau in jede Richtung, in die ihr Blick schweifen konnte, schwer der Geruch nach Erde, würzig mischte sich Myrte darunter, heiß der Wind auf ihrem Gesicht. Eleonora und Milena hatten sie eingeholt, waren an ihr vorbeigelaufen und einem Pfad gefolgt, der sich durch die dornige Macchia nach unten Richtung Küste schlängelte, doch Rosalia spürte kein Verlangen mehr, irgendwo anders hinzugehen. Nach all den

Jahren, in denen sie sich geweigert hatte, nach Italien zu fahren, immerhin das Heimatland ihres Vaters, stand sie jetzt hier, an diesem Punkt hoch über dem Meer vor Sizilien und hatte das Gefühl, heimgekommen zu sein. Vielleicht lag es daran, dass sie endlich abgeschlossen hatte mit all dem Zorn, den sie mit sich herumgetragen hatte auf Giorgio und die ganze Familie Bianchi, Sergio eingeschlossen. Vielleicht war es aber auch ein unbestimmtes, magisches Gefühl der Verwurzelung mit diesem Ort, an dem der harte sizilianische Fels seit Jahrtausenden dem Meer trotzte. Es schien ihr, als habe sie nach langer Suche ihren Ursprung erreicht.

Die Fotos, die sie hatte machen wollen, waren vergessen, sie stand nur da und verlor sich im Rausch der Glückseligkeit, in den sie der Anblick der unendlichen See versetzte.

Dann tauchten Milena und ihre Mutter wieder auf, offenbar waren sie nicht allzu weit hinuntergestiegen und kamen jetzt mit vor Anstrengung geröteten Gesichtern auf Rosalia zu. Sie löste den Blick vom Meer, sah ihrer tapferen Mutter entgegen, die kurz davor war, endgültig Abschied von der Liebe ihres Lebens nehmen zu müssen. Und sie schämte sich dafür, ihr ausgerechnet diese letzten Tage mit all den Streitereien vergällt zu haben. Dann blickte sie auf ihre Tochter und schämte sich gleich wieder. Ohne Milena würde sie nicht hier stehen, an diesem wunderbaren Ort, ohne ihre Tochter hätte sie Sergio nicht wiedergetroffen, den Mann, der Milenas Vater hätte werden können – und der es in ihrer Vorstellung viel mehr war als ihr tatsächlicher Erzeuger. Milena hatte es ihr ermöglicht, die Chance zu erkennen, die im Wiedersehen mit Sergio lag, und Rosalia verspürte mit einem Mal tiefe Dankbarkeit ihrer Tochter gegenüber. Zugleich schämte sie sich vor ihr, weil sie ihr die Wahrheit so lange vorenthalten hatte, den Teil der Wahrheit zumal, den Milena nicht selbst herausgefunden hatte. Und sie beschloss in dieser Sekunde, dass der richtige Augenblick für eine umfassende Entschuldigung gekommen sei. Sie wartete also, bis Milena sie erreicht hatte, dann streckte sie ihr eine Hand entgegen. »Milena«, sagte sie, und es hörte sich ein bisschen heiser an, »Milena, es tut mir leid!« Milena, überrascht, zögerte ein bisschen und betrachtete ihre Mutter prüfend. Dann nahm sie die dargebotene Hand in ihre beiden Hände – und Rosalia spürte, dass sie ihre Tränen nicht mehr zurückhalten konnte. Sie zog ihre Tochter an sich, murmelte immer wieder »mein Mädchen, es tut mir so leid, es tut mir so leid« in ihr Ohr und spürte an dem leichten Beben in ihrem Arm, dass auch Milena weinte. Eine ganze Weile standen sie so, bis Rosalia eine Hand auf ihrer Schulter spürte. Ihre Mutter hatte die Arme um sie beide gelegt, und Rosalia zog sie mit hinein in ihre Zweisamkeit. Die drei Frauen bildeten einen Kreis, in dem sie sich gegenseitig festhielten und den sie erst lösten, als es ihnen allen dreien zu heiß geworden war.

Sie suchten sich einen Felsvorsprung, auf dem sie nebeneinander Platz fanden, setzten sich so, dass sie aufs Meer hinausschauen konnten, und dann fing Rosalia an zu erzählen, holte weit aus und sprach zum ersten Mal mit ihrer Mutter und ihrer Tochter über alles, was passiert war zwischen ihr und den beiden Brüdern Bianchi. Von ihrer Fahrt nach Florenz erzählte sie, ihrem Ärger über Simons Verrat und ihrer Freude über die neu gewonnene Freiheit nach dem Ende der Beziehung zu ihrem Jugendfreund. Die Uffizien, das Bild Caravaggios und Sergios ersten Satz, all das holte sie aus den Tiefen ihres Gedächtnisses, berichtete von dem Abend mit den Brüdern und deren Freunden. Sergios Herzlichkeit erwähnte sie, seine Fürsorge, und wie Giorgio sie bei jeder Gelegenheit berührte. Auch davon, wie sehr sie es genossen hatte, von beiden Brüdern umgarnt zu werden, dem aufmerksamen, liebevollen auf der einen, dem strahlend verführerischen auf der anderen Seite. Sie ließ nichts aus, schonte sich nicht, *ganz oder gar nicht*, und suchte nach den richtigen Worten, um zu erklären, warum sie Giorgio verfallen war, obwohl sie doch eigentlich damals schon gewusst hatte, dass Sergio der Richtige war.

»Giorgio hatte so einen Glanz, eine Aura. Er musste gar nicht viel tun – ich wollte ihn einfach haben.«

Sie überlegte kurz, »aber Sergio«, fuhr sie dann fort, »das mit Sergio war etwas ganz anderes. Ich wollte ein Abenteuer, und Giorgio war der Typ dafür. Sergio war es nicht. Er war so viel mehr. Aber dafür war ich noch nicht bereit. Nicht so schnell nach Simon. Und Giorgio, Giorgio war irgendwie ein Mittelweg. So ein bisschen was zwischendrin, ein bisschen Sergio, aber ohne weitere Verpflichtung. Ich habe das nicht bewusst entschieden, es war nur ein Gefühl. Sergio hätte ich verletzen können mit einer Nacht, einem Abenteuer, Giorgio nicht, das war mein Gefühl.«

Rosalia schwieg eine Weile, bevor sie ihre Tochter fragte: »Als du mit Sergio gesprochen hast, was hat er dir alles erzählt?«

»Er hat mir gesagt, dass er nicht mein Vater ist«, antwortete Milena, »der Rest sei deine Geschichte. Da müsse ich dich fragen.«

Ein leichter Windstoß wirbelte ein wenig Staub von den Felsen, zwischen denen sie sich niedergelassen hatten. Sonst war nichts zu hören, das Geräusch der Wellen auf dem Meer weit unter ihnen nicht mehr als ein sehr leises Rauschen in der Ferne.

Dann fing Rosalia noch einmal an. »Dass dein Vater tot ist, Milena, das wusste ich selbst nicht. Es tut mir leid.«

»Hättest du es mir denn gesagt, wenn du davon gewusst hättest?«, wollte Milena wissen.

Rosalia zögerte mit der Antwort, aber sie hatte beschlossen, alle Lügen auszuräumen, also erklärte sie: »Nein, vermutlich nicht. Aber du hättest mir erzählen können, dass du in Florenz warst!«

»Ernsthaft jetzt, Mama?« Milena zog die Brauen hoch.

Rosalia beeilte sich, ihr zu versichern: »Nein, nein, schon gut, ich versteh's ja. Ich hätte es an deiner Stelle sicher auch nicht getan.« Wieder machte sie eine Pause, um dann ganz leise noch einmal fortzufahren. »Ich hab mich geschämt. Ich hab mich so geschämt. Vor Sergio, für meinen Betrug an ihm. Vor dir, Milena, auch vor euch«, sie drehte sich halb zu ihrer Mutter auf der anderen Seite, »es war nicht nur Giorgios Zurückweisung oder die Demütigung durch Giorgios Vater. Ich war so dumm damals, nicht zu Sergio Ja zu sagen.« Rosalia sah wieder ihre Tochter an, betrachtete den dichten Sattel aus Sommersprossen auf ihrem Nasenrücken zwischen den hellgrünen Augen und auch die erste, ganz zarte Andeutung einer Falte in ihrem Mundwinkel. »Ich wollte einfach nicht, dass du erkennst, dass deine Mutter so unglaublich dämlich gewesen ist.«

Milena hatte sich die ganze Zeit über nicht bewegt. Erst jetzt hob sie eine Hand an die Augen und fuhr mit dem Zeigefinger rasch unter den Rand ihrer Sonnenbrille. Dann flüsterte sie: »Mama, ich hätte das schon verstanden.«

Rosalia wischte ihr eine vom Wind verwehte goldbraune Strähne aus dem Gesicht.

»Du hast recht. Ich war einfach zu dumm. Und dabei hab ich so ein schlaues Kind.«

Ein flüchtiges Lächeln streifte Milenas Gesicht, sie griff nach Rosalias Hand und zog sie in ihren Schoß. »Dann war es also eine gute Idee, Sergio anzurufen und nach Paestum zu bestellen?«, fragte sie.

Rosalia hob die andere Hand und strich ihr über die weiche Haut ihrer Wange. »Die beste, die du je hattest!«

SECHSUNDZWANZIG

Eleonora, 2018

Der Tag breitete sich zaghaft aus. So als wüsste er um seine besondere Bedeutung. Mit der ersten Dämmerung betraten sie den Strand, der zu dieser Stunde völlig verlassen dalag. Noch kein Sonnenstrahl hatte den Sand an diesem Morgen berührt, und so quoll er eisig kalt zwischen Eleonoras Zehen hindurch, als sie die Schuhe auszog, um barfuß zu dem abgetakelten, ehemals hellblau getünchten Holzboot hinüberzulaufen, das im seichten Wasser dümpelte.

Milena war am Nachmittag des Vortags losgezogen und hatte Alberto aufgesucht, einen uralten Fischer, zu dem sie geschickt worden war, um sich das Boot zu leihen. Sie hatte den Geldschein wieder mitgebracht, den Eleonora ihr mitgegeben hatte. »Er wollte ihn nicht. Ich habe ihm erzählt, wozu wir den Kahn brauchen«, hatte sie gesagt, und Eleonora hatte genickt.

Und hier lag es jetzt, am Ufer vertäut, bereit für sie zum Einsteigen. Zweihundert Meter entfernt konnten sie in der Dämmerung ein weiteres Boot erahnen, aufs flache Ufer gezogen. Eleonora war sich sicher, dass der Fischer irgendwo gut verborgen hinter einem der Felsen saß, welche die kleine Bucht begrenzten, und beobachtete, wie die drei Frauen sich anstellen würden. Das zweite Boot in Reichweite. Vielleicht, um ihnen zu Hilfe zu eilen, wenn es nötig wurde, vielleicht auch, um sicherzugehen, dass sein Eigentum sicher in den Hafen zurückkehren würde. Sie sollten ihm das Geld vielleicht doch später in den Briefkasten werfen, dachte sie.

Valerio war als Erster an Bord. Behutsam platzierte Eleonora, bis zu den Knien im seichten Wasser stehend, die Thermoskanne ganz vorne im Bug, dann kletterte sie selbst hinein, gefolgt von Rosalia, während Milena das Boot an einer Seite festhielt. Milena löste den Strick von der Boje, dann nahmen sie und Rosalia auf der Ruderbank Platz und legten sich in die Riemen.

Glatt wie ein Spiegel lag das Wasser vor ihnen, schwarz die Tiefe unter dem Boot, die sich mit einem einzig von den Ruderschlägen verursachten gelegentlichem Schwappen gegen die Planken in Erinnerung brachte. Lautlose Möwen strichen knapp über der Oberfläche der See in Richtung Osten dahin, von wo die Sonne jetzt ihre goldene Vorhut über das Land bei Syrakus und Augusta schickte.

Eleonora saß nach vorne gebeugt, am Rand des Kahns, und ließ eine Hand durch das Wasser gleiten. Jetzt waren sie aus der Bucht hinaus, und sie machte den beiden Ruderinnen ein Zeichen, dass sie aufhören sollten. In unendlicher Stille verharrten sie, regungslos, Eleonora wartete auf das Licht, das den Tag bringen würde.

Der frühe Morgen war Valerios Lieblingstageszeit gewesen. »Wenn es golden wird auf dem Meer, dann löst du dich auf in alles, was du warst, alles, was du bist, und alles, was du einmal sein wirst.« Valerios Worte, mit denen er versucht hatte, ihr seine Heimat zu beschreiben, das Meer, das nächtliche Hinausfahren mit seinem Onkel, dem Fischer, und seine Sehnsucht, eines Tages hierher zurückzukommen.

Als der Horizont klar wurde, die Felsen am Ufer beinahe weiß und das Wasser unter ihnen von Schwarz zu Blau wechselte, reichte Eleonora die Thermoskanne zu ihrer Tochter nach hinten. Die nahm sie, verharrte eine Weile, gab sie dann weiter. Milena schraubte den Deckel auf und gab das Gefäß zurück zu Eleonora. Noch einmal änderte das Meer seine Farbe, rosa waren jetzt die Lichter, die über seiner Oberfläche tanzten, als Eleonora den Inhalt der Flasche entleerte.

DANKSAGUNG

Ohne meine Mutter, die mir ihre Liebe zu Büchern und Sprache, zu Italien und zum Meer hinterlassen hat, wäre diese Geschichte wohl nicht entstanden, auch nicht ohne die stundenlangen politischen Diskussionen, die sie in den Siebziger- und frühen Achtzigerjahren mit meinem Bruder Roman geführt hat. Sie gehören zu den prägendsten Erinnerungen meiner Kindheit.

Mein größter Dank geht natürlich an meine Familie – an meinen Mann Stefan, der unerschütterlich an meiner Seite steht und mir mit seiner Begeisterung für mein Schreiben Mut gemacht hat. Danken will ich ihm auch dafür, dass er mit unerschöpflichem Input in Sachen Fußballwissen bereitsteht, für den wunderbaren Namen Milena und für seine tapfere Begleitung auf einem kilometerlangen Marsch durch Turin und rund um das Fiat-Werk Mirafiori. Meine beiden Söhne haben nicht nur zwei Figuren aus dem Buch ihre Namen geliehen, sondern sind mir mit ihrer Empathie – und ihrem Sprachgefühl – jederzeit zur Seite gestanden, wenn's mal irgendwo gehakt hat. Ohne Euch wäre alles nichts!

Danken möchte ich aber auch all jenen Freunden und lieben Kollegen bei der SZ, die mich seit Jahren fragen, wann denn nun mein erstes Buch endlich fertig wird, und all jenen, die mir immer zugeredet haben, zu schreiben – darunter Ulli, der schon vor bald zwei Jahrzehnten am Verzweifeln war, weil einfach nichts voranging, Claudia und Cleff, die selbst einmal ein Loch im Boden ihres italienischen Hauses und immer ein Zimmer für mich freihatten, Silke, die mir auf stundenlangen Spaziergängen zugehört hat, und Evi, der ich inzwischen Toffifee auf Lebenszeit versprochen habe.

Natürlich danke ich auch HarperCollins und allen, die dort mit mir und »Via Torino« zu tun hatten, namentlich Heide Kloth, die mit ihrem unbedingten »Ja« zu Eleonora und den anderen beiden Damen meinem persönlichen Corona-Blues keine Chance gegeben hat. Ein besonderer Dank geht auch an Dominic Wilhelm von der Agentur Hauptmann & Kompanie in Zürich für das großartige Cover.

Und was wäre ein Roman ohne seine Lektoren – in diesem Fall Annalena Ehrlicher und Friderike Baum. Ohne die eine wäre aus einer halbernsten Weihnachtsfeierplauderei über ein Manuskript, das in einer Schublade liegt, wohl nie ein Buch geworden, und ohne die andere hätte Rosalia bis heute noch keinen Frieden gefunden.

Und schließlich danke ich auch noch meinen beiden Schwiegermüttern – in der Reihenfolge ihres Erscheinens: Juliane, für ihre Geschichten aus der ostpreußischen Heimat, erzählt in: »Gelebtes aufgeschrieben«, die ebenso dazu beigetragen haben, Eleonoras Familienhistorie zu bebildern, wie es Helenes Erzählungen aus dem wilden München der Sechzigerjahre getan haben. Nicht zu vergessen mein Schwiegervater, Sepp, dem – ganz wie Valerio – seine Familie über alles geht.

Außerdem gilt ein dickes Dankeschön der Pressebeauftragten Antje Karbe von der Eberhard Karls Universität Tübingen, die auf meine Anfrage hin ohne Zögern einen Ausflug ins Uni-Archiv unternommen und dort alte Vorlesungsverzeichnisse aufgestöbert hat.

Hintergrundinformationen und Erzählungen, die mir geholfen haben, jene Ereignisse und Menschen zu verstehen und zu beschreiben, die heute mit »den 68ern« umschrieben werden, stammen unter anderem aus filmischen und schriftlichen Dokumentationen über Gastarbeiter in Deutschland, Briefen und Berichten über die Kämpfe in Turin und anderen italienischen Städten, darunter:

»Incontro con la Fiat«, gefunden bei *Centro storico Fiat* (YouTube);

Linea di carrozzeria alla Fiat Mirafiori / 1966 /, gefunden bei *Centro storico Fiat* (YouTube);

Turino oltre la Fiat, realizzato da *Guido Cravero, Paolo Maggioni e Matteo Spicuglia* (YouTube);

»Streik bei FIAT Turin, Die beispielhaften Kämpfe bei Fiat in Turin« in: *Rote Presse Korrespondenz*, Nr. 30 v. 12. September;

Maurizio Coppola über »Fiat Mirafiori – Das Ende einer Ära der Arbeitsbeziehungen in Italien« bei: *DigiZeitschriften;*

Nanni Balestrini und Primo Moroni mit L'orda d'oro 1968–1977, *Feltrinelli*, sowie noch einmal Balestrini mit »Vogliamo tutto«, *Feltrinelli/Assoziation A;*

ein Feature von *Deutschlandfunkkultur.de* über Lotta continua und die gemeinsamen Streiks italienischer Arbeiter und Studenten;

Romano Alquati über den Kampf bei Fiat in: Sulla Fiat e altri scritti, Mailand, *Feltrinelli 1974*;

Grazia Pontera: Italienische Zuwanderung nach Deutschland. Zwischen institutionalisierten Migrationsprozessen und lokaler Integration, bei: *Bundeszentrale für politische Bildung;*

zum Verständnis des Wesens der organisierten Kriminalität in Italien halfen unter anderem: Nicola Tranfaglia: Le mafie in Italia, *Claudiana – Torino;*

Leoluca Orlando: Der sizilianische Karren, *Fischer Verlag*

sowie diverse Reportagen/Berichte in Zeitungen und Zeitschriften wie: *Der Spiegel, Süddeutsche Zeitung, GEO;*

Maximilian Rieder: Gastarbeiter in Deutschland, in: *Historisches Lexikon Bayerns*

und schließlich Theodor Adorno: Minima Moralia, Reflexionen aus dem beschädigten Leben, erschienen bei *Suhrkamp.*

Schließlich bleibt noch zu erwähnen, dass sämtliche Figuren des Romans ausgedacht sind. Auch wenn sie sich vor dem Hintergrund tatsächlicher Ereignisse bewegen, sind doch Ähnlichkeiten mit realen Personen rein zufällig und nicht beabsichtigt.